suhrkamp taschenbuch 1744

Edith Krispien, in Berlin geboren, lebt seit 1950 in Frankfurt am Main. Sie war über zwanzig Jahre lang als Journalistin und Redakteurin tätig, hat sechs Bücher, sieben Hörspiele, zahlreiche Kurzgeschichten und einen Fernsehfilm herausgebracht. Sie befaßt sich mit Psychologie, Religionswissenschaften und neuen geistigen Strömungen. Seit zehn Jahren praktiziert sie eine Meditationsschulung nach eigener Methode, die den Lernenden direkt beteiligt und schöpferische Kräfte freisetzt. Sie veranstaltet laufend Seminare für spirituelle Selbsterfahrung, Traumauslegung und Meditationsmalen, unter anderem im Frankfurter Ring und im Etora-Zentrum auf Lanzarote.

Auf der ganzen Erde geht allen Menschen gleichzeitig die Erinnerung an eine Stunde am Nachmittag verloren. Der Vorgang vollzieht sich für einige unmerklich, für andere höchst dramatisch. Es gibt wilde Spekulationen, und eine hektische Suche nach der möglichen Ursache beginnt. Jeder Mensch wird mit der Überlegung konfrontiert, was er in dieser Stunde getan haben könnte. Vertane Lebenszeit wird manchem schmerzlich bewußt. Der Juniorchef eines großen Zeitungsverlags und eine junge Biologin haben eine gemeinsame »verborgene Stunde« und bemühen sich, sowohl bei anderen Menschen als auch bei sich selbst dem Geheimnis auf die Spur zu kommen. Daraus entwickelt sich eine Liebesgeschichte, ebenso schlicht wie bezaubernd, ebenso romantisch wie phantastisch. Erzählt wird aber auch eine Geschichte menschlicher Gleichgültigkeit, die nach kurzem Schock und angerührtem Interesse nach wenigen Tagen wieder das Alltagsbewußtsein bestimmt, in dem die Zeit ohne großen Erinnerungswert verrinnt.

Edith Krispien
Die verborgene Stunde

Roman

Phantastische Bibliothek
Band 254

Suhrkamp

Redaktion und Beratung: Franz Rottensteiner
Umschlagbild: Tierkreis aus einer
frühmittelalterlichen Handschrift, Italien

suhrkamp taschenbuch 1744
Erstausgabe
Erste Auflage 1990

Satz: Fotosatz Otto Gutfreund, Darmstadt
Druck: Nomos Verlagsgesellschaft, Baden-Baden
Printed in Germany
Umschlag nach Entwürfen
von Willy Fleckhaus und Rolf Staudt

1 2 3 4 5 6 – 95 94 93 92 91 90

Sie haben mich geschlagen –
es tat mir nicht weh,
haben mich geprügelt –
ich hab's nicht gespürt.
Wann werde ich aufwachen – ?

Sprüche 23, Vers 35

Verwunderung

Um zehn Minuten nach zwei verließ er das Casino, wo er wie immer sein Mittagessen in Eile und ohne besondere Konzentration verzehrt hatte. Er fuhr mit dem Paternoster hinunter, vorbei am siebenten Stock, in dem Friedrich Petry regierte, der Seniorchef des Hauses, sein Vater.

Im sechsten stieg er aus, begab sich in sein eigenes Büro, ging an den Wandschrank und goß sich ein Glas Mineralwasser ein. Er war niemandem begegnet. Die elegante Flachuhr auf dem Schreibtisch zeigte jetzt zwei Uhr fünfzehn Minuten; sie tickte leise und harmlos, unbeachtet und unaufhaltsam.

Während er trank, fiel sein zerstreuter Blick auf eine Manuskriptmappe mit Fachaufsätzen über Biologie, verfaßt von Susanne Karr, einer freien Mitarbeiterin seiner Redaktion. Der Aufsatz über die Reiher und Störche war noch nicht dabei, und den brauchte er dringend für die nächste Ausgabe von »Natur und Technik«.

Hans Petry stellte sein Glas auf dem Bücherbord ab, langte seinen Hut vom Garderobenhaken und verließ sein Büro zu dem gewohnten Nachmittagsspaziergang im Park, gleich hinter dem Verlagshaus. Diesmal benutzte er den Fahrstuhl. Ein Redaktionsassistent der Tageszeitung kam im vierten Stockwerk dazu und stieg im zweiten wieder aus. Außer dem Grußwechsel wurde kein Wort gesprochen.

Mit einem kurzen Kopfnicken passierte Petry die Pförtnerloge. Ein frischer Frühlingswind empfing ihn draußen und wehte ihm fast den Hut vom Kopf. An die rasche Geste, mit der er ihn vor dem Fortfliegen bewahrte, konnte er sich später genau erinnern. Die große Messinguhr über dem Hauptportal zeigte zwei Uhr neunzehn. In den folgenden sechzig Sekunden gelangte er noch bis in den Park, an die Weggabelung mit den beiden großen Kastanien. Dort überschritt er die zwanzigste Minute nach zwei wie eine Schwelle. Er spürte nichts.

Der Aufsatz über die Reiher und Störche fiel ihm ein, er wollte ihn unbedingt noch heute haben. Fräulein Karr wußte das, und sie war bisher immer zuverlässig gewesen. Sie würde das Manuskript schon noch rechtzeitig bringen...

Petry junior leitete die Redaktion für wissenschaftliche Zeitschriften, da er einige Semester Physik und Biologie studiert hatte. Die große Tageszeitung lockte ihn nicht, zum Kummer seines Vaters, der in ihm überhaupt einen Versager sah. Aus dir wird nie ein Journalist, hatte er gesagt. Dir fehlt das Interesse an unserer Gegenwartsgeschichte, die nötige Anteilnahme am Leben anderer Menschen. Dir fehlt Temperament. Vielleicht auch Herz.

Hans Petry wußte, daß sein Vater recht hatte. Er erkannte mit einer schmerzlichen, verzweifelten Gewißheit, daß er ein kraftloses, von wertlosen Gütern überhäuftes Leben führte, daß er anders sein wollte und es nicht schaffte. Und manchmal zweifelte er selbst daran. Dann hielt er für möglich, daß seine jetzige Empfindungsskala sein ihm zugemessener Anteil am Dasein war, und er redete sich ein, daß ein durchschnittlicher Mensch eben nicht mehr sein konnte als ein halbwegs zufriedener, halbwegs verträglicher Zeitgenosse. Etwas Freude an der Arbeit, etwas Vergnügen in der Freizeit, schöne Eindrücke, Besitz – ja, was wollte er denn noch? War dies nicht das Ziel aller? Hatte er nicht schon mehr, als die meisten erhoffen konnten?

In dieser inneren Finsternis befangen, empfand er sogar etwas von der Dankbarkeit, die man in zäher Herausforderung so oft von ihm verlangte. Ein seltsamer Dank, gemischt mit müder Selbstaufgabe, Dank für Dinge, die er nicht haben wollte, Dank für einen schützenden Wall aus Wohlstand und Sicherheit, der einer Gefängnismauer gleichkam.

Seine Mutter setzte ihre geheime Hoffnung auf eine Frau für den Sohn. Ein Mann entfaltet sich erst, wenn er die richtige Frau hat, sagte sie. Nun, er hatte es mehrfach versucht. Da war zum Beispiel die Geschichte mit Henny, die sich fast drei Jahre hingeschleppt hatte. Am Anfang wirklich verlockend, ihre Munterkeit, ihr dunkler Typ, die zierliche Figur und ihre schlagfertigen Antworten. Ihm selbst unerklärlich jene schleichende Müdigkeit, die dann eingesetzt hatte, seine lustlosen Verabredungen und die ersten Ausflüchte.

Henny hatte ihn nicht loslassen können, bis heute nicht. Sie kämpfte um eine Liebe, die es nicht gab, blind und beharrlich, von ihrem Stolz und ihrer klugen Einsicht völlig verlassen. Vor wenigen Tagen hatte sie wieder angerufen, noch immer dieses Zögern in der Stimme, das versteckte Flehen – ich muß dich sehen, bitte, es ist etwas Wichtiges ... Sie spielte, ohne es zu wissen. Sicher glaubte sie an ihre eigenen Gefühle, aber nichts war da von bedingungsloser Bereitschaft, von der Kraft echter Hingabe. Es war nur ein verzweifelter Anknüpfungsversuch nach hundert anderen, eine resignierte Beschwörung zum Festhalten, wo nichts zu halten war.

Hans Petry wollte eine Frau, die sich die Mühe machte, in seiner versandeten Seele nach Gold zu graben. Stark sollte sie sein, eigenwillig, schön, aber auch von verklärter weiblicher Zartheit. Dabei fiel ihm wieder die junge blonde Biologin ein, diese Susanne Karr. Die neue freie Mitarbeiterin seiner Abteilung für Fachzeitschriften, ganz frisch von der Universität. Sie hatte etwas von dem, was ihm vorschwebte, wenigstens äußerlich. Allerdings schien sie eine gläserne Wand um sich herumzuziehen, eine Art Filter, der nur Bilder hindurchließ, Bilder und Stimmen, aber keine Gefühle. Ein eigenartiges Mädchen. Begabt – sie machte ihre Sache gut, ihre Artikel waren sauber aufgebaut und wissenschaftlich einwandfrei. Aber wie lebte sie? Wohin ging sie und was tat sie, wenn sie sich nicht gerade mit Fledermäusen, Meerestieren und Mikroben befaßte?

An der Weggabelung unter den Kastanienbäumen blieb Petry stehen. Während ihn die Gewohnheit noch auf dem täglichen Spazierweg vorangetrieben hatte, zog ihn etwas fort in eine andere Richtung. Es war wie ein Sog, unerklärlich und gewaltig. Er brauchte sowieso den Aufsatz über die Reiher und Störche, warum sollte er ihn nicht abholen? Sie wohnte im Appartementhaus Ecke Andreasstraße. Nicht weit. Und am hellen Mittag darf man wohl schon mal unangemeldet eine Mitarbeiterin besuchen.

Petry war umgekehrt, hatte das Parktor schon wieder hinter sich, und unter seinen Füßen war jetzt Pflaster und nicht Sand. Und er ging schnell.

Das Haus, in dem Susanne Karr wohnte, war blitzneu und fast so ein Glaspalast wie das Verlagshaus Petry. Zartfarbige bunte Balkons hoben sich von der weißen Wand ab; an der breiten Metalltür fand man die Namen der Bewohner auf schwarzem Untergrund. Moderne Wohnkonfektion, Spitzenklasse.

Er fand den Namen Karr auf der Tafel ziemlich weit oben. Achter Stock. Er klingelte und lauschte. Sehr rasch kam das Summen, und er konnte die Tür aufschieben. Kleine Handgriffe, mechanische Reaktionen, die zur Dressur des Großstadtmenschen gehören und die er alle erst durchdringen muß, bis er ein Stückchen menschlicher Individualität erhaschen kann. Petry betätigte also den Fahrstuhl, Knopf acht, und wartete träge, bis der schwebende Kasten lautlos bremste.

Wieder aussteigen, die richtige Wohnungstür suchen, den Klingelknopf drücken. Kann denn ein Mensch bei solchen Tätigkeiten Vorahnungen entwickeln? Ein Gefühl für die Größe des Augenblicks, für unwiederbringliche Sekunden?

Susanne Karr öffnete, und Petry stand vor einer Frau, die ihm völlig fremd erschien: Seit einigen Wochen kannte er sie, kühl, elegant, die Haare knapp frisiert, meist in engen Sportkostümen. Ihr Ausdruck stets aufgeschlossen verbindlich, in ihrem ganzen Wesen die ernüchternde Sicherheit einer intelligenten Frau von heute. Jetzt sah sie ganz anders aus. Ihr helles Haar fiel offen in glatten Strähnen auf die Schultern, sie trug weiße Leinenhosen, eine blauweißgestreifte Bluse und ein rotes Knüpftuch um den Hals. Sie wirkte sehr flott, jung und modern, wie eine richtige Superkatze aus dem Künstlerkeller.

Einen Augenblick glaubte Petry, dieses Mädchen sei vielleicht die Schwester der richtigen Susanne Karr, aber da sagte sie bereits in eindeutigem Erkennen: »Guten Tag, Herr Petry!«

»Entschuldigen Sie vielmals die Störung, Fräulein Karr«, sagte er gewunden, »aber ich war gerade in der Nähe und dachte, ich könnte Ihren neuen Aufsatz gleich mitnehmen ...«

»Kommen Sie herein, bitte.«

Ihre Stimme klang nicht ganz so fest wie sonst. Sie schob ihre Haarsträhnen hinter die Ohren zurück, obwohl sie gleich wieder nach vorn fielen – sie war offensichtlich verlegen.

Sie mag es nicht, daß ich sie so sehe, dachte Petry leicht amüsiert. Und gleich wird sie erzählen, daß die Wohnung gar nicht aufgeräumt sei ...

Susanne ging voran mit langen, federnden Schritten und öffnete die Tür zu einem hellen freundlichen Wohnraum, wo es nach Arbeit aussah. In der Fensterecke stand ein hübscher kleiner Damenschreibtisch, eine Schreibmaschine darauf mit eingespanntem Blatt. Vermutlich die Reiher und Störche. Notizblätter daneben, kreuz und quer, auf der Erde ein paar zusammengeknüllte Papierbälle, die offenbar den Papierkorb verfehlt hatten.

»Bei mir ist nicht aufgeräumt.«

Petry verzog keine Miene.

Das Zimmer enthielt sonst nicht viel mehr als eine breite Couch, einen niedrigen Tisch, eine Kommode mit eingerahmten Fotos, darauf eine Blumenvase, ein Muschelkästchen, eine Stoffeule und einen aufgeklappten Plattenspieler. Eine Platte war aufgelegt und anscheinend kurz zuvor abgelaufen.

»Sie inspirieren sich musikalisch, Fräulein Karr?«

»Zwischendurch – als Erholungspausen.«

»Ach so.« Er stand in seiner ganzen hageren Länge da, den Hut in beiden Händen. Welch eine Idee, hierherzukommen! Aber doch interessant, sie in dieser Art zu sehen, so ganz anders, so lebendig, so jung und biegsam. In ihren eleganten Kostümen wirkte sie dagegen mehr wie eine Lehrerin, streng und schon beinah altjüngferlich.

»Darf ich Ihren Hut aufhängen?« fragte Susanne.

»Ja bitte, gern. Ich will aber gleich wieder gehen!«

Sie nahm ihm den Hut ab und trug ihn in die Flurgarderobe. »Nun sind Sie doch schon hier, Herr Petry! Da können Sie auch warten, bis mein Aufsatz fertig ist. Eine halbe Seite noch. Das dauert nicht lange. Rauchen Sie?« Sie langte den Aschenbecher von der Kommode herunter und stellte ihn einladend auf den Couchtisch.

»Schön, ich warte.« Petry setzte sich und streckte seine langen Beine unter den Tisch, so gut es ging. »Darf ich dabei vielleicht Ihre Pausenmusik hören?«

»Bitte nicht«, sagte Susanne hastig. »Es ist ein Zigeunertanz, dabei kann ich nicht schreiben.«

»Warum nicht?«

»Ach – das geht mir ins Blut. Danach muß ich tanzen ...«

»Sie tanzen?« fragte Petry freundlich, »allein?«

»Natürlich. Immer!«

»Darf ich zusehen?«

»Nein!«

Petry hielt sie mit den Augen fest, und Susanne wurde ein bißchen rot. Etwas zu schnell und heftig hatte sie nein gesagt. Sie wollte ihn nicht kränken. Aber es wäre ihr unmöglich, vor Zuschauern zu tanzen. Da hätte sie zuviel Hemmungen. Nicht einmal vor Philipp könnte sie es. Nein, vor Philipp erst recht nicht, denn der war verwöhnt durch Berufstänzerinnen.

Susanne flüchtete vor Petrys Blick an die Schreibmaschine. Wo war jetzt die Vorlage? Ach da, unter dem Nachschlageband. Wie nach einem Rettungsanker griff sie und vertiefte sich darin. Warum war sie eigentlich so nervös? Dieser Petry war doch kein

Mann, der sie aufregen konnte? Ein ganz ruhiger Bursche, immer trocken ... was war der gegen Philipp?

»... die Reiher (Ardeidae), häufige, im Norden lebende Zugvögel, die sich in mannigfaltige Arten aufteilen, jedoch stets zur Familie storchenähnlicher Vögel gerechnet werden, haben aufgrund ihrer vielfältigen Formen und Lebensgewohnheiten eine neue Aufgliederung durch amerikanische Biologen erfahren.« Fast zufällig hob Susanne nach diesem Absatz den Kopf, und ihr Blick tauchte in die hellen aufmerksamen Augen Petrys, der so unverwandt zu ihr herüber sah, als hätte er geduldig gewartet.

»Wissen Sie«, sagte sie einlenkend, »mit dem Tanzen ist das bei mir so – ich tanze gar nicht richtig. Nur zum Spaß – Bewegung nach Musik ...«

Sie beobachtete, wie sich seine Mundwinkel einzogen, eine Winzigkeit nur, womit er vielleicht gutmütigen Spott ausdrückte. Eine unerklärliche Unruhe ergriff sie. Ihre Hände zogen sich von den Tasten zurück, als stünden sie unter einem anderen Befehl.

Lange schauten sie sich jetzt schon an, zu lange, um einfach wieder wegzusehen. Petry stand auf, mit einer geschickten leichten Bewegung, machte zwei schnelle Schritte auf Susanne zu und zog sie am Arm von ihrem Stuhl hoch. In den ersten Sekunden, schon während sie sich küßten, dachten beide: Wie war das nur möglich? Es hatte doch gar keinen richtigen Anfang?

Dann lockerten sie sich langsam, gaben einander Raum und überließen sich dieser unerwarteten Strömung ohne Widerstand. Als Susanne den Kopf zurückbog und seinen Blick suchte, fand sie ihn völlig verändert. Zärtlich und weich war sein Lächeln; in den vorher so kühlen hellen Augen standen Glanz und Leben. Sie betrachtete ihn, solange er ihr Zeit ließ – seinen schmalen Kopf, die unauffälligen Gesichtszüge, das etwas dünne mittelblonde Haar.

»Genug geprüft?« fragte er flüsternd.

»Wer weiß?« Eine starke Welle von Sympathie und halbbewußter Leidenschaft überkam Susanne, und sie schob sich dichter in seine Arme. Diesmal riß es sie fort, übermächtig, so wenig aufzuhalten wie ein Gewitter und weit über den Punkt hinaus, von dem aus es noch eine Umkehr gibt. Ihre Körper wachten auf und wollten weiter, bis zum Ende. Fast wie von selbst lagen sie kurz darauf nebeneinander auf der Couch. Leise aufatmend genossen sie eine kurze Spanne des Friedens vor dem großen Feuer.

Susanne drückte ihr Gesicht an seine Schulter, als könnte sie sich bei ihm verbergen vor sich selbst, vor all dem, was in ihr tobte, zur Oberfläche drängte, und was sie unter seinem sanften Zwang bald preisgeben würde. Schon in der nächsten Viertelstunde. Dabei fiel ihr ein, daß sie noch nicht einmal seinen Vornamen kannte.

»Wie heißt du?«

»Hans.«

»Und ich Susanne.«

»Ich weiß!«

Ach ja! Er kannte ihre Personalpapiere. Noch einmal ein Gefühl der Fremdheit, der Trennung, das unter seinen behutsam streichelnden Händen langsam verebbte. Grübelnd versuchte sie sich Rechenschaft zu geben über die Lage, in der sie sich befand. War dies nun der berühmte sexuelle Rausch? Das Einstürzen aller Begriffe und Schranken unter dem Druck der Naturgewalten? Oder war es die Blitzliebe, die keinen Widerstand kannte und von der die Romantiker träumten? Nein, das bestimmt nicht. Zum Verlieben hatten sie noch gar keine Zeit gehabt. Es war wirklich etwas Unerklärliches ... Sein Mund suchte sie wieder, und ihre Gedanken zerflossen wie Tropfen in einem großen Strom. Ein paar Bilder stiegen noch vor ihr auf, schnell und ungerufen, wie Traumfetzen – die Stationen ihrer Liebeserfahrungen seit ihrem zwanzigsten Lebensjahr. Ja, mit Gregor hatte es angefangen, an der Universität. Lange waren sie befreundet gewesen, hatten zusammen gearbeitet und Feste gefeiert, bis sie es schließlich getan hatten, bei ihm zu Hause, eigentlich mehr aus Neugier und weil sie sich schon so gut kannten, daß es fast selbstverständlich geworden war. Es war nett gewesen, hatte sie aber eher getrennt als verbunden. Wer konnte sagen, warum? Eine Zeitlang hatte sie unter dem Komplex gelitten, eine Sexniete zu sein, aufgrund dieser Sache mit Gregor. Bis Leo kam! Ein brillanter Verführer, der alle Register zog, sie als Frau auf den Thron hob und sie schließlich auf dem Höhepunkt ihrer Verliebtheit so betrog und enttäuschte, daß sie sich danach zum erstenmal bewußt einen Menschen suchte, der ihrer Vorstellung entsprach: einen Freund, einen Kameraden, der tolerant und weltumspannend dachte, ohne dabei gleich auf herkömmliche Anstandsbegriffe zu pfeifen, einen Menschen, der künstlerisch, jugendlich und gescheit war. Und sie fand Philipp! Den jungen Pianisten aus dem Grauen Kakadu. Ein paar Monate war sie jetzt mit ihm zusammen. Sie verbrachte ihre Abende im Kakadu und gelegentlich eine Nacht bei Philipp. Er war ihr Spielgefährte geworden, in jeder

Hinsicht. Er machte ihr Leben leicht, bunt und lustig. Er war fast alles. Nur noch kein ganz richtiger Mann! Er war noch nicht Autorität genug, um eine Frau wie Susanne wirklich an sich fesseln zu können, so amüsant und unterhaltsam er auch war, so jungenhaft leidenschaftlich er sich auch gebärdete. Oder tat sie ihm Unrecht? War er erwachsener, als sie glaubte? Hätte er sie je innerhalb von fünf Minuten erobern können wie jetzt dieser Hans Petry, der sonst keineswegs wie ein Frauenheld aussah oder auftrat? Ihr wurde bewußt, daß noch niemand sie innerhalb von fünf Minuten erobert hatte. Es war das erste Mal. Würde das jetzt immer so schnell gehen bei ihr? War sie hemmungslos geworden? Warum wehrte sie sich eigentlich nicht?

Sie merkte, wie Petry vorsichtig begann, ihre Bluse aufzuknöpfen. Sie spürte seine Wärme, seinen Körpergeruch und empfand ihn angenehm. Sie sah sein Lächeln. Noch vor kurzem habe ich ihm gesagt, daß ich nicht vor ihm tanzen könnte, und jetzt zieht er mich aus, schoß es ihr durch den Kopf. Eine tolle Geschichte! Und in einer jähen, wilden Freude an dem großen Spiel begann sie, ihm zu helfen.

Dieser schwierigste Teil für alle Liebespaare – die Kunst, sich voreinander auszuziehen! Es galt, die unvermeidliche Verlegenheit, ja die Grenze des Lächerlichen geschickt zu nutzen, nicht zu frei zu sein und nicht zu gehemmt – beide wußten darum. Beide bemühten sich, diese Köstlichkeit der ersten Intimität einander vollendet darzubringen und zu genießen. Diese Stunde der ersten freien Begegnung, die keine spätere mehr ersetzen oder verdrängen konnte.

Sie überraschten sich gegenseitig mit der Schönheit ihrer Körper. Petry, der in seinem dunkelgrauen Anzug lang und hager wirkte, enthüllte einen gebräunten, fast athletischen Rücken mit breiten Schultern und schmalen Hüften. Die ästhetisch empfindsame Susanne erfreute sich an diesem Anblick, und als er sich zu ihr umdrehte, war sie entzückt von den dunklen Haaren auf seiner Brust. Beinahe hätte sie über ihrer eigenen Betrachtung vergessen, daß sie selbst schon nackt vor ihm saß und daß sie mit ihren Kleidern ihre sportlich-herbe Erscheinung abgestreift hatte. Was sie jetzt sehen ließ, war ein ausgereifter Frauenkörper mit geschwungenen Linien und heller Haut. Feste volle Brüste, keiner Formung bedürftig, sanfte Schultern und Arme, runde Schenkel und eine winzige kleine Bauchwölbung, die Petrys Blick am meisten anzog. Er legte seine Hand darauf, warm und beruhigend, und lächelte ihr zu. Einen Augenblick zögerte er noch, fragend: »Gefährlich?«

Susanne schüttelte den Kopf. »Ich glaube nicht.«

Dann liebten sie sich. Heftig und schnell, ohne Rücksicht und Raffinesse, in natürlicher Leidenschaft und Hingabe.

Sie blieben beieinander, bis sie vollkommen ruhig waren, mit einer gewissen Scheu vor der Phase der ehelichen Vertrautheit: das Aufstehen, ins Badezimmer gehen, sich anziehen, all das, was nun weniger künstlerisches Einfühlungsvermögen, sondern mehr Takt und Geschick erforderte.

Als Susanne ihr rotes Halsknüpftuch umband, zog Petry sie fest zu sich und flüsterte in ihr Ohr.

»Es war sehr süß, Susanne.«

»Ja...«

»Tun wir es wieder?«

»Hm...«

Er ließ sie gar nicht antworten. Dann lachten sie beide, frei und froh wie Kinder.

»Wolltest du nicht den Aufsatz mit den Reihern fertigmachen?« fragte er.

»Ich wollte schon, ich wurde nur abgelenkt.«

Wieder lachten sie.

»Du, Hans!«

»Ja?«

»Ich kann in deiner Gegenwart jetzt nicht arbeiten. Sei nicht böse, wenn ich dich rausschmeiße. Ich bring dir den Aufsatz ins Büro. Aber laß mich bitte allein, Liebling!«

»Verstehe ich gut«, sagte Petry. »Darf ich wenigstens noch eine Zigarette rauchen, bevor ich gehe?«

»Das darfst du.«

Behaglich ließ er sich nieder und hatte nun gar keine Mühe mehr, seine langen Beine unter den Tisch zu schieben. »Rauchst du auch?«

»Nein.«

Er blies den Rauch aus und betrachtete sie in ihrer gestreiften Bluse, den weißen Hosen, dem roten Tuch. Wie genau er nun wußte, was darunter war! Ihre Wangen waren leicht gefärbt, ihre Augen glänzten. »Mein Mädchen«, murmelte er. »Die Liebe bekommt dir gut!«

»Sicher«, sagte Susanne.

»Sehen wir uns heute abend?«

»Wenn du willst...« Sie straffte sich dabei unmerklich, als würde ihr zum erstenmal bewußt, daß etwas Neues in ihr Leben gekommen war, ein neuer Mensch, der ihre alten Pläne umwarf, der Ansprüche stellte und dem sie Raum geben mußte. Sie würde also heute abend nicht in den Grauen Kakadu gehen. Sie würde nicht Philipps Klavierspiel lauschen, Rias Tänze bewundern, mit ihnen trinken, lachen, plaudern, und sie würde schon gar nicht mit Philipp nach Hause gehen und bei ihm bleiben.

Petry bemerkte ihr Stocken. »Gibt es Schwierigkeiten?«

»Nein, nein, nur – ich muß mich erst umstellen.«

»Bist du nicht frei?«

Zwei Sekunden Stille. Zwei Sekunden, in denen Susanne Philipps braunes Wuschelhaar vor sich sah, seine schalkhaften Augen und seine vollen Lippen, die so stürmisch und verlangend sein konnten. Sie sah auf Petrys Mund, der wesentlich schärfer und härter gezeichnet war und dessen Küsse wirksamer waren als alles, was sie bisher erlebt hatte.

»Doch«, sagte sie fest. »Ich bin frei.«

Petry stand auf. »Ich gehe jetzt, Liebling. Komm in die Redaktion, sobald du fertig bist. Und um sieben Uhr heute abend hole ich dich hier zum Essen ab. Wir müssen uns ja kennenlernen, nicht?« Er hob ihr Kinn zu sich und küßte sie flüchtig. »Bis später, mein Engel!«

»Ich komme bald«, versprach Susanne.

Er ging so schnell hinaus, daß sie ihm kaum folgen konnte. Er nahm auch nicht den Fahrstuhl, sondern lief die Treppe hinunter, beschwingt und leichtfüßig wie ein Primaner. Als er schon zwei Stockwerke tiefer war, sah sie seinen Hut in der Garderobe.

»Hallo, Hans!«

Er blieb stehen und schaute hoch. »Ja?«

»Dein Hut!«

»Laß ihn hängen«, rief er. »Heute abend nehm ich ihn mit.«

»Bis nachher also!«

Langsam schloß sie die Tür und schlenderte in ihr Zimmer zurück. Der Geruch seiner Zigaretten hing noch in der Luft und dazu ein anderer Geruch, aufreizend und schwül...

Susanne öffnete ein Fenster und atmete tief. »Das kann doch alles nicht wahr sein«, sagte sie zu sich selbst. Sie vermied es, zur Kommode hinüberzuschauen, auf der Philipps Bild stand. Vor ein paar Minuten hatte sie eine Scheidung vollzogen, mit einem einzigen kleinen Wort. Sie strich die Couchdecke und die Kissen glatt, schloß das Fenster wieder und setzte sich an ihren Schreibtisch. In ihrem Kopf wirbelte es. Sie konnte sich nicht konzentrieren. Wahllos griff sie nach den herumliegenden Blättern. »Ostafrikanische Fledermäuse« stand auf einem. Das kam später. Erst die Reiher und Störche fertigmachen. Wie spät war es eigentlich? Du lieber Himmel, schon neunzehn Minuten nach drei! Natürlich kein Wunder. Alles braucht seine Zeit. Es hatte sogar verdammt wenig Zeit gebraucht, in diesem Fall... Sie schloß die Augen und sagte halblaut: »Hans, mein Geliebter! Sei jetzt vernünftig und laß mich arbeiten. Bitte! Um so schneller bin ich wieder bei dir!«

Während der Zeiger ihrer Armbanduhr lautlos und fühllos in die zwanzigste Minute nach drei hinüberglitt, hielt Susanne noch das Blatt mit den ostafrikanischen Fledermäusen in der Hand.

Petry lief durch die Straßen als ein anderer Mensch. Sein Brustkorb dehnte sich unter tiefen Atemzügen. Ein nie gekanntes Glücksgefühl durchströmte ihn, machte seine Schritte weit und seine Miene heller. Er ertappte sich dabei, daß er sang. Was für eine Frau, diese Susanne! Wie einfach und unkompliziert sie war – zuerst so sparsam, fast spröde, und dann so konsequent in ihrer Hingabe, so zärtlich, so vollendet schön...

Seine Muskeln spannten und entspannten sich, sein aufgewühltes Gemüt ließ ihn nicht zur Ruhe kommen. Susanne! Nie hatte er so etwas erlebt. War sie nun die Frau seines Lebens? Natürlich war sie es! Er würde sie heiraten! Bald! Eine Sensation im Hause Petry. Und Henny? Ein harter Schlag für das arme Mädchen. Aber eine heilsame Operation, der längst fällige klare Schnitt.

Er durchschritt die Anlage vor dem Verlagshaus in Richtung auf den Park. Zwei Kinder liefen lärmend vor ihm über den Weg. Kinder! Und Susanne als Mutter... Wenn es nun jetzt schon passiert war? Ungefährlich, hatte sie gesagt. Vermutlich nach der berühmten Knaus-Ogino-Regel, die keineswegs immer stimmen soll. Aber was machte das! Sie würde doch seine Frau werden! Er würde nicht ruhen, bis sie zu ihm gehörte, ganz, mit seinem Namen.

Ich werde heute abend mit ihr bei Hegner essen, überlegte er. Vorher Blumen hinschicken lassen, Tisch bestellen. Ach – war das alles schön!

Auf einer der Bänke in der Anlage saß ein alter Mann, den er kannte. Jaenicke, pensionierter Portier aus dem Verlag. Petry nickte ihm freundlich zu. Der Alte nickte zurück, mit einem leicht verwunderten Ausdruck. Was fand er so seltsam? Sah man ihm schon an, daß er verliebt war?

Die Kirchturmuhr zeigte neunzehn Minuten nach drei. Petry grinste unwillkürlich. Der Junior auf Abwegen! Ein außerordentliches Ereignis. Er müßte jetzt eigentlich auf dem schnellsten Weg ins Büro – er hatte schon genug Zeit versäumt, aber es kam nicht darauf an. Eine kleine Runde durch den Park konnte er sich nun auch noch leisten. Er würde den Vorfrühling mit neuen Augen sehen...

Die ganze Welt erschien ihm mit einemmal wie ein Zaubergarten. Die kahlen Äste der Bäume und Sträucher wirkten zwar noch winterlich erstarrt, aber tief unten in den Wurzeln mußte schon das große Rauschen der steigenden Säfte begonnen haben. Durchdrungen von dieser Stimmung der Erwartung kommenden Lebens, wanderte er weiter, freute sich an dem Knacken kleiner Zweige unter seinen Füßen und stieß mit der Schuhspitze Steinchen und Papierfetzen vor sich her. Als er die Weggabelung unter den Kastanienbäumen erreichte, dort, wo er vor einer Stunde kehrtgemacht hatte, um zu Susanne zu gehen, war es genau zwanzig Minuten nach drei.

In diesem Augenblick empfand er einen kleinen Schauer, ganz in der Tiefe seines Herzens, als würde ihm etwas entrissen, was eben noch sein Eigentum gewesen war. Eine Sekunde vielleicht hatte es ihn angerührt, wie ein Atemstocken vor dem Unbekannten, wie die unwägbare Ahnung eines außergewöhnlichen Geschehens. Das Licht schien plötzlich verändert zu sein, einen Schatten dunkler oder zwielichtiger, etwas Wind war aufgekommen und gleichzeitig eine sonderbare erregende Stille...

Er fröstelte leicht durch den jähen Schatten in der Luft. Seine Augen suchten die Wolke, die sich vor die blasse Frühlingssonne geschoben haben mußte, aber der Himmel war klar und von mattem Blau.

In einer Reflexbewegung fuhr sich Petry mit der Hand durch das nicht sehr dichte dunkelblonde Haar. Mein Hut! dachte er. Hatte ich nicht vorhin den Hut mitgenommen? Sein Gedächtnis ließ nach. Bedenklich für einen Fünfunddreißigjährigen. Aber natürlich – der Hut war ihm doch fast vom Kopf geflogen, vorhin an der

Pförtnerloge. Er hatte ihn doch festhalten müssen! Oder konnte das gestern gewesen sein?

Verwirrt, mit einem seltsam leeren Gefühl in seinem Innern, setzte er seinen Spaziergang fort. An dem kleinen Weiher des Parkes blieb er stehen und sah zerstreut einer davonschwimmenden Ente nach. In unbewußter Abwehr glitt sein Blick hinüber zu dem Hochhaus jenseits der Parkmauer, an dessen gläserner Schwingtür unten in übertrieben kleinen Messingbuchstaben »Petry und Sohn« stand. Das war die Welt, für die er lebte! Das Werk seines Vaters, dem er nicht entfliehen konnte, weil es ihm von klein auf eingepaukt worden war: für dich, alles für dich. Du bist der Sohn, der Erbe. Erweise dich würdig. Sei dankbar.

Das große Druck- und Verlagshaus Petry war in einer einzigen Generation aus einem Kleinbetrieb gewachsen, aus einer Handvoll fleißiger Männer und einem begabten, leitenden Kopf. Es war ein zweifelhafter Vorzug, als Sohn eines solchen Vaters groß zu werden. Ausersehen, ein Lebenswerk zu übernehmen, ohne selbst eine solche Leistung vollbringen zu dürfen. Denn was der Sohn auch an Vergrößerungen und Erweiterungen hinzufügen mochte, niemals würde das in den Augen anderer ein Kunststück sein bei dem Fundament. Immer würde es der Alte bleiben, der die schöpferische Tat vollbrachte – der große Gründer des Hauses Petry, dessen Bild schon jetzt in Pastell und Öl in den Konferenzzimmern hing – der Mann, der niemals zu erreichen war, weil er arm angefangen hatte.

Schon der leiseste Gedanke daran trieb Hans Petry in eine gewisse Starre, in eine fast feindselige Konzentration. Er wußte, daß der Lebensinhalt, den ihm sein Vater so energisch zudiktierte, ihn niemals ausfüllen würde, daß er so lebte wie ein Kranker, mit schwachem Herzschlag und verhaltenen Kräften.

Er schüttelte den Kopf, als wollte er sich wehren, etwas abwerfen. Ein dumpfes Gefühl sagte ihm, daß er soeben noch an ganz andere Dinge gedacht und anders empfunden hatte. Aber er konnte sich nicht erinnern. Beim besten Willen nicht. Später würden seine Gedanken tausendmal zurückwandern zu diesem Augenblick, grübelnd, forschend nach irgendeinem Anhaltspunkt für etwas Besonderes, verbissen grabend nach seinem kleinen Anteil an einem welterschütternden Ereignis, das zufällig für ihn ganz persönlich von überragender Bedeutung war. Aber davon ahnte er noch nicht das Geringste.

Eine Tannenmeise flog in sein Blickfeld, taumelnd und mit unregelmäßigen Flügelschlägen, als hätte sie etwas erschreckt. Auf einem dürren Weidenast blieb sie sitzen und äugte schräg zu Petry hinunter. Mit ihrer federleichten Gegenwart unterbrach sie den Kreislauf seiner unfruchtbaren Überlegungen. Mit einem halben Lächeln betrachtete er das flinke kleine Tier auf dem Hintergrund der zartgetönten Frühlingslandschaft.

Verheißungsvoll raschelten die kleinen Äste, flüsterten ihm zu, daß oft unscheinbare Dinge die ersten Boten großer Ereignisse und die letzten treuen Hüter aller Geheimnisse waren. Petry kehrte um und beschleunigte seine Schritte. Er verließ den Park, bog um die Straßenecke, überquerte die mit grauen und weißen Platten bepflasterte breite Auffahrt vor dem Verlagshaus und trat durch die gläserne Schwingtür.

Grün und silbern war die Fassade des Hauses Petry, von langen Aluminiumleisten in regelmäßige Felder geteilt. In der Wirkung modern, farbenfroh, nüchtern und reich. Davor war eine schräge Auffahrt mit zwei riesigen steinernen Blumenschalen zur Markierung und wieder davor ein gepflegter Parkstreifen mit Bänken für die Angestellten.

Es war noch zu kalt zum Stillsitzen, und die Bänke blieben leer. Nur auf der Bank an den Haselnußbüschen saß der treue alte Stammgast, der dort zu jeder Jahreszeit und fast bei jedem Wetter nach dem Mittagessen seine Ruhepause verbrachte.

Der alte Mann blinzelte in die fahle Frühlingssonne und reckte sich vorsichtig. Die Schultern schmerzten, und die Halswirbel knirschten, wenn er den Kopf bewegte. Seine Tochter Nina behauptete ja immer, daß er sich das Rheuma nur auf der Parkbank geholt hätte. Unsinn war das! Die Leiden des Alters stellten sich überall ein, in jedem Klima, unter jeder Bedingung. Es war wohl so eingerichtet, damit den Menschen der Abschied aus diesem Leben etwas leichter wurde. Er zog den Mund in die Breite zu einem Lächeln, das im Gesicht feststeht wie etwas Unvergängliches, jenes typische Lächeln alter Menschen, das Zeugnis gibt von der bemerkenswerten Tapferkeit, mit der sie in aller Stille zwischen uns Abschied nehmen. Ein nur wenig beachtetes Heldentum, dieses heimliche, verschämte, stückweise Sterben, in Einsamkeit geübt – das Loslassen von Dingen und Menschen, von Erinnerungen und Zukunftsträumen.

Der alte Jaenicke konnte so lächeln, obwohl er keine Vorstellung von einem »Danach« oder einem »Drüben« hatte, dafür aber genau wußte, daß es ein dauerhaftes Wohnrecht hier nicht gab. Gelassen saß er da, den Rücken angelehnt, die schweren Hände in den Taschen seines schäbigen Lodenmantels, und sah hinüber zu dem Haus, in dem er vierzig Jahre Pförtner gewesen war. Allerdings nicht in diesem prachtvollen Neubau aus Glas und Stahl, sondern zuerst in der kleinen Druckerei des alten Friedrich Petry, später in dem schon größeren Backsteinbau, dann in dessen Ruine, anschließend in den Ausweichbaracken am Stadtwall und schließlich doch noch in dem bunten Glaspalast, in dem alles plötzlich anders war, kälter und fremder, anspruchsvoller – so ganz anders als früher. Der alte Petry war noch weitgehend ein Mensch geblieben. Oft hatte er an Jaenickes Pförtnerloge haltgemacht, vor diesem neuen Musterkäfig mit lauter Schalttafeln und Hebeln und Telefonsteckern. Wie geht's denn? hatte er gefragt. Was macht die Kleine?

Dem jungen Petry würde das wahrscheinlich niemals im Traum einfallen. Dafür hatte der Vater nun geschuftet, daß er jetzt diesen verwöhnten Jungen großgezogen hat, der immer so aussieht, als ob ihm schon alles zu viel ist. Bestimmt hat sich der Alte seinen Sohn tatkräftiger vorgestellt. Aber mit so viel Geld sieht bald alles anders aus.

Eine Amsel begann zu flöten, dicht hinter ihm im Strauch. Jaenicke drehte sich vorsichtig, um den Schmerzen zu entkommen, und der Vogel verstummte. »Ihr traut uns nicht«, sagte er zu der Amsel. »Ich kann's ja verstehen. Aber ihr könntet doch auch Unterschiede machen!«

Dann fiel sein Blick wie zufällig auf die Turmuhr der kleinen Kirche, die neben dem aufragenden Hochhaus fast verschwand. Der alte Mann kniff die Augen zu und sah noch schärfer hin. »Das ist doch nicht möglich«, murmelte er, »ich muß wohl eingeschlafen sein. Kein Wunder, daß mich das Rheuma plagt.«

Mit einem ächzenden Laut stand er auf. Lustlos, mit schlurfenden Schritten machte er sich auf den Weg nach Hause. Nina würde schimpfen.

Nina Steinmüller sah versunken und geistesabwesend zu, wie das Wasser in den Scheuereimer lief. Als der Eimer voll war, drehte sie den Hahn ab und wischte sich die Hände an der Schürze trocken. Ich wollte doch eben noch was, grübelte sie. Richtig, Kartoffeln aufsetzen!

Sie ging in die Küche. Dampf schlug ihr entgegen, und der Topfdeckel klapperte. Sie nahm einen der schmierigen Lappen, die überall herumlagen, und hob den Deckel auf. Die Kartoffeln!

»Na, so was«, sagte sie laut. Herbert mußte schon die Kartoffeln aufgesetzt haben. Rührung überkam sie. Oder sollte der Vater? Nein, der war ja noch auf seiner Bank am Verlagshaus. Der machte auch so leicht keinen Finger krumm im Haushalt.

»Herbert!« rief sie. Keine Antwort.

Sie stieß die Tür zum Schlafzimmer auf. Dort lag Herbert Steinmüller zusammengerollt auf seinem Bett. Vollkommen angekleidet. Nur die Schuhe hatte er ausgezogen. Genau wie immer.

Natürlich, dachte die Frau lächelnd. Er stellt sich schlafend. Leise trat sie näher und beugte sich über ihn. »Herbert?«

Er atmete tief und gleichmäßig, mit geschlossenen Augen. Sie küßte ihn auf die Schläfe. »Kannst ruhig aufwachen«, sagte sie zärtlich. »Ich hab es schon entdeckt.«

Jetzt grunzte er und drehte sich auf den Rücken. Dann riß er die Augen auf. »Muß ich aufstehen, Nina?«

»Du Schauspieler!« sagte sie. In ihren Augen war ein Leuchten wie schon seit Jahren nicht mehr. Er stützte sich auf den Ellenbogen hoch. »Was ist denn los?«

»Na schön«, sagte sie. »Du willst es nicht zugeben. Dann glaube ich eben wieder an die Heinzelmännchen. Aber lieb war es doch. Schlaf weiter!«

Er sah auf die Armbanduhr. »Ich muß mich ja fertigmachen«, sagte er. »Ist ja gleich halb vier!« Herbert Steinmüller war Straßenbahnschaffner, und er hatte diese Woche die zweite Schicht ab fünf Uhr nachmittags.

Die Frau griff nach seinem Handgelenk und überzeugte sich. »Kann denn das sein?« sagte sie unsicher. »Dann muß ich mal nach Gabi schauen.«

Die vierjährige Gabi spielte draußen auf dem nicht sehr schönen Hof, gleich unter dem Küchenfenster. Zwischen Mülltonnen und Gerümpel saß sie da und hantierte mit ihrer Riesenpuppe. Frau Steinmüller öffnete die Tür zum Hof und rief das Kind zu sich. Die Kleine sprang auf und kam sofort angelaufen. »Ja, Mutti?«

Frau Steinmüller erstarrte. Auf der Stirn des Mädchens klebte ein großes frisches Pflaster über einem sorgfältig gelegten Mullläppchen. Sie schlug die Hände zusammen. »Kind, was hast du denn gemacht? Bist du hingefallen?«

Gabi sah sie mit blauen Augen unschuldig an. »Nein, Mutti.«

»Was denn? Gestoßen?«

»Nein.«

»Wer hat dir denn den Verband gemacht?«

Jetzt sah die Kleine nur fragend und erstaunt zu ihr auf. Der Frau wurde es zu bunt. Sie hob das Mädchen auf und trug es vor den alten, angeschlagenen Spiegel im Korridor. »Da schau! Das Pflaster auf deiner Stirn! Sicher hast du dich verletzt, und jemand hat dich nebenan bei Dr. Simon verbinden lassen. Nun erzähl mal genau, wie das gekommen ist.«

Das Kind begann zu weinen. »Ich weiß nicht, Mutti...«

Die Haustür klingelte. Der Vater kam.

Mit einem scheuen Blick sah Jaenicke seine Tochter an. »Bin ein bißchen eingeschlafen, Nina.« Ein zweiter Blick auf das Kind mit dem Pflaster verriet ihm, daß er im Augenblick unwichtig war. »Was ist mit Gabi passiert?«

»Laß nur, Vater«, sagte die Frau mit hastiger Stimme, als wollte sie weiteren Fragen zuvorkommen. »Ist schon alles gut. Geh nur in die Küche und wärm dich auf!«

»Und du bist mir nicht böse?«

»Nein, nein. Geh doch schon!«

Der alte Mann schüttelte den Kopf und ging gehorsam in die Küche, wo die Kartoffeln dampften.

In dem Band »Checklist of Birds of the World« wurden die Familien der Reiher und Störche (Ardeidae und Ciconiidae) mit ihrem jetzigen taxinomischen Status neu erfaßt und gruppiert, schrieb Susanne. Dann stutzte sie. Wie kam denn das Blatt über die ostafrikanischen Fledermäuse dazwischen?

Sie ließ die Arme hängen und lehnte sich zurück. Man muß ja mal abschalten. Diese ewige Hetzerei von Termin zu Termin – immer heißt es nur: So schnell wie möglich, bitte. Dringend. Nichts hat Zeit. Weder der Aufsatz über die Gletscherlilien noch die Reiher, noch die Fledermäuse. Sie schloß die Augen und redete sich gut zu, in der Art, wie sie es immer machte: Leg mal eine Pause ein, Susichen. Und sei friedlich. Es ist doch eine hübsche Arbeit, die dir gefällt. So, und jetzt bekommst du erst mal einen Kaffee.

Susanne nickte mit geschlossenen Augen. »Einverstanden«, sagte sie. Ohne einen weiteren Blick auf die aufgestapelten Bücher und Manuskriptblätter stand sie auf und ging ans Fenster. Kahl und traurig hingen dort die leeren Blumenkästen. Nur ein paar vertrocknete Reste der Spätastern ragten vergeblich in die Frühlingssonne. »Petunien werden wir diesmal pflanzen«, sagte Susanne.

Im Vorbeigehen am Bücherschrank machte sie mit dem Finger die Staubprobe, wie um sich selbst zu ärgern. Schwarz, natürlich. Selbst die aufgestellten Fotorahmen hatten schon eine schwache Patina. Es waren drei: Das größte davon zeigte Philipp Corduan am Klavier. Wo denn sonst? Schließlich war er mit dem Klavier verheiratet. Daneben ein Bild mit zwei Kindern im Alter von zehn und zwölf Jahren, ein Junge und ein Mädchen. Das waren Susanne und ihr Bruder Alexander.

Der Gedanke an Alex kam wie ein Schatten. Sie liebte ihn, wußte, daß er litt, und konnte ihm nicht helfen. Er hatte sich nicht warnen lassen vor der Ehe mit seinem blonden Porzellanengel Lore, dieser Frau, die in weltfremder Ichbezogenheit lebte und in einer ebenso weltfremden Anbetung ihres Mannes. Wenn Alex zufällig nicht Ria begegnet wäre, hätte ihn früher oder später eine andere aufgeweckt. Jedenfalls weiß er jetzt, daß Lore nicht zu ihm paßt, aber er weiß nicht, wie er da herauskommen soll. Er hilft sich mit Lügen, Ausflüchten, Heimlichkeiten, läuft ständig mit leidender Miene herum und türmt Probleme auf, wo nichts weiter als Klarheit und Offenheit nötig sind. Man konnte ihm nicht helfen – es sei denn mit Gewalt...

Schnell, als wollte Susanne einer Gefahr ausweichen, heftete sie ihren Blick auf das Bild ihrer Eltern, das dritte in der vollständigen Sammlung aller Menschen, die ihr nahestanden. Aber auch von diesem Foto kam ihr weder Ruhe noch Trost. Es zeigte das Lächeln in Gesichtern, die durch Langeweile, Entfremdung und heimliches Unglück geprägt waren. Spuren, die sich nicht einfach tilgen ließen, wenn man für zwei Minuten in eine Kamera hineinstrahlt. Schnell eine Portion Lebensfreude, wie man ein Stück Torte kauft oder für zwanzig Pfennig Sahneeis. Ein Andenken für die lieben Kinderchen, ein Bildchen von den glücklichen Eltern in Amerika. Mach's gut, Susannchen, mach's gut, Alex. Nehmt euch ein Beispiel an uns, wir haben viel Geld und sind stets vergnügt.

Ihr lügt ja! dachte Susanne. Ihr habt uns immer belogen! Und am liebsten wäre es euch, wir würden genauso eine Schau abziehen. Es ist am bequemsten. Es belastet nicht. Jeder trage seinen Kummer allein. Alex fing ja auch schon so an. Ach... Sie pustete zärtlich über Philipp und sein Klavier und ging hinaus in die Küche, um endlich den Kaffee zu kochen.

Sie sah den Hut in der Diele erst, als sie mit Tasse und Kännchen zurückkam. Beinahe hätte sie das Tablett fallen gelassen. Spukte es denn hier? Dies war schließlich ein modernes Junggesellinnen-Appartement im achten Stock. Dennoch, wer konnte es leugnen – dort hing ein Herrenhut am Garderobenhaken, der vorher nicht dagewesen war. Und weit und breit kein Besitzer für ein solches Kleidungsstück. Wie hätte er auch hereinkommen sollen?

Der praktische Sinn in Susanne verdrängte zunächst das kurze Schaudern, den Augenblick des intuitiven Erfassens. Sie trug den Kaffee ins Wohnzimmer und ging dann mit Forschergründlichkeit an die Untersuchung des Phänomens. Sie nahm den Hut vom Haken, behutsam, als könnte er bei Berührung in nichts zerfallen oder sich als eine Fata Morgana erweisen. Dann roch sie daran. Eine Spur von Rauch schien in dem hellbraunen Filz zu hängen. Rauch! Sie lief zurück ins Zimmer und suchte den Aschenbecher. Er stand nicht auf dem gewohnten Platz am Telefon. Er stand auf dem Couchtisch. Und zwei Zigarettenreste lagen darin. Susanne war Nichtraucherin.

Eine Erregung ergriff sie, ganz langsam, wie ein Donnern, das von fern heranrollt, drohend und unaufhaltsam. »Das ist ja wie im Kriminalroman!« sagte sie laut.

Sie langte nach einem der Zigarettenstummel, brach ihn auf und hielt ihn an ihre Wange. Er war noch nicht ganz kalt. Dann nahm sie wieder den Hut und betrachtete ihn von innen. In das Lederband war mit einer Prägezange ein Name eingedrückt. Sie zögerte kurz, bevor sie las, obwohl sie doch sicher war, daß der Hut nur Alex oder Philipp gehören konnte. Sie mußte sich zwingen hinzusehen. Ihr Blick verschwamm. Das Blut war so jäh aus ihrem Kopf gewichen, daß ihr schlecht wurde. Dort stand weder Alexander Karr noch Philipp Corduan – dort stand der Name eines Mannes, der noch niemals ihre Wohnung betreten hatte, der Name ihres neuen Chefs: Hans Petry.

Susanne merkte, daß ihre Knie zitterten. Sie konnte es nicht verhindern. »Ich bin verrückt geworden«, flüsterte sie. »Es ist grauenhaft. Ich kann doch nur verrückt geworden sein!« Es fing schon vorhin an, das Durcheinander am Schreibtisch mit den Reihern und den Fledermäusen. Sie war völlig verwirrt gewesen, hatte sich nicht erklären können, wie das Blatt in ihre Hände gekommen war. Irre! Oh, lieber Gott, das kannst du doch nicht zulassen! Vielleicht ist es heilbar! Ich muß zum Arzt – nein, nicht so schnell. Es konnte doch noch eine Erklärung geben ...

Sie lief in den Korridor und sah nach, ob die Wohnungstür geschlossen war. Sie war es. Der Schlüssel steckte von innen und war einmal herumgedreht. Das Badezimmer! Dort konnte sich jemand versteckt haben. Aber wann? Zitternd lauschte sie, dann drückte sie mit einem Ruck die Klinke herunter. Leer. Hell und freundlich sah es aus mit den gelbweißgestreiften Plastikvorhängen, den weißen Kachelwänden und den schwarzgelben Gummiplatten am Fußboden. Kein Spaßvogel zu sehen. Weitere Versteckmöglichkeiten für ausgewachsene Männer gab es in der kleinen Wohnung nicht. Sie hatte nur ein Zimmer, Küche, Bad, Balkon und Korridor. Und unter der Couch? Nein, nicht solche Gedanken. »Wir müssen uns beherrschen, Susichen. Wir dürfen nicht verrückt werden, es wäre zu entsetzlich.«

Sie holte den Spiegel, der über dem kleinen Flurschränkchen hing und trug ihn hinein ins Zimmer. Dort lehnte sie ihn gegen den Couchtisch und setzte sich davor. Lange und ernsthaft betrachtete sie ihr Spiegelbild. Susanne war schön. Ein schmales Gesicht, sonnengebräunt, naturgewelltes, mittelblondes Haar, wachsame helle Augen mit hochgeschwungenen Brauen, die keiner Bearbeitung mit der Pinzette bedurften. Die hohe Stirn und die auffallende Gleichmäßigkeit ihrer Gesichtslinien gaben ihr etwas Hoheitsvolles, Verschlossenes. Selbst der volle Mund wirkte, wenn sie ernst war, steinern – beinahe maskenhaft. Mit einem Minimum an Make-up konnte sie den Eindruck einer Göttin erzielen, erhaben und unerreichbar. Erst wenn sie lachte, wenn der Übermut in ihren Augen zu schimmern begann, wenn sie sich bewegte und sprach, dann war sie die eigentliche Susanne, temperamentvoll, aufgeschlossen und herzlich.

Während sie sich jetzt forschend ansah, lächelte sie nicht. Sie suchte die Veränderung in ihren Zügen, irgend etwas Neues, Fremdes, einen Anhaltspunkt für die schrecklichste aller Krankheiten: den Wahnsinn. Ihre klugen Augen schauten ihr aus dem Spiegel ruhig entgegen. Etwas dunkler als sonst, umschatteter, aber völlig klar. Sie wirkte im ganzen älter.

»Wir fürchten uns, Susanne«, sagte sie zu sich selbst, »Angst macht alt, auch wenn man erst sechsundzwanzig ist. Und Angst verwirrt. Wir wollen einmal ganz ruhig nachdenken.« Konnte jemand den Hut abgegeben haben? Unsinn. Das müßte sie wissen – und dann: wozu abgegeben? Was sollte sie mit dem Hut von Herrn Petry?

Sie könnte ihn einfach anrufen. Herr Petry, Ihr Hut hängt bei mir im Flur, wahrscheinlich waren Sie bei mir... Wer so sprach, konnte nicht alle fünf Sinne beisammenhaben. Sie kam doch nicht um die Tatsache herum, daß sie allein in dieser Wohnung lebte, als einzige den Schlüssel besaß, selber die Putzarbeit machte und keinen Kontakt mit den Nachbarn hatte, die sie nicht einmal richtig kannte. Wie auch immer der Hut hereingekommen war, sie mußte die Tür geöffnet haben. Sie mußte dabeigewesen sein, wie Petry zwei Zigaretten in ihrem Zimmer geraucht hatte – und sie mußte es vergessen haben. Das war es!

Susanne schaute auf ihre Schreibtischuhr und schlug sich mit der flachen Hand vor die Stirn. Schon halb vier! Da lag es, irgendwo verborgen auf diesem kleinen Zifferblatt. Aber wie konnte es dazu kommen? War sie gefallen und hatte eine Gehirnerschütterung mit Ausfallerscheinungen gehabt?

Sie tastete ihren Kopf ab, Zentimeter für Zentimeter. Es tat nicht weh. Während sie ihre Haare durcheinanderwühlte, fiel ihr Blick zufällig wieder auf den Spiegel, und nun hatte sie allerdings das vollkommene Bild einer Irren vor sich.

Jäh ließ sie die Hände fallen. »Oh, mein Gott«, sagte sie. Alles an ihr störte sie plötzlich. Der ganze Aufzug, den sie sonst so liebte – die blauweißgestreifte »Sträflingsbluse« mit den aufgekrempelten Ärmeln, die weißen Leinenhosen, die ausgetretenen Lederslipper und das reichlich kühne rote Knüpftuch um den Hals. Zigeunerwelle nannte sie das, wenn sie sich so anzog. Jetzt fand sie, daß sie aussah wie eine Jahrmarktsfigur. Das rote Tuch stach ihr so in die Augen, daß sie es abnahm und dabei fast zerriß.

Susanne! mahnte sie sich selbst, wenn du jetzt noch einen Tobsuchtsanfall kriegst, stimmt es haargenau. Ein perfekter Eindruck von Schizophrenie. Am besten, wir telefonieren gleich das nächste Irrenhaus an und lassen dich abholen.

Sie ging hinüber zu ihrem kleinen Schreibtisch und schob wehmütig die Manuskriptblätter zusammen. »Vorläufig nicht mehr«, sagte sie dabei leise. »Und wenn es noch so eilig ist. Ich kann nicht mehr. Ich bin leider übergeschnappt. Grüßt schön Herrn Petry –«

Petry. Unwillkürlich zuckte sie zusammen. Was hatte er hier gewollt? Sie kannte ihn doch nicht näher. Wieso war er hergekommen? Gewiß, der Artikel über die Reiher sollte schnellstens in die Setzerei, aber sie wäre ja sowieso heute nachmittag in das Verlagshaus hinübergegangen. Wollte er ihr den Weg ersparen? Dann hätte er ja auch einen Boten schicken können. Oder gab es noch etwas zu ergänzen? Dazu genügte das Telefon. Ihre Gedanken verzögerten sich etwas. Persönliche Annäherung? Lächerlich! Doch nicht der junge Petry, dieser langweilige, trockene Knochen. Oder doch? –

Erneut wurden ihre Knie weich. So ging es ja nicht weiter. Sie mußte etwas tun. Irgend etwas Vernünftiges... Warum weinte sie eigentlich nicht? Es wäre doch Grund genug zum Weinen. Sie lauschte in sich hinein. Nein, dachte sie. Ich bin nicht traurig. Es ist etwas Schlimmeres als Trauer. Es ist Gleichgültigkeit und Vergessen – so etwas Ähnliches wie der Tod.

Aber es gab ja noch Philipp. Sie mußte zu ihm. Sie war es ihm sogar schuldig. Er würde ihr helfen können, wenn er nur wollte. Wenn er nicht gerade seiner Spottlust freien Lauf ließ und sie mit seinen Witzen abspeiste. Es konnte eine sehr entscheidende Begegnung mit Philipp werden, eine Probe, auf die sie ihn noch nie gestellt hatte. Sie mochte ihn ja auch so, in seiner leichten Art, mit der er sie immer erheitert und dem Alltag enthoben hatte. Jetzt aber, heute mußte er zeigen, ob er im Ernstfall fähig war, ein Freund zu sein.

Susanne zog sich um. Sie nahm das graue Kostüm und steckte ihre Haar glatt nach hinten zusammen. Kühl und damenhaft sah sie aus, intelligent und sicher. Diesmal konnte sie mit ihrem Spiegelbild mehr als zufrieden sein. Sie zwinkerte sich zu mit einem schlauen kleinen Lächeln. Noch darfst du ohne Wärter ausgehen, Susichen!

Dann griff sie nach ihrer Handtasche und verließ die Wohnung. Während sie von draußen zuschloß, heftete sie den Blick auf das kleine Namenschild an der Tür, wo in klaren weißen Buchstaben auf schwarzem Grund »Susanne Karr« stand. »Hoffentlich vergesse ich nicht, wie ich heiße«, murmelte sie dabei, »und die Adresse...«

Eine meergrüne Seidendecke überspannte das große Doppelbett, zierliche weiße Schleiflackmöbel tauchten ihre zugespitzten Holzfüße in Eisbärfelle, meergrüne Tüllgardinen wogten und schäumten kunstvoll gerafft vor der ganzen Fensterwand, in zarter, aber doch energischer Abwehr gegen die allzu kräftigen Lichtstrahlen.

Ein französisches Boudoir war dieses Schlafzimmer, eine Pralinenverpackung für romantische Träume, ein Wunschgebilde, von Großmüttern überliefert an noch nicht ganz emanzipierte Bürgertöchter.

In einem solchen Raum konnte sich bestenfalls eine Frau wohl fühlen, die gegen die Wirklichkeit des Lebens durch den Schild eines reichlichen Vermögens abgeschirmt war. Eine, die aus ihrem Schlaf keine Kraft für den Lebenskampf zu schöpfen brauchte, sondern die eine Traumschachtel für Illusionen benötigte. Kein Mann würde dieses feminine Märchenschloß auf Dauer ertragen können, ohne in eine gefährliche, selbstverleugnende Wesensspaltung hineinzugeraten.

Lore Karr saß auf der grünseidenen Bettdecke in einem weißen Negligé aus Batist. Ihr war nicht gut. Sie fühlte sich so elend, daß die Verwunderung, warum sie am hellen Nachmittag hier in ihrem Nachtzeug saß, kaum ihr Bewußtsein erreichte.

Ihre bloßen Zehen griffen in das dichte Bärenfell, als suchten sie Halt. Die sinnenvernebelnde Übelkeit nahm zu. Einen Schluck Wasser, dachte sie, nur einen Schluck...

Schwerfällig, wie eine Trunkene, griff sie nach dem Glas, das neben ihr auf dem Nachtschränkchen stand. Es war leer. Sie starrte hinein, wußte, daß sie dort etwas sah, und war zu müde, darüber nachzudenken. Langsam, ganz aus der Tiefe dämmerte etwas herauf, wie ein Ruf, wie eine Warnung...

Der Satz darin, dachte sie, komischer weißer Satz in dem Glas. Seit wann hat Wasser einen Satz? Lauter wurde die Warnung, die innere Stimme immer dringender. Sie zwang ihre Augen zu sehen, wachsam zu sein. Da lag noch das Röhrchen, das Tablettenröhrchen. Ach, das ist es! dachte sie erleichtert. Ich habe eine Schlaftablette genommen. Deshalb bin ich so blöde. Oh, mein Kopf! Ihr wurde schwindlig, und die innere Stimme kam jetzt zu ihr wie ein letzter Schrei. Dann sah sie es: Die Röhre war leer. Keine Tablette mehr drin, die neue Röhre, gestern besorgt – zwanzig Stück...

»Alex!« Lore schrie, so laut sie konnte. Sie schrie sich selber wach, ihre Angst, die sich aufbäumenden Lebensgeister gaben ihr noch eine kurze Frist zum Handeln. Niemand kam. Sie war also allein. Aber wann hatte sie das getan? Und warum? Oder hatte sie nicht selber? Unsinn, nur keine Zeit verlieren.

Sie tastete nach dem Telefon. »Polizei!« schrie sie in den Hörer. Welche Nummer hatte nur die Polizei? Wo war das Telefonbuch?

Oh, lieber Gott, hilf mir doch! Gib mir noch eine Minute! Das Telefonbuch lag vor dem Frisierspiegel. Als sie danach griff, fiel es herunter.

Nur nicht bücken, dachte sie. Wenn ich mich bücke, komme ich nie mehr hoch, nie mehr, nie mehr, *nie mehr*... Noch einmal gelang es ihr, sich wachzurufen. Sie fand das kleine Telefonnotizbuch in der Schublade, und dort stand obenauf die Nummer für den Polizeinotruf. Der Weg zum Telefon betrug etwa drei Schritte und führte durch einen wunderlichen Dschungel von Träumen und Bildern. Sie sah ein weinendes, laut schreiendes kleines Mädchen im Nachthemd auf einem dunklen Treppenflur, fühlte beruhigende Mutterarme und ein sanftes Wiegen; sie sah ein zickzack fahrendes schwarzes Auto, an dem ein erleuchteter Autobus mit vielen Menschen langsam vorbeifuhr – der Traum, den sie immer wieder träumte –, und sie sah eine rotbäckige, strahlende und unendlich brav aussehende junge Braut an der Seite eines Gottes: Alex! Der Mann, dem sie nie gewachsen sein würde und der sie doch erwählt hatte. Der Mensch, der für sie alles war, alles, alles, *alles*...

Noch während sie die Nummer wählte, brach sie vor dem Bett zusammen. »Hallo?« rief eine rasche, kräftige Stimme am anderen Ende, »ist dort jemand?«

Lore glaubte zu rufen, obwohl sie nur noch flüsterte. »Ich habe mich vergiftet – kommen Sie schnell, schnell, *schnell*...«

»Wo sind Sie denn?«

»Akazienallee *sieben*...« Die endgültige Bewußtlosigkeit hatte sie erreicht und breitete sich über sie wie ein Tuch. Im Wettlauf mit der Zeit war es ihr nicht mehr gelungen, die Hausnummer siebenundfünfzig zu Ende zu sprechen.

Mit lautem Signal fuhr der Polizeistreifenwagen durch die Ringstraße der Akazienallee zu. Die beiden Männer, ein Obermeister und ein junger Nachwuchspolizist, hatten im Bereitschaftsraum gesessen und Karten gespielt, als die Meldung kam. Und nicht nur die eine Meldung. Die ganze Stadt schien verrückt geworden zu sein. Hauptsächlich Frauen riefen an – natürlich, die Frauen wurden ja immer zuerst verrückt – also viele sagten, ihnen wäre beim Einkauf ihr Geld gestohlen worden. Kleine Beträge meist. Manche behaupteten, sie seien an einen Ort geflogen und wüßten nicht, wie sie dahin gekommen seien.

Nachts um diese Zeit kam das ja öfter vor, daß einer nicht

wußte, wo er sich befand. Kein Mensch wunderte sich darüber. Aber diesmal konnte der Alkohol nicht gut die Ursache sein. »Was meinen Sie, was eigentlich los ist, Chef?« fragte der junge Polizist, der am Steuer saß. Er hatte ein biederes, sommersprossiges Gesicht und die Schultern eines Möbelpackers. Der Obermeister war äußerlich das Gegenteil. Um fünfzig, hager, spitznasig und mit tiefen Augenhöhlen.

»Muß schon irgendwas los sein«, brummte er und kniff die schmale Oberlippe ein. »Ein Fall von Massenhysterie. So was kann vorkommen.«

»Bei uns hat es doch auch nicht ganz gestimmt«, begann der Junge wieder. »Dieser Streit plötzlich um die Karten – und den meisten ist die Zeit so kurz vorgekommen, so als ob wir die letzte Stunde überhaupt nicht richtig mitbekommen hätten ...«

»Das ist doch Einbildung!«

»Aber etwas muß es doch sein! Auch die Frau, die wir jetzt suchen sollen ...«

»Die hat sich vergiftet.«

»Vielleicht irrt sie sich«, sagte der junge Mann hartnäckig, und seine Sommersprossen erschwerten es ihm, gewichtig zu wirken. »Ich meine, es kann ja auch so ein Irrtum sein wie bei den andern.«

»Möglich«, sagte der Ältere ruhig. »Ich hoffe es.«

Dem jungen Mann war reichlich unverständlich, wie der vorgesetzte Kollege hoffen konnte, daß die Meldung eine Ente war. Wer ließ sich schon gern zum Narren halten?

Sie hatten die Akazienallee erreicht, bogen rechts ein und suchten die Seite mit den ungeraden Zahlen.

»Da vorne«, sagte der Obermeister, »da kommt fünf, dann sieben ...«

Sie ließen den Wagen stehen und kämmten das Haus durch. Nirgends ein Fall von Vergiftung. Im vierten Stock öffnete niemand. Sie fragten bei den Nachbarn, wer dort wohnt. Die sind verreist, hieß es.

Der Junge grinste. »Vielleicht ist sie schon wieder gesund.«

»Vielleicht stimmt die Hausnummer nicht«, sagte der andere.

»Na, wenn einer um Hilfe ruft, wird er doch die richtige Hausnummer angeben!«

»Wenn er noch dazu kommt«, sagte der Obermeister lakonisch, in gleichmütiger, geduldiger Abwehr gegen die jugendliche Widerspenstigkeit. »Wir suchen alle Häuser ab, die eine sieben haben.

Siebzehn können wir auslassen, das klingt anders. Als nächstes also siebenundzwanzig. Los!«

»Aber die Allee hat über dreihundert Nummern –?«

»Wir müssen es versuchen.«

»Jawohl, Chef.«

Nach der Nummer siebenundvierzig wurde auch der Obermeister unsicherer. Er schaltete im Wagen die Sprechfunkanlage ein und gab einen kurzen Bericht ans Revier. Dort hatten sich inzwischen die seltsamen Meldungen derartig gehäuft, daß man nicht zwei Mann auf gut Glück eine ganze Allee absuchen lassen konnte.

»Wir befinden uns in einem Ausnahmezustand«, sagte der Hauptkommissar. »Man weiß nicht genau, was los ist, aber irgendwas stimmt nicht mehr mit unsrer Atmosphäre. Wir brauchen jeden Einsatzwagen. Kommen Sie zurück!«

Der junge Polizist wendete erleichtert den Wagen. Der Obermeister kniff die Lippe ein.

Nicht weit von der Dampferhaltestelle am Fluß an dem schmalen eisernen Ufergitter lehnte ein Mann und starrte in das ölige dunkle Wasser, als ob ihm dieses fließende Element in bösartigem Schabernack die Antwort vorenthielt, die er finden mußte. Der vier Meter neben ihm hängende Rettungsring pendelte leicht im Wind, die weißen Ausflugsschiffe schwankten bedächtig auf den flachen Wellen.

Vernünftige Wesen, diese Schiffe, dachte der Mann. Weder erwarteten sie das kommende Wochenende mit Ungeduld, noch forderten sie einen rostschützenden Farbanstrich für ihren eisernen Rumpf. Es war ihnen gleich, ob sie das Ufer entlangglitten oder verrotteten. Sie empfanden nichts. Sie kannten keine Revolution. Wie armselig war ein Mensch dagegen mit seinen bohrenden Wünschen, seinem Schrei nach Erfüllung, seinem gierigen, hastigen Suchen nach Lebensglück.

Der Mann war noch jung. Seine Züge markant, beinah scharf, wenn der volle weiche Mund nicht gewesen wäre, der all seine Schwächen verriet.

Das Wasser an der Ufermauer floß langsamer und stiller, nachdem der kurze Wind sich gelegt hatte, und Alexander Karr konnte sein Spiegelbild erkennen. Ärgerlich spie er hinunter. Wie fühlte sich ein Mann, der im Begriff war, seine Frau zu verlassen?

Alexander war ein Romantiker mit noch unbewältigten Ritteridealen aus seiner Jünglingszeit, und deshalb fühlte er sich nicht gut. Nur zwanzig Schritte weiter stand ein Telefonhäuschen. Er könnte einfach hineingehen und Lore anrufen. Er könnte ihr sagen: Ich habe dich geheiratet, ohne mich selbst zu kennen. Ich wollte es besser machen als meine Eltern, wollte mir so etwas wie eine heimliche Gralsburg erbauen. Deine Reinheit, dein kindliches Wesen zogen mich an, ich glaubte, berufen zu sein, dir eine paradiesische Insel zu errichten, mitten in der Welt. Ich war nicht berufen. Ich muß dich verlassen, Lore, so lange es noch Zeit ist, ich bin meinen eigenen Idealen nicht gewachsen...

Lores Reaktion auf diese schöne Rede würde kurz sein. Eine andere Frau? würde sie fragen. Was sollte er darauf antworten? Ja und nein. Das wäre die Wahrheit. Natürlich wegen Ria. Durch sie waren alle seine Leidenschaften aufgebrochen, Ria hatte ohne große Mühe das Erbe in ihm bloßgelegt, das er so gern verleugnet hätte – diese wilde, rauschähnliche Daseinsfreude, seinen Witz, sein Feuer, seine Fähigkeit, unmittelbar da zu sein. Ria hatte ihn entfesselt im wahrsten Sinne des Wortes. Aber er verließ Lore nicht, um Ria zu heiraten. Seltsamerweise war ihm das gar nicht wichtig. Er wollte nur wieder frei sein. Nicht mehr lügen müssen, nicht mehr umschalten, wenn er aus der sprühenden Atmosphäre des Kakadu heimkam an Lores blümchengeschmückten Abendbrottisch. Alles war ihm unerträglich geworden: ihr Kuß auf die Wange, ihre Frage, ob er müde sei, ob die Arbeit ihn sehr mitgenommen habe und ob es etwas Neues gäbe.

Arme Lore. Sie machte keine Fehler. Sie benahm sich genauso, wie er es ursprünglich von ihr gewünscht hatte. Er mußte sich von ihr trennen, weil diese Ehe nur noch eine einzige, quälende Heuchelei war. Weil Lore in ihm einen Menschen sah, den er auf die Dauer nicht spielen konnte. Und weil Barmherzigkeit kein Ersatz für Liebe war, nicht bei einer jungen Frau, die noch keine Kinder hatte und die mit Leichtigkeit noch einen Mann finden würde, der zu ihr paßte. Ja, Lore und er hatten noch keine Kinder! Was anfangs seine Vorstellungen vom reinen und behüteten Familienleben gekrönt hatte – jetzt war er froh, daß es nicht eingetroffen war. Das war noch eine Entschuldigung – ein Ausweg!

Er müßte auf ihre Frage am besten ja sagen. Ja, ich habe eine andere. Ich kann nicht ohne sie leben. Es tut mir leid. Das wäre für Lore am klarsten und am leichtesten zu begreifen. Und sie könnte am wenigsten dagegen sagen...

Susanne hatte es vorausgesehen, dieses Fiasko. Sie hatte Lore die von ihm so bewunderte kindliche Größe niemals recht geglaubt, sondern als Beschränktheit ausgelegt, als Versponnenheit eines unentwickelten Menschen. Nun ja, Susanne! Intelligente Frauen wurden leicht zu Kratzbürsten, wenn sie die Zuneigung eines sonst anspruchsvollen Mannes zu einem gemütsschlichten Volkskind sahen. Anscheinend fühlten sie sich selber in ihrer Würde angegriffen, zu einem Weibchen erniedrigt, dessen geistige Kräfte für den Mann eine unnötige, höchstens lästige Randerscheinung waren. Jedenfalls hatte Susanne ihm anläßlich seiner Heirat mit Lore ähnliche Argumente an den Kopf geworfen.

Mit Lächeln hatte er die Temperamentsausbrüche seiner Schwester hingenommen bis zu dem Tage, an dem er zu ihr geflüchtet war in der ersten aufdämmernden Erkenntnis, eine Riesendummheit gemacht zu haben.

Von dem Tag an hatte Susanne nichts mehr gesagt. Sie triumphierte nie, sondern erwies sich stets als praktische Kameradin. Ich werde dir mal Leute zeigen, die ganz anders sind, hatte sie gesagt. Amüsante, lebhafte und anregende Leute. Keine Supermenschen, sicher nicht, aber welche mit offenen Augen und Herzen, mit Idealen ohne Illusionen.

Aha, hatte Alex gesagt, die große, junge Generation! Der realistische Nachwuchs mit künstlerischem Einschlag.

Wenn du mit ihnen fertig wirst, war Susannes Antwort, darfst du spotten. Und dann hatte sie ihn in den Grauen Kakadu geschleppt, hatte ihm ihren Freund Philipp vorgestellt und – Ria ...

Alexander sah, wie im Fluß ein morsches Stück Holz heranschwamm, an das sich Seegras und Papierfetzen gehängt hatten. In übertriebener Aufmerksamkeit verfolgte er den Lauf dieser planlosen kleinen Lumpenflotte. War jener Abend im Kakadu nun sein Verhängnis gewesen? Oder hatte er nur etwas offenbart, was doch herauskommen mußte?

Die Liebe zu Ria Caspari war über ihn hereingebrochen wie ein Gewitter. Sie hatte in ihm nicht so edle und gläserne Gefühle ausgelöst wie Lore mit ihrem Madonnenblick, ihren sanften blonden Locken und ihrer unbeholfenen Grazie, aber sie hatte sein wahres Ich erweckt. Und Lore mußte es endlich erfahren ...

Alexander hatte sich den Nachmittag freigenommen in dem dumpfen, noch nicht ganz klaren Entschluß, reinen Tisch zu machen. Er war hierher zum Ufer gekommen, weil fließendes Wasser ihn beruhigte und ihm zum Nachdenken verhalf. Er hatte keine Ahnung, wie lange er hier schon stand, er wußte nur eines: Als er herkam, lautete seine Frage an sich selbst: »Wie sage ich es ihr?« – Und jetzt, ohne daß er sich über die Ursache seiner Gedankenwendung klarwerden konnte und nachdem das Holzstück mit dem Seegras längst stromab seinen Blicken entschwunden war, fragte er sich: »Muß ich es ihr wirklich sagen? Kann ich sie denn verlassen?«

Er tastete in den Taschen nach seinen Zigaretten, fand sie schließlich und zündete sich eine an. Das Karussell seiner Gedanken war wieder an den Ausgangspunkten angelangt. Wie würde sie es aufnehmen? Lore liebte ihn, daran war gar kein Zweifel. Aber deshalb konnte er sie nicht den Rest ihres Lebens mit einer gespielten Liebe betrügen. Sie war jung, es würde sehr schmerzlich für sie sein – aber es war auch besser für sie! Sie konnte sich noch besser verheiraten! Wer war er schon? Er hatte kurz vor der Hochzeit erst sein Studium abgeschlossen und war als Volkswirt in die Rentenbank eingetreten. Mittlere Büroarbeit. Keine große Karriere, kein großes Gehalt...

Seine Hand mit der Zigarette zitterte leicht. Mein lieber Junge, sagte er zu sich selbst, du bist ganz schön beredsam geworden. Du hältst dich nicht lange mit dem Scherbenkehren auf, nur weil eine hübsche schwarze Wildkatze deinen Weg gekreuzt hat. Ein bißchen billig, nicht? Ein bißchen armselig. Was wäre, wenn Lore nun genau die Tiefen zeigen würde, die du früher an ihr vermutet hattest? Wenn sie sich zum Beispiel das Leben nähme?

Er stieß den Rauch aus und warf die Zigarette ins Wasser. Niemals! Das würde Lore nie tun. Sie würde nur traurig sein und weinen.

Der Gedanke an die Tränen, die über Lores unschuldiges Gesicht rollen könnten, machte ihn schwach. Er beschwor sich Rias Bild: den geschmeidigen, durchtrainierten Körper im schwarzen Trikot, ihre oft blitzschnellen Bewegungen, die dann beiläufig in geschickten Posen erstarren konnten, ihre grünen Augen und das glatte, schwarze Haar, das sie meist offen trug, wie eine Indianerin. Er versuchte, sich Ria weinend vorzustellen. Es gelang ihm nicht. Die imaginäre Erscheinung schien ihm spöttisch zuzulächeln, und ihre Finger schnippten.

Und plötzlich wußte er – er konnte es Lore heute noch nicht sagen.

Von einer merkwürdigen Unruhe ergriffen, trat er von dem Geländer zurück und machte sich auf den Weg nach Hause. Dieser Weg, den er in den letzten Monaten nie ohne den Umweg über den Kakadu gegangen war. Er wollte jetzt Ria nicht begegnen. Sie würde ihn ansehen und wissen, daß er sie verraten hatte.

Als er an dem Telefonhäuschen vorbeikam, stockte er, als hätte er etwas vergessen. Dann überquerte er rasch den gerade freien Fahrdamm und bog in die schmale Seitenstraße ein, die direkt in die Akazienallee einmündete. Ein Polizeistreifenwagen mit rotierendem Blinklicht kam ihm entgegen. Er beachtete ihn nicht.

Alexander schloß die Tür auf und trat ein. Es war so eigenartig still in der Wohnung. »Lore?«

Sie war weder im Wohnzimmer noch in der Küche. Er ging ins Schlafzimmer, und da sah er sie – langausgestreckt auf dem weißen Fell, im Negligé, den Telefonhörer in der Hand. In schuldbewußtem Schrecken erfaßte er die weiteren Einzelheiten – das Glas auf dem Nachttisch, die leere Tablettenröhre. Sie hatte es doch erfahren! Es mußte ja einmal kommen. Und sie hatte es doch getan!

Er kniete neben ihr nieder und horchte nach dem Herzschlag. Sie lebte noch. Ganz schwach schlug das Herz, unendlich langsam und stockend, als wollte es nicht mehr.

Was konnte er nur tun? Was tat man zuerst in solchen Fällen?

Er sah das Telefonbuch auf der Erde, die aufgeschlagenen Notrufnummern. Seltsam. Wollte sie ihre Tat rückgängig machen? Oder? Nein, Theater spielte Lore nicht.

Noch während er das Unfallkrankenhaus anrief, begann der Gedanke in ihm zu bohren: Wer hatte es ihr gesagt? Wer hatte diese Gemeinheit begangen? Susanne? Oder ... Ria?

Susanne hatte fünf Minuten Weg bis zur Autobushaltestelle und zwanzig Minuten Fahrzeit bis zum Grauen Kakadu am Hölderlinplatz. Ihr Gang war schwungvoll, ihre raschen Schritte weder kokett trippelnd noch pathetisch schreitend. Wer sie gehen sah, wußte, daß in ihr Harmonie war, Munterkeit und Kraft.

Fast hatte sie während des Weges ihre Ruhe zurückgewonnen, als ihr eine alte Frau entgegenkam, die ihr noch nie begegnet war, ein hexenhaftes Weib in einem knöchellangen Rock und mit einem schwarzen Wolltuch um die Schultern. Wo sah man in der Stadt noch solche alten Frauen? Sie hätte vom Wurzelsammeln leben können oder vom Besenbinden.

Die Alte kicherte und murmelte vor sich hin. Vor Susanne blieb sie stehen mit einem glucksenden, hölzernen Lachen. Ihre knitterige und mit Hautflecken bedeckte Hand kam aus dem gestrickten Tuch zitternd auf Susanne zu.

»Ich habe es immer gesagt, Fräulein! Schon vor fünfzig Jahren haben ich gewußt, daß es kommen würde ...« Vertraulich haschte ihre Hand nach Susannes Jackenärmel. Wieder kicherte sie wie in bösem Triumph. »Was glauben Sie, wie alt ich bin, Kindchen? Hä? Na, ist nicht wichtig. Aber mindestens zehnmal hab ich erlebt, wie die Menschen aufgescheucht wurden, weil die Welt untergehen sollte. Wie die Hühner sind sie durcheinandergelaufen. Mit Donner und Krach haben sie das erwartet, die Erde sollte auseinanderbrechen, der Mond herunterfallen und so fort. Und jetzt haben sie den Weltuntergang verschlafen. Ja, ja, Kindchen! Verschlafen haben sie ihn, und ich wußte, daß es einmal so kommen würde ...« Sie brach ab und hüstelte.

»Ich verstehe nicht«, sagte Susanne mit erwachendem Interesse, »wieso ist die Welt untergegangen?«

»Ja, mein Kind. Vor einer Stunde ist sie untergegangen, in aller Stille. Ein großes Zeitalter ist zu Ende, und die Erlösten sind nicht unter uns. Die Menschen merken nichts. Auch die Toten wissen nicht, daß sie tot sind. Niemand weiß es. Wir sind ein gottverlassener Stern ...« Blinzelnd schaute sie in Susannes schönes, blühendes Gesicht, wissend, daß es einmal ein schrumpliges Babygesicht gewesen war, und wissend, daß die Falten wiederkommen würden.

»Alles nur ein Traum, Kindchen«, murmelte sie, und dann kicherte sie wieder, ging über zu heftigem, stoßweisem Lachen und verfiel in einen Hustenanfall.

Susanne ließ sie stehen und lief weiter, wie auf der Flucht.

In ihrem Kopf überstürzten sich die Gedanken. Es war also etwas geschehen – etwas Allgemeines – vor einer Stunde. Dieses gespenstische alte Weib hatte eine Erklärung gewußt ... Sie blieb stehen und drehte sich um. Am liebsten wäre sie noch einmal zurückgegangen, um die Alte auszufragen. Aber sie sah sie nicht mehr.

Vielleicht, dachte Susanne mit Schaudern, war es ein Spuk. Ein Hirngespinst. Vielleicht würde sie jetzt Märchenhexen sehen, Gnome, Kobolde und Schattenwesen mit glühenden Augen?

Der Autobus kam. Susanne stieg ein. Als der Schaffner auf sie zukam, fuhr sie nervös zusammen. Der ist echt! mahnte sie sich selbst, gab ihrer Stimme Festigkeit und verlangte einmal bis Hölderlinplatz. Alles war so nah und überlebensgroß: die blaue Schirmmütze des Schaffners, sein vorgeschnallter Geldwechselkasten mit den vernickelten Münzenröhren. Und dann – sie gewahrte es mit Schrecken – sah ihr der Mann mit der Schirmmütze so nachdenklich und forschend in die Augen. Bemerkte er etwas an ihr? Sah man es schon?

»Sie versuchen sich zu erinnern, stimmt's?« fragte der Schaffner. Seine Stimme war freundlich und ruhig, ohne besondere Neugierde, eher anteilnehmend.

Susanne wurde schlecht. Sie griff nach der Haltestange und fühlte an dem Metall, daß ihre Handfläche feucht war. Ein Prophet in Straßenbahneruniform. Erst ein Kräuterweib aus dem vorigen Jahrhundert – und jetzt das. Sie hörte wie von ferne das Kichern der Alten und die Worte: »Es ist alles nur ein Traum, Kindchen!« – ein Traum!

Es war mehr als das. Es war ein Alptraum von furchtbarer Wirklichkeit. Sie schloß die Augen und öffnete sie wieder. Der Schaffner war durch den Bus weitergegangen und sprach zu den Leuten mit lebhaften Gesten. Susanne konnte sich nicht entschließen, sich hinzusetzen. Sie wollte nichts hören. Philipp sollte ihr die Antwort geben – er allein.

Der Graue Kakadu war eine Vergnügungsstätte von der Art, die am Aussterben ist: Er war ein Kabarettcafé. Vom frühen Nachmittag an geöffnet für die sonderlichen Einzelgänger, die dort ihre französischen Romane lasen, den Artisten beim Training zuschauten oder Schularbeiten machten – am Abend kostspielig verändert mit Bedienung im Frack, einem zweistündigen Unterhaltungsprogramm und Weinzwang.

Dem Abend war die Lichterfülle und der Glanz aller Lampen und Leuchter vorbehalten, so daß der Graue Kakadu eigentlich nur nachmittags die Farbe hatte, die sein Name verhieß: nämlich grau. Grau wirkten die weinroten Samtvorhänge vor den hohen Mattglasscheiben, grau waren die runden Platten der Marmortische, die Theke und die Barhocker, grau vor allem waren die sichelförmige kleine Bühne und die Übungsmatten der Parterreakrobaten. Der Flügel neben der Bühne jedoch war schwarz, und Philipp nannte ihn den Raben im Kakadu.

Er saß davor, wie stets in Hemdsärmeln, und ließ seine Finger spielerisch, scheinbar unbeteiligt über die Tasten gleiten. Täuschend in ihrer Leichtigkeit und Zartheit waren diese Hände, sicher und mühelos im Finden harmonischer Klangkombinationen, dahinplätschernd, einschläfernd und voreilig vertrauenerweckend.

Das Mädchen im Trikot auf der Bühne paßte sich in ihren Lokkerungsbewegungen dem musikalischen Caféhausidyll haargenau an. Sie schien keine Anstrengung zu kennen, keinen Eifer und tänzerischen Fanatismus. Ein paar ruhige, gleichmäßige Drehungen, dann ein fast gelangweiltes Fußspitzentippen aus dem Stand, während sie sich mit der Hand das glatte schwarze Haar zurückstrich, danach ein Sprung, noch einmal zurück und neu angesetzt, ein drittes Mal, ein viertes Mal, immer gleichmütig, ohne jedes Mienenspiel.

Plötzlich ließ Philipp die Hände auf die Tasten herunterfallen zu einer unerwarteten, ohrenzerreißenden Dissonanz. Eine wilde, wütende Tonfolge scheuchte die ahnungslosen Zuhörer aus ihrem trägen, halbdämmernden Zustand. Teils unwillig, teils angelockt, hoben sie die Köpfe.

Das Mädchen auf der Bühne hatte sekundenschnell umgeschaltet. Aus den improvisierten Schritten und Bögen, die sie mit ihren schlanken Armen lässig in die Luft malte, wurden augenblicklich kraftvoll-starre Posen. Ihre Glieder folgten den Dissonanzen wie eine Schlange, bizarr, abgehackt und doch ästhetisch vollendet. Sie hatte bewiesen, daß sie wachsam war und daß sie den eigenwilligen Pianisten und seine Schliche gut kannte. Ihre Zähne wurden sichtbar bei einem Lächeln, das mehr eine Kampfansage war.

Auch Philipp lächelte, ohne sie anzusehen.

Die Drehtür am Eingang schickte dreimal kurz einen Lichtstreifen über den Flügel. Das Spiel brach ab, so gleichzeitig mit den Bewegungen der Tänzerin, daß man meinen konnte, die beiden seien ein und dasselbe Wesen, tragisch entzweit und aufgespalten in zwei verschiedene Körper.

Susanne wußte um die künstlerische Einheit bei Philipp und Ria, sie erfreute sich daran, ganz im Gegensatz zu ihrem Bruder Alexander. Sie wußte, daß diese Gemeinschaft außerhalb der Dinge lag, die Philipp und sie verbanden, daß Ria ihr nichts nahm, sondern eher etwas gab.

Philipp zog den Zeigefinger von links nach rechts über die Tastatur und ging Susanne entgegen. »Da kommt Susanne, die Unvergleichliche«, sagte er. »die Geschlagene, die Zwiespältige, deren Herz bei den Aussätzigen ist, während sie im Tempel der Wissenschaft opfert. Sei gegrüßt, Zerrissene!«

Ohne Umstände nahm er sie in die Arme und stutzte erst, als er fühlte, daß Susanne sich steif machte und den Kopf zur Seite bog.

»Was ist, Su?«

»Ich bin verrückt geworden, Phil!«

Seine Augen blitzten, und er setzte unverzüglich zu einer neuen Szene an. Er legte seine Hände auf ihre Schultern und machte die Ellenbogen gerade. »Ist das wahr, Glückliche? Bist du herabgestiegen, um endlich unsresgleichen zu werden? Bist du bereit, mit uns die Verfolgung der Stumpfsinnigen zu tragen, die Verachtung und das Hohngelächter der Unwissenden, der fühllos dahinwandernden Toten?«

Susanne wand sich frei. »Es ist schlimmer, als du glaubst, Phil. Ich bin wirklich verrückt!«

Philipp machte eine weitausholende Geste in Richtung Theke. »Sekt!« brüllte er.

Ria kam herangeschlendert, lässig und geschmeidig wie ein sattes Raubtier. »Tag«, sagte sie und legte zur Begrüßung eine ihrer langen, schwarzen Haarsträhnen quer in den Mund.

»Tag, Ria«, sagte Susanne bedrückt. »Kommt, wir setzen uns mal. Es gibt was zu bereden.«

»Setzen«, sagte Ria und glitt unverzüglich zu Boden auf dem Fleck, wo sie stand. Philipp stellte einen Fuß auf Rias Schulter und winkte nochmals zur Bar hinüber. »Ein Sofa, Frank!«

Susanne wurde nervös. Diese Art der beiden, die für sie sonst entspannend, unterhaltend und erholsam war, war ihr im Augenblick unerträglich. Stocksteif stand sie da, kühl und damenhaft, und sah die beiden an wie ungezogene Kinder.

»Ich muß ernsthaft mit euch reden«, sagte sie mit leiser Schärfe.

»Ernsthaft reden«, wiederholte Ria mit dunkler Stimme.

»Ernsthaft reden«, sagte Philipp und formte sich mit der Hand einen imaginären Bart.

Susannes Geduld riß, und sie verzichtete auf weitere Anstrengungen, die beiden in eine Sitzecke zu locken. »Hört zu«, sagte sie, »in meinem Gehirn hat etwas ausgesetzt. Ich kann mich nicht erinnern, was heute zwischen zwei und drei war, ungefähr in der

Zeit, so genau kann ich es nicht sagen. Dabei muß ich sogar Besuch gehabt haben. Ich werde wahnsinnig, versteht ihr? Wahnsinnig!«

Ria hob die Hand zum Mund zu einem gespielten Gähnen.

Philipp streichelte seinen unsichtbaren Bart. »Schwester«, sagte er dann in traurigem Tonfall, »weshalb langweilst du uns mit geschichtlicher Vergangenheit?«

»Soll das heißen, ihr wißt etwas davon?«

Die beiden warfen sich einen klagenden Blick zu. »Sie will unbedingt noch drüber reden«, sagte Ria resigniert.

»Seid doch endlich vernünftig«, schrie Susanne. Ihre Nerven waren am Ende.

Philipp merkte es. Für einen Moment kam in sein hübsches Gesicht ein nüchterner, verlegener Ausdruck, wenn er auch keineswegs den Fuß von Rias Schulter nahm. »Nur ruhig, Su! Eine ganze Menge Leute hat sich heute nachmittag ein bißchen gewundert. Sonst ist aber alles normal. Züge pünktlich, Sonnenstand richtig, die Regierung wohlauf und sämtliche Schnapsflaschen des Kakadu noch heil. Was willst du mehr? Sei glücklich, Verlorene, die Zeit ist kurz!«

Ungläubig schüttelte Susanne den Kopf. »Und wie erklärst du dir das?«

»Er hat es bereits in Musik übersetzt«, sagte Ria. »Es war wundervoll. Die Symphonie der stummen Töne ...«

»Äh ...« sagte Philipp verächtlich. »Fades Geschwätz einer Unberufenen. Es war eben ein Kurzschluß im Äther. Atmosphärische Störungen oder so was. Was kümmert es dich? Selig sind, die ein so reines Gewissen haben wie du, mein Engel!«

Verblüfft sah Susanne ihn an. Hatte sie denn ein reines Gewissen? Ja, natürlich! Oder ...? Sie konnte es nicht verhindern, daß eine leichte Röte in ihre Wangen stieg.

»Mir scheint, ein Eisberg schmilzt«, sagte Ria hintergründig und erhob sich aus ihrem Lotossitz. »Unsere Susi traut sich mit einemmal ganz tolle Sachen zu!«

Susanne sah sie kurz an, dann wieder Philipp. »Ich begreife euch nicht«, sagte sie. »Es ist etwas Besonderes geschehen, etwas ganz Ungeheuerliches. Mir hat sogar schon eine alte Frau gesagt, die Welt sei untergegangen. Ich war in großer Angst, als ich herkam. Und ihr tut so, als ob das alles ein Witz wäre. So tun, als wäre gar nichts, das ist eure Masche. Die Wirklichkeit, und wenn sie noch so stark ist, ist euch weniger wichtig als das Theater von der großen Erhabenheit!«

Die Züge Philipps entspannten sich. »Meine Tochter«, sagte er im alten Tonfall, »dein Geist ist wunderlich erregt. Wir werden dieser Tatsache Rechnung tragen!« Er legte die Arme um die Schultern der beiden Mädchen und führte sie gewichtig in eine Nische mit roter Ledereckbank.

Susanne war froh, dort zu sitzen, aber sie konnte nicht mehr viel aus den beiden herausholen. Die Zeit war ihnen nur kurz erschienen. Und Frank hatte sich gewundert, daß die Gläser alle gespült waren, nachdem er eben erst angefangen hatte. Mißtrauisch glaubte er immer noch an einen Scherz seiner Stammgäste. Nichts Wesentliches, nichts Umwerfendes. Eigentlich konnte man ihnen nicht böse sein, daß sie Witze machten.

»War eigentlich Alexander hier?« fragte Susanne unvermittelt.

»Nicht daß wir wüßten«, sagte Ria leicht gereizt. »Vielleicht hat die neue Strömung ihn heute mal zu seinem blonden Heimchen geführt...«

Obwohl Susanne ihre Schwägerin Lore durchaus nicht liebte, gefiel ihr diese Äußerung nicht. »Vielleicht war er da, und ihr wißt es nicht mehr?« sagte sie schnell.

»Kaum«, sagte Ria. »Er hatte mich gebeten, ihm aus der Bibliothek den zweiten Band der Deutschen Wirtschaftsgeschichte mitzubringen, und das Buch ist noch da!«

»Dann wird er noch kommen –?«

»Möglich«, sagte Ria und betrachtete ihre langen, schmalen Fingernägel. »Er führt ja ein Doppelleben!«

Die Unterhaltung versickerte. Während sie sonst Nächte hindurch debattieren konnten über jedes nur denkbare Thema, riß heute der Faden.

»Ich hatte Besuch in der Stunde«, sagte Susanne leise.

Philipp beugte sich vor. »Ich denke, du weißt nichts?«

»Der Besuch hat seinen Hut vergessen.«

Ria ließ einen entzückten kleinen Jauchzer hören. »Susichen, du Auserwählte! Noch nie hat ein Mann bei mir seinen Hut vergessen!«

Philipp hob die Augenbrauen. »Von einem Mann hat sie gar nichts gesagt.«

»Es war ein Mann«, sagte Susanne knapp.

»Weißt du, wer?«

»Ja. Der Name steht in dem Hut. Es war mein Chef. Der junge Petry.«

Hatte sie vorher vergeblich versucht, die beiden kurzfristig zu ernsthaften Menschen zu machen, so war sie jetzt doppelt erstaunt über die Wirkung, die der Name Petry ausgelöst hatte.

Rias Gesicht war so maskenhaft geworden wie bei ihren Tänzen. Steinern saß sie da, den Mund fest geschlossen, während sie einen raschen Blick mit Philipp tauschte.

Philipp war bemerkenswert still geworden. Zwischen seinen Brauen stand die Falte, die er nur bei Erregung und Ärger zeigte.

»Was habt ihr?« fragte Susanne. »Was ist los?«

»Ach, Petry ...« sagte Philipp mit eigenartiger Betonung, und wieder gab er Ria einen Blick. Aber deren Mund blieb weiter fest geschlossen.

»Na und? Hast du was gegen ihn?«

»Eine Menge.«

»Na, vielleicht höre ich auch noch was davon?« Susanne sprach mit mühsam verhaltener Erregung. »Darf ich auch gleich wissen, warum meine lieben Freunde mir das nicht vor vier Wochen gesagt haben, als ich die Stellung bei Petry annahm? Hatten sie es am Ende vergessen? Hat vielleicht die Vergeßlichkeit bei euch schon früher angefangen?«

Philipp versuchte, seine Hand beruhigend auf Susannes Arm zu legen, aber sie zog ihn zurück. »Wir wollten dich nicht belasten, Su. Du hattest dich so über die Stellung gefreut. Und für dich ist es ja auch gar nicht wichtig.«

Es schien, als ob Philipp Pech hatte mit seinem Ausgleichsversuch, denn ohne daß Susanne aus ihrer Igelstellung herauskam, nahm nun auch noch Ria eine gespannt-feindselige Haltung an.

»Nicht wichtig«, sagte sie tonlos, »gewiß. Für Susanne nicht.«

Ratlos sah Susanne von einem zum andern. »Macht es nicht spannend!«

»Also gut«, sagte Philipp mit einem Seufzer.

»Ich werde es ihr erzählen«, sagte Ria rasch. Sie sah Susanne voll an, erwachsen mit einemmal, ein junges, klares Gesicht, mit einem Ausdruck dunkler Lebenserfahrung, der nicht durch Linien und Falten gezeichnet war, sondern – eigentlich unerklärlich – durch den Blick, die Haltung des Kopfes und die Bewegungen des Mundes beim Sprechen.

»Du bist jetzt rund ein halbes Jahr bei uns, nicht, Su? Dabei ist es, als ob wir uns schon viel länger kennen. Und Alexander! Der kam erst vor vier Monaten. Für mich auch eine kleine Ewigkeit...

Über so vieles haben wir gesprochen, fast über alles, nur nicht über uns. Ich weiß, daß du Biologin bist, habe aber keine Ahnung, was du zu tun hast. Dabei hätte es mich interessiert, wirklich! Und ich hätte dir auch gern mal meine Werkkunstschule gezeigt und meine Prüfungsentwürfe für die Schaufensterdekoration...«

»Gehört das zur Sache?« fragte Susanne mißtrauisch.

»Laß sie reden, Su«, sagte Philipp. »Sie wird schon zur Sache kommen.«

»He, Phil!« rief einer von den Nebentischen. »Spiel wieder was!«

Philipp bedeutete ihm mit einer Handbewegung, daß er ihn in Ruhe lassen sollte. Und er nickte Ria ermunternd zu.

»Wenn du damals drei Wochen früher gekommen wärst, Susi«, sagte Ria, »dann hättest du Alf noch kennengelernt.«

»Wer ist Alf?« fragte Susanne, die den Namen zum erstenmal hörte.

»Mein Bruder.«

»Du hast einen Bruder?« Lähmend überfiel Susanne die Erkenntnis, wie wenig sie von den Menschen wußte, die sie für ihre vertrautesten gehalten hatte.

»Wir sind nur Halbgeschwister, wir haben dieselbe Mutter. Alf heißt ja auch Bartell mit Nachnamen und ich Caspari. Unsere Mutter heißt dafür jetzt Krohn, und sie hat auch wieder ein Kind, ein dreijähriges Mädchen, eine kleine Liane.«

»Und – dein Vater?« fragte Susanne scheu.

»Alf hat seinen Vater noch. Meiner ist tot.« Aus diesen leidenschaftslos gesprochenen Worten klang die ganze Verlassenheit einer allzu wechselvollen Kindheit.

»Erzähle von Alf!«

»Er sitzt im Gefängnis«, erklärte Ria. »Seit einem halben Jahr und drei Wochen. Er war bei Petry angestellt und hat dort eine Unterschlagung begangen. Er wollte Schulden ausgleichen und wußte sich nicht anders zu helfen. Er hatte immer schon eine leichtsinnige Ader. Petry zeigte ihn an, und Alf wurde verurteilt. Klar. Verbrechen bleibt Verbrechen.«

Stumm saßen die drei, als müßten sich die Worte erst setzen wie aufgewirbelter Staub. Fragend sah Susanne in Philipps braune Augen.

Er hielt ihren Blick fest.

»Oh Gott!« sagte Susanne. Denn jetzt verstand sie. »Warum habt ihr mir das nicht gesagt? Warum nicht?«

Ria hob die Schultern. »Wir wollten es dir sagen – ich wollte es längst –, aber wir waren hier doch immer so lustig! Und dann kamst du mit einemmal mit deiner neuen Stellung, da ging es doch gar nicht mehr!«

Susanne versuchte, sich Ria zuliebe nicht gekränkt zu zeigen. Philipp gegenüber war das allerdings etwas anderes. »Ich begreife schon«, sagte sie. »Es tut mir leid für euch beide, daß ich für den Mann arbeite, auf den ihr so wütend seid. Man muß aber wohl auch daran denken, daß Petry in dem Fall selbst hart getroffen ist.«

Ria fuhr hoch. »Er konnte ihn rauswerfen! Das Geld zurückverlangen, ihn nie mehr sehen wollen – alles konnte er tun. Nur ins Gefängnis durfte er ihn nicht bringen, verstehst du? Das war eine noch viel größere Gemeinheit, als Alf an ihm begangen hat. Das war Rache, ganz schäbige Rache!«

»Findest du das auch, Phil?« fragte Susanne.

»Selbstverständlich!«

Mit erhobenen Köpfen, stolz und ihrer Sache sicher, sahen die beiden Susanne an.

Susanne nickte mit schwerem Herzen. »Eine Frage nur noch«, sagte sie. »Weiß es Alexander?«

Ria senkte den Blick. »Ja.«

Eine erneute Stille entstand zwischen ihnen, in der mehr offenbar wurde, als Worte sagen konnten. Susanne kam nicht um die Erkenntnis herum, daß sie die Freundschaft drei vertrauter Menschen zu ihr überschätzt hatte – Alex, Philipp, Ria ... sie hatten miteinander ein Geheimnis vor ihr gehabt. Und sie enthüllten es zu spät. Es änderte nichts mehr an der Tatsache. Sie erhob sich. »Ich muß gehen!« Dabei streckte sie Ria die Hand zum Abschied hin.

»Tschüs«, sagte Ria bedrückt. »Bist du uns böse?«

Susanne schüttelte den Kopf und versuchte zu lächeln. »Nein.«

Philipp brachte sie hinaus vor die Tür des Grauen Kakadu. Das milde Abendlicht empfing sie nach dem dunklen Raum wie helle Sonne.

»Übrigens«, sagte Philipp leichthin, »ich hatte mir gedacht, daß es für dich besser sein könnte, wenn Petry nicht wüßte, daß du meine Freundin bist. Aber jetzt, wo er bei dir war, wird er wohl mein Bild auf deiner Kommode gesehen haben.«

»Rührend«, sagte Susanne. »An was du alles denkst! Fürsorge anstelle von Vertrauen. Ein guter Tausch! Dabei sorgst du dich sicher umsonst. Er wird dein Bild vergessen haben, wenn es ihm heute nachmittag so wie andern Leuten ergangen ist. So wie mir ...«

Philipp packte sie mit plötzlicher Heftigkeit beim Ellenbogen. »Su! Kann man nicht auch ohne höhere Gewalt Dinge vergessen, die man besser vergessen sollte?«

Sie sah ihn lange an. »Warum nicht? Fang doch bei dir an und vergiß, daß Petry Rias Bruder einsperren ließ. Oder vergiß, daß ich bei ihm arbeite. Oder vergiß mich ...«

»Su!«

»Schon gut, Phil. Ich bin ein bißchen durcheinander heute, weißt du? Vergiß auch das!« Sie hielt ihm die Wange zum Kuß hin. Noch während sein Mund sie flüchtig berührte, drehte sie sich schnell um und ging in Richtung Haltestelle davon. Nach zwanzig Schritten winkte sie zurück. Unbeweglich stand er noch und starrte ihr nach. Auf seiner Stirn war wieder diese steile Falte.

Als Hans Petry in das Verlagshaus zurückkam, traf er im Fahrstuhl den Setzer Karnetzki. Einer von der alten Garde, die mit seinem Vater zusammen die kleine Hinterhofdruckerei zum Großbetrieb hochgearbeitet hatte.

Der junge Petry empfand eine Dankesschuld diesem Mann gegenüber, aber das allein erklärte noch nicht das Unbehagen, das er in seiner Nähe immer fühlte. Es war ein kompliziertes Gefühl von Hilflosigkeit und leisem Neid, wie es jeden Unzufriedenen beim Anblick eines glücklichen Menschen überfällt.

In dem ledern-faltigen Gesicht des alten Setzers leuchteten wache graue Augen mit der Heiterkeit eines Kindes. Die Kerben in den Mundwinkeln ließen erkennen, daß er oft lächelte oder lachte. Keine Bitterkeit lag in diesen Zügen, obwohl Karnetzki doch miterlebt hatte, wie das kleine Betriebskapital des alten Friedrich Petry zu einem Millionenvermögen angewachsen war, während er der ewig Abhängige blieb, der unselbständig Dienende. Keine Empörung fraß an ihm, kein noch so gerechter Zorn über soziale Rangordnungen und die Macht des Geldes. Ein Glücklicher! Unberührbar und unverwundbar ...

Petry erwiderte den Gruß des alten Mannes mit gläserner Freundlichkeit. »Wollten Sie zu mir?«

»Nein, zu Ihrem Vater«, sagte Karnetzki lebhaft. »Es ist ja allerhand Aufregung im Haus…, aber Sie wissen vielleicht noch nichts?«

»Was denn?«

»Ja, eine ganz merkwürdige Geschichte, Herr Petry. Was glauben Sie, wie spät es ist?«

Als Petry auf seine Armbanduhr schauen wollte, hielt Karnetzki mit einer schnellen Bewegung die Hand auf das Zifferblatt. »Nein, raten Sie!« sagte er lächelnd.

Der junge Petry machte sich etwas steif, verblüfft über die spontane Vertraulichkeit des Setzers. »Warten Sie – ich ging nach zwei zu Tisch, dann in den Park, zwanzig Minuten vielleicht. Es könnte dreiviertel drei sein.«

Karnetzi zog seine Hand zurück. »Nun, schauen Sie selbst.«

Petry sah auf die Uhr, runzelte die Stirn und hielt sie dann ans Ohr. Irritiert sah er den alten Mann an. »Was bedeutet das?«

»Es ist eine Stunde später«, sagte Karnetzki mit ungewöhnlichem Ernst. »Und Sie wissen es nicht. Wir alle nicht. Aber es ist dennoch wahr!«

Petry öffnete den Mund zu einer weiteren Frage, als im Fahrstuhl die Nummer acht aufleuchtete, das Stockwerk der Redaktionen und des Chefzimmers. Er stieß die Tür auf und ließ den Meister vorgehen. »Ich komme mit zu meinem Vater«, sagte er, »aber erzählen Sie mir bitte noch von der mysteriösen Geschichte. Wie wurde das entdeckt?«

»Es fing damit an, daß wir dachten, bei der großen Rotationsmaschine wäre das Zählwerk kaputt, weil es plötzlich eine so hohe Ziffer zeigte. Aber das Zählwerk stimmte. Dann kam der Lenk drauf, daß es schon eine Stunde später war, als wir alle glaubten. Klingt verrückt, was? Und dann entdeckte es so einer nach dem andern, daß da was nicht in Ordnung war. Allerdings nicht alle. Manche wollen's gar nicht glauben – so wie Sie!«

Karnetzki lächelte kaum merklich. Er schien zu wissen, daß der Glaube an übernatürliche Vorgänge eine Fähigkeit war, die man weder übertragen noch verschenken konnte. Der Zweifel stürzte sich auf die geringste Ausweichmöglichkeit wie auf eine rettende Insel.

Wie zur Bestätigung sagte Hans Petry: »Es findet sich für alles eine Erklärung!«

Karnetzkis Lächeln vertiefte sich um einige Millimeter, doch er sagte nichts.

Der Weg in das Arbeitszimmer des Seniorchefs führte durch das Sekretariat, vorbei an dem ältlichen Fräulein Türkheim, ein zuverlässiges, braves Wesen, selbstlos, tüchtig und von mütterlicher Weiblichkeit. Sie ersetzte dem alten Petry manches, was er an seiner Frau vermißte, dafür durfte sie ihrerseits gern äußerlicher Reize entbehren. »Bei mir ist es eben mal umgekehrt«, sagte Friedrich Petry gelegentlich augenzwinkernd, besonders, wenn seine Frau es hörte. Sie hörte es gern und gönnte Fräulein Türkheim neidlos ihre Vorzüge.

Als Hans Petry jetzt mit Karnetzki eintrat, sah ihnen die sonst so ruhige Sekretärin gehetzt entgegen. Zwei Telefonhörer lagen auf dem Schreibtisch, das rote Lämpchen an der Sprechfunkanlage glühte, und in der Ecke klapperte ein Fernschreiber.

»Herr Karnetzki, gehen Sie gleich hinein, bitte! Herr Petry, noch einen Augenblick!« Sie angelte nach dem ersten Telefonhörer, aber der Anrufer hatte schon eingehängt. Der andere war Beamter einer öffentlichen Dienststelle. »Seien Sie zurückhaltend mit allen Veröffentlichungen«, sagte er beschwörend, »verstehen Sie? Bevor die Ursache nicht geklärt ist, größte Vorsicht walten lassen – keine Panik auslösen, beruhigen... hören Sie? Seien Sie verantwortungsbewußt!«

»Ich leite es weiter«, sagte Fräulein Türkheim und hängte auf, schaltete mit der anderen Hand den Sprechfunk um und erhielt zur Antwort einen ärgerlichen, dreimaligen Summton.

Sie seufzte. »Er will nicht gestört werden! Was soll ich da machen?«

Hans Petry zeigte sich nicht gesprächiger als sein Vater, sondern er stand, die Hände auf dem Rücken, vor dem Fernschreiber und starrte gebannt auf die geisterhaft anschlagenden kleinen Buchstaben. Das Abendblatt bat um Abstimmung der Schlagzeilen wegen Zeitereignis – also Zeitereignis, hübsches Wort für den ganzen Spuk, der Arbeitstitel für ein geheimnisvolles Nichts.

Er wandte sich nach Fräulein Türkheim um, aber gleichzeitig klingelten schon wieder die beiden Telefone. Resigniert hob sie ab, schaltete, drückte auf Knöpfe, verband dann einmal mit der Lokalredaktion und einmal mit dem Versandhaus.

»Haben Sie auch was gemerkt?« fragte Petry.

Sie hob die mageren Schultern unter ihrer großblumigen Seidenbluse. »Was heißt gemerkt bei dem Betrieb? Ich weiß nie, wie spät es ist. Und ich telefoniere doch nur die ganze Zeit...«

»Also nichts?«

»Nichts will ich nicht sagen. Mir war so eigenartig –«

»Wurde Ihnen schlecht?«

»Nein – nur –, ich kann es nicht erklären.« – »Ja, hier ist die Neue Tagesschau, Direktion. Moment, ich verbinde weiter ... Haben Sie denn was gemerkt, Herr Petry?«

»Ich war spazieren.«

»Also nichts«, sagte sie lächelnd. »Entschuldigen Sie mich, ich muß mich um den Fernschreiber kümmern. Übrigens, es leuchtet rot! Sie können zu Ihrem Vater!«

Hans Petry sah ihr noch einen Augenblick unschlüssig zu. Ihr Haar war schwarzweiß meliert, dauergekraust und glanzlos, ihre Haltung leicht gebückt, die steifen, dünnen Beine steckten in Gesundheitsschuhen. Wenn sie meine Mutter wäre, dachte er flüchtig, wäre vieles anders. Auf eine Weise ist sie es sogar, denn sie ist Vaters eigentliche Gefährtin. Sie kennt seine Gedanken, sie umsorgt ihn, und sie denkt dabei kaum an sich. Sie will weder Brillanten noch Pelze. Sie freut sich, wenn es ihm gutgeht ...

Unzufrieden mit seinen fruchtlosen Betrachtungen, drehte er sich um und trat durch die ledergepolsterte Doppeltür in das Arbeitszimmer des Seniorchefs.

Die Begegnungen zwischen Vater und Sohn waren meist von einer gewissen Spannung erfüllt, eine Atmosphäre von Abwehr und Herausforderung, die sich selten löste, und wenn sie sich zwanzigmal am Tage trafen. Keiner von beiden fand in der Nähe des anderen die befreiende Vertrautheit, die stillschweigende Übereinkunft, die Familienmitglieder miteinander haben sollten, obwohl sich ihre Anschauungen in vielem deckten.

Sie hatten den gleichen Geschmack, gemeinsame Sympathien und denselben Sinn für Witz. Sie hätten ein ideales Team sein können, wenn sie nicht voreinander unüberbrückbare Komplexe gehabt hätten. Der junge Hans Petry neidete seinem Vater die Karriere aus dem Nichts, die einfache Herkunft, die schlichte, anspruchslose Jugend und die fast übermenschliche Zähigkeit in der Arbeit.

Friedrich Petry dagegen wußte, daß er seinem Sohn etwas gegeben hatte, was er selbst mit all seinem Reichtum niemals erkaufen konnte: die Zugehörigkeit zur gehobenen Gesellschaft durch Geburt, Geburt in einem vermögenden Elternhaus, gute Schule und Studium, was eigenartigerweise zu allen Zeiten mehr gegolten hatte als die erstaunlichen Leistungen der Emporkömmlinge. So war hier der seltsame Fall eingetreten, daß Vater und Sohn einander um den nicht austauschbaren Platz im Leben beneideten.

Meister Karnetzki traf den Junior an der Tür, nickte ihm zu und ging schnell hinaus.

Friedrich Petry stand am Fenster. Sein graues Haar war dicht und drahtig, ebenso die buschigen Augenbrauen. Der Körper war trotz der fünfzig Pfund Übergewicht nicht plump, die raschen, knappen Bewegungen zeigten Kraft und Wendigkeit.

Als Hans Petry eintrat, drehte er sich nicht um. Nur die pausenlos spielenden, ineinander verhakten Finger verrieten gespannte Aufmerksamkeit. »Hans?«

»Ja.«

Erst als die Tür zuklappte, fuhr der Alte herum, wie von einer Feder gezogen und mit berechnetem Effekt.

Hans Petry kannte die theatralischen Neigungen seines Vaters. Alles gehörte dazu: der halbrunde Dreimeterschreibtisch aus Ebenholz, die blauen Damastvorhänge, die Ölgemälde ... Als er aber jetzt auf ihn zukam, hellwach und begeistert wie ein Jäger auf frischer Fährte, dachte Hans Petry in bitterer Bewunderung: Wie lebendig er ist ...

»Weißt du schon, was passiert ist, Hans?«

Steif wie immer sah der hagere, um eineinhalb Kopf größere Sohn auf den dynamitgeladenen, fülligen Vater hinunter.

»Karnetzki erzählte mir, daß die Zeit einen Sprung gemacht hat, eine Stunde ungefähr ...«

»Na, und du? Hast du nichts davon gemerkt?«

»Ich war im Park. Es ist mir nicht bewußt geworden.«

»Hätte ich mir denken können«, sagte der Alte ärgerlich. »Und Karnetzki hat das schlecht ausgedrückt. Nicht die Zeit ist gesprungen, sondern wir haben eine Zeitspanne vergessen. In dieser Stunde wurde nämlich weitergearbeitet, weitergegessen oder weitergeschlafen. Wir sehen ja die Ergebnisse. Es war eine Stunde wie jeden Nachmittag um diese Zeit. Es erinnert sich nur keiner.«

»Dann ist es ja nicht so schlimm«, sagte Hans Petry.

Mit einer schnellen, zweiflerischen Geste spreizte der Alte die Finger seiner linken Hand. »Nicht so schlimm? Möglich. Aber wenn es sich wiederholt? Aus einer Stunde können Tage werden, Monate, Jahre ...«

»Unsinn, Vater!«

»Hoffentlich«, sagte der Senior, »hoffentlich ist es Unsinn. Du hast nicht einmal genug Phantasie, um dich zu fürchten.«

Hans Petry bemühte sich, die ständigen Angriffe seines Vaters zu überhören. »Ich bin Realist. Mir ist ja nichts geschehen!«

»Woher weißt du das? Was hast du denn so lange im Park gemacht? Du bleibst doch sonst nie länger als zwanzig Minuten dort!« Aus den Augenwinkeln registrierte er, daß der Junge unsicher wurde, und das befriedigte ihn.

Hans Petry hatte selbst noch nicht daran gedacht, aber es stimmte ja, was sein Vater da sagte. Er war voller Gedanken gewesen, als er hinausging – Gedanken, die andere nichts angingen. Er hatte sich mit der jungen akademischen Mitarbeiterin befaßt, dieser Susanne Karr. Er hatte sich überlegt, wie er ihr im Rahmen der Fachzeitschriften einen besonderen Platz einräumen könnte. Hier stockten seine Gedanken. Offenbar verweigerte sein Unterbewußtsein eine gründlichere Untersuchung.

»Na, rede schon«, sagte der alte Petry.

»Ich hatte ein Problem. Das kann mich solange beschäftigt haben.«

»Ist es gelöst?«

»Das weiß ich eben nicht.«

»Welches Problem?«

»Nicht wichtig«, sagte der Junge ausweichend.

Ein kurzer, verächtlicher Laut war die Antwort. »Das sieht dir ähnlich! Ein Problem, das nicht wichtig ist, und wenn es vergessen wird, nicht so schlimm. Macht es dir überhaupt Spaß zu leben?«

Hans Petry hob die Schultern und betrachtete abwesend ein Muster in dem prächtigen Perserteppich. »Ich weiß es nicht.«

Wenn der Vater von dem müden Bekenntnis seines verwöhnten Sohnes betroffen war, so zeigte er es nicht. Er baute sich vor dem Jungen auf und schaute zu ihm hoch in die kühlen, scheinbar sanften grauen Augen, hinter denen er die Abgründe nicht ahnte. »Hans«, sagte er mit bedrohlicher Freundlichkeit, »ich habe dich leben lassen, wie du wolltest. Ich hätte dich immer an meiner Seite brauchen können, hier bei der Tageszeitung, aber zwingen wollte ich dich nicht. Vielleicht hätte ich nicht zusehen sollen, wie du dich auf diesen Fachblättchenposten zurückgezogen hast, für den ich mir heute noch zu jung wäre, denn was dich glücklich macht, weiß keiner. Aber jetzt, mein Junge, jetzt haben wir einen Ausnahmezustand! Es ist etwas Tolles passiert, und wir müssen uns damit befassen. Alles andere steht zurück, verstehst du? Diesmal wirst du mich nicht im Stich lassen!«

Das sonst meist gelassene Gesicht Hans Petrys verriet Unbehagen. »Meine Arbeit muß doch auch weitergehen, Vater!«

»So? Muß sie das? Ich kann den ganzen Fachverlag verkaufen, wenn es mir paßt. Aber du wirst dein Steckenpferd schon wiederbekommen, wenn es an der Zeit ist. Und den Zeitpunkt bestimme ich!« Friedrich Petry begann auf und ab zu gehen, in nervöser Unruhe. Die kalte Gleichmütigkeit seines Sohnes und seine lustlosen Reaktionen zeigten die Kluft zwischen ihnen heute deutlicher denn je. Seine Stimme klang rauh, in schwach beherrschtem Zorn. »Wir geben hier eine Zeitung heraus, und die Menschen erwarten, daß wir sie über wichtige Ereignisse unterrichten und aufklären!«

»Wir können sie nicht aufklären über etwas, was wir selbst nicht wissen, Vater!«

»Sehr richtig, mein Sohn. Deshalb werden wir der Sache auf den Grund gehen müssen, und das wird deine Aufgabe sein! Alle werden es versuchen, natürlich. Keine Zeitung, kein Institut, keine Regierung wird darauf verzichten. Wie ein aufgestörter Bienenschwarm werden sie alle losbrausen. Sie werden die Menschen aushorchen und testen bis zur Erschöpfung. Und die Boulevardblätter werden dieses unverdiente Geschenk des Himmels zu nutzen wissen ...«

Friedrich Petry lachte trocken in sich hinein. »Sie werden die unwahrscheinlichsten Geschichten darüber erfinden, was sämtliche Filmlieblinge, Prinzessinnen und Sportgrößen in der bewußten Stunde getan hatten. Ich glaube, dieser Markt ist für die nächsten drei Jahre mit Stoff versorgt – vorausgesetzt, daß die Erde in drei Jahren noch steht, was man vielleicht nicht mehr so sicher sagen kann.«

Wachsam verfolgte Hans Petry den Vortrag seines Vaters. Es war ihm klar, daß er nachgeben mußte. Journalismus! dachte er dabei verächtlich. Taktloses Eindringen in die Privatsphären anderer Menschen, billige Befriedigung böser Neugier. Den Wissensdurst der Halbgebildeten füttern, der nichts mit echtem Interesse und ernstem Forscherdrang zu tun hatte. Genau die Arbeit, die er nicht tun wollte.

»Ausgerechnet ich soll mich unter diesen aufgescheuchten Bienenschwarm begeben?« fragte er bitter. »Was versprichst du dir davon, Vater?«

»Viel, mein Junge«, sagte Friedrich Petry.

Er versprach sich alles davon. Sogar eine Wandlung seines Sohnes. Aber das behielt er für sich. Er unterbrach seine Wanderung kurz, sah schräg an dem widerspenstigen, schlanken jungen Mann hinauf und verfiel wieder in seinen Pendeltrab – von der Tür zum Nebenraum bis zum Ende des Schreibtischs, im Bogen um die schwarzlederne Sesselgruppe herum bis zu der großen Bodenvase, die mit knospenden Obstblütenzweigen gefüllt war – und zurück.

Die Sache mit der verschwundenen Stunde läßt ihn tatsächlich kalt, dachte er, und eine ratlose Traurigkeit überkam ihn. Warum mußte er einen Sohn haben, der ihm menschlich so fremd war, ihm so schrecklich fernstand – einen einzigen Sohn? Ein paar urweltliche Kriechtiere oder Steine aus der Kreidezeit waren ihm wichtiger als die Lebenden um ihn herum mit all ihren Sorgen, Ängsten und Nöten. Anscheinend dachte er nur in äonischen Zeiträumen. Er schien nicht zu wissen, daß er selber ein Wesen aus Fleisch und Blut mit kurzer Daseinsberechtigung war.

Wenn ihn das jetzt nicht aufrüttelt, überlegte der alte Petry weiter, diese Geschichte mit der allgemeinen Vergeßlichkeit – dann schafft es bei ihm niemand und nichts.

»Hör zu, Hans«, sagte er, »ich will wissen, wie die Leute auf das Ereignis reagieren. Ob sie sich grämen um die vergessene Zeit, ob es sie beunruhigt, erheitert oder wütend macht. Du wirst einzelne fragen, aber nicht so, als ob du Sensationsberichte schreiben wolltest, das kannst du ruhig den Reportern überlassen. Fang es anders an. Versuche, die vernebelte Zeitspanne zu rekonstruieren. Setze ein Mosaik zusammen aus vielen kleinen Berichten, bis es ein Bild ergibt. Und irgendwo dahinter liegt die Wahrheit ...«

»Die Wahrheit wird eine technische Erklärung sein, Vater!«

»Eine technische Erklärung ist nie die Wahrheit«, sagte der alte Petry. »Das gilt höchstens für deine naturwissenschaftlichen Artikel über Antikliner!«

»Antiklinaden und Synklinaden«, verbesserte der Junge unbewegt.

»Schon gut, schon gut. Hast du denn verstanden, was ich meine?«

»Ich denke schon.«

»Du wirst es also tun?«

»Du zwingst mich doch«, sagte Hans Petry steif. »Übrigens, wie war es denn bei dir?«

Die Frage schien den Alten zu freuen. »Ich sehe, du fängst schon an! Ja, also – ich saß an meinem Schreibtisch...« Er machte ein paar schnelle Schritte und ergriff seinen Notizblock. »Hier – meine Kritik über die Ausstellung der Carla Mellinghoff – moderne Malerei – du weißt, ich hatte versprochen, sie selber zu schreiben, also – ich sah es plötzlich fertig vor mir! Offen gestanden, ich war einigermaßen verwirrt. Ich konnte mich nicht erinnern, es geschrieben zu haben – aber es war doch meine Schrift!«

»Waren es auch deine Gedanken, Vater?«

»Ja – sicherlich. Ich erinnere mich nur nicht. Habe mich da bestimmt sehr gequält mit dem Text. Hier, hör zu: Die Malerin Carla Mellinghoff läßt uns vor ihren Bildern die gewohnten Fragen nach der Bedeutung vergessen. Ihr scheint gelungen zu sein, was alle abstrakten Werke der Malerei erstreben – sie fasziniert durch die Farbe, durch die Linie, durch Flächen und Formen, sie fesselt den Blick des Betrachters, weil ihre Bilder schön sind, ob man sie nun deuten kann oder nicht. Aufatmend empfinden wir diese Schönheit, nachdem wir bis zur Verzweiflung die Beschwörer des Grauens und der Verzerrungen am Wirken sahen. Ja, was meinst du dazu?«

»Ich hätte dir nie zugetraut, daß du über moderne Kunst schreiben kannst. Du hast dich doch immer lustig gemacht über das Vogelgezwitscher und die Eisenbahnschienen im Nebel...«

»Die Mellinghoffs sind oft unsere Gäste. Marga würde mir nie verzeihen, wenn ich die Ausstellung verrissen hätte. Aber ich glaube auch, ich habe das ehrlich gemeint, was ich geschrieben habe. Eben nur, daß ich mich nicht erinnern kann...«

»Und dann? Was tatest du, als du den fertigen Text sahst?«

»Nun – man macht einfach weiter in solchen Fällen. Man denkt, man ist ein bißchen überarbeitet, kleiner Schwächeanfall oder so was. Erst als die Setzerei anrief und dann die anderen Meldungen kamen – da sah ich, daß es sich um eine allgemeine Störung handelte.«

»Hättest du sonst jemandem von deinem – kleinen Schwächeanfall erzählt, Vater?«

Teils zweifelnd, teils hoffnungsvoll sah Friedrich Petry seinen Sohn an. »Wer blamiert sich schon gern?« fragte er.

»Eigenartig...«

»Es beginnt dich zu locken, nicht?«

»Vielleicht.«

Der Summer auf dem Schreibtisch schnarrte. Fräulein Türkheim schien den Ansturm nicht mehr zu bewältigen.

Der alte Petry nahm den Hörer ab. »Bringen Sie die Fernschreiben herein«, sagte er.

Die Sekretärin kam mit einem ganzen Packen. Sie sahen einander kurz in die Augen, der Seniorchef und sie, wie zwei Pferde, die im selben Joch ziehen.

»Was Besonderes dabei?«

»Ja. Erste Nachrichten von Übersee. Das Ereignis scheint auf der ganzen Welt stattgefunden zu haben.«

»Ach!« entfuhr es Hans Petry.

Fräulein Türkheim wandte sich hastig um. Ihre sonst gelbliche Gesichtshaut war gerötet – sie sah frischer aus, trotz aller Hetze. Der graue Alltag hatte den Glanz des Ungewöhnlichen bekommen, das war alles.

Ähnlich wie bei seinem Vater empfand Hans Petry eine Spur von Neid. Ich muß eine ziemlich kalte Natur sein, dachte er. Sie sind alle ganz anders als ich, primitiver vielleicht, aber natürlicher, erlebnisfähiger, offener ...

Fräulein Türkheim las vor: »New York: Unruhen und Sturm auf öffentliche Dienststellen – man hat den Eindruck, daß sämtliche Uhren aus ungeklärter Ursache um eine Stunde vorgerückt seien – Rom: für heute abend Ansprache des Papstes angekündigt – London: Regierungserklärung ›Durch ungeklärte atmosphärische Verschiebungen Erinnerungsausfall bei allen Menschen für den Zeitraum einer Stunde‹ – Moskau: höchste militärische Alarmstufe an allen Grenzen – und hier noch einzelne: Verwirrung auf der Rennbahn in Angarten, Anfechtung der Quoten – eine Schwurgerichtsverhandlung: Der Urteilsspruch der Geschworenen ist den Anwesenden entfallen. Das Verfahren muß neu aufgenommen werden – Kreiskrankenhaus: Streit im Operationssaal. Patient um ein Haar zweimal operiert ...«

Triumphierend wandte sich Friedrich Petry an seinen Sohn. »Da hast du die Hände voll zu tun, Hans! Das ist ja für den Anfang schon ganz schön! Wir werden die Nacht hier in der Redaktion zubringen müssen. Am besten fahren wir jetzt schnell nach Hause, essen dort Abendbrot und kommen gleich zurück. Fräulein Türkheim, Sie halten hier die Stellung, bis wir wieder da sind. In zwei Stunden sehen wir auch schon klarer!«

»Wenn wir es nicht vergessen«, sagte Hans Petry, und es tat ihm leid, als er sah, daß sein Vater und die Sekretärin ihn einen Augenblick lang entgeistert anstarrten.

»Ich hole nur noch meinen Hut aus meinem Büro«, sagte er.

»Wir können uns auf dem Parkplatz treffen«, sagte der alte Petry, nahm die Fernschreiben und folgte Fräulein Türkheim ins Nebenzimmer.

Friedrich Petry fuhr seinen Wagen selbst. Er hatte zu Chauffeuren nie die richtige Einstellung gefunden. Ungeduldig, bei laufendem Motor, wartete er auf Hans. Endlich kam er, mit langen, staksigen Schritten.

»Hast du nun deinen Hut?«

»Er ist nicht oben. Wahrscheinlich zu Hause.«

»In deinem Alter hätte ich nie einen getragen«, sagte der Alte und fuhr los.

Die Petrys hatten ihr Haus weit draußen vor der Stadt, ein Bilderbuchanwesen, dicht am Waldrand, mit Blumenterrasse, einer Hügelwiese und dem unvermeidlichen Swimmingpool. Wie ein blaues Auge lag das geschwungene Mosaikbecken zwischen den grünen Matten, eine rote Gartenschaukel als knalliger Farbfleck dahinter – ein Reklamefoto für schönes Wohnen, Klein-Hollywood als Neidobjekt für Millionen von Mieteinwohnern, die nur um so wütender ihre Totozettel ausfüllten.

Die Entfernung zum Verlagshaus betrug mit dem Auto ungefähr fünfundzwanzig Minuten, die Straße führte durch schäbige Vorstadtviertel, später vorbei an flachen Feldern, Baustellen und Schuttplätzen. Enttäuschende Anfahrt mit Überraschungseffekt, kleines Fegefeuer vor dem Paradies.

Nachdem sie eine Weile schweigend gesessen hatten, sagte der alte Petry wie zu sich selbst: »Ich möchte wissen, wie Marga das aufgenommen hat. Kann sein, sie hat es mit der Angst bekommen...«

Dem Jungen war plötzlich klar, weshalb sein Vater so darauf gedrängt hatte, nach Hause zu fahren. Er sorgte sich um seine Frau. Ausgerechnet um diesen exzentrischen und leichtfertigen Menschen, mit dem er sonst nie vernünftig reden konnte, um die Frau, deren Gegenwart ihm oft unerträglich war und mit der er die Gemeinschaft hauptsächlich ihm, dem Sohn, zuliebe aufrechterhielt. So jedenfalls sah Hans Petry die Ehe seiner Eltern, mit ein Grund dafür, daß er selbst noch Junggeselle war.

»Glaube kaum, daß Mutter tiefsinnige Betrachtungen anstellt«, sagte er.

Friedrich Petry nahm eine scharfe Kurve und zog die Brauen zusammen. In Eheangelegenheiten hat es niemand gern, wenn andere zur gleichen schonungslosen Erkenntnis über den Partner kommen wie man selbst. Es fordert zum Widerspruch heraus, zu einer fast sinnlosen Verteidigung, durch die manchmal das nur noch glimmende Flämmchen der ehemaligen Liebe am Leben erhalten wird.

»Mein Sohn«, sagte er deshalb mit erhobener Stimme, »du siehst deine Mutter so, wie sie jetzt ist, und ich verlange nicht von dir, daß du dich blind stellst. Ich aber sehe in ihr auch noch den Menschen, der sie einmal war, ganz einfach, weil dieser andere Mensch auch noch in ihr steckt, weil er nicht tot, sondern nur verschüttet sein kann. Verschüttet durch Wohlstand, Äußerlichkeiten, mangelnde Lebensaufgabe und Mangel an echten menschlichen Beziehungen. Auch du und ich, wir haben daran mitgearbeitet, ebenso alle unsere liebenswürdigen, eifrigen Freunde.«

»Ich wollte dich nicht kränken«, sagte der Junge.

»Mich kränken? Du hast dich eher selbst gekränkt. Es muß furchtbar sein, wenn man seine eigene Mutter so sieht wie du. Ich lernte sie kennen, als sie ein einfaches, junges Mädchen war, ohne feine Kleider und ohne große Wünsche. Wir trafen uns sonntags mit dem Fahrrad und fuhren hinaus. Du hättest sie sehen sollen, wie sie aus Blättern im Handumdrehen kleine Hasen und Füchse machte, wie sie herumkletterte, lachte und mit Inbrunst alberne Försterlieder sang. Am Abend hatte sie regelmäßig zerrissene Strümpfe, einen Dreiangel im Rock und keine Knöpfe mehr an der Jacke. Sie war entzückend. Ich habe sie geheiratet, weil ich diese muntere kleine Gefährtin für mein Leben lang an meiner Seite haben wollte.«

Er machte eine Pause, als wollte er den vergleichenden Gedanken seines Sohnes Raum geben. Noch nie hatte er so zu ihm gesprochen, und er war sich selbst nicht im klaren darüber, was heute seine Zunge löste.

Langsam, als müßte er die Erinnerungen erst aus der Tiefe herausholen, sprach er weiter. »Dann kamst du – und sie war eine sehr glückliche junge Mutter. Dann kamen die schweren Jahre – auch da hat sie sich bewährt. Dann kam der Aufschwung... Zum erstenmal hatte ich Gelegenheit, ihr größere Wünsche zu erfüllen, richtige Traumwünsche, die noch gar nicht in ihr waren. Unser Haus zum Beispiel, der teure Wagen, elegante Kleider, Schmuck ...«

»Es muß einfach zu viel für sie gewesen sein«, murmelte der Junge.

»Noch schlimmer! Sie bekam Angst, Torschlußpanik. Sie wollte den neuen Glanz nicht alternd erleben. Sie begann einen wahren Kosmetikfeldzug gegen sich selbst, sie hungerte sich schlank, gewöhnte sich eine manierierte Sprache an und gezierte Bewegungen. Meine herzerfrischende kleine Marga wollte eine große Dame werden, um anderen Geschöpfen dieser Art zu imponieren. Ich dachte, laß sie – das geht vorbei. Wenn sie einmal satt ist, wird sie den ganzen Rummel durchschauen und darüberstehen. Aber sie hat sich wirklich verändert, sie hat leider ihr Ziel erreicht.«

»Sie ist zugrunde gegangen«, sagte Hans Petry düster.

»Das glaube ich nicht«, sagte der Vater und bog in die Auffahrt zu seinem Haus ein.

Margarete Petry ging den beiden Männern in der Halle mit ausgebreiteten Armen entgegen. Ihre Augen leuchteten vor Begeisterung. »Wie herrlich, daß ihr da seid! Na, was sagt ihr zu der Sache? Großartig, nicht? Wer weiß, was die Russen da erfunden haben! Aber ich verzeihe ihnen. Endlich mal was Besonderes! Was habt ihr denn erlebt?«

»Guten Tag, Mama«, sagte Hans und küßte sie auf die Stirn, wozu er sich ziemlich weit hinunterbücken mußte. Er vermied es, seinen Vater anzusehen.

»Guten Tag, Marga«, sagte Friedrich Petry, ohne sie zu küssen. In ungewohnter Eile hängte er seinen Mantel auf und ging in das Wohnzimmer.

Kopfschüttelnd sah sie ihm nach. »Was hat er denn?«

»Er hatte sich Sorgen um dich gemacht.«

»Ach so!« Sie lachte hell auf. »Na, dazu ist auch Grund. Ihr werdet es gleich hören!«

Hans Petry folgte seiner Mutter, zögernd, als könnte er der Erkenntnis ausweichen, daß sein Vater mit seiner Vergangenheitsbeschwörung einen verzweifelten Versuch gemacht hatte, in ihm die früh verschüttete Kindesliebe neu zu erwecken oder wenigstens Verständnis zu erreichen. Wollte er auf ihn übertragen, was er selbst nicht mehr halten konnte?

Friedrich Petry hatte sich eine Zigarre angezündet. Seine Hand zitterte ein wenig. In verhaltener Abwehr sah er seiner Frau entgegen. Sie trug ein enganliegendes Wollkleid, das von Goldfäden durchwirkt war. Offenbar neu. Er kannte es noch nicht. Das blondierte Haar war gut frisiert, wenn auch ein bißchen hoch auftoupiert und puppenhaft. Sie erinnerte an die einstige Eislaufprinzessin Sonja Henie.

»Bitte setz dich doch auch, Hans«, drängte sie. »Es macht mich nervös, wenn einer herumsteht. Dann kann ich nicht erzählen.«

Schweigend, jeder auf seine Weise, nahmen Vater und Sohn auf dem flachen, türkisbezogenen Teakholzsofa Platz. Wartend sahen sie ihr entgegen, gefaßt auf einen Bericht, der aussah wie sie selbst.

Margarete Petry baute sich vor einer Bodenvase mit lachsfarbenen Gladiolen auf. Sie kannte die günstigen Blickwinkel des Hauses genau und wünschte sich gerade für diesen Augenblick einen dekorativen Hintergrund.

»Also«, begann sie mit leichter Strenge, wie eine Märchentante vor Kindern, »ich war in der Stadt heute nachmittag!«

Da diese Eröffnung auf die beiden Männer noch keinen besonderen Eindruck machte, fügte sie hinzu: »In der bewußten Zeit natürlich. Etwa in der ersten halben Stunde war ich noch beim Friseur – ihr seht es ja –, ich erinnere mich aber überhaupt nicht. Das letzte, was ich weiß, ist, daß ich unter der Haube zum Trocknen saß. Und das nächste –« sie machte eine Spannungspause mit verheißungsvollem Lächeln – »als nächstes fand ich mich auf der Straße wieder, wie ich gerade aus dem Juweliergeschäft Hansen kam! Ist das nicht aufregend?«

»Was dachtest du in dem Moment, Mama?« fragte Hans Petry schnell.

»Unterbrich mich doch nicht! Ich berichte ja alles. Natürlich habe ich gedacht, ich wäre ein bißchen verrückt geworden. Dr. Simon hat ja schon immer gesagt, daß es bei mir mit den Nerven hapert. Aber das ist ja nicht schlimm, nicht? Mir tat nichts weh. Ich wußte zum Glück auch noch, wo ich den Wagen geparkt hatte – aber andere hättet ihr suchen sehen sollen! Zum Totlachen! Daran habe ich erst gemerkt, daß es mir nicht allein so ging mit dem Gedächtnis. Und ein Mann hat mich angesprochen, furchtbar aufgeregt, und er hat gesagt, bestimmt ist irgendwo weit weg eine Atombombe explodiert, und wir sind alle ohnmächtig geworden, und jetzt läßt die Betäubung langsam nach. Und wir sollten in

Deckung gehen, sagte er, bevor noch ganz andere Strahlen kommen, denn das wäre nur der Anfang. Ich hab ihn stehenlassen, und da hat er andere Leute angehalten. Der muß richtig übergeschnappt sein. Und ich – ja, erst nach einer ganzen Weile habe ich mich gefragt, was ich eigentlich bei Hansen gemacht hatte. Ich habe in meiner Tasche gesucht – und dann ...«

Sie bedeutete den beiden Männern mit den Händen, daß sie ruhig sitzen bleiben sollten, und lief hinaus, die Tasche zu holen. Geheimnisvoll zog sie ein Päckchen heraus, entfernte umständlich das schon zerknitterte Seidenpapier und stellte ein winziges Kästchen vor ihrem Mann nieder. »Sieh doch mal, Fritz!«

Friedrich Petry, der schon fast seine alte Hausherrenruhe zurückgewonnen hatte, öffnete die kleine Schachtel bedächtig. Blaue Blitze schossen heraus – auf rosa Samt gebettet, funkelte ihm ein Brillantring von beachtlicher Größe und Schönheit entgegen, originell gefaßt, umrahmt von Rubinsplittern. Er nahm ihn heraus, hielt ihn ans Licht, wog ihn auf der flachen Hand und reichte ihn seinem Sohn. »Hübsch«, sagte er beiläufig. »Was kostet er?«

»Das weiß ich eben nicht«, erklärte Margarete fröhlich.

»Na, du kannst doch dein Geld nachzählen!«

»Da scheint nichts zu fehlen«, erwiderte sie nach leichtem Zögern. »Womöglich habe ich gesagt, er soll uns die Rechnung schikken.«

»Also dann sehen wir es ja.«

»Herr Hansen hat aber keine Rechnungskopie, ich habe schon angerufen. Und das Preisschild zerreiße ich immer gleich.« Sie warf ihm einen verschämt gespielten Blick zu. »Deinetwegen ...«

»Dann wird der Juwelier eben das Stück neu schätzen müssen«, sagte der alte Petry gereizt.

»Und wenn ich nun doch bar bezahlt hätte?«

»Soll das heißen, daß du Differenzen von vier- bis fünftausend Mark in deinem Portemonnaie nicht bemerkst?«

»Nein, nein ... du findest ja immer gleich einen Anlaß, mich anzugreifen. Bring die Sache nur in Ordnung, wie du willst. Du hast eben überhaupt keinen Sinn für den Witz an der Geschichte!«

»Bitte sorge dafür, daß wir etwas zu essen bekommen«, sagte Friedrich Petry mit plötzlicher Müdigkeit. »Wir müssen zurück in die Redaktion. Es gibt eine heiße Nacht.«

Sie öffnete den Mund, ohne zu sprechen. Eine leise Verzerrung ihrer Puppenzüge verriet, daß sie empfindlich verwundet war. Die übererregte Munterkeit fiel von ihr ab, und ihre Augen verloren das Feuer. Verlegen zupfte sie an dem tadellos sitzenden neuen Kleid, dann drehte sie sich um und ging hinaus.

»Theorie und Praxis«, sagte Hans Petry.

»Was meinst du damit?«

»Ich dachte an deine liebevolle Rede über sie auf unserer Herfahrt«, sagte der Junge.

»Sei froh, daß ich noch so denken kann.«

»Was hat Mutter davon?«

»Brillanten«, sagte Friedrich Petry trocken und stand auf.

Auch Hans erhob sich. »Ich gehe auf mein Zimmer bis zum Essen.«

Der Alte nickte und sah ihn nicht an.

Hans Petry bewohnte das schönste Zimmer des Hauses, mit den Fenstern zum Waldrand hinaus. Nachts konnte er die Eulen schreien hören, und in der Dämmerung sah man oft Rehe auf die Lichtung hinaustreten. Er war nicht unempfänglich für den Frieden, die Ruhe und die Schönheit. Dennoch quälte ihn auch hier das Bewußtsein mangelnder Erlebnisfähigkeit, er fühlte genau, daß seine Gedanken zu flach und zu allgemein waren. Banale Naturbetrachtungen, die mit tiefem, intensivem Leben nichts zu tun hatten. Er wußte, daß sein Herz nicht die Angst der Tiere begriff, die panische Angst in der Dämmerung, die das Böse löste, die Furcht und den blinden Angriff aus der Furcht heraus. Er hatte auch keinen Anteil am Begrüßen der Morgensonne, dem beglückenden Triumph der Überlebenden, die die Nacht mit allen ihren Schrekken überstanden hatten und die nun dankten für die Gnadenfrist eines neuen Tages.

Er warf sich auf sein breites, flaches Bett und versuchte nachzudenken.

Eine erste leise Ahnung stieg in ihm auf, daß etwas geschehen war, was über sein Vorstellungsvermögen hinausging und was ihn doch ganz persönlich betraf. Er versuchte, die ungeheure Breite seiner neuen Aufgabe zu überschauen. Wo sollte er anfangen? Dort, wo Masseneindrücke entstanden waren? Bei Einzelmenschen? Bei Prominenten? Bei besonders dramatischen und sensationellen Fällen oder dort, wo sich die Wahrheit kaum finden ließ, wo die Übergänge so fein und verschwommen waren wie bei ihm selbst? Was war ihm denn aufgefallen? Er hatte einen Schatten empfunden und nach einer Wolke gesucht... weiter nichts – doch! Seinen Hut hatte er vermißt!

Mit einem Sprung kam er vom Bett hoch. Während er die Kleiderschranktür öffnete, erfüllte ihn mit einemmal die unerklärliche Gewißheit, daß er den Hut nicht finden würde. Er überzeugte sich und schloß fast erleichtert wieder zu. Kein Hut! Etwas in ihm wußte also mehr. Es gab eine tiefere Schicht, zu der er den Kontakt finden mußte. Für sich und für andere. Für alle...

Hans Petry stand ganz still und lauschte, als könnte er ganz tief in seinem Innern eine Quelle aufspringen hören. Unendlich leise und langsam, aber doch – er begann zu leben! Er begann sich für Menschen zu interessieren, in einer anderen Weise als bisher.

Er ging zu seinem Bett zurück und ließ sich fallen. Nur seine Eltern hatten ihm bisher ein Bild von ihrer verborgenen Stunde gegeben – der Einblick war alles andere als eine Offenbarung. Sein Vater hatte gearbeitet, und das Ergebnis lag greifbar da. Bruchstückhafte Gedanken, daraus war etwas zu machen, gewiß. Aber das war noch nicht entscheidend. Und dann die groteske Geschichte seiner Mutter! Sie fühlte sich beschenkt, weil sie plötzlich ein Schmuckstück besaß, an dessen Preis sie sich nicht mehr erinnerte. Und sie war beim Friseur gewesen! Kleiner Ausschnitt aus einer Kette von vertanen Jahren. Jede andere Stunde hätte das genauso enthüllen müssen, nur diese eine verlangte zufällig Rechenschaft.

Einen Augenblick lang gewann in ihm der alte Widerstand gegen das Herumschnüffeln in den Angelegenheiten anderer die Oberhand. Wie kam er dazu, von fremden Menschen Einblick in ihr Leben zu fordern? Wozu sollte dieses indiskrete Wühlen gut sein? Mochte doch jeder für sich seine eigenen Schlüsse ziehen!

Aber er konnte das aufkeimende Interesse in seinem Herzen nicht mehr in die Schranken kühler Zurückhaltung bannen. Die Quelle hatte zu fließen begonnen, und nichts würde sie aufhalten außer roher, selbstmörderischer Gewalt.

Forschung

[illegible]

des Vorhandenseins eines Wesens aus einer unbekannten Welt.

Susanne zerrte an der knappen Kostümjacke, [illegible] bequemen Pullover und zog die Strümpfe aus.

[illegible]

Susanne schloß ihre Wohnungstür auf. Mit müden schleppenden Bewegungen trat sie ein, ließ ihre Schuhe zwei Meter voneinander in irgendwelchen Winkeln im Korridor, warf die Handschuhe in den Schirmständer und ging in ihr Schlaf-, Wohn- und Arbeitszimmer. Während der ganzen Zeit hatte sie sich eisern bemüht, nicht auf den Hut zu sehen, der reglos dahing, grausam durch sein bloßes Vorhandensein wie ein Wesen aus einer unbekannten Welt.

Susanne vertauschte die knappe Kostümjacke mit einem bequemen Pullover und zog die Strümpfe aus.

Unschlüssig stand sie da, in der Mitte ihres blauen Teppichs, gründlich verlassen von ihrer sonst so zielbewußten Energie. »Susi«, sagte sie, »du mußt etwas tun. Du rufst jetzt im Verlag an und bleibst dabei ganz kühl. Denn alle Leute haben eine ganze Stunde vergessen. Es ist also überhaupt nichts Besonderes!«

Sie betrachtete mit übertriebener Aufmerksamkeit ihre hübschen Zehennägel. »Jetzt!« sagte sie dann. »Jetzt gleich!«

Gehorsam ihrem eigenen Befehl, schob sie sich dem Telefon entgegen und nahm den Hörer ab, als wäre etwas Klebriges daran. Sie wählte die Nummer der Redaktion für Fachzeitschriften im Druck- und Verlagshaus Petry. Das Rufzeichen ertönte zwei-, dreimal, langgezogen und unpersönlich, ein sinnloses Signal im leeren Raum. Dann schaltete sich die Telefonistin der Zentrale ein. »Verlagshaus Petry.«

»Bitte Herrn Petry junior«, sagte Susanne.

»Der ist in der Redaktion der Neuen Tagesschau – ich verbinde...«

Wieder meldete sich eine Frauenstimme. »Neue Tagesschau, Direktion.« Es war Fräulein Türkheim.

»Bitte Herrn Petry junior.«

»Die Herren Petry sind beide nach Hause gefahren. Sie kommen aber bald zurück. Kann ich etwas ausrichten?«

»Danke«, sagte Susanne hastig, »ich rufe wieder an!«

Resigniert legte sie den Hörer auf. Umsonst der ganze Anlauf mutiger Selbstüberwindung. In einer Stunde noch mal. Sie schüttelte den Kopf, als müßte sie ein Unbehagen loswerden. Etwas hatte sie eben berührt, und sie wußte nicht, was es war. Ach so – die Stunde! Man konnte sich auf die Zeit nicht mehr verlassen oder auf das Gedächtnis. Etwas war anders geworden. Der Boden schwankte, der sichere Boden der Selbstverständlichkeiten, der Dinge, über die man nicht nachzudenken brauchte ...

Wieder unterbrach sich Susanne. Es ging ihr manchmal so, daß sie genau fühlte, wenn sie etwas Wichtiges gedacht hatte. Dann ging sie den Weg zurück und versuchte, es zu finden. Also, alles war schwankend geworden, unzuverlässig – nein, das war es noch nicht. Die Selbstverständlichkeiten wie Atmen, Tag und Nacht, vier Jahreszeiten ... darüber grübelte man sonst nicht – halt! Halt, Susi, das ist es!

Sie stand ganz still. Jeder ablenkende Blick, jede kleine Bewegung konnte den Gedanken auflösen, bevor er richtig geboren war. »Wir sollen nachdenken«, sagte sie dann ganz langsam. »Jemand will, daß wir nachdenken über die allzu selbstverständlichen Dinge.«

Susannes Glieder entspannten sich plötzlich, und sie wurde ruhig. Sie schlüpfte mit den bloßen Füßen in ein Paar herumstehende Pantoffeln und ging in die Küche, um sich Tee zu kochen. Ein Glaube hatte in ihr Wurzeln geschlagen, hergeweht wie ein Samenkorn, winzig und schwach, aber ausgestattet mit der Fähigkeit, einen Wald zu entfalten, in dem sie selber wohnen dürfte, in dem sie Schutz und Schatten, Frieden und Geborgenheit fände. Zuvor aber würde sie dieses Samenkörnchen schützen müssen gegen eine Welt von Unglauben, gegen alle technischen Erklärungen, gegen ihre eigenen wissenschaftlichen Argumente und vor allem gegen das Gelächter der Stumpfen und Dummen.

Sie hantierte geschäftig mit der Teekanne und schnitt eine Zitrone auf. Dann angelte sie sich ihr buntes kleines Plastiktablett und stellte darauf alles zusammen: ihre Lieblingstasse mit dem blauweißen Muster, den Patentzuckerstreuer, der nur selten funktionierte, das Tellerchen mit den Zitronenscheiben und endlich den Tee. Nach kurzem Zögern griff sie nach der Keksbüchse auf dem Wandbrettchen, öffnete sie und zählte den Inhalt. Sie nahm fünf Stück heraus und legte dann eines wieder zurück. »Ich werde zu dick«, sagte sie dabei, obwohl an ihr äußerlich noch nicht der geringste Anhaltspunkt zu dieser Sorge zu sehen war.

Das Tablett wurde auf dem schmalen flachen Tischchen abgestellt, und Susanne hockte davor auf der Couch mit untergeschlagenen Beinen. Bedachtsam trank sie den Tee und aß ihre Kekse. Der Uhrzeiger kroch.

Wenn die vergessene Stunde auch so langsam vergangen ist, dachte Susanne, hätte man in der Zeit eine Menge tun können. Aber das war schon wieder ein Gedankenfehler! Vielleicht hatte sie eine Menge getan ...?

Der Hut hing ja da! Eine Unterhaltung mit Herrn Petry also, eine ganze Stunde lang, Gott weiß, worüber – welch gnädige Gedächtnisschwäche!

Ach ja, und Philipp! Sie nahm einen großen Schluck Tee, erfreute sich einen Augenblick an der rosigbraun schimmernden Flüssigkeit in der blauweißen Tasse und fragte sich dann: Warum dachte sie eigentlich erst jetzt an ihn? War die Enttäuschung aus dem Grauen Kakadu schon vergessen? Nein, gewiß nicht. Aber es tat nicht besonders weh. Und das war wiederum sehr schmerzlich.

Philipp, ihr schillernder und sprühender, ihr geliebter, ewig heiterer Spielkamerad, durch den allein sie ihre eigene Jugend fühlte, der sie immer wieder herausriß aus ihren tiefgründigen Grübeleien über äonische Zeiträume – er konnte ihr doch nicht alles geben. Er konnte einfach nicht ernst sein, er meinte dagegen kämpfen zu müssen. Das war eben seine Art, mit dem Leben fertig zu werden. Auch in ihren zärtlichen Stunden waren sie verspielt, sie lachten und balgten sich wie die Kinder, aber nie gab es diese Momente der schweren Stille, dieses Gefühl, dem andern ausgeliefert zu sein, unwiderruflich, bedingungslos ...

Das Wissen um die eigene Unzulänglichkeit, um das mangelhafte Zueinanderfinden, und die schmerzliche Vorahnung eines Abschieds, der einmal kommen mußte, waren einseitig auf Susannes Seite. Sie hatte auch diese andere Art von Partnerschaft selbst noch nie erlebt, wußte aber mit untrüglicher Sicherheit, daß es sie gab, geben mußte. Und Philipp war dieser Partner noch nicht!

Dennoch mochte sie ihn nicht missen. Sie würde ihn auch nicht verlassen können. »Nein«, sagte sie mit unmittelbarer Heftigkeit und erhob sich aus ihrem Lotossitz. Sie trat vor die Kommode mit den verstaubten Fotos. Mit Liebe betrachtete sie ihn, wie er dort vor seinem Klavier saß, mit dem leicht verwuschelten Haar und dem gespannten, ausdrucksvollen Mund, der ein zuverlässiger Spiegel war für die Musik, die er gerade spielte. Vielleicht war seine muntere Lebenseinstellung nur Fassade? Er hatte doch tiefe Empfindungen, er drückte sie jedenfalls in seiner Musik aus. Vielleicht fürchtete er sich vor dem Leben, so wie es war, in seiner nüchternen Wirklichkeit, mit den vielen Zahlen und den rohen

Tatsachen ... möglicherweise war der Graue Kakadu so etwas wie eine Burg für ihn, in der er seine skurrile Art frei entfalten konnte? Ach, Philipp! Geliebtes, wunderliches Original! Bleib, wie du bist, und alles wird gut sein ...

Weil Susanne zu genau wußte, daß sie sich soeben selbst belogen hatte, wendete sie sich ärgerlich von dem Bild ab. »Jetzt versuche ich es noch einmal«, sagte sie und hob den Telefonhörer ab.

Diesmal verlangte sie sofort die Direktion der Neuen Tagesschau, und Fräulein Türkheim verband sie gleich weiter.

»Petry!«

»Hier ist Susanne Karr.«

»Guten Abend, Fräulein Karr«, sagte Hans Petry, um eine Spur verbindlicher.

»Ich muß Ihnen etwas mitteilen«, begann Susanne, wütend über ihre eigenen platten Worte.

»Ja, bitte?«

»Diese Stunde – heute nachmittag ...«

»Ja, das ist schon allgemein bekannt – ein weltweiter Gedächtnisausfall, soweit man bis jetzt sehen kann. Wie war es denn bei Ihnen? Haben Sie Anhaltspunkte?«

»Allerdings«, sagte Susanne und holte tief Atem, »jedenfalls einen Anhaltspunkt. Ihr Hut hängt in meiner Garderobe, Herr Petry!«

Die Pause, die am andern Ende entstand, zerrte so stark an ihren Nerven, daß sie »Hallo« rief, »sind Sie noch da?«

»Ja, ja«, erwiderte Petry etwas rauh, »ich bin nur überrascht. Ich hatte keine Ahnung – sind Sie sicher, daß es mein Hut ist?«

»Ihr Name steht drin.«

»Ach so. Ich habe ihn auch schon vermißt. Wahrscheinlich wollte ich bei Ihnen die beiden Artikel abholen ...«

»Wahrscheinlich«, sagte Susanne frostig.

»Ich dachte, ich wäre nur im Park spazierengegangen. Ich gehe nach dem Essen immer dorthin, und gegen halb vier war ich wieder im Park ...«

»Ihr Hut hängt aber bei mir!«

»Natürlich! Ich werde ihn abholen. Wann darf ich kommen?«

»Morgen«, sagte Susanne schnell in instinktiver Abwehr. Nur jetzt noch nicht – nicht heute abend ...

»Wann bitte?« fragte Petry.

»Um zwei Uhr?«

»Warten Sie«, sagte er, »noch weiß man ja nichts. Es könnte doch sein, daß sich an unserer Erde etwas verschoben hat, was neue Erscheinungen mit sich bringt, aber auch neue Gesetzmäßigkeiten – ich meine, vielleicht tritt morgen um dieselbe Zeit wieder ein Ausfall ein, wir sollten lieber eine frühere oder spätere Zeit verabreden ...«

Diesmal blieb Susanne einige Sekunden stumm. »Daran hätte ich überhaupt nicht gedacht«, sagte sie zaghaft. »Hoffentlich haben Sie nicht recht!«

»Hoffen dürfen wir«, sagte Petry trocken. »Wie wäre es mit zwölf Uhr?«

»Einverstanden. Wo?«

»Ich komme zu Ihnen«, sagte Petry, als wäre es die größte Selbstverständlichkeit. Er war ja schon einmal dagewesen, wenn sie es auch beide nicht wußten.

»Gut«, sagte Susanne schwach. »Übrigens – die Artikel sind noch nicht fertig! Ich war so durcheinander ...«

»Damit eilt es nicht mehr. In nächster Zeit wird uns wohl diese eine Stunde beschäftigen.«

»Kann ich da auch mithelfen?«

»Vielleicht«, sagte Hans Petry. »Also auf Wiedersehen bis morgen mittag!«

»Auf Wiedersehen!«

Sie legte den Hörer auf. Eine Unruhe ergriff sie, die sie forttrieb, hinaus aus der Wohnung, zu irgendeinem Menschen, mit dem sie reden konnte. Nur eines war sicher: In den Grauen Kakadu würde sie jetzt nicht gehen.

Sie räumte die Wohnung auf und zog sich wieder an. Zu Carla! Vorher anrufen? Nicht nötig, sie war bestimmt zu Hause. Carla hatte alle Hände voll zu tun bis zum Ende ihrer Ausstellung. Eine Reihe von Aufträgen. Es gab eben doch genug Leute, die an den modernen Rätselbildern Gefallen fanden. Und Carlas Bilder hatten das geheimnisvolle Etwas, das über all die abschätzigen, vielbelächelten Inhaltsdeutungen hinaus die Phantasie entfesselte, eine Aussage ahnen ließ und begabtere Betrachter sogar in weltferne Stimmungen versetzen konnte.

Es wäre auch ein Wunder gewesen, wenn diese eigenartige und schillernde Persönlichkeit sich nicht in ihren schöpferischen Arbeiten ausdrücken würde, trotz sparsamster Zusammenfügung von matten Farben und vagen, nebelhaften Formen ...

Was mochten die Kritiker über die Ausstellung sagen? Mit Bangen dachte Susanne daran. Sie wußte nur zu gut, daß ein so zarter und empfindsamer Mensch wie Carla wohl künstlerisch schaffen mußte, aber dem Kritikfeuer der Außenwelt eigentlich nicht ausgesetzt werden durfte. Kunst aber, die verborgen blieb, verlor ihren Sinn, ihren Auftrag, die Herzen wachzuhalten, zu bewegen und, wenn möglich, aufzurühren.

Ja, Carla war der Mensch, den Susanne jetzt sehen wollte. Während sie die Wohnungstür von außen abschloß, läutete das Telefon. Ihr erster Gedanke war Philipp. Er wollte sie überreden, zurückrufen. Vielleicht hatte er ein schlechtes Gewissen wegen der Szene heute nachmittag. Er wußte längst, in welch kritischer Stimmung sie sich befand, so eng war ihre Verbindung schon. »Ich komme trotzdem nicht«, sagte Susanne und lief die Treppe hinunter. Das Telefon gab keine Ruhe und verfolgte sie weiter, wie immer schwächer werdende Hilferufe, eine weitere Treppe und noch eine.

Susanne blieb stehen und lauschte. Ganz leise hörte sie es noch. Erst jetzt fiel ihr ein, daß es ja auch Alexander hätte sein können. Wegen der Stunde natürlich! Andere Menschen hatten es ja ebenso erlebt, und nicht jeder blieb dabei wohl so gelassen wie Philipp oder Petry junior. Dem Petry war es offenbar völlig egal, daß sein Hut in ihrer Flurgarderobe hing! Sie zögerte, war im Begriff, wieder hinaufzugehen. Gleichzeitig verstummte das Telefon.

»Also zu Carla!« sagte Susanne.

Carla Mellinghoff lebte in äußerst bescheidenen Verhältnissen. Sie hätte sich schon einen größeren Rahmen leisten können als diese Dachwohnung im Osten der Stadt, aber sie hing mit einer gewissen Zähigkeit daran, behauptete glatt, eine Bindung aus einem früheren Leben fessele sie an diesen Ort, und außerdem verband sie damit einen sanften Zwang gegenüber ihrem recht nutzlos dahinlebenden Gatten. Wenn er schon nichts tut, pflegte sie zu sagen, soll er wenigstens härter leben. Die kleinen Unbequemlichkeiten sind das einzige, was ihn gesund erhält.

Susanne lächelte vor sich hin im Gedanken an dieses kapriziöse, energische Persönchen. Ihre Freundschaft war durch einen Zufall entstanden, durch eine Begegnung auf der Automesse vor zwei Jahren. Mitten im Gewühl hatte Susanne gestanden, vor einem Sportauto mit gläserner Karosserie, das sich auf erhöhter Drehscheibe den Zuschauern präsentierte. Die gierigen Blicke auf dieses Wunschobjekt, der heiße Atem von geballter Besitzwut, das alles erfüllte den Raum mit einer schwirrenden, Übelkeit erregenden Atmosphäre.

Da hörte Susanne neben sich die Stimme einer Frau, eine kluge, wohltuende Stimme: »Die Menschen vergrößern sich nur ihre Körper mit diesen Dingern! Blech statt Haut, Motor statt Herz, PS statt Temperament. Eine lustige Gesellschaft wird das in hundert Jahren sein!«

»Sie haben recht!« hatte Susanne spontan gesagt und den Blick der Sprecherin gesucht. Da also hatte dann Carla gestanden, klein, zierlich, nicht mehr jung, so um fünfzig, aber mit einem schönen, durchgeistigten Gesicht, angetan mit einem modischen dunkelvioletten Wollkostüm und einem breiten schwarzen Hut. An ihrer Seite stand ein Mann, der aussah wie ein Operettentenor. Eduard, ihr Gatte, wie Susanne später erfuhr. Die beiden Frauen hatten einander kurz zugelächelt und waren gleich darauf mit dem Zuschauerstrom in verschiedene Richtungen fortgerissen worden. Da war kein Platz für menschliche Begegnungen – dort trafen sich Menschen und Gegenstände, füreinander geschaffen und voneinander abhängig in einer geradezu erschreckenden Weise.

Vierzehn Tage später hatten sie sich wiedergetroffen in einem Konzertsaal. Sicher waren dort zum Teil die gleichen Besucher wie auf der Autoausstellung – aber sie waren nicht wiederzuerkennen. Hier kehrten sie eine andere Seite nach außen. Gemessen schritten sie, das Konzertprogramm in der Hand, über den roten Velours der Foyers, sie besprachen flüsternd den Inhalt der Kompositionen, die Nuancen der Instrumente und die Ausdruckskraft des Dirigenten. Sie benahmen sich kultiviert, als wüßten sie nichts mehr von den schlummernden Reptilien in ihrer Seele.

Angetan mit einem knappen jadegrünen Seidenkleid, fast ohne Schmuck – so stand Carla plötzlich vor Susanne. »Wie freue ich mich, Sie wiederzusehen!« hatte sie ausgerufen. Als gleich darauf der Operettentenor mit seinem zuckenden dunklen Schnurrbärtchen neben sie trat, hatte sie ihn nur mit einer lässigen Handbewegung vorgestellt: »Mein Mann!«

Schon am nächsten Tag war Susanne auf Carlas herzliche Einladung zum erstenmal die brüchige Treppe zu der Atelierwohnung in der Breughelstraße hinaufgestiegen, vorbei an schmutzigen Flurfenstern mit Blumentöpfen davor, vorbei an Wohnungstüren, aus denen Braten- und Zwiebelgerüche drangen, und wenn Susanne richtig gezählt hatte, so war sie bis zum Dach hinauf unterwegs vier struppigen Katzen begegnet.

Oben hatte sie die mit Reißnägeln befestigte Visitenkarte vorgefunden: Eduard Graf Mellinghoff – Carla Gräfin Mellinghoff, Malerin. Er war also nichts, wenn man davon absehen wollte, daß ihn der verstaubte Lorbeer einer ruhmreichen Ahnenreihe schmückte.

Carla hatte selbst geöffnet, angetan mit einem im Urgrund weißen Kittel, der alle erdenklichen Farbmischungen auf sich vereinte. In der linken Hand die Palette schwingend, hatte sie Susanne freudig die rechte entgegengestreckt.

Susanne war eingetreten in eine bunte Wüstenei, die man je nach Lebensauffassung als befreiend-gemütlich oder als heillose Unordnung empfinden konnte. Das schräge Dachfenster stand halb offen und ließ erkennen, daß es schwer zu putzen war. Ein treppenartiger Aufbau aus rohem Holz bildete den Mittelpunkt des Raumes. Wenn auf der obersten Stufe ein Sessel gestanden hätte, wäre der Thronsaal fertig gewesen. Der Sessel stand aber unten, mit einem grellen Blumenmuster überzogen, breit und behäbig. Die Besucher saßen darin, wenn sie Carla beim Malen zuschauten.

An jenem ersten Tag sah Susanne nach ihrem Eintritt die fünfte Katze – im Sessel. Die sechste konnte sie nicht gleich sehen, denn die saß hinter der Staffelei auf einem Stück rotem Samt, der ohne erkennbaren Zweck auf der Erde herumlag.

Sonst gab es noch einen Lampion als Deckenbeleuchtung, eine üppige Blumenbank, zwei über Eck gestellte Couches, die eher an Pritschen erinnerten und es auch waren, denn sie dienten den Mellinghoffs als Schlafplätze und gehörten zu den gesundheitsfördernden kleinen Härten, die Carla für ihren Mann so wichtig fand. Davor aber stand das Glanzstück des Ateliers – ein alter holländischer Teetisch mit Delfter Kacheln, ein Möbel, das gewichtig und graziös zugleich war, würdevoll und heiter.

Etwas beklommen hatte Susanne gefragt, ob die ganze Wohnung aus diesem einen Riesenraum bestände. Aber so war es nicht. Es gab noch einen kleinen Nebenraum, ausgestattet mit einem wuchtigen Bücherschrank, einigen Kunstgegenständen, einem Lederstuhl und einem Schreibtisch. Sicher das Arbeitszimmer Ihres Gatten? hatte Susanne harmlos vermutet. Die Antwort Carlas war ein undeutliches Gemurmel gewesen. Etwa wie: Bei Gott ist kein Ding unmöglich...

Während Susanne jetzt um die Straßenecke bog, versuchte sie sich vorzustellen, was Carla in der bewußten Stunde getan haben mochte. Nun, sicher hat sie an der Staffelei gestanden. Dann mußte sie plötzlich an ihrer Arbeit bedeutende Fortschritte bemerkt haben – aber bei den modernen Bildern konnte man sich wohl leicht täuschen …? Vielleicht hatte sie auch gar nichts vergessen? Carla erinnerte sich doch sogar an ihre früheren Leben – bei ihr konnte die Gegenwart nicht verlorengehen!

Susanne beschleunigte unwillkürlich ihre Schritte. Interessanter Gesichtspunkt, dachte sie. Sozusagen eine Probe für Carla, ob das mit ihren Präerinnerungen Schwindel war. Es wurde schon dunkel, als sie in der Breughelstraße ankam, und das Treppenhaus mit den Gerüchen eines orientalischen Marktes war nur schwach beleuchtet.

»Susannchen!« rief Carla. Sie stand genau wie beim erstenmal im buntweißen Kittel da, mit der Palette in der Hand und einem orangefarbenen Stirnband im schwarzen Haar.

Susanne küßte Carla auf die Wange und schaute sich kurz um. »Ist Eduard zu Hause?«

»Edi? Nein. Der muß mit allen seinen Bekannten reden, was sie heute nachmittag gemacht haben. Er ist ganz glücklich über die Abwechslung. Weißt du, womit die Menschheit dieses Geschenk verdient hat?«

»Ich dachte, es wäre eine Lektion.«

»Na, ist das kein Geschenk? Setz dich doch – halt! Da nicht! Ich muß das Kleid noch weghängen. Du könntest uns einen Tee kochen, Liebes. Ich mag jetzt nicht gern unterbrechen, ich bin so herrlich in Fahrt!«

»Mach ich«, sagte Susanne, denn sie fand ohnehin keinen freien Sitzplatz.

In der kleinen Küche sah es auch reichlich malerisch aus. Hier offenbarte sich kein Hausfrauenstolz auf eine blitzblanke moderne Zauberwerkstatt, so wie man das von Susannes Küche schon eher hätte sagen können, sondern hier durfte man den Kaffee in einem Steintopf vermuten, die Marmelade auf einem Suppenteller und das Salz in einer Bierflasche. Der Tee fand sich schließlich auch, und zwar in einem Weidenkörbchen, in dem die verschiedensten Kräutertüten durcheinanderlagen.

Susanne wühlte ein bißchen, öffnete die Tüten neugierig und schnupperte daran. Da war Eichenrinde, richtig kleine braune

Holzstückchen, kurz geschnitten und von ganz angenehmen Geruch. Wozu mochte das gut sein? Susanne beschloß, beim nächsten Waldspaziergang an einer Eiche zu riechen und sich ein Stückchen Rinde abzubrechen. Dann waren da noch Salbeitee, römische Kamille mit ihren ballrunden Riesenblüten und die Urpflanze aller Magenkräuter – Pfefferminze. »Mentha piperita«, wiederholte sich Susanne gewissenhaft, räumte alles wieder zusammen, daß es so ordentlich wie nie zuvor war, und begann mit dem Vorbereiten der Teekanne. Diese mußte zuvor noch mal ausgewaschen werden, den Tassen konnte es auch nichts schaden, und der Wasserkessel bedurfte einer tüchtigen Scheuerprozedur.

Als sie endlich mit dem Tablett ins Atelier trat, sah ihr Carla vergnügt entgegen. »Ich wette, du hast die ganze Küche aufgeräumt!«

»Beinahe!«

»Armes Kind. Es muß eine schwere Last sein, so ein Sauberkeitskomplex.«

»Den habe ich überhaupt nicht! Sag mal, wozu brauchst du römische Kamille?«

»Zum Blondieren.«

»Aber du bist doch dunkel?«

»Jetzt bin ich dunkel«, sagte Carla geduldig, »die Tüte ist ja auch schon drei Jahre alt.«

Susanne stellte das Tablett auf dem Kacheltisch ab und richtete sich mit einem kleinen Ruck auf. »Du, Carla! Stell dir vor, jemand hat sich in der Stunde heute nachmittag zum erstenmal die Haare anders färben lassen und weiß es nachher nicht mehr... so eine arme Frau muß doch ganz durcheinanderkommen. Die kennt sich ja selbst nicht wieder.«

»Ganz lustig«, sagte Carla, holte einen kleinen Pinsel aus ihrem Mundwinkel und setzte mit großer Behutsamkeit ein paar schwarze Punkte in eine hellblaue Fläche, »wie mochte es wohl bei den Zahnärzten gewesen sein, wenn sie mit einemmal sahen, daß der Zahn, den sie ziehen wollten, schon draußen war?«

Susanne kicherte. »Lauter tolle Möglichkeiten! Eigentlich müßte heute die ganze Welt kopfstehen!«

»Unverbesserliche Optimistin«, sagte Carla und trat prüfend einen Schritt von der Staffelei zurück.

»Kommst du zum Tee?«

»Gleich, meine Liebe. Wenn ich die Stimmung auf meinem Bild

nicht vollkommen festhalte, kommt sie nie mehr wieder.«

»Dann wird eine andere kommen.«

»Aber Susanne, was redest du? Das wäre ja Pfuscharbeit!«

Susanne trat neben sie und besah zweifelnd das hauchzarte Gebilde aus blauen Schleiern und aus eigenwilligen rostbraunen Linien. Dazwischen Formen in der Farbe schwerer Schatten, die nichts erkennen ließen, und endlich die winzigen schwarzen Punkte, verloren irgendwo seitlich, wie eine Gruppe von schutzlosen Lebewesen in einer fremden Nachtlandschaft.

Beinahe hätte sie die ewig dumme Frage der Betrachter von modernen Bildern gestellt: Was soll es darstellen? Sie hütete sich aber und bat Carla nur: »Erkläre es mir!«

Carla nahm die Pinsel, legte sie sorgfältig auf den Holzbock für die Malutensilien und blieb eine Weile still. »Ich bin noch nicht fertig«, sagte sie dann unzufrieden, »es muß noch ein Rot hinein, ein dunkles, böses Rot, daß den Frieden stört, aber die Einsamkeit nicht auflöst und den Schrecken vor der blauen Unendlichkeit. Es muß hinein, aber wohin?«

Susanne, die solche Fragen von Carla gewöhnt war, sah auf das Bild und versuchte Ratschläge zu erteilen, obgleich sie nichts davon verstand. »Vielleicht in die Nähe der schwarzen Punkte?«

Carla warf ihr einen schlau lächelnden Blick zu. »Das möchtest du wohl, was? Das möchtet ihr alle! Wanderschaft mit Blinkstrahler und Musikbegleitung. Kein Mut zum Alleinsein, keinen Mut, sich mal ehrlich zu fürchten. In der Nähe der Punkte! Das wäre die Vernichtung des Bildes, Susannchen!«

»Dann setze das Rot an den Rand!«

»Das wäre dasselbe. Bloß von der andern Seite. Nur schnell an das rettende Ufer – nein, mein Kind. Irgendwo im Raum muß es lauern, es muß beweglich scheinen, allgegenwärtig und doch heimtückisch verborgen ...«

»Willst du den Tod malen?« fragte Susanne.

Carla drehte sich zu ihr um, mit einem freudig erstaunten Leuchten in den Augen. »Warum fragst du so dumm, wenn du es richtig fühlst? Angst vor der eigenen Courage, wie? Was sonst sollte ich malen, wenn nicht Leben und Tod?«

Dann griff sie nach dem feinsten Pinsel, rasch, als könnte ihr etwas entgleiten, und mit ein paar Strichen saß der schwarzrote Farbfleck zwischen Weiß und Blau, selbständig und unüberwindlich.

Mit einem hörbaren Seufzer band Carla ihre Kittelschürze auf. Sie wandte sich von dem Bild ab, als brauche sie es von nun an keines Blickes mehr zu würdigen.

Eigenartig berührt stand Susanne noch da und starrte auf das artistische Erzeugnis. Carla war so überzeugend, wenn sie malte, so durchdrungen von dem, was sie tat. Schwer vorzustellen, daß dies alles Theater sein konnte, ein kleines Spiel zur Rechtfertigung eines Bohèmelebens, ein bißchen Spott sich selbst und den andern gegenüber, die darauf hereinfielen. Und doch würden die meisten wohl so denken. Kein Argument würde sie zwingen können beim Anblick dieser Farbfleckkombinationen, keine noch so anspruchsvolle Rede über den Sinn der modernen Kunst. Wenn sie doch wenigstens mich überzeugen würde, dachte Susanne. Ich möchte sicher sein im Urteil über diese Dinge, wenn das überhaupt möglich ist.

Carla hatte sich hastig ans Aufräumen gemacht, als wäre ihr erst jetzt bewußt geworden, wie es rundherum aussah. So sehr sie aber auch räumte, der Gesamteindruck wurde nicht ordentlicher.

»Laß doch, es geht schon so«, beschwichtigte Susanne und setzte sich einfach. »Ich will jetzt endlich mit dir über die Stunde heute nachmittag reden.«

»Aha« sagte Carla. »Ich hab's geahnt.«

Sie schenkte den Tee ein und schob die Tasse vorsichtig zu Susanne hinüber. »Im Radio wurde etwas von allgemeinem Gedächtnisausfall bekanntgegeben. Das ist eigentlich alles, was ich davon weiß. Und Edi behauptet, das Lesezeichen in seinem Buch wäre um sechzig Seiten vorgerutscht, obwohl er doch nicht so viel gelesen hätte. Na, was sagst du dazu?«

»Was liest er denn?«

»Etwas über den Kongo.«

»Ah. Und du? Wie war es denn bei dir? War dein Bild mit einemmal weiter, ohne daß du dich erinnern konntest? Das muß doch toll gewesen sein!«

Carla seufzte. »Muß dich enttäuschen, Liebes. Ich habe in der Zeit irgendwas anderes gemacht. Wahrscheinlich aufgeräumt...« Als sie Susannes zweifelnden Blick sah, wischte sie mit der Hand durch die Luft. »Oder was anderes – vielleicht habe ich auch gelesen?«

»Du sagst das, als ob es dir völlig egal wäre, Carla!«

»Auf eine Weise ist es das auch. Ich habe gelebt. Ich habe mich bestimmt nicht gelangweilt, denn das kenne ich nicht. Also habe ich kaum etwas versäumt. Edi wird in dieser Zeit keine Sternstunde gehabt haben ... mit andern Worten, das Leben ging weiter. Es gibt für mich keinen Grund zur Aufregung.«

»Für mich schon«, sagte Susanne leise.

Carla gab ihrer jungen Freundin einen aufmerksamen Blick. Jetzt erst sah sie, wie verwirrt und bedrückt Susanne schien. »Raus damit! Was war los?«

»Ich hatte Besuch.«

»Von wem?«

»Von meinem Chef, Petry junior.«

Carla pfiff leise. »Donnerwetter! Und wie war es denn so?«

»Das weiß ich nicht.«

»Was soll das? Entweder du weißt, daß er dich besucht hat, oder du weißt es nicht.«

»Er muß dagewesen sein, denn sein Hut hängt an meiner Flurgarderobe. Sein Name ist im Hutband innen eingeprägt. Aber es muß genau in der Stunde gewesen sein, denn ich erinnere mich weder an sein Kommen noch an sein Gehen. Vielleicht war er die ganze Stunde da oder nur eine Minute. Kann sein, er wollte den Artikel abholen. Dazu hätte er allerdings auch einen Boten schikken können. Er war noch nie bei mir, noch nie!« Susanne sprudelte jetzt richtig.

»Langsam, Kind! Ganz ruhig! Hast du mit ihm schon gesprochen seitdem?«

»Ja. Ich habe ihn angerufen und ihm erklärt, daß sein Hut bei mir ist.«

»Und?«

»Er hatte den Hut schon vermißt.«

»Du wirst dich mit ihm über deine Fledermäuse unterhalten haben! Ich frage mich nur, weshalb er dich dazu nicht in die Redaktion bestellt hat, der große Herr Petry. Muß ihn doch gelockt haben, dich mal in deiner Wohnung aufzusuchen.«

»Er wird einfach in der Nähe gewesen sein.«

»Genügt dir diese Erklärung?«

Susanne nahm vor Ärger einen zu großen Schluck Tee und mußte husten. »Soll ich vielleicht sonstwas da hineindichten? Mach mich doch nicht ganz verrückt! Ich bin zu dir gekommen, weil ich hoffte, du würdest mir helfen. Laß uns jetzt nicht mehr darüber reden, bitte!«

»Achtung!« sagte Carla, aber eine Sekunde zu spät, denn auf Susannes Schulter saß bereits eine graue Katze, zufrieden schnurrend und völlig erhaben über das Fußbad in der Untertasse.

»Es ist Feline. Soll ich sie dir abnehmen?«

»Nein, nein, ich hab sie gern.« Susanne griff mit der linken Hand hoch in das graugetigerte Fell und drückte es gegen ihre blonden Locken. »Ob Feline die Stunde auch vergessen hat?«

»Interessanter Gesichtspunkt für deine Naturstudien. Tiere leben wohl unmittelbarer, ihr Gedächtnis beschränkt sich auf ihre lebenswichtigen Erfahrungen. Feline kann in der Zeit schließlich nichts anderes als eine Katze gewesen sein.«

»Sie wird eine Maus verspeist haben, ohne zu wissen, wer sie gefangen hat. Ob sie sich dann wundern würde?«

»Nein. Kaum. Es ist schon für Menschen eine Leistung, wenn sie sich wundern. Ach, da fällt mir ja ein, es war doch schon jemand hier, inzwischen: meine Hausfrau, die Frau Steinmüller. Na, die war ja ganz aus dem Häuschen! Sie sah Kartoffeln kochen, die sie nach ihrer Erinnerung nicht aufgesetzt hatte, und jetzt glaubt sie fest daran, daß ihr Mann wieder in die Flitterwochen gekommen ist. Außerdem hat ihr Kind ein Pflaster an der Stirn und weiß von nichts. Und der Großvater behauptet, eingeschlafen zu sein auf seiner Parkbank – ausgerechnet eine ganze Stunde lang!«

»Und was hast du ihr gesagt?«

Carla hob die Schultern und wiegte ihren ausdrucksvollen, zarten Kopf. »Merkwürdig, ihr erwartet alle von mir, daß ich euch trösten oder beruhigen soll. Du, Edi, Frau Steinmüller – warum eigentlich? Haltet ihr mich für so stark?«

»Ich erwarte es wegen deiner Präerinnerungen«, sagte Susanne unumwunden.

Carla öffnete den Mund zu einem stummen, einsichtsvollen »Ach«.

»So billig stellst du dir das vor, so kindlich. Was hast du zum Beispiel vorgestern zu Mittag gegessen, Susanne?«

»Weiß ich nicht.«

»Wann hat es zuletzt geregnet?«

»Muß schon einige Wochen her sein ...«

»Ich könnte dich so tausend Dinge fragen«, sagte Carla versonnen. »Dinge, die du einfach nicht mehr weißt, weil du sie dir nicht merken wolltest, weil sie nicht als Kostbarkeiten in deinem Gedächtnis mit einem kleinen Merkfähnchen versehen sind. Du erinnerst dich aber sehr wohl, gelebt zu haben, nicht? Du könntest zur Not die Geschichte deines Lebens niederschreiben. Die Ernte eines Lebens setzt sich wohl aus Einzelheiten zusammen, aber nicht aus Banalitäten. Jeder hat etwas, das er hinübernehmen möchte in das nächste Leben, so wie man ein Foto aufhebt oder einen alten Brief. Es ist ein Willensakt, sich etwas zu merken, verstehst du? Und der gleiche Wille holt die verborgenen Schätze wieder hervor.«

Susanne war Feline behilflich, von der Schulter herunter auf ihre Knie zu kommen. Eine Katze ist nicht so leicht zufrieden mit ihrem Platz. »Es gibt doch auch unfreiwillige Erinnerungen, Carla – und unfreiwilliges Vergessen, das haben wir gerade gesehen.«

»Wenn ich mir so die Menschheit im Schnitt betrachte«, sagte Carla, »so war es bestimmt nicht unfreiwillig. Sie hetzen doch alle von einer Stunde zur andern, sie erwarten immer etwas – Zahlungstermine, Feierabende, Urlaub. Sie hoffen die Zeit herum, von Tag zu Tag, von Jahr zu Jahr. Diese Stunde, die sie vergessen haben, wird ihnen das Gefühl geben, daß sie ihr Tempo beschleunigt hätten.«

»Und wie ist es mit denen, die schreckliche Bilder in sich tragen, Bilder, die sie gern löschen würden, wenn sie könnten?«

»Wenn es wirklich ans Löschen ginge, würden die meisten mit ihren schrecklichen Bildern im Innern wieder davonlaufen, Susannchen. Gehabte Schmerzen hat man nämlich gern.«

»Alle nicht«, sagte Susanne aus reinem Widerspruchsgeist. »Übrigens – was hast du nun zu der Frau Steinmüller gesagt?«

Carla drapierte lässig an ihrem türkisfarbenen Wollkleid herum, das ihr ausgezeichnet stand, kühn ergänzt durch das orangene Stirnband. Sie schwang ihre schlanken Beine seitlich hoch und räkelte sich ein bißchen. Obwohl sie fast doppelt so alt war wie Susanne, konnte sie sich figürlich durchaus neben ihr sehen lassen. Sie war von zartem Körperbau mit vollendeten Maßen, an denen sich seit ihrer Mädchenzeit nichts geändert hatte.

»Ja, mein Kind«, sagte sie, »was sollte ich ihr erzählen? Ich habe zu ihr von den Funkmeldungen gesprochen – sie wußte noch gar nichts davon. Ich wollte mit Erklärungen helfen, habe ihr aber damit nur weh getan. Sie klammerte sich daran fest, daß ihr Herbert vielleicht doch heimlich die Kartoffeln aufgesetzt hat, um ihr eine Freude zu machen. Immer wieder kam sie damit: Es könnte doch sein, man kann es ja nicht mehr wissen, sie fühlt, daß es so ist, so und nicht anders, weil es ihr eben unerträglich wäre, das kleine

Glück, welches sie empfunden hatte, wieder zu verlieren. Es einfach als Irrtum hinzunehmen, aus, er hat doch geschlafen, und sie hat den Topf aufgesetzt wie jeden Tag zuvor und alle noch kommenden Tage. Ergreifend zu sehen, wie diese Frau sich an ein Wunder zu klammern versuchte, nur aufgrund dieser Gedächtnislücke. Und dabei wäre das Wunder nichts weiter als ein bißchen Menschlichkeit, die große, unfaßliche Überraschung bei dem stumpf gewordenen Lebensgefährten, der nach wie vor ein braver Mann war, fleißig, ehrlich, genügsam und treu.«

»Solide, zuverlässige Eigenschaften«, sagte Susanne nachdenklich. »Und doch zeigt sich bei deiner Frau Steinmüller deutlich, daß sie durchaus nicht glücklich ist. Auch diese einfache und anspruchslose Frau sucht den Glanz des Besonderen, sie möchte dem Alltag enthoben werden. Andrerseits – kein Herbert der Welt kann sich jeden Tag etwas Neues einfallen lassen, um seine Frau in Hochstimmung zu halten.«

»Nicht jeden Tag«, sagte Carla. »Das verlangt sie auch nicht. Vielleicht würde es ihr genügen, wenn es nur dieses eine Mal Wahrheit gewesen wäre.«

»Vielleicht ist es wahr?«

Carla drehte ihre Handflächen nach oben. »Schau dich doch um! Menschen erwarten manchmal Wunder, aber sie tun keine.«

»Du hättest eines tun können, wenn du sie in ihrem Glauben bestärkt hättest, Carla.«

»Ja«, sagte Carla leise, »es tut mir leid.«

Sie sahen sich beide in die Augen, freundschaftlich-zärtlich und mit der wissenden Trauer über barmherzige Lügen und unbarmherzige Wirklichkeiten, in gemeinsamer Liebe zu einer Welt, die man nicht ändern, sondern höchstens etwas vergolden konnte durch Freundlichkeiten, durch Hinwendung zum Schönen, durch den Zauber der Phantasie.

Susanne spürte etwas Warmes, Weiches an ihren Beinen herumstreichen und sah verblüfft auf Feline, die friedlich zusammengerollt auf ihren Knien lag.

Carla folgte Susannes Blick und spähte unter den Tisch.

»Das ist Moritz«, erklärte sie entschuldigend, »komm zu mir, Moritz!«

Aber Moritz hatte Susanne erkoren, und so landete er neben Feline auf ihrem Schoß. Vernehmlich schnurrend und mit seligem Krallenspreizen zeigte er an, daß für ihn nun alles in Ordnung war.

Behutsam und mit Kennermiene tastete Susanne seine Wirbelsäule entlang und dachte plötzlich an Philipp. Der ewig sprühende und funkelnde Philipp, der sich in Einfällen nur so überschlug und der die besonnenen Tugenden des Straßenbahnschaffners Steinmüller nicht kannte, der mit gewaltigem Energieaufwand gegen die Eintönigkeit des täglichen Lebens ankämpfte, voller Verachtung für die stumm und ernst dahinstampfenden Lasttiere – was würde die gute Frau Steinmüller mit einem solchen Mann anfangen? Vorübergehend würde sie ihn vielleicht für einen Gott auf Erden halten, aber sie würde sich an ihm die Flügel verbrennen wie eine Motte. Ihre kleine, schutzbedürftige Liebeskraft brauchte den begrenzten Rahmen, die Arbeit am Herd, das anspruchslose, stille Miteinanderessen, -schlafen und -sorgen. Gefährliche Wünsche hatte diese Stunde in ihr geweckt, sie gehörte zu den Menschen, denen eine solche Anrührung zum Nachdenken nicht bekam, sie unruhig und zum Schluß ärmer machte.

Susanne zog die Augenbrauen zusammen und überlegte, ob es sich lohnen würde, diese Gedanken auszusprechen. Als sie fragend Carlas Blick begegnete, sagte diese lächelnd: »Jetzt bedauerst du sie schon weniger, meine Frau Steinmüller, nicht? Geh aber nicht so weit, sie zu beneiden.«

»Hast du wieder Gedanken gelesen?«

»Kann ich gar nicht«, sagte Carla ehrlich. »Ich fühle nur den Sinn des Gedachten, wenn jemand so intensiv denkt wie du.«

»Toll genug. Ich möchte das auch lernen.«

»Du mußt einfach horchen ...«

»Wie denn?«

»Nun, wie vor meinen Bildern zum Beispiel.«

»Ach ja! Da wollte ich dich sowieso bitten, mir einiges zu erklären. Ich bin nämlich eine alte Skeptikerin, Carla. Sei mir nicht böse, aber manchmal halte ich alles für Schwindel oder für eine grenzenlos überschätzte Spielerei.«

»Es ist sehr falsch, Spielereien zu unterschätzen, mein Liebes. Das ganze Universum entsteht aus dem Spieltrieb der schöpferischen Kräfte.«

»Das klingt frivol, Carla.«

»Oh, woher hast du nur diese philisterhafte Tüftelei? Ist dir nie aufgefallen, daß rund um uns herum alles Lebendige schäumt und sich überschlägt in tausend Spielarten, sich zu immer neuen Formen vortastet, zu tausend Variationen in Klang und Farbe, zu immer neuen Lebensgewohnheiten und Gesetzen – auf der Jagd nach dem glücklichen, vollendeten Dasein – ist das kein Spiel? Ist das alles tragisches, ungewolltes Werden und widerspenstig erduldetes Leben? Susannchen, wir stehen in einer jauchzenden Schöpfung! Du müßtest es doch wissen, du als Biologin.«

»Ich empfinde es anders«, sagte Susanne zurückhaltend. »Erkläre mir lieber die Malerei.«

Carla stand auf und streckte ihrer Freundin die Hand hin. »Komm mit, Schatz, ich zeig es dir!«

»Ich kann nicht aufstehen, die Katzen.«

»Schmeiß sie doch runter.«

»Feline schläft so schön, und Moritz schnurrt...« Susanne strich bedauernd über das glänzende braune Streifenfell.

»Ach was, nachher schnurren sie auch wieder«, sagte Carla und setzte die Tiere ungerührt mit Schwung auf den Boden. Nur ein sehr scharfer Beobachter hätte das blitzschnelle heimliche Streicheln über die Katzenrücken dabei bemerkt.

Sie traten gemeinsam vor die Staffelei, und Carla nahm das fertige Bild herunter. Scheinbar achtlos legte sie es beiseite. Dann löste sie ein neues Blatt umständlich aus einer Papierrolle heraus, befestigte es und zog Susanne am Handgelenk zwei Schritte zurück.

»Hör genau zu, Liebes«, sagte sie mit ihrer leisen, eindringlichen Stimme, »vor uns ist weder Nacht noch Morgen, sondern nur das Nichts. Viele vergleichen das leere Papier mit dem Raum, in den sie das Gesehene bannen können wie auf eine Fotoplatte, aber dies ist bereits der erste große Fehler. Auch der Raum ist noch nicht da, versuche das zu denken.«

»Das kann kein Mensch«, sagte Susanne.

»Du mußt es versuchen. Konzentriere dich! Wir treten jetzt jenseits von Raum und Zeit in die Schöpferpause zwischen einer vergangenen und einer zukünftigen Welt. Du weißt, daß du existierst, freischwebend, irgendwo, und du möchtest wieder leben, in einer neuen Form, die erst werden muß...«

»Wie viele Millionen Jahre habe ich dazu Zeit?« fragte Susanne sachlich, denn vor ihrem Auge standen die Entwicklungsphasen der Einzeller, der Mollusken, der geschuppten und gefiederten und gepanzerten Wesen und die verhältnismäßig so kurze, aber schmerzensreiche Entwicklung der Menschheit in einigen Jahrtausenden.

»Du kannst die Welt in einer Stunde erschaffen«, sagte Carla, »und das benötigte Äon wird darin enthalten sein.«

»Mein Gott, und wir haben eine Stunde vergessen!«

Carla lächelte nachsichtig. Wie sollte sie dieses wissenschaftlich gebildete Mädchen von dem Begriff der tickenden Zeiger lösen, von der völlig unsinnigen Vorstellung, daß eine Sekunde genauso lang wie jede andere sei?

»Nun paß auf«, fuhr sie fort. »Du weißt besser als die meisten, daß am Anfang die Elemente stehen und nicht die Formen.«

»Aber die Formen müssen vorher gedacht werden, sonst bewegen sich die Elemente nicht!«

»Sehr gut«, lobte Carla. »Die gedachte Schöpfung in sieben Tagen und die Jahrmillionenentwicklung danach, das meinst du doch, nicht?«

»Ja.«

»Die Elemente regen sich aber bereits beim ersten Gedanken, sie warten nicht, bis die Bilder fertig sind, sie können nicht warten, weil der schöpferische Gedanke bereits im Urgrund Leben ist ...«

»Dann werden Formen entstehen, die unfertig und unschön sind, die ein Eigenleben haben und sich dem späteren Formwillen nur unwillig beugen ...«

»Na und? Ist es nicht so? Denk an die Saurier mit ihren unförmigen Leibern, an die riesigen Fleischkolosse, schwerfällig gelenkt durch schwache Gehirne, und denk an die ungezählten Zwischenformen auf der Stufenleiter zu immer höheren und reineren Bildern.«

»Das hieße«, sagte Susanne etwas atemlos, »daß die Schöpfung noch nicht zu Ende ist, auch die gedachte nicht, sondern daß sie im Wettlauf liegt mit dem voreiligen Willen aller fleischlichen Wesen zu leben, weil sie nun schon einmal da sind und nicht warten wollen. Nicht warten können, wie du sagtest.«

»Schön«, sagte Carla zufrieden, »du bist ein gelehriges Kind. Lebendige Schöpfung ist also eine Mischung von Schönem und Häßlichem, von Formwillen und Eigenwillen – kurz, von Gut und Böse. Und nun, meine Liebe, nimm den Pinsel und beginne, womit du willst, mit einer Linie, einem Farbfleck oder auch nur einem Punkt. Den Anfang kannst du selbst bestimmen, nachher wirst du alles weitere Schaffen dem vorherigen beiordnen müssen. Du wirst, ob du willst oder nicht, das Eigenleben deiner früheren Geschöpfe respektieren müssen, ob sie nun gelungen sind oder nicht, ob sie schön sind oder nicht, du kommst nie mehr an ihnen vorbei, solange du selber noch weitergestalten willst. Nur die Vernichtung kann dich und das Gewordene erlösen, aber um einen hohen Preis: um den Preis der Zerstörung auch des Vollendeten ...«

»Ich bekomme Gänsehaut«, sagte Susanne. Prometheus fiel ihr ein mit seiner Herausforderung an Gott und seinem triumphierenden, höhnisch-stolzen »Mußt mir meine Hütte doch lassen stahn ...«

»Also los, male!«

»Ich kann es nicht. Wo soll ich anfangen? Wenn doch alles so furchtbar gefährlich ist?«

»Siehst du, mein Schatz«, sagte Carla mit einem tiefen Atemzug, »begreifst du jetzt, daß Schöpfung Spiel sein muß? Kein Gott könnte es anders ertragen.«

Susanne begann, plötzlich gelockt, mit dem Pinsel auf der Palette herumzureiben, zuerst auf dem reinen Gelb, dann in Verbindung mit der Nachbarfarbe Grün – und schon war eine schmutzige, trübe Mischung entstanden. »Oh!« sagte sie bedauernd.

»Fang trotzdem an«, riet Carla.

Und Susanne malte, malte eine graugrüne, grobe Fläche mitten auf den schönen neuen weißen Bogen. »So«, sagte sie trotzig, »da hast du mein Kunstwerk. Scheußlich ist es. Das ganze Äon ist schon verdorben.«

Lächelnd griff Carla einen zweiten Pinsel, nahm ein dunkles Rot und zeichnete eine geschwungene Linie, im Halbkreis herum um Susannes tümpelfarbenen Urgrund, schlängelte sie weiter, bald hier, bald da leicht verschlingend, immer duftiger und leichter, wie sichtbar gewordene, hell klingende Musik, die im Raum verplätschern würde, wenn nicht – ja, wenn Susannes Fleck nicht wäre, als ruhiger, starker Schwerpunkt inmitten einer Schar verantwortungsloser kleiner Kobolde.

»Du bist ein Genie«, sagte Susanne bewundernd. »Aber sag mir nur, meine Liebe, wie soll ein unbefangener Betrachter, der nicht den Vorzug einer solchen Nachhilfestunde hat, wie soll der verstehen, was du meinst?«

»Darüber reden wir am besten bei einer zweiten Tasse Tee«, schlug Carla vor.

»Ich hatte zu Hause schon Tee getrunken.«

»Dann einen Wodka?«

»Schon besser.«

Carla holte die Wodkaflasche und Gläser aus Eduards sogenanntem Arbeitszimmer, und sie nahmen beide wieder vor dem Kacheltisch Platz.

»Liebes Suschen«, begann Carla, während sie die Gläser füllte, »manche Leute sagen, wir würden mit beachtenswerter Frechheit schlecht gelungene Tapetenmuster als Gemälde verkaufen. Komm, wir trinken erst mal...«

Susanne nippte an ihrem Schnaps, Carla trank aus.

»Also – manche sagen, wir hätten eine gute Masche gefunden, uns als Künstler zu gebärden und uns vor einer vernünftigen Arbeit zu drücken, die unseren Fähigkeiten angemessener wäre. Es gibt sogar welche, die erkennen in der abstrakten Malerei ein Werk des Teufels oder einen sicheren Vorboten für die Zeiten des Verfalls. Dann haben wir natürlich auch Fürsprecher, die fast noch schlimmer sind. Die erklären dem bekümmerten Publikum: Der Künstler würde, im Ringen mit Form und Farbe, nicht nur einen Einblick in die Abgründe seiner Seele preisgeben, sondern darüber hinaus dem Zuschauer ästhetische Reize und Stimmungen vermitteln, die keine gegenständliche oder auch nur ornamental gebundene Darstellung bisher übertragen konnte. Diese Leute formen Sätze wie: »Dem innerlich schwer ringenden Künstler ist es gelungen, die grausame Wucht der Diagonalen in fröhliche kleine Dreiecke aufzulösen...«

Susanne lachte. »Und was denkst du selbst?«

»Ich meine, daß das alles Kohl ist«, sagte Carla schonungslos. »Reize und Stimmungen wurden niemals besser vermittelt als durch die Impressionisten; ästhetisches, beschauliches Erleben niemals besser als durch die alten Meister der Malerei. Was aber neu ist und wichtig gerade in unserer Zeit, das ist die selbständige, schöpferische Arbeit des Betrachters vor der belebten Fläche. Es ist ein Rettungsring für die verkümmernde Phantasie; dabei spielt gar keine Rolle, ob sich das Heer der Maler dabei unüberschaubar vergrößert, ob Schwindler darunter sind oder ob die meisten Schwindler sind.«

»Donnerwetter«, sagte Susanne und trank ihr Glas aus, »du bist aber großzügig!«

»Leider beruht das nicht auf Gegenseitigkeit«, seufzte Carla. »Die ganz klugen Köpfchen, die immer gleich praktisch denken, meinen, wir sollten nur malen, wohin wir wollten, auf Blumenvasen, Stoffe, Häuserfassaden, immer nützlich einspannen die überschüssigen Kräfte – nur von Bildern sollten wir die Finger lassen, von den Bildern mit Rahmen drum, vor die man sich hinstellt und sie ansieht.

Dabei ist es gerade das, die Minute der Stille irgendwo in einer Galerie, das Nachdenken, Suchen, Sichherantasten – vielleicht auch das Enttäuschtsein, aber doch erst nach einer inneren Auseinandersetzung, nach einem Erlebnis des selbständigen Schöpfens, ach, was ist das gegen all die passiven Vergnügen unserer Zeit, für die kein Hirn mehr nötig ist, sondern nur noch gefräßige, allesverschlingende Augen.«

Wieder mußte Susanne lachen. »Habe nie gewußt, daß es auch gefräßige Augen gibt!«

Carla sah Susanne nachdenklich an. »Erinnere dich doch an die Autoausstellung!«

»Ja.« Susannes Blick glitt zu dem Atelierfenster, das nachtschwarz wie ein schwerer Vorhang den Raum abzugrenzen schien. Seltsam angezogen, stand sie auf und trat an die Scheiben, so dicht, daß sie ihre Nase daran drücken konnte. Mit einemmal wurde die Schwärze gläsern, Lichtpunkte schwammen darin, einige flackerten und tanzten, andere, hoch oben, zogen erhaben ihre Bahn, als hätten sie das Zucken der bunten Blitze dort unten längst hinter sich wie eine Kinderkrankheit.

Susanne fühlte, wie sich Carlas Hand leicht in ihre schob. Lautlos war sie herangetreten, mitlauschend, die Stille teilend. Eine Weile standen sie so, leicht aneinandergelehnt.

»Unsere Erde«, sagte Susanne traurig-zärtlich, »sie ist nicht mehr dieselbe. Etwas ist passiert damit, ich fühle es genau. Mir ist heute nachmittag auf der Straße eine alte Frau begegnet, ein Lumpenweib wie eine Märchenhexe. Sie hat mich am Arm gepackt und gesagt, die Welt sei heute nachmittag untergegangen. Wir wüßten es bloß noch nicht. Und die Erlösten seien nicht mehr unter uns. Dazwischen hat sie gehustet und gekichert, es war schaurig und so wirklich dabei ..., etwas Grauenhaftes muß geschehen sein, Carla!«

»Vor vierhundert Jahren«, sagte Carla mit großer Ruhe, »wurde ich als Hexe verbrannt, weil ich den Menschen den Weltuntergang prophezeit hatte. Vielleicht bin ich diesmal hier, um ihn zu erleben.«

Einen Augenblick blieb Susanne stumm. »Tat es weh?« fragte sie dann.

»Das Verbrennen, meinst du?«

»Ja.«

»Es war schrecklich.«

Susanne drückte Carlas Hand, und Carla erwiderte den Druck. Da läutete das Telefon, ein schrilles, kaltes Tönen, wie ein Funkruf aus dem Weltraum, ein Geräusch von so unmenschlicher Fühllosigkeit, daß die beiden Frauen am Fenster ihren Händedruck unwillkürlich bis zum schmerzhaften Ineinanderkrampfen steigerten. Dann plötzlich, wie durchgeschnitten, ließen sie sich los.

»Es wird Edi sein«, sagte Carla und nahm den Hörer ab.

»Mellinghoff.«

Sie lauschte eine Weile, dann wandte sie sich erstaunt Susanne zu. »Es ist für dich, Schatz. Dein Bruder Alexander! Er hat dich hier vermutet – Familieninstinkt!«

Zögernd, in unguter Ahnung, kam Susanne zum Telefon. »Ja, Alex?«

»Susanne, ich suche dich schon überall – es ist wegen heute nachmittag, diese Stunde, du erinnerst dich auch nicht?«

»Natürlich nicht. Es hat wohl alle betroffen. Was ist denn? Du bist so verändert.«

»Ich bin hier im Krankenhaus. Lore hat sich vergiftet – mit Schlaftabletten.«

»Warum?«

»Du kannst dir wohl denken, warum«, sagte Alexander mit leichter Schärfe, »jemand muß es ihr gesagt haben, die Sache mit Ria und mir.«

»Du wolltest es ihr doch selber sagen.«

»Ja, aber ich hab's nicht getan, verstehst du? Ich hab's einfach nicht fertiggebracht. Ich hatte mich sogar entschlossen, bei ihr zu bleiben – vorläufig.«

»Ach«, sagte Susanne verächtlich, »welch ein Geschenk für sie, diese Galgenfrist.«

»Hör doch auf«, schrie Alexander in den Hörer hinein, und endlich begriff Susanne die Qual, in der er sich befand. Dann kam von ihm die unabwendbare Frage: »Hast du es ihr gesagt, Su?«

»Nein.«

»Bist du sicher?«

»Aber natürlich«, sagte Susanne gereizt. Dann stockte sie. Die Stunde! Wie konnte sie wissen, ob sie es nicht doch getan hatte? Der Gedanke hatte ihr gar nicht so ferngelegen, der Ehe ihres Bruders zu einem Ende mit Schrecken zu verhelfen, damit diese endlose Heuchelei aufhörte und damit Lore nicht noch um weitere verschwendete Jahre betrogen wurde. Zwischen einem solchen Gedanken und der Tat war zwar ein weiter Weg, aber dennoch, ja, sie hätte es getan haben können...

Alexander deutete die Stille so, als hätte er ihre Gedanken mitgehört. »Du gibst doch zu, Su, daß du es getan haben könntest?«

»Genauso könntest du es getan haben, Alex, oder – Ria!«

»Ich werde es herausfinden«, sagte er drohend, mit verzweifeltem Unterton.

»Wie geht es Lore jetzt?«

»Sie ist noch bewußtlos.«

»Wird sie durchkommen?«

»Ja, sicher«, sagte er gepreßt.

»Dann wird sie ja sagen können, von wem sie es weiß.«

»Vielleicht.«

»Warte, Alex, ich komme zu dir ins Krankenhaus.«

»Nein, danke«, wehrte er ab, »ich mag jetzt keinen Menschen sehen. Ich will auch nicht abgelenkt sein, wenn Lore aufwacht. Morgen melde ich mich wieder. Gute Nacht, Su.«

»Gute Nacht«, sagte Susanne verstört. Alexander hatte bereits eingehängt.

»Lore im Krankenhaus?« fragte Carla.

»Ja, Selbstmord mit Schlaftabletten. Und Alex hat von mir nur hören wollen, ob ich sie vielleicht umgebracht habe. Wenigstens indirekt, indem ich sie über seine Liebesgeschichte mit Ria aufgeklärt hätte.«

»Das traut er dir zu?« sagte Carla empört.

Susanne wich ihrem Blick aus. »Das ist noch nicht das Schlimmste, Carla. Ich traue es mir selbst zu.«

»Du bist ja verrückt!«

»Ja. Das habe ich heute Philipp auch schon gesagt.«

»Das erste Mal, daß ich heute den Namen Philipp von dir höre.«

»Ach«, sagte Susanne zornig, »das ist doch jetzt nicht wichtig. Begreifst du nicht, daß eine Katastrophe eingetreten ist? Lore Selbstmord! Und wenn er zehnmal nicht geglückt ist, wer ist schuld?«

»Alexander«, sagte Carla.

»Das ist nicht wahr. Alex hat sich in Ria verliebt. War er deshalb ein Schuft? Die beiden passen einfach nicht zusammen. Aber wenn einer hinter seinem Rücken ein bißchen Schicksal gespielt hat, so gründlich, daß Lore gleich eine Röhre Tabletten verspeist – das ist eine Gemeinheit, verstehst du? Das ist Mord! Und vielleicht habe ich es getan!«

Susanne klappte zusammen und begann zu schluchzen.

Carla wußte sehr genau, daß Schocktränen nichts gemein haben mit dem erlösenden Weinen einer gequälten Seele, sondern daß sie das Übel eher noch vergrößern. Sie legte ihre Hände auf die Schultern der Freundin und begann sie erst sanft, dann kräftiger zu schütteln.

»Komm zu dir, Susanne! Sei nicht gleich bei den ersten, die einen Nervenzusammenbruch bekommen, das erwarte ich von dir! Wir werden ohnehin noch einiges erleben in den nächsten Tagen; kann sein, die ganze Welt wird hysterisch. Da wird jeder gebraucht, der einen klaren Verstand behält.«

Susanne hob den Kopf mit roten Augen. »Du meinst, daß es so schlimm wird?«

»Wenn deine Hexe von heute nachmittag recht hat, ja. Und nun hör mir mal zu, Liebes. Diese vergessene Stunde war eine Stunde wie jede andere. Du hast in der Zeit nichts getan, was du nicht sowieso getan hättest. Wiederhole dir das solange, bis es sitzt. Und nimm heute nacht eine Schlaftablette ...«

»Nein, keine Tablette!«

»Doch. Selbstverständlich nicht gleich so viele wie deine arme kleine Schwägerin. Mir scheint sogar, das Beste wäre, du gingest gleich ins Bett.«

»Du schickst mich fort?«

Carla antwortete nicht. Sie lächelte unmerklich, mit dem Blick, der alles wußte und hindurchdrang bis in die letzten Herzenswinkel dieses verwirrten jungen Geschöpfes, das da vor ihr stand, mit intelligenten hellen Augen und einem weichen, zitternden Mund. Nur das graue Kostüm paßte nicht ganz.

Sie müßte jetzt einen Sari anhaben, dachte Carla, oder ein drapiertes, fließendes Gewand in Weiß, Gold und Blau. Sie würde umwerfend schön darin aussehen. Dann horchte sie auf, ihr Ausdruck veränderte sich und wurde flach. »Edi kommt ...«

Jetzt hörte auch Susanne das Schließen im Korridor. »Ich will lieber gehen«, sagte sie rasch.

»Nun bleib noch zehn Minuten«, sagte Carla und trat ihrem Mann entgegen.

Eduard Mellinghoff küßte seine Frau auf die Wange und spähte über ihre Schulter hinweg. »Fräulein Karr! Wie reizend!«

»Sie muß gleich gehen«, sagte Carla.

»Aber nicht doch! An einem Tag wie heute! Wer kann da allein sein? Wie war es bei Ihnen, Gnädigste?«

Mit federnden, stets etwas tänzelnden Schritten trotz seiner hundertachtzig Pfund kam er auf Susanne zu und reichte ihr schwungvoll die Hand. Das dunkle Bärtchen auf der Oberlippe verschob sich, da er den rechten Mundwinkel hochzog. Er erinnerte ein wenig an den alten Chaplin, eine Mischung von verblichenem Glanz, halbgewollter Komik und Routinecharme, dünner Lack über einem Abgrund von Minderwertigkeitskomplexen, gelegentlich aufflackerndem Hochmut und der verschmitzten Weisheit derjenigen, die nichts ausgelassen und nichts mehr zu erwarten hatten.

Susanne, sonst nicht ohne Menschenkenntnis, hatte das Verhältnis dieses ungleichen Ehepaares bisher nicht ergründen können. Sie sah darin nur die Verbindung einer Heroine mit einem Salonclown. »Guten Abend, Graf«, sagte sie unverhohlen kühl. »Bei mir gab's nichts Besonderes.«

Er kniff zweifelnd ein Auge zu. »Na, na, wer soll das glauben? Bei einer schönen Frau wie Ihnen ist jede Stunde ganz unberechenbar. Um sie herum ist die Luft immer – wie soll ich sagen – explosiv!«

»Sie haben gelesen, hörte ich?« sagte Susanne.

»Gewiß. Was sollte ich sonst tun? Meine Frau war wie meist in höheren Regionen, zu denen ich nur selten Zutritt habe. Ja, also in meinem Buch – ein Buch über die Schwarzen im Kongo – lag mein Lesezeichen mit einemmal sechzig Seiten weiter. Versehen, dachte ich. Und die Uhr? Manchmal vergeht die Zeit eben schnell. Für manche ist alles so aufregend gewesen, für uns leider nicht. Wir müssen von den Erlebnissen der anderen zehren.«

»Das tun wir sowieso immer«, wandte Carla müde ein. Sie sah plötzlich älter aus.

»Ich komme gerade von den Hartungs«, plauderte er weiter, »ich habe da entzückende Geschichten gehört. Oh! Ihr trinkt Wodka!?«

»Ich hole dir ein Glas«, sagte Carla.

»Sehr nett, meine Liebe. Also, bei den Hartungs ist eine Party heute abend. So eine plötzliche Idee von der Helene, du kennst sie ja! Nun hat sie ausgerechnet kurz vor der verflixten Stunde angefangen, herumzutelefonieren und Leute einzuladen. Auf den Zeitausfall ist sie durch ihr Hausmädchen gebracht worden, weil der in der Küche alles durcheinandergekommen ist, weiß der Himmel, worüber die sich gewundert hatte. Jedenfalls kam sie angelaufen, fing an zu schreien, zeigte auf die Uhr und machte alle verrückt. Helene hat es zuerst gar nicht geglaubt, aber es sprach sich ziemlich schnell herum. Wen hatte sie nun eingeladen? Sie hatte sich keine Liste gemacht, sondern es einfach ihren Einfällen überlassen. Wer kam nun und wer nicht? Schließlich konnte man sich auf den Gedächtnisausfall doch nicht unbedingt verlassen! Manche wissen vielleicht doch alles!« Er unterbrach sich und trank seinen Wodka aus. »Also – Helene hat von vorn angefangen mit ihren Einladungen. Keiner wußte schon etwas. Waren die nun in der Stunde eingeladen worden oder nicht?« Er hob die Schultern. »Wir wissen's nicht. Am Abend haben sie dann mit großer Spannung gewartet, wer kommen wird.«

»Kamen auch ungeladene Gäste?« fragte Susanne.

»Ja. Die Heinemanns und der Maler Backhaus, Carlas großer Kollege. Die sagten, sie seien nur zufällig vorbeigekommen.«

»Das kann ja auch wahr sein«, meinte Carla.

»Wirklich? Wenn sie nun eingeladen waren und dies in ihrem Unterbewußtsein aufbewahrt hatten – nicht daß sie sich direkt erinnerten, aber doch einem Zwang folgend zu den Hartungs kamen ...«

»Sehr aufregend«, sagte Carla gedehnt.

Der Blick, den Eduard seiner Frau gab, rührte Susanne eigenartig an. Sie empfand plötzlich Mitleid mit ihm und suchte nach einem Ausgleich.

»Das wäre ein ganz ulkiges Ergebnis ...« sagte sie.

Sofort blitzten seine Augen wieder auf, und sein Bärtchen tanzte, so daß Susanne sich etwas albern vorkam. »Es geht noch weiter«, versprach er, »zuerst aber noch ein Gläschen, darf ich?« Er schenkte allen dreien neu ein und korkte die Flasche nur flüchtig zu.

Carla griff als erste zu und trank, ohne zu warten.

»Also«, fuhr Eduard fort, »gebrannte Kinder scheuen das Feuer! Bei den Einladungen nach der Ausfallzeit wurden sie alle furchtbar vorsichtig, schrieben sich genau die Adresse auf, mit Datum und Uhrzeit, dazu das Wort ›heute‹, unterstrichen. Manche haben sich sogar im Stadtplan die Straßen rot angestrichen, damit sie wieder nach Hause finden. Ist das nicht komisch? Na, und dann kamen sie! Das war eine Party! Noch nie hat es so viel Gesprächsstoff gegeben! Es war herrlich! Für den Verlust dieser Stunde sind wir reichlich belohnt worden. Ich fasse es jedenfalls so auf.«

Bekümmert sah er in die Gesichter von Susanne und Carla und unterdrückte einen kleinen Seufzer. »Kann mir denken«, sagte er und hob seine schweren Schultern, »daß ihr die Sache außerordentlich tiefschürfend betrachtet. Jeder auf seine Weise. Die einen nehmen's tragisch, die andern heiter – beides ist besser als Stumpfsinn. Zum Wohle!« Er kippte seinen Wodka hinunter und goß sich nach.

Die beiden trinken zuviel, dachte Susanne. Dann stand sie auf. »Ich muß jetzt gehen«, sagte sie und gab Eduard die Hand.

»Ich bringe dich hinaus, Liebes«, sagte Carla.

Wie ein Traumwandler hatte Alexander das alles wahrgenommen, während er hinter der fahrbaren Bahre herging, um die immer noch tiefschlafende Lore in ihr Krankenzimmer zu begleiten: die langen, weißen Gänge, den Karbolgeruch, die gut beleuchteten Treppen mit weißgestrichenen Eisengeländern, überall kurze, rasche Schritte, Uhren, viele tickende Uhren und Türen mit Zahlen daran. In dieser Welt, in der alles genau sein mußte, oft auf die Sekunde genau, in der sich mancher Lebensfaden lautlos und unaufhaltsam zu Ende spulte, hier durfte es keine Vergeßlichkeit geben. Hier, im Krankenhaus, hatte man deshalb wirklich den Atem angehalten, hier war das Vergessen eine Katastrophe, für niemanden unterhaltsam oder witzig.

Gewiß, es gab Kranke, die froh waren, wenn die Zeit rascher verging. Für viele war eine Stunde voller Qualen gnädig gelöscht. Hier kam man ja her, um sich narkotisieren zu lassen, um etwas durchzustehen und es womöglich nicht zu wissen.

Dafür aber registrierten Ärzte und Pflegepersonal um so genauer. Sie maßen Temperatur und zählten Pulsschläge, hielten dies auf Kurventabellen fest und bangten um die anvertrauten Leben mit undurchdringlichen Gesichtern.

An diesem Nachmittag war in den Laboren, den Operationssälen, in den Küchen und den weißen Korridoren das Entsetzen ausgebrochen. An einem so leidgewöhnten Ort flammte der Schrekken auf; zu der gutbekannten Unberechenbarkeit des Todes war die Unberechenbarkeit des Lebens hinzugekommen. Das verläßlichste und wichtigste Organ des Menschen hatte versagt: das Gehirn. Es gab plötzlich neue Patienten in den Betten, die man vorher nie gesehen hatte, und es gab leere Plätze, die von ihren Inhabern in jener Stunde in aller Stille für immer geräumt worden waren.

Angehörige würden kommen und fragen nach dem Wie und Warum, nach den letzten Worten und Wünschen, und niemand würde es ihnen sagen können. Der ohnehin schon rätselhafte Tod wurde zum Mysterium, zur blanken, unergründlichen Tatsache ohne Kommentar.

Kinder waren geboren worden, und ihr Eintritt in diese Welt haftete in keines einzigen Menschen Gedächtnis. Auch sie waren nur noch Tatsache, ohne Schmerzen errungen für Mutter und Geburtshelfer. Die kostbaren Momente wie der erste Schrei, der erste Blick in das winzige Kindergesicht, sie waren gelöscht und dahin. Unabsehbar waren die Folgen und Verluste dieser Stunde, gerade hier in dem Haus, wo jeder Kranke hoffte, es so bald wie möglich wieder zu verlassen.

Bruchstückweise hatte Alexander davon erfahren, unten im Aufnahmeraum, von den Sanitätern, die Lores Bahre trugen, von der Stationsschwester. Befangen in seinem eigenen Schock, begriff er nur langsam, daß auch andere Menschen erregt waren, aus einem anderen, allgemeinen Grund. Es half ihm nicht. Die verstörten Gesichter der Schwestern und Ärzte, das fehlende Gleichgewicht der sonst so ruhigen und sicheren Helfer hatten zunächst seine Verzweiflung noch bedeutend gesteigert. Er hätte sie alle anschreien mögen, sie sollten sich zusammenreißen, an ihre Pflicht denken.

Aber gerade das taten sie ja, und eben das warf sie um. Vergessen war hier tödlicher Leichtsinn, unverzeihliche Schuld. Die Angst, versagt zu haben, löste Tränen bei den besonnensten alten Oberschwestern aus. Ärzte beteuerten: Wir können nichts dafür! Es ist ein Unglück geschehen, ein allgemeines Unglück.

Ein allgemeines Unglück – das versuchte sich nun auch Alexander zu wiederholen, nachdem man ihn mit seiner jungen Frau in einem kleinen Einzelzimmer allein gelassen hatte.

Lore lag schlafend, mit weißem Gesicht, ohne besonderen Ausdruck, nur fremd und fern. Alexander saugte ihre Züge förmlich in sich hinein, rätselte daran herum, suchte etwas Bitteres, Anklagendes, wenigstens so etwas wie Abschiedswehmut, aber er fand nichts. Konnte man so aussehen, wenn man wenige Stunden zuvor versucht hatte, sich das Leben zu nehmen? Konnte man gleichgültig und nüchtern aus dieser Welt hinausgehen, wenn die Ursache dazu immerhin ein rasender Schmerz gewesen sein mußte, ein Nichtmehrweiterkönnen und -weiterwollen?

Zögernd streckte er die Hand aus und berührte ihre Wange. Er empfand Mitleid und Zärtlichkeit, zugleich aber Mißtrauen und sogar Zorn. Hatte sie ihn zwingen wollen auf diese Weise? War es ein Kurzschluß oder ein pathetisches Opfer – bitte, du bist frei, ohne Scheidung, ohne Umstände ...

Sein Zorn wurde stärker. Er stand auf und begann in dem schmalen Raum hin und her zu gehen. Er schob den geschlossenen Vorhang ein wenig beiseite und überzeugte sich, daß draußen Nacht war, eine schöne, sternklare Nacht.

Allein sein mit einem Menschen, der nicht mehr leben wollte, weil man ihn verließ, allein in der Nacht in einem Zimmer ohne Farben, überall dieses Weiß, diese Leere vor dem Nichts. Niemand konnte sich das wünschen, am allerwenigsten Alexander Karr.

Er ließ den Vorhang hinter sich zufallen, um so den Nachthimmel besser sehen zu können. Außerdem trennte es ihn ein wenig von Lore, wie ein Schirm, den er brauchte, um denken zu können. Lore – sie war jung, hübsch, nicht dumm, als einziges Kind mit Liebe erzogen worden. Und nun warf sie ihr Leben all denen vor die Füße, die sich je an ihrem Dasein in dieser Welt erfreut hatten. Nur weil er, Alexander, nicht ihr Gefährte bleiben wollte. Gab es denn dieses Gefühl: ›Ich kann nicht leben ohne dich‹, wie es in jedem Dreigroschenroman zu lesen war und in tausend Schlagern besungen wurde? War die gefährlich tief schlafende Lore dort in dem Krankenbett ein Beweis dafür?

Sicher konnte ein Mensch so empfinden, aber doch nur für eine begrenzte Zeit. Das Leben ging immer weiter. Millionen bezeugten es. Und Witwenselbstmorde gab es kaum. Wo war da der Unterschied? War es so viel schwerer, von einem Lebenden verlassen zu sein? Zu wissen, daß er atmete, liebte und glücklich war? Ja, so konnte es sein – Selbstmörder aus Liebeskummer wünschten im tiefsten Grunde den Tod des andern, und sie brachten sich selbst um, stellvertretend für ihn, in der Gewißheit, ihn zu treffen, ihm sein gestohlenes und errafftes Glück wenigstens zu vergällen. Mit der Liebe dieser Selbstmörder war etwas faul. Es war kein großzügiges Abschiednehmen, sondern Rache, der giftige Stachel in das Herz des Verräters um den Preis des eigenen Lebens.

Er schämte sich. Keine schönen Gedanken in solcher Lage, mein Lieber, sagte er zu sich selbst. Lore würde nachher keinen Augenblick behaupten, sie hätte recht gehandelt. Wahrscheinlich würde sie sogar um Verzeihung bitten. Sie hatte eben keinen Ausweg gesehen, den Kopf verloren, konnte dem unerträglichen Schmerz der ersten Stunde auf keinem anderen Wege entfliehen. Wer weiß, wie man es ihr gesagt hatte? Als nüchterne Information? Als zwielichtige Andeutung oder mit dem Triumph der Rivalin? Man konnte verrückt werden über diesen Grübeleien.

Diese Sache mit der verfluchten allgemeinen Vergeßlichkeit! Ausgerechnet heute! Hätte das nicht morgen passieren können oder irgendwann? Oder lag hier die Ursache für das Unglück? Unsinn, nein. Es war nur eine Komplikation. Was hätte es ihr sonst ausgemacht, ein bißchen Zeit zu vergessen? Nicht das geringste. Deshalb nahm sich kein Mensch das Leben. Sie hatte es erfahren, sein Verhältnis mit Ria. Kein Zweifel. Aber erfahren durch wen?

Er tastete nach den Zigaretten in der Seitentasche, zögerte dann aber und ließ es sein. Wohl zum hundertsten Male waren seine Gedanken schon an dem Punkt angekommen, wo es keine Antwort zu geben schien. Ob es jemand wußte oder nicht, er konnte sich ja auf die famose Stunde berufen. Völlig unschuldiger Gedächtnisschwund genau zur rechten Zeit. Niemand, der heute was ausgefressen hatte, würde so blöde sein, es zuzugeben. Kann mich nicht erinnern – die gültige, weltweite Ausrede für kleine Gemeinheiten und große Verbrechen.

Alexander ballte die Faust in der Tasche und zerdrückte dabei die Zigaretten. Ich war es nicht, wiederholte er sich energisch. Ich erinnere mich doch genau, wie ich von der Brücke fortging mit dem Entschluß, es heute noch nicht zu sagen. Dann muß ich ja auch vorher in der Richtung gedacht haben. Ich war es nicht!

Er sah zu Lore hinüber und wandte sich wieder halb ab. Er konnte den gleichmütigen Ausdruck in ihrem Gesicht nicht ertragen. Weiter liefen seine Gedanken in dem Karussell mit den unvermeidlich wiederkehrenden Vorstellungen. Ria? War sie dazu fähig? Ja. Wozu war Ria eigentlich nicht fähig? Er liebte sie ja gerade wegen dieser Wechselhaftigkeit, wegen des Pendelns zwischen Kätzchen und Tigerin, zwischen glatter Oberfläche und abgründiger Tiefe. Dennoch, er glaubte es nicht. Ria war zu stolz, um so etwas zu tun. Sie kämpfte nicht um einen Mann und half nicht hinterrücks bei seiner Scheidung nach. Eher würde sie lachend sagen: Komm wieder, wenn du dein Engelchen abgehängt hast. Ehedramen langweilen mich. Ja, so war Ria. Nur so!

Dann blieb also Susanne. Seine schöne, aufrichtige, starke Schwester. Seine bewunderte und geliebte Susanne, die auch sehr stolz war, vielleicht stolzer noch als Ria – vor allem zu stolz, um zu lügen. Und sie hatte klipp und klar gesagt, sie hätte es nicht getan. Dann war eine kleine Pause gewesen am Telefon, so als hätte sie ein schlechtes Gewissen. Wegen der Stunde natürlich. Susanne war gewissenhaft und ein Feind von voreiligen Behauptungen. Da auch sie eine Gedächtnislücke hatte, hielt sie es eben für möglich, daß sie es getan haben könnte. Aber sich vorzustellen, daß sie Lores Nummer gewählt hatte, bedachtsam und zielstrebig, daß sie dann »Guten Tag, Lore« gesagt hatte, ein paar Worte über das Wetter, über häusliche Dinge – und dann, wie man einen versteckten Dolch zieht: »Ach ja, was ich noch sagen wollte: Weißt du eigentlich, daß Alex dich mit Ria Caspari betrügt? Seit vier Monaten schon? Und er hält es nicht mehr lange aus. Gib ihn frei, Lore, tue es, es ist besser für euch beide...«

Alexander spürte, wie sich auf seiner Stirn kleine Schweißtropfen bildeten. Nein, das konnte Susanne nicht getan haben. Eine solche Gemeinheit würde sie niemals begehen. Er hätte sie überhaupt nicht fragen dürfen.

Das Karussell in seinem Kopf hatte wieder eine Umdrehung vollendet. Dann also doch er selber! In jener Stunde, bevor er die Brücke verließ. Da hatte ja gleich ein Telefonhäuschen gestanden, nur wenige Schritte zu gehen, und er hatte es vorgehabt, er war entschlossen gewesen, es zu tun. Warum in aller Welt glaubte er dann jetzt, daß er es nicht getan hatte? Nur weil das Ergebnis so traurig war? Weil die Strafe auf dem Fuß gefolgt war, eine boshafte, scharf gezielte Strafe von einer im Innersten verletzten Frau?

Er machte sich klar, daß dieses allgemeine Ereignis heute nachmittag für ihn böse Folgen hatte. Schlimm genug schon alles, was geschehen war, aber diese unsichtbare Macht, die wie im Spiel über alle Menschen einen Schleier geworfen hatte, für eine Stunde nur – diese Macht war schuld, daß er plötzlich drei Menschen nicht mehr traute, die er gestern noch geliebt hatte. Ja, auch Lore hatte er geliebt, auf seine Weise.

Dann fiel ihm ein, daß er sich selbst vergessen hatte. Ein fataler kleiner Rechenfehler. Er war der vierte, dem er nicht mehr trauen konnte. Und er erkannte die Bedeutung dieses Umstandes so wenig wie ein Krebskranker, der zum erstenmal einen schmerzlosen Gewebeknoten spürt.

Ein Geräusch vom Krankenbett her ließ ihn aufmerken. Er kam schnell hinter dem Vorhang hervor und war zunächst durch das Lampenlicht geblendet. Dann sah er, wie Lore sich bewegte und mit leisem Stöhnen den Kopf zur Seite warf, als wollte sie einem Schlag ausweichen. Mit zwei langen Schritten war er neben ihr. »Lore?«

Er setzte sich auf den Bettrand, ergriff ihre Schultern und begann sie sanft zu schütteln. »Lore, wach auf!«

Sie stöhnte wieder, streckte sich und blieb still. Flach ging der Atem. Ihr Ausdruck wirkte entrückt und gleichgültig wie zuvor.

Bald wacht sie auf, dachte Alexander. Das sah eben schon fast so aus. Wenn sie erst einmal wach ist, wird alles gut. Oder wäre es vielleicht besser, wenn ...?

Sich selbst unterbrechend, sprang er auf, streckte flüchtig die Hand nach der Klingel aus, zog sie aber zurück. Er sollte nur schellen, wenn Lore aufwachte, sonst nicht. Er wollte nicht allein sein – und er konnte keinen Menschen sehen. Er wollte grübeln, graben, forschen und andererseits nicht mehr denken, sondern nur noch warten.

Verzweifelt sah er zu seiner wächsern daliegenden jungen Frau hinüber. Es würde schrecklich sein, wenn sie erwachte. Sie würde ihn ansehen mit dem wissenden Blick, vor dem er sich so lange gefürchtet hatte. Allerdings – eine wilde Hoffnung stieg unerwartet in ihm hoch – sie konnte es ja auch vergessen haben! Vollkommen vergessen! Sie mußte es sogar vergessen haben, wenn niemand wußte, ob er sie angerufen hatte. Das wäre noch ein Himmelsgeschenk, ganz für ihn allein und auf ihn zugeschnitten. Für ihren Aufenthalt im Krankenhaus würde man schon eine Erklärung finden. Alles wäre gut, so wie vorher ...

Er atmete aus. Selbstbetrug! Natürlich war es vorher nicht gut. Und deshalb würde es auch nachher nicht besser sein. Ria war noch da und blieb da. Der versuchte Selbstmord Lores blieb auch bestehen. Und das Rätsel würde bleiben, die Frage, wer es ihr gesagt hat.

Ruhelos lief Alexander im Krankenzimmer auf und ab, Fenster, Bett, Tür, immer im Kreis. Weiße Wände, weiße Kissen, weiße Metallmöbel. Wie erbarmungslos und furchterregend war diese farblose Einheitseinrichtung. Dazu der Geruch der Desinfektionsmittel, alles so zweckgebunden, daß der Mensch dazwischen fein säuberlich, ohne viel Scherereien und leicht abzutransportieren sterben konnte.

Er hörte Schritte und hob erschrocken, wie ertappt, den Kopf. Eine Schwester trat ein, jung, blond, ein ähnlicher Typ wie Lore, nur daß sie nicht so gleichmütig und friedlich aussah wie diese, sondern blaß und gequält.

Sie nickte Alexander kurz zu, trat an das Bett und griff nach Lores Puls. Hastig, als könnte ihr das Ergebnis entgleiten, machte sie mit dem angebundenen Bleistift die Eintragung auf der Krankentabelle.

Noch so ein Gegenstand, dachte Alexander bitter, der hier wichtiger ist als der Mensch: die Krankentabelle.

Die hellen Augen der Schwester sahen ihn fest an. »Ihre Frau bekommt eine Nachtwache«, sagte sie mit sehr junger Stimme. »Wenn Sie vielleicht nach Hause gehen wollen ... Sie müssen doch auch schlafen.«

»Meinen Sie denn«, fragte er, »daß meine Frau schon außer Gefahr ist?«

Die Schwester schüttelte den Kopf. »Ich glaube nicht. Aber Dr. Wenz wird noch mal kommen. Wenn er es sagt –«

»Ich bleibe lieber hier«, entschied Alexander. »Ich habe ja doch keine Ruhe.«

Wieder traf ihn der Blick der hellen Augen, stumm, fast herausfordernd. Das hättest du dir früher überlegen sollen – schienen sie zu sagen. So würden ihn viele anklagen in Zukunft, auch wenn Lore wieder gesund würde, das hatte sie auf jeden Fall erreicht.

»Bitte läuten Sie, sobald sie sich regt«, sagte die Schwester und ging.

In dieser Nacht, in der sich in der Redaktion der Neuen Tagesschau die Ereignisse überstürzten, die Fernschreiber pausenlos klapperten und die Telefone keine Ruhe gaben, trat Hans Petry öfter ans Fenster. Seine Augen flohen aus dem Licht der Neonröhren in die sanfte Dunkelheit und in den unendlichen Raum.

Er empfand deutlich, daß mit ihm jetzt viele Menschen so stehen würden, als wollten sie die uralte Rätselsprache der Sterne neu erlernen und eine Antwort finden, irgendein Zeichen, einen Anhaltspunkt für ihr künftiges Schicksal.

Andere Menschen mit ihm in dieser Nacht – Petry wußte, daß dieser Gedanke bei ihm ein Wunder war. Die kleine Quelle in seinem Herzen floß und sprudelte, spielerisch und selbständig.

Sooft er sich dann zurückwandte, sah er seinen Vater wie auf der

Kommandobrücke eines Schiffes im Sturm, eiskalt gesammelt, blitzschnell in jeder Entscheidung, manchmal mit mehreren Telefonhörern gleichzeitig jonglierend, ein Mann der Tat im Volleinsatz all seiner Kräfte. Es war ein Schauspiel, Bewunderung erzwingend wie die Leistung eines Hochseilartisten. Eine Ahnung stieg in Hans Petry auf, was sein Vater eigentlich von ihm erwartete und wie sehr er ihn immer enttäuschte.

Sie arbeiteten hart durch bis fünf Uhr früh, und die Zeit verging wie im Fluge. Nacheinander trafen die Bildredakteure ein mit Filmen und Tonbändern aus der gesuchten, immer kostbarer werdenden Stunde. Die Technik, so schien es, hatte jene Macht überlistet, die so gründlich den Schwamm genommen hatte, einem Schabernack an der Schultafel gleich.

Endlich, bei Redaktionsschluß für die Tagesausgabe, wurde ein Schnitt gemacht, die weiter einlaufenden Meldungen gesammelt und beiseite gelegt.

»Vielleicht geben wir heute mittag noch ein Extrablatt mit den wichtigsten Sachen heraus«, sagte der alte Petry. Er zeigte keine Müdigkeit. Der Blick, den er seinem Sohn gab, war wachsam und von verhaltenem Wohlwollen. »Wir fahren jetzt nach Hause, Hans! Dann schlafen wir drei Stunden, frühstücken, und es geht weiter. Am besten ziehst du dann gleich los und fängst mit deiner Umfrage an. Nimm dir einen Tonbandkasten mit und eine kleine Kamera. Bei besonders dankbaren Typen machst du eine Aufnahme. Nur den Kopf möglichst, wenn es sich nicht gerade um einen hübschen Teenager handelt.« Er grinste.

»Ich habe gar keine Lust zu schlafen, Vater«, sagte Hans Petry. »Ich fange sofort an. Jetzt gegen Morgen ist es am interessantesten, vor allem im Bahnhofsviertel!«

»Wie du willst«, sagte der Alte mit einem Pokergesicht.

Es war noch kalt und dunkel. Allmählich zog die Morgendämmerung herauf, einem verfrorenen Frühaufsteher gleich, der mit steifen Gelenken vor seinem Kanonenöfchen kauert, um ein dünnes Feuerchen zu entzünden. Die ersten Lichtstrahlen aus dem Osten wirkten lustlos und blaß, bei ihrem Anblick erklangen keine Vogellieder.

Hans Petry schlenderte durch die fast menschenleere Bahnhofstraße. Übernächtigte Bummler scharten sich in den Espressostuben um die Theken und gaben ihre letzten Groschen für bitteren schwarzen Kaffee aus. Aber heiß war er, vor allem heiß. Die Schwingtüren zur Straße hin waren überall geschlossen. Man sehnte sich jetzt nicht nach frischer Luft. Vor den Eingängen lagen Pappteller mit Senfresten herum, zerknüllte Servietten und Papiertaschentücher. Die Straßenkehrer begannen ihre Arbeit stets am Bahnhof und würden erst in einer Stunde hier sein.

Petry stieß mit der Fußspitze nach den Papierfetzen. Die alte Angewohnheit von ihm, mit allem, was ihm vor die Füße kam, Fußball zu spielen.

Gar nicht so einfach, irgendwo anzufangen, überlegte er.

Ein schwerer Lastwagen mit Anhänger fuhr heran, dunkelblau angestrichen. »Spedition Klein & Hanke« stand in großen weißen Blockbuchstaben darauf. Der Lastzug bog in eine Seitenstraße ein und parkte dort.

Der Fahrer kletterte heraus, ein junger Mann mit Lederjacke, groben Cordhosen und Schnürstiefeln. Eine Kopfbedeckung trug er nicht. Er warf die Wagentür zu, schloß sorgfältig ab und vertrat sich ein wenig die Beine. Dann bemerkte er den zögernd dastehenden Petry und nickte ihm unpersönlich freundlich zu. Er lächelte dabei wie ein Mensch, der sich seines nützlichen Tagewerkes so sicher ist, daß er von niemandem etwas Böses zu erwarten hat.

Petry ging auf den Mann zu. »Guten Morgen«, sagte er, »haben Sie mal einen Moment Zeit?«

Der Fahrer schob die Autoschlüssel in die Hosentasche. »Tja – wollte mich eigentlich erst mal aufwärmen.«

»Da kann ich ja mitkommen«, schlug Petry vor, »ich lade Sie zum Frühstück ein.«

»Worum geht's denn?«

»Bin von der Zeitung. Es ist wegen gestern nachmittag.«

»Ach so«. Der junge Mann lachte trocken. »Da ist bei mir nicht viel zu holen.«

»Wir werden ja sehen«, sagte Petry. »Wollen Sie in ein bestimmtes Lokal?«

»Ja. Da drüben im Café Silberstreifen bin ich immer. Die sind auf Frühgäste eingerichtet. Ist ein ausgesprochenes Fernfahrerlokal.«

Petry freute sich. Ein Fernfahrerlokal schien ihm plötzlich einer der interessantesten Orte zu sein. Am liebsten hätte er den Fahrer gefragt: Wie heißen Sie? Aber das hätte wohl zu sehr nach Befehlston geklungen. Er stand ja hier nicht als Juniorchef unter den Angestellten, sondern auf der Straße, als Mensch unter fremden Menschen, als ein Bittender, der von den andern etwas wollte – eine Auskunft, eine sensationelle Entdeckung oder ein Stückchen von ihrer Seele. Hier mußte er mit List zu Werke gehen, ein bei ihm wenig ausgeprägtes Talent. Petry war nicht geübt in der Kunst, sich anderen zu nähern; er hielt sie eher von sich fern.

Schweigend, mit schweren Schritten, ging der junge Mann neben ihm her. Vor dem Eingang des Cafés blieb er stehen und suchte in seinen Taschen nach vier Mark für den Zigarettenautomaten. Endlich fand er sie, warf sie ein und half dem stockenden Mechanismus mit einem kräftigen Faustschlag von der Seite nach. Offenbar kannte er sich mit diesem Ding aus.

Petry betrachtete inzwischen die unscheinbare Fassade des Silberstreifens, die diesen verheißungsvollen Namen wohl nur im übertragenen Sinne beanspruchte. Die einzige Fensterscheibe des Ladens war von innen mit einer vergilbten Gardine verhängt, zu der altmodischen schmalen Tür führten drei ausgetretene Steinstufen hinauf.

Sie traten ein, nacheinander, der eine in die ihm vertraute Welt – sein begehrtes Ziel nach einer anstrengenden Nachtfahrt, der andere in ein Milieu, das er auf den ersten Blick als ärmlich, schmutzig, verraucht und trostlos empfand. Das Lokal war fast leer. Vier, fünf ältere Männer saßen an einem großen Ecktisch zusammen. In der Musikbox lief gerade die reichlich abgespielte Platte »Junge, komm bald wieder«, eines der ewigen Heimweh- und Fernwehlieder für Leute, die viel unterwegs waren, egal, ob nun zu Lande, Luft oder Wasser.

»Hallo, Willy«, rief einer der Männer erfreut dem jungen Fahrer zu. Der winkte zurück: »Hallo, Eberhard!«, schob aber für sich und Petry Stühle an einem Fenstertisch zurecht.

»Danke«, sagte Petry und setzte sich.

Vom Buffet her kam ein weibliches Wesen heran, Mitte Dreißig, landläufig hübsch, wenn auch mit unreiner Haut und übermüdeten Zügen. Durch einen schwarzen Pullover, einen schwarzen Rock und ein weißes Halbschürzchen war sie halbwegs als Kellnerin aufgemacht, in ihrem Gehabe aber benahm sie sich wie die Wirtin, und das war sie auch.

»Morgen, Willy«, sagte sie und mit einer Kopfbewegung zu Petry: »Guten Morgen.«

»Morgen, Tina«, sagte Willy. »Frühstück für den Herrn und mich, und setz dich zu uns, wenn du ein bißchen Zeit hast.«

Christine setzte sich sofort. Mit einer fahrigen Bewegung strich sie über ihr glattes dunkelblondes Haar. Ihr Blick war fragend. »Hast du nicht gehört, was los war, Willy?«

»Wegen gestern?«

»Natürlich wegen gestern.«

»Gehört hab ich's schon. Der Herr hier ist deswegen mitgekommen. Er ist von der Zeitung und will mich was fragen. Was sagen denn die andern?« Er deutete mit dem Kopf hinüber zu der Stammtischecke.

»Dummes Zeug reden sie alle«, sagte Christine. »Als ob nichts wäre. Wenn doch nur mal einer richtig erzählen würde!« Unsicher sah sie zu Petry. »Ich dachte erst, Sie wären ein Kunde von Herrn Hanke ...«

Petry sah sie freundlich an. »Auf eine Weise bin ich es auch«, sagte er. »Und Sie haben ganz recht – wenn doch nur einer mal richtig erzählen würde!«

Christine stand auf und zupfte die winzige Schürze glatt. »Ich will nicht stören. Fragen Sie nur alle! Ihnen wird man bestimmt nicht nur dumme Antworten geben.« Die leise Bitterkeit in ihrer Stimme war nicht zu überhören.

»Sie stören durchaus nicht«, beteuerte Petry, wobei er den Ausdruck im Gesicht seines Tischgenossen übersah.

»Ich bringe erst den Kaffee«, sagte Christine und nickte ihm zu.

Petry fiel ein, daß auf dem Lastwagen »Klein & Hanke« stand und daß die junge Frau den Fahrer Herrn Hanke genannt hatte. »Sie arbeiten für Ihre eigene Spedition?« fragte er den jungen Mann.

»Ich bin zweiter Teilhaber.« Der leicht brummige Ton, in dem Willy antwortete, schien die ewigen Spannungen mit dem stärkeren Partner sämtlicher großen und kleinen Firmen in sich einzuschließen. Er fügte auch noch hinzu: »In ein paar Jahren bin ich ganz selbständig!«

Das also waren seine Probleme. Sie drängten sich ihm auf die Zunge, ungewollt. Dagegen beschäftigte ihn das Ereignis mit der vergessenen Stunde wenig oder überhaupt nicht. Seltsam. Die harte und kräftige Arbeit schien diese Männer nüchtern zu machen, trocken und wortkarg. Sie regten sich nicht so leicht auf, sie nahmen die Sache nicht ernst.

Fast sehnsüchtig spähte Petry nach Christine, die noch an ihrer Kaffeemaschine herumhantierte, das einzige Wesen, das hier anders zu empfinden schien. Diesmal fing er den Blick Willys auf und begriff: Der junge Mann wurde eifersüchtig. Er fürchtete sich vor dem wohlhabenden Kavalier, der mit ein paar Geldscheinen alles ausstechen konnte, was er selber in die Waagschale zu werfen hatte: Fleiß, Ausdauer, Genügsamkeit und Treue. Vielleicht ein gebranntes Kind, dieser Willy, auf keinen Fall ganz unerfahren. Petry mußte lächeln. Offen sah er den Jungen an. »Ihre Freundin?«

»Ja.« Es klang abweisend.

»Paßt gut zu Ihnen.«

»Danke«, sagte Willy, und seine Stimme entspannte sich. Auch er begriff schnell. Dieser Mann gab ihm zu verstehen, daß er von Christine nichts wollte. Sofort bemühte er sich, gesprächiger zu werden. »Also wegen gestern«, begann er und knöpfte dabei seine Lederjacke auf, »nachmittags war das, nicht? Mein Wagen stand in Berlin-Wilmersdorf, er war schon am Vormittag beladen worden. Und ich habe mich mit ein paar Kameraden getroffen, die auch den Nachmittag freimachten.«

»Wo trafen Sie sich?« wollte Petry wissen.

»In unserer Fernfahrerkneipe in Wilmersdorf«, sagte Willy, als gäbe es nichts anderes als Landstraßen und Kneipen in der Welt.

Kaffeeduft durchdrang den Rauch und die abgestandene Luft wie eine frohe Botschaft und gab dem ganzen Lokal augenblicklich eine andere Atmosphäre. Tina brachte ein Tablett mit zwei Brötchentellern, Milch, Marmelade und drei Tassen Kaffee. Vom Ecktisch klang lautes Gelächter. Die Fahrer erzählten sich Witze.

»Den kennst du noch nicht, Willy«, rief einer herüber.

»Ich komme nachher«, rief Willy zurück.

Petry wurde immer wunderlicher zumute. Diesen Leuten waren doch die neuesten Witze tatsächlich wichtiger als die neuesten Nachrichten. Wahrscheinlich bezog sich diese Einstellung auf alle Ereignisse in der Welt, auf Politik, Wirtschaft, Katastrophen – solange ihre Fuhren rollten, gab es für sie nichts Besseres als Mädchen, Witze und Bier.

»Bitte, Herr Hanke, erzählen Sie mir doch, wie war es, als Sie merkten, daß es plötzlich eine Stunde später war«, sagte Petry, nachdem sich Christine gesetzt hatte.

Der junge Mann trank mit großen Schlucken, während er die Tasse in seinen kräftigen Händen hielt wie ein Steuerrad. Dann biß er in das trockene Brötchen und aß die Marmelade mit dem Löffel hinterher.

»Gar nichts haben wir gemerkt.«

»Aber das ist doch nicht möglich«, sagte Petry, wobei er seine eigene Lage vom Vortag völlig vergaß.

»Wieso?« fragte Willy und nahm noch einen Löffel Marmelade. »Wir sehen nie auf die Uhr, wenn wir den ganzen Nachmittag freihaben. Man merkt ja, wenn es dunkel wird.«

»Aber im Gespräch – fiel Ihnen nicht auf, daß Sie den Faden verloren hatten?«

Einen Augenblick dachte Willy nach. »Hm. Der Walter sagte: Mensch, bleib doch mal bei der Sache und fang nicht immerzu was andres an...«

»Ja, und?«

»Mehr nicht.«

»Ist denn niemand von Ihnen unterwegs gewesen und hat sich gewundert, daß er mit einemmal schon so weit war?«

Willy schüttelte den Kopf. »Sehen Sie, das kommt bei uns öfter vor. Wir fahren und fahren, und manchmal denkt man: Jetzt kommt gleich Braunschweig. Und dann sagt man sich: Idiot! Bist doch schon in Hannover! In Braunschweig warst du vor einer Stunde. Das kommt durch die Eintönigkeit der Straßen. Da passiert einem so was. Jeder Fahrer kennt das. Und wenn sich zwei treffen, denen es genauso ging, dann lachen sie, und es wundert sich keiner. Und daß neuerdings die ganze Welt durchdreht, ist auch kein Wunder.«

Petry, der seinen Kaffee wesentlich langsamer trank, sah zu Christine rüber. »Nun erzählen Sie mal!«

Sie hob die Schultern, lächelte befangen und suchte flüchtig Willys Augen. »Ich? Ja, ich war hier. Da waren die beiden Fahrer von der Spedition Herzberg, die fahren zwischen Hamburg und Freiburg. Wir haben uns über die Steuern unterhalten und...«

»Und was?« fragte Willy.

»Der Georg hat von seiner Hilde erzählt. Es geht wohl nicht gut mit den beiden. Aber dann –« Sie wandte ihr Gesicht Petry zu und strich dabei wieder ihr Haar zurück, eine mechanische, verlegene Geste. »Dann waren sie plötzlich weg! Verstehen Sie? Eben hatte ich sie noch gesehen, sie waren dort an der Theke, jeder mit einem Bier – und dann waren sie fort, und die Biergläser waren auch fort. Sie standen sauber gespült auf dem Regal, und ich war ganz allein...«

Willy öffnete den Mund und sah etwas dümmlich aus. Dann grinste er. »War dir schlecht, Christine?«

Sie schüttelte den Kopf.

»Was dachten Sie in dem Moment?« fragte Petry.

»Ich dachte wirklich zuerst, mir wäre vielleicht nicht gut.«

»Na also«, sagte Willy grob, als wollte er es dabei belassen.

Christines Gesichtsmuskeln verspannten sich. Sie beherrschte sich offensichtlich, und ihre Augen wurden hart. »Du weißt sehr gut, daß es nicht so war! Sie haben doch im Radio gesagt, daß etwas passiert ist. Die meisten haben es bemerkt bis auf ein paar Dummköpfe!« Beistand erhoffend, sah sie Petry an.

Petry nickte zurück. Er wollte ihr jetzt nicht mit einem persönlichen Geständnis in den Rücken fallen. Er wollte auch keine Zeit mehr verlieren und stand auf. »Ich muß weiter«, sagte er. »Ich möchte nur vorher noch mal zu den Männern am andern Tisch. Ich danke Ihnen für Ihre Berichte, sie waren beide recht interessant für mich.«

»Schreiben Sie das jetzt in der Zeitung?« wollte Willy wissen.

»Das weiß ich noch nicht. Ich muß noch viele Leute fragen und dann das Wesentliche zusammenfassen. Würden Sie mir bitte die Rechnung für die beiden Frühstücke geben?«

»Macht runde fünf Mark«, sagte Christine ruhig.

Kauend sagte Willy: »Hab Ihnen ja gleich gesagt, daß bei unsrer Unterhaltung für Sie nicht viel rauskommen wird.«

»Ich danke Ihnen trotzdem«, sagte Petry.

»Nein, ich danke für die Einladung.«

»Das sind Spesen.«

»Ach so!« Über das kräftige junge Männergesicht flog ein Schatten. »Schreib ihm einen Zettel fürs Finanzamt, Christine!«

Christine schrieb, und Petry nahm das Papier in Empfang, steif und stumm, als stände er nach dem kurzen Kontakt schon wieder draußen vor der Tür. Menschen ansprechen! So einfach dachte sich das sein Vater. Oder wäre es für ihn einfacher gewesen? Er nickte den beiden zum Abschied zu und ging hinüber zu dem Stammtisch, an dem die fünf Männer saßen.

Höflich und gelassen sahen die Fahrer auf, als Petry herantrat.

Er fragte rundheraus: »Hat jemand von Ihnen gestern bei der Ausfallstunde etwas erlebt, was für die Zeitung interessant wäre?«

Einer brummte, einer schnitt eine Fratze, zwei wiegten verneinend die Köpfe, und der fünfte setzte eine gewichtige Miene auf.

»Hm«, machte er, »ich war bei meiner Mutter zum Kaffee, in Hamburg, wissen Sie. Na, und da redet man sich immer ein bißchen fest, nich? Immer dieselben Sachen von der Verwandtschaft und das alles. Und weil ich das schon kenne, paß ich immer auf, daß ich rechtzeitig mit meiner Fuhre wegkomme. Ich seh also zur Uhr und sage: Mutter! Ich muß gehen. Na, ich kann Ihnen sagen, da ist meine alte Dame vielleicht wütend geworden! Bist ja eben erst gekommen, Jung, hat sie gesagt – und die Kohlen wolltest du mir auch noch raufholen. Ja, was soll ich sagen, wir gehen in die Küche und sehen in den Kohlenkasten – na, Sie wissen schon. Da hab ich gedacht, die hätte sie selber raufgeholt und wollte mir nur eine Lektion erteilen, und da wurde ich böse! Beinahe wäre ein banniger Krach daraus geworden, zwischen meiner alten Dame und mir, wenn nicht die Nachbarin geklingelt hätte. Die wußte nicht mehr, wo ihr Geld ist, und dann kam die Tochter vom Einkaufen zurück und wußte nicht, wieso sie überhaupt da war. Na, und dann war es ja klar, daß alle ein bißchen meschugge geworden waren!«

Zufrieden mit seinem Bericht, sah er Petry erwartungsvoll an. Er war ein Fünfziger mit einem breiten, roten Gesicht. Ein Mann, von dem man alles haben konnte, wenn man freundlich mit ihm umging und ihn nicht reizte.

Sein brummiger Nachbar, äußerlich ihm ähnlich, jedoch mit scharfen, unangenehmen Falten um Mund und Augen, machte eine verächtliche Geste. »Wenn Sie weiter nichts hören wollen«, sagte er zu Petry, »solche Geschichten kann ich auch erzählen! Auch bei mir zu Hause haben die Weiber verrückt gespielt.«

Petry winkte ab. »Es genügt mir schon, danke! Auf Wiedersehen!«

Als er das Lokal verließ, hatte er das Gefühl, daß man hinter ihm aufatmete.

Draußen nahm er seinen Fotoapparat und machte eine Aufnahme von der Fassade des Lokals. Die graue Hausfront, der Zigarettenautomat, die schiefen Steinstufen – dieses Bild würde vor ihm die sieben Gesichter erstehen lassen, von denen er sich eben verabschiedet hatte.

Inzwischen war es hell geworden. Der Betrieb nahm zu, an einer Kreuzung warteten Leute auf die Straßenbahn, zwanzig oder mehr. Der große Zug in die Arbeitswelten begann, für jeden spezialisiert, scharf abgegrenzt, für einige die gewählte Lebensform, für die meisten ein Joch, in schwacher Auflehnung ertragen. Petry lachte lautlos, weil er daran dachte, wie viele gern mit ihm tauschen würden und wieviel Zeit wohl verginge, bis sie an seinem Platz genauso unzufrieden wären wie er.

An der Haltestelle blieb er zwischen den Wartenden stehen und betrachtete sie. Meist Frauen im mittleren Alter, zwei sehr junge Mädchen, vier Männer an der Pensionsgrenze, ein junger Mann. Die meisten sprachen untereinander. Sie wirkten lebhaft, frisch, angeregt. Schlendernd näherte sich Petry einer Gruppe, um etwas von ihren Gesprächen zu erlauschen. An das Tonbandgerät in seiner Aktentasche dachte er nicht. Er war noch lange nicht soweit, daß er die Worte eines Menschen von vornherein für sensationell halten würde.

»Ich hätte mich totlachen können«, sagte eine der Frauen zu ihrer Nachbarin, »wie sie sich alle belauert und umschlichen haben. Jeder hatte Angst, sich eine Blöße zu geben wegen der Ausfallzeit. Die hohen Herren voran, die waren stundenlang für niemanden zu sprechen.«

Die Angeredete lachte. Beide waren gut angezogen. In eleganten, knappen Sportmänteln, auf den kurzen Frisuren flotte Hüte, repräsentierten sie den Typ der selbständigen Sachbearbeiterin, Beamtin oder Chefsekretärin, kurz, der gutbezahlten Damen, ohne deren Hilfe die Männer der Wirtschaft unter ihren Lasten zusammenbrechen würden. Fräulein Türkheim, dachte Petry, in tausendfacher Ausgabe unentbehrlich. Bei näherem Hinsehen sogar ganz hübsch, trotz vorgerückten Alters. An die Stelle jugendlicher Zartheit waren Sicherheit und praktische Intelligenz getreten.

Ein paar Schritte weiter stand eine andere Gruppe von Frauen, völlig anders, dicklich, behäbig, die flächigen Gesichter von zu reichlicher Nahrung aufgedunsen, scharfe Winkelfalten an den schmalen Mündern. Ein gewaltiger Abstand zu den ersten beiden, obwohl sie alle etwa zwischen vierzig und fünfzig waren. Die Inhaberinnen dieser aufgequollenen Leiber kannten sicher nicht die harten Anforderungen an Gedächtnis und Energie wie jene anderen; sie hatten irgendwann, vor Jahren schon, die Waffen im weiblichen Konkurrenzkampf gestreckt, und mit dem Verlust der Form war jede Mühe vergeblich geworden. Dennoch stützten sie ihr geschwächtes Selbstbewußtsein mit bemerkenswerter Zähigkeit durch Schmuck, Pelze, Besitz jeder Art und durch die Waffe aller Verschmähten: den Hochmut.

Petry wollte hören, was der gestrige Tag in ihnen ausgelöst hatte. Was er vernahm, war jedoch nichts anderes als das, was er sah.

»Und da habe ich ihm gesagt, es wird noch schlimmer werden! Sie haben es ja alle nicht anders gewollt mit ihrer dämlichen Politik!« Die Mundfalten der Sprecherin verzogen sich abfällig. Über ihren Schultern hing ein Nerzkollier mit ausgearbeiteten Köpfen der Nerze. Der sture Blick der Bernsteinglasaugen schien trostlose Ergebenheit auszudrücken.

»Mein Mann sagt, das waren die Russen!«

»Und wenn es die Chinesen waren?«

»Unsinn, die sind noch nicht soweit!«

»Genausogut können es die Sonnenflecken gewesen sein. Diese elende Straßenbahn, wann kommt die wohl endlich? Daß mein Mann auch immer den Wagen mitnehmen muß, als ob es keine Züge gäbe – ah! Da ist sie ja! Ich dachte schon, ich würde die Massage verpassen!«

Petry sah zu, wie sie einstiegen, die Dicken voran mit großer Hast, gierig einen Platz zu erhaschen, die berufstätigen Damen zügig, aber mit Ruhe, die älteren Herren zuletzt, mürrisch mit mühsam gewahrter Höflichkeit.

Eines der Mädchen und der junge Mann blieben zurück. Sie warteten auf eine andere Linie.

Die Bahn klapperte davon, schadhaft, unschön, aber zuverlässig. Ein Symbol für den unentrinnbaren Fortbestand aller Gewohnheiten und Verpflichtungen des Alltags.

Bei einem Erdbeben hätte sie stillstehen müssen, dachte Petry, bei einer Sturmflut oder einem Bombenangriff... Fühlte er etwa in sich den heimlichen Wunsch nach einer solchen Gewalt? Nach einem Eingriff, der ausreichte, um für ihn selbst alle, aber auch alle Schranken zu brechen? Um noch einmal Überlebender auf einem Ruinenfeld zu sein, wie damals? Ja. Eine Spur davon war immer in ihm gewesen.

Ungewollt trafen seine Augen die des jungen Mannes. Flüchtig gesehen ein Typ wie er selbst – beide lang und hager, die Züge von geistiger Arbeit geprägt. Nur wirkte Petry mit seinen aschblonden glatten Haaren unscheinbarer als der Junge, der über eine dunkle Lockentolle und volle, fast negroide Lippen verfügte. Ein Belmondo – nicht ganz so weltmännisch und ohne Neigung zum Zynismus. Unwillkürlich verglich ihn Petry mit dem Speditionsteilhaber Willy Hanke. Was diesem hier an männlicher Tüchtigkeit noch fehlte, mangelte jenem dafür an Denkfähigkeit und Einfühlungsvermögen. Wahrscheinlich ...

In plötzlichem Zweifel an seinem schnellen Urteil ging Petry auf den Jungen zu. »Guten Morgen«, sagte er.

»Guten Morgen.«

»Wie war es bei Ihnen gestern?«

Die Brauen des jungen Mannes zogen sich in einem so steilen Winkel zusammen, daß Petry einen Augenblick glaubte, er sei ein Schauspieler. Dazu gesellte sich ein seltsames, skeptisches Lächeln.

»Sind Sie immer so direkt?«

Petry grinste entschuldigend. »Ich versuche es. Alles für die Zeitung!«

»Ach so. Nun, ich bin ein echtes Opfer dieses Unfugs. Habe für eine mündliche Prüfung gepaukt, den ganzen Nachmittag, und weiß natürlich nun nicht mehr alles. Doppelte Arbeit, ohne daß ich jemanden dafür verantwortlich machen kann.« Er entblößte seine kräftigen Zähne. »Pech, nicht? Wenn ich schon mal arbeite, gibt's gleich einen Knoten in der Leitung.«

»Was für eine Prüfung machen Sie denn?«

»Medizinisches Physikum.«

»Na, dann viel Glück! Und vielen Dank!«

Eine andere Bahn kam. Die Linie in Richtung Universität. Der Student stieg ein.

Andere Leute hatten sich jetzt an der Haltestelle eingefunden. Von den ersten war nur noch das junge Mädchen übrig. Als Petry sie ansah, lächelte sie unbefangen. Offenbar hatte sie sein Gespräch mit dem jungen Mann mitangehört und wußte, was er wollte. Sie sah nett aus. Ungefähr zwanzig, glattes dunkles Haar ohne Dauerkrause, die schmächtige Gestalt von einem abgetragenen Staubmantel eingehüllt, der Gürtel überfest um die ohnehin reichlich schmale Taille geschnallt. Die schlanken Beine balancierten auf spitzen, hochhackigen Pumps.

»Auf welche Bahn warten Sie denn?« fragte Petry einleitend.

»Auf gar keine«, sagte das Mädchen. »Ich warte auf eine Kollegin, die den Schlüssel zu unserem Wäschegeschäft dort drüben hat. Sie kann mit jeder Bahn aus der Richtung kommen.«

»Öffnen Sie den Laden schon so früh?«

Der Ausdruck »Laden« hatte ihr nicht gefallen. Es handelte sich immerhin um eines der besten Wäschegeschäfte der Stadt. Man konnte dort Herrenhemden für das Dreifache des üblichen Preises kaufen, seltsam geflochtene Gewebe und Knöpfe wie ein Notbehelf, von Robinson gemacht. Ebenso Negligés für die Damen, die man wohl zum Fotografieren anzog, am besten vor flackerndem Kaminfeuer auf einem Eisbärfell hockend.

Sie schürzte die Lippen und sagte: »Das Geschäft öffnet um neun. Aber die Stunde zuvor ist für uns die beste Arbeitszeit. Da können wir sortieren, einräumen, neue Lieferungen auspacken. Ich bin dort Verkäuferin ...« Ein Blick in Petrys kühl-freundliche graue Augen ernüchterte sie. Unsicher spähte sie nach der Straßenbahn.

Petry bemerkte es und versuchte, neu anzuknüpfen. »Bitte erzählen Sie mir von gestern nachmittag!«

Ihr Blick glitt ab. »Darüber kann ich nicht sprechen, tut mir leid.«

»Warum nicht?«

Jetzt sah sie ihn wieder an und versuchte, in ihr sanftes Gesicht einen Ausdruck von Empörung zu legen. »Na, hören Sie mal! Wir haben doch alle ein Privatleben!«

»In diesem Fall nicht«, erklärte Petry schroff. »Wir sind es uns gegenseitig schuldig zu reden. Wir haben alle etwas verloren, was wir nur gemeinsam wiederfinden können. Da gibt es kein Ausweichen.«

»Es ist aber eine intime Angelegenheit ...«

»Das ganze Leben ist eine intime Angelegenheit«, sagte Petry, und flüchtig schoß ihm durch den Kopf: Ich sage da Dinge, von denen ich selber nicht weiß, daß ich sie überhaupt denke.

In den hellen Augen des Mädchens wechselten Unsicherheit und Zutrauen. Sie sahen ihn an, als wollten sie stellvertretend sprechen für den fest geschlossenen Mund. Dann kamen die Worte: »Ich habe einen Freund, schon lange! Wir trafen uns gestern, er wollte mich abholen, zum Kino ...«

»So?«

Das Mädchen spähte hilfesuchend nach der Straßenbahn. »Wir waren nicht im Kino.«

»Sondern?«

»Ich weiß noch, wie er klingelte und mich begrüßte – und dann wollte ich meinen Mantel anziehen, daran erinnere ich mich genau!« Sie sprach mit steigender Heftigkeit, als müßte sie sich gegen eine schwere Anschuldigung verwahren.

Petry wartete, obwohl er wußte, was kommen würde.

»Ja, und mit einemmal, ich weiß gar nicht, wie es dazu kam, aber mit einemmal waren wir sehr vertraut ... also wir waren ...«

»Ich verstehe schon«, sagte Petry, um ihr zu helfen.

Gequält sah sie zur Seite. »Ja ...«

»Das hätten Sie ja früher oder später doch getan.«

Sie flammte auf. »Aber ich möchte doch wenigstens wissen, wie es anfing, wie es dazu kam, verstehen Sie? Ich meine, wie er mich dazu überredet hat!«

»Sind Sie sicher, daß er Sie überredet hat?«

Wütend sah sie ihn an. »Meinen Sie etwa, es war umgekehrt?«

»Nein, nein. Nur – wir wissen ja alle nichts. Über diese Stunde und über uns selbst. Ich kann mir vorstellen, daß es ein Verlust für Sie ist, daß Sie sich nicht erinnern. Vielleicht aber auch nicht! Immerhin haben Sie auf diese Weise eine Überraschung erlebt, die einmalig ist.«

»Sie sind zynisch«, sagte das Mädchen, mehr ärgerlich als enttäuscht. »Ich bedaure, daß ich es Ihnen erzählt habe. Guten Tag!«

»Noch einen Augenblick!« Petry hielt sie einfach fest. »Bitte gehen Sie noch nicht. Wir sind ja beide in derselben Lage! Sehen Sie, ich suche es doch ebenso, dieses Stückchen Zeit oder Vergangenheit, wie wir es nennen wollen. Ich war auch bei einer Frau und wußte nachher nicht einmal, daß ich überhaupt dagewesen war. Nur weil ich meinen Hut vergessen hatte, kam es heraus.«

Das Mädchen zog den Arm zurück, blieb aber stehen und sah ihn aufmerksam an. »Wer ist nun schlimmer dran von uns beiden?« fragte sie.

»Ich«, sagte Petry mit Überzeugung.

Sie lächelte. Die Straßenbahn kam heran, und von der Tür winkte bereits die Kollegin. Petry verabschiedete sich rasch und stieg ein. Plötzlich interessierte ihn das Stundenschicksal des Mädchens nicht mehr.

Die Straßenbahn rumpelte dahin. Er stand eingekeilt zwischen Frauen mit Einkaufstaschen, Männern mit Aktentaschen und Kindern mit Schultaschen, so daß es ihn von allen Seiten kratzte und drückte. Warum habe ich bloß nicht den Wagen genommen? dachte er unzufrieden. Heute nachmittag hole ich ihn ab. Die Überholung der Kofferraumschlösser kann warten ...

Er bewunderte die stoische Ergebenheit, mit der die Menschen diese Art von Beförderung als tägliche Selbstverständlichkeit hinnahmen. Oder zeigten sie den Gleichmut nur heute durch die Ausnahmesituation? Murrten sie sonst? Lehnten sie sich auf? Wie wenig wußte er doch von den andern! Wie weit hatte er sich schon vom allgemeinen Leben entfernt. Das Mädchen fiel ihm ein mit seinem sonderbaren Erlebnis. Ein Liebespaar, das nicht wußte, wie es angefangen hatte ... Er hätte es nicht aus ihr herausholen dürfen. Dieses abscheuliche, schamlose Herumschnüffeln in den Leben anderer, dieses Durchstöbern geheimer Winkel – er hatte das nicht gewollt. Aber da war noch eine andere Stimme in ihm, die ihm klar und deutlich sagte, daß er die Erzählung des Mädchens nicht missen wollte, gerade diese nicht.

Ein etwa zwölfjähriger Junge drängte zum Ausgang und rammte ihm seinen Ranzen in die Rippen. Ein entschuldigendes »Oh« war alles, schon stießen ihn neue Leute von vorn und hinten. Ein erwachender Ameisenhaufen, in dem es keinen Platz für Müßiggänger gab.

Petry stieg an der nächsten Haltestelle wieder aus und ging zu Fuß in Richtung Innenstadt, planlos, aber doch getrieben.

Einige der Passanten, schien es, warteten auf seine Frage. Eine Frau verlangsamte sogar kurz ihren Schritt, bevor sie verlegen lächelnd weiterhastete. Petry verfluchte seine unentschlossene Reaktion. Warum hatte er sie nicht angesprochen? Vielleicht hätte gerade sie eine Erklärung gewußt? Eine ganz besondere – *die* Erklärung?

Im Weitergehen schüttelte er den Kopf über sich selbst. Es war ja kein Lottospiel, wo immer die Zahlen gewannen, auf die man nicht gesetzt hatte. Er mußte besonnen vorgehen, überlegen, planmäßig – aber nach welchem Plan? Wer konnte sagen, daß der Zufall keine Gesetze kannte?

An der nächsten Kreuzung stand eine kleine Menschenansammlung. Petry hatte nicht die Absicht, sich dazuzustellen. War ohnehin meist nichts Gutes, was die menschliche Neugier fesselte, ein Verletzter oder ein Toter ...

Doch dann sah er, wie sich Männer und Frauen lächelnd wieder aus der Gruppe lösten und weitergingen, neue kamen und blieben stehen.

Halb widerwillig trat auch Petry hinzu. Dort stand zu seinem Staunen ein junger Mann mit einem umgehängten Tonbandkasten und einem Mikrofon in der Hand, den Hut ins Genick geschoben, der Schlips verrutscht, Mund, Augen, Arme und Füße in ständiger Bewegung. Ein Reporter von der Konkurrenz! Offensichtlich ein Mann, den Hemmungen nicht drückten. Seine Stimme war hell und munter, er hatte die Suggestivkraft eines Straßenverkäufers.

»Damen und Herren! Freunde! Bleiben Sie ruhig stehen und hören Sie zu! Ihr Büro kann warten! Ist alles ganz unwichtig geworden! Fliegt vielleicht bald in die Luft! Heute noch – wer kann das wissen? Bis gestern, Freunde, wußten wir noch, was wir taten. Eine Menge Überflüssiges, jawohl, aber wir wußten es wenigstens. Hingegen jetzt –« Er beschrieb mit dem Mikrofon einen Kreis, als wollte er eine dunkle Höhle ausleuchten, »jetzt ist das anders geworden! Für immer, meine Lieben! Ja, ja, daran gibt's nichts zu rütteln! Da ist was los mit unsrer guten alten Erde. Eine Stunde fehlt uns – bis jetzt nur eine Stunde – Kleinigkeit, wie?« Er lachte trocken auf. »Wer so denkt, der soll mal aufwachen! Ist vielleicht einer da, der sich erinnern kann? Na?«

Wieder kreiste das Mikrofon, herausfordernd, lauernd. Der Reporter grinste zufrieden und schob sich mit der andern Hand seinen Schlips wieder halbwegs zurecht. »Also, Freunde, halten wir uns nicht auf. Keiner da, der sich erinnert? Jetzt frage ich mal, wer irgendwas gemerkt hat, als die Stunde um war. Sie da, junge Frau mit dem Pepitakragen, kommen Sie näher, ich sehe, Sie haben was erlebt, raus mit der Sprache!«

Geschmeichelt und verlegen trat die Angeredete einen Schritt vor. Sie warf einen mißtrauischen Blick auf den Tondbandkasten, zierte sich ein bißchen und überwand sich dann.

»Ich mache Reproduktionen«, sagte sie im Ton einer Prüfungskandidatin, »ich fotografiere Auszüge aus Büchern, meist technische Dinge, Tabellen, Formelblätter ... ja, das habe ich eben gestern auch gemacht. Und die Fotos sind ja da. Eigentlich muß alles gewesen sein wie sonst.« Sie sah sich um. Die Leute lauschten gebannt. Der Reporter griff ein.

»Haben Sie das gehört, Freunde? Ein Goldfisch, dieses Mädchen! Sie hat Fotos aus der bewußten Stunde. Großartig! Das sind Dokumente! Gratuliere, meine Dame. Sie wissen bloß nicht, wann Sie die Aufnahmen gemacht haben, stimmt's?«

Das Mädchen nickte.

»Immer reden, Fräulein, reden! Das Tonband hat keine Augen – ja, mein Herr, Sie wollten was sagen?«

»Ist ein dolles Ding mit den Fotos«, sagte ein junger Mann in gelbem Rollkragenpullover.

»Richtig. Haben Sie auch welche?«

»Nee.«

»Der nächste dann! Laßt uns forschen, Freunde – ah, da wollen welche pünktlich an ihren Schreibtisch – Wiedersehen, Wiedersehen! Wie ist es mit Ihnen dahinten? Was haben Sie zu berichten?« Die Hand mit dem gesiebten Metallstück stieß vor in Richtung Petry.

Petry zögerte. »Mir hat ein Mädchen erzählt, daß mein Hut in ihrer Garderobe hängt. Und ich weiß überhaupt nicht, daß ich sie besucht habe.«

Schallendes Gelächter.

»O Mann, das kann noch bitter für Sie werden«, rief einer aus dem Kreis. Alle lachten wieder. Sie schienen wie befreit von einem Druck, sie badeten in der Heiterkeit wie Waldbrandflüchtlinge in dem einzig rettenden Gewässer.

Petry, der seine eigene Situation noch keine Sekunde als komisch empfunden hatte, lachte etwas unbehaglich mit.

Eine ältere Dame von beachtlicher Fülle schob sich jetzt nach vorn, einen Zeigefinger in die Luft gestreckt wie in der Schule. Ihre grauen Locken hatte der Friseur mit einem violetten Schimmer versehen, ihre Stimme klang hoch und ungeduldig.

»Hören Sie, junger Mann, lassen Sie mich mal erzählen. Es ist ja wirklich ganz außerordentlich, was da geschehen ist...«

Das Mikrofon tauchte bereitwillig vor ihren schmalen Lippen auf. »Bitte, meine Dame, bitte...«

Sie holte Luft und strapazierte die Nähte ihrer Seidenbluse. »Also – schon bevor es losging, gestern nach zwei – nicht? Ja, da also hatte ich schon eine Unruhe in mir, eine Ahnung, daß etwas passieren würde... Und dann, ja, um halb vier, meine ich, da war es mir eine Gewißheit! Das kann ich beweisen! Ich habe meine Tochter im Geschäft angerufen und ihr gesagt, daß mir ganz komisch ist. Noch bevor die Meldung im Rundfunk durchgegeben war!«

Triumphierend sah sie sich um, mit unverkennbarer Verachtung für das weniger begabte Durchschnittsvolk.

Der Reporter lächelte gewinnend. »Sehr interessant, gnädige Frau. Wissen Sie auch Einzelheiten?«

Sie hob die Augenbrauen. »Das wissen wir doch alle, nicht? Es war eben plötzlich später, als wir dachten. Aber ich habe es schon vorher gefühlt, darum geht es. Sie werden mir noch mal die Wohnung einlaufen wegen dieser Tatsache. Guten Tag!«

Sie ging.

Die Leute kicherten. So ein Kabarett am frühen Morgen hatte man nicht alle Tage.

»Mensch«, sagte der Mann im gelben Pullover, »die Sache ist eigentlich recht lustig.«

Da das Publikum inzwischen weitgehend aus neuen Zuschauern bestand, begann der Reporter seine Platte von vorn:

»Bleiben Sie stehen, Freunde! Wir haben jetzt andere Sorgen als die Büropost. Es geht um unsere Existenz schlechthin, jawohl, ich übertreibe nicht...!«

Er sah, wie Petry sich aus der Schar löste, und winkte ihm mit der freien Hand nach. »Vielen Dank, mein Herr! Versuchen Sie, Ihre Geschichte an den Film zu verkaufen! Also, Freunde, wer hat gestern um halb vier was Besonderes erlebt?«

Petry schob die Hände in die Taschen seines Staubmantels. Eine Sache für den Film? Er mußte ohnehin zu den Filmstudios hinausfahren, wegen des Kulturfilms über Meeresfunde in tropischen Gewässern. Müßte ganz aufschlußreich sein, wie diese Spinner von Beruf die Sache erfaßt hatten. Dort waren ganze Filme gedreht worden in der bewußten Stunde, Tonfilme! Ausgerechnet die Traumfabrik war der einzig sichere Ort, an dem die bewußte Zeitlücke nicht verlorengegangen war – was allerdings die Filme zutage fördern würden, war nicht die Wirklichkeit, sondern wieder nur Traum.

Er ließ mit schnellen Schritten die Gruppe hinter sich und bog in eine stillere Straße ein. Wie anders dieser Mann von der Konkurrenz doch die Umfrage anpackte. Wie direkt! Auf diese Weise konnte man in wenigen Stunden Hunderte fragen. Und ein paar Originale waren immer dabei. Auslesesystem. Aus dem vollen schöpfen. Nur können mußte man es...

»Du wirst einzelne fragen, aber nicht so, als ob du Sensationsberichte schreiben wolltest«, hatte sein Vater gesagt. Er sollte es anders anpacken, leiser, vorsichtiger. Er sollte die aufgewühlte Oberfläche durchdringen und die Seelen erforschen, den Gemütszustand der Menschen *nach* dem Ereignis – nun ja, sein Vater sprach große Worte gelassen aus.

Was wußte er bis jetzt? Gar nichts. Er wußte, daß Fernfahrer sich öfter in Zeit und Strecke irren, es aber nicht tragisch nehmen; und daß sie aufpassen, daß ihnen keiner ihr Mädchen wegnimmt. Daß manche Studenten ihre Lektionen umsonst gelernt haben und daß Liebespaare schlecht dran sind, die nicht wissen, wie es angefangen hat. Wenn er von dem Ringeinkauf seiner Mutter absehen wollte, dann war der einzige Mensch, den die Geschichte ernsthaft aufzuregen schien, Susanne Karr. Jedenfalls hatte ihre Stimme am Telefon verwirrt geklungen –

Plötzlich tat sein Herz ein paar schnellere Schläge. Wieso regte sie sich auf? Sie dachte doch nicht...? Nein, das würde sie nicht denken. Er war ja noch nie bei ihr gewesen, und sie hatten nie anders als kühl und geschäftlich miteinander gesprochen. Wie war er nur auf den Gedanken gekommen, in ihre Wohnung zu gehen? Den Reiherartikel hätte er abholen lassen können. Bei seinem Parkspaziergang mußte es ihm plötzlich eingefallen sein, denn vorher hatte er nicht daran gedacht. Wirklich nicht? – Nein. Ganz plötzlich also – und dann war er einfach hingegangen. Weiter nichts. Nur den Hut hatte er vergessen. Den Artikel hatte er übrigens nicht. War wohl noch nicht fertig gewesen.

Zu dumm, die Sache mit dem Hut. Er war doch sonst nicht so nachlässig.

Verdammt!

Natürlich war sie reizvoll. Eine Schönheit, wenn man genau hinsah. Aber wohl eher kühl in ihrer Art und zu erhaben. Kaum die Frau, die ihn so kurzfristig auftauen konnte. Er war schon selber kühl genug. Um zwölf bei ihr also...

Petry sah auf seine Uhr. Kurz nach acht. Wäre noch Zeit für einen Besuch im Filmstudio – dann mußte er jedoch zum Bahnhof und zurück zur Hauptstraße. Warum war er bloß in diese verlassene Nebenstraße eingebogen?

Er machte kehrt und las im Vorbeigehen die Schilder an den Haustüren. Dr. Nesselmann, Zahnarzt. Franz Hoffmann, Steuerberater. Otto Glück, Zahnarzt. Solange der liebe Gott Zähne wachsen ließ, gediehen Leute, die sie wieder ausrupften. Halt, da war etwas anderes: Herma Wonderblom, Astrologin, Graphologin, Chiromantin. Mit einem Wort: Wahrsagerin!

Petry hatte bereits den Finger auf dem Klingelknopf, während er dachte: Es gibt doch nicht nur Zufälle. Nie im Leben wäre er allein auf die naheliegende Idee gekommen, eine Wahrsagerin nach der Zeitlücke zu befragen. Wenn diese Frau je eine Gelegenheit gebraucht hatte, ihre Kunst zu beweisen – heute hatte sie sie!

Das Haus war alt, aber gut gepflegt, Steinmosaik, geschnitzte Geländer und Treppenläufer erinnerten an eine Epoche, in der man noch teurer baute, es dafür aber an praktischen Einrichtungen fehlen ließ. Wie mochte Herma Wonderblom aussehen?

Petry hatte noch nie eine Wahrsagerin kennengelernt, wußte aber vom Hörensagen, daß sie meist dick, unfrisiert und schlampig waren, schwarze Katzen auf den Schultern trugen, Pfeife rauchten und viel Kaffee tranken. Den Kaffeesatz verwendeten sie nachher zweckmäßig zum Blick in die Zukunft.

Herma Wonderblom wohnte im vierten Stock. An ihrer Tür befand sich wie unten ein kleines Metallschild: »Astrologin, Graphologin, Chiromantin«.

Die Tür war bereits einen Spalt geöffnet. Wachsam erwartete die Schicksalsdeuterin dahinter den neuen Kunden. Als Petry herantrat, öffnete sie und ließ ihre Erscheinung auf ihn wirken.

Sie war etwas kleiner als er, vollschlank, in einem großzügig ausgeschnittenen schwarzen Seidenkleid. Ihr Haar genauso schwarz, halblang und glatt mit einem Pola-Negri-Pony, der Mund zartlila geschminkt, die Augenbrauen hochgezogene, dünne Striche. Keine Katze, keine Pfeife, keine Pantoffeln.

Vorsichtig spähte Petry auf ihre Füße und sah schlanke Beine mit starken Knöcheln und hochhackige Sandaletten. Ihr Blick verriet ihm, daß sie seine Überraschung beobachtete und genoß.

»Guten Tag«, sagte er. »Haben Sie Sprechstunde?«

»Gewiß.« Sie lächelte. »Kommen Sie herein.«

Drinnen sah es so aus, wie es zum Äußeren der Bewohnerin paßte. Modern. Farbig, aber kühl. Der Raum, in den sie Petry führte, wurde beherrscht von einem gewaltigen blauen Halbkreissofa mit zwei dazu passenden Sesseln, die für Riesenmenschen bestimmt schienen. Niedrig, fast verloren, stand dazwischen ein runder, schwarzer Glastisch, auf dem als einziges Zeichen der Zunft dezent ein Kartenspiel lag, das Herz As als oberste Karte.

»Setzen Sie sich doch bitte!«

Petry nahm auf dem Sofa Platz und versank in die Polster. Sein Blick fiel auf die breite Fensterfront mit einem honigfarbenen Vorhang und auf einen aufgeklappten Flügel. Herma Wonderblom setzte sich neben ihn, in einigem Abstand. Ihre Haltung war locker, abwartend, ihr Blick prüfend, wie bei einem Nervenarzt, der dem Patienten Spielraum zur Sammlung läßt.

»Bin ich der erste Besucher?«

Sie nickte förmlich. »Ja. Es ist ja noch früh.«

»Ich meine nur«, sagte Petry rasch, »wegen des Ereignisses gestern nachmittag! Die Leute müßten Sie doch bestürmen ...«

Sie sah ihn etwas schärfer an. Es kam immer mal vor, daß Leute sich lediglich einen Spaß mit ihr machen wollten. Selten allerdings. Die meisten meinten es bitter ernst. Sie versuchte, Petry einzuschätzen. Groß, schlank, intelligent – stille Züge, gepflegte Hände – ein Mann also, der irgendwo an einem Schreibtisch saß und mit dem Kopf arbeitete. Unauffällig angezogen, aber teure Stoffe. Er hatte Geld! Kein Typ, der durch Frauen leicht verrückt zu machen war. Ganz und gar nicht – aber unerfahren sah er auch nicht aus. Sie wußte nicht genau, wohin mit ihm.

»Sie kommen also wegen gestern?« fragte sie vorsichtig.

»Ja. Ich möchte von Ihnen wissen, was *ich* gestern zwischen halb drei und halb vier gemacht habe. Ich kann mich nämlich nicht erinnern. Und es ist mir wichtig. Aus persönlichen Gründen.« Er verfluchte sich wegen dieser dummen Erläuterungen, und als sie tastend fragte: »Haben Sie schon irgendwelche Anhaltspunkte?« sagte er knapp: »Nein. Gar keine.«

Herma Wonderblom wußte nun, daß dies ein schwieriger Kunde war, und schlug deshalb einen anderen Ton an. »Ich betreibe meine Arbeit auf rein wissenschaftlicher Grundlage«, erklärte sie, »ich stelle Horoskope, analysiere Handlinien und gebe Urteile über Handschriften ab. Praktisches Hellsehen auf telepathischer Grundlage nur auf ganz besonderen Wunsch. Zum Beispiel beim Suchen von vermißten Gegenständen ...«

»Und was machen Sie damit?« Petry deutete auf die Spielkarten. »Kleine Überraschung über einen kurzen Weg? Ein Brief über ein großes Wasser? Herzensverwicklungen bei abnehmendem Mond?«

Sie lachte auf. »Sie kennen sich gut aus! Ich habe auch Kunden, die das wünschen. Ältere Damen meist.«

»Und ich wünsche eine Deutung meiner verlorenen Stunde von gestern nachmittag«, sagte Petry mit Nachdruck, »auf wissenschaftlicher oder telepathischer Grundlage, das ist mir ganz egal.«

»Gut, gut.« – Sie sah ihn kurz an und dann durch ihn hindurch in eine nebelhafte Ferne. »Ich sehe eine Blondine«, begann sie ohne Umstände und vergewisserte sich mit einem kurzen Blick, ob sie auf der richtigen Fährte war. Ein winziges Zucken an Petrys Augenlidern beantwortete sie mit einem ebenso kurzen Zucken in den Mundwinkeln.

»Eine ganz reizende, jugendliche Blondine – in einem abgeschlossenen Raum...«

Sie ist medial veranlagt, dachte Petry wütend, sie hat tatsächlich eine telepathische Begabung. Ich darf jetzt nicht an den Hut denken, nur nicht an den Hut! An irgend etwas anderes...

Lauernd sah sie ihn an, die lila glänzenden Lippen konzentriert geschlossen. »Sie haben bei der Dame etwas vergessen?«

»Nein«, sagte Petry, diesmal ungewollt grob, »ich habe gar nichts vergessen!«

Ihr Mund wurde breit. »Sie lügen!«

Petry saß stumm. Es stimmte, was sie sagte. Aber wußte sie es wirklich? Oder hatte er es ihr mitgeteilt auf die eine oder andere Weise?

Als hätte sie auch diese Gedanken gelesen, beugte sie sich ihm leicht entgegen und machte mit der Hand eine begütigende Geste. Er sah das Lila ihrer Lippen präzise auf den Fingernägeln wiederholt – als einzige, geschickt gewählte Farbflecken über der schwarzen Seide.

»Seien Sie nicht böse«, sagte sie. »Alle Menschen lügen, wenn sie zu mir kommen. Es hat etwas mit der Angst vor dem Hellsehen zu tun. Vielleicht auch mit dem Gewissen. Aber so ist es, und sie nehmen mir damit alle schon die halbe Arbeit ab. Sehen Sie – Sie haben mir durch Schweigen bestätigt, daß Sie in der gesuchten Stunde bei einer jungen Blondine waren, stimmt das?«

Petry nickte widerwillig.

»Also, wenn Sie sich nicht erinnern konnten, mußten Sie durch einen vergessenen Gegenstand bereits zu der Gewißheit gekommen sein – eine ganz einfache Gedankenverbindung, nicht?«

»Nein«, widersprach Petry, »ich konnte ja schon vorher dagewesen sein.«

Wieder lächelte Herma Wonderblom, und diesmal fühlte Petry mit einem leisen Schauer, daß sie wahrhaftig mehr sah, als andere sehen. »Dann wären Sie nicht hier«, sagte sie.

»Gut, Sie haben recht. Bitte weiter, bitte.«

»Es geht nicht weiter.«

»Wieso nicht?«

Amüsiert, fast kokett neigte sie den Kopf zur Seite. »Da Sie ja doch mit der Blondine verabredet sind, bin ich nicht mehr wichtig in dieser Frage, Herr –?«

»Petry.« Es war ihm peinlich, daß er sich jetzt erst vorstellte.

Und warum hatte er seinen richtigen Namen genannt? Es reizte ihn, sie zu besiegen, ihre Sicherheit aufzubrechen, in irgendeiner Form. »Erlauben Sie mir noch eine Frage?«

»Aber bitte!«

»Was taten Sie in der Stunde? Erinnern Sie sich?«

»Selbstverständlich! Ich bin nicht so vergeßlich wie andere Leute. Ich habe meinen Mittagskaffee getrunken, eine Patience gelegt und in meinen Modezeitschriften geblättert. Ich suche schon seit Wochen ein passendes Modell für meinen neuen Sommermantel.«

Natürlich, dachte Petry resigniert. Sie hat die leere Kaffeetasse und die zusammengeschobenen Karten gefunden. Die Modehefte lagen daneben, und sie kannte sie schon auswendig. Unmöglich zu beweisen, daß sie alles vergessen hatte, sogar für sie selbst. Er schüttelte den Kopf. »So einfach ist das nicht, wie Sie das darstellen. Man weiß bereits, daß der Gedächtnisausfall auf der ganzen Erde stattgefunden hat. Alle Menschen sind davon betroffen!«

Sie hob die Schultern. »Herr Petry! Wer will das heute schon sagen? Ich jedenfalls erinnere mich. Das hat wohl mit meinem Beruf zu tun. Ich erkenne ja auch sonst verborgene Dinge! Im allgemeinen aber wird man wohl erst viel forschen müssen – und« – sie seufzte – »es wird viel Arbeit für mich geben.«

Petry stand auf und bedankte sich. »Was habe ich zu zahlen?«

»Zwanzig Mark«, sagte sie verbindlich.

Er zahlte und ging.

Draußen auf der Treppe dachte er in kindlichem Triumph: Daß es ein Hut war, den ich vergessen habe, hat sie nicht erraten!

Mit gerötetem Gesicht wühlte Gröger in dem Papierberg von Notizen herum, bis er endlich fand, was er suchte. Gröger gehörte zu dem Typ der sportlichen jungen Journalisten, ein Hansdampf in allen Gassen, der auf jeder Baustelle herumkletterte, im Ruderclub Rekorde aufstellte, mit Mädchenbekanntschaften nicht weniger. Immer aktiv, immer sehr überzeugt von allem, was er tat und sagte. Er wirkte stets wie ein Schwerarbeiter, auch wenn er, wie jetzt, nur am Schreibtisch saß. Sein kariertes Hemd war an den Ärmeln hochgekrempelt, der Schlips hing hinter ihm über der Stuhllehne, und seine behaarten, sehnigen Arme fuhren durch das Papier wie durch Ackerboden.

»Hier!« Er hob ein Blatt hoch. »Ein dolles Ding, Chef! Schwerer Unfall am Lindeneck. Ursache nicht mehr zu rekonstruieren. Vermutlich Fahrerflucht und keine Zeugen da. Dann das hier ...« Er fischte einen neuen Zettel. »Aussage eines Portiers im Südkrankenhaus. Da sind mehrere Leute eingeliefert worden, die völlig durchgedreht haben. Hysterische Anfälle. Und das! Da kam eine Frau und erzählte, sie könne sich genau erinnern, und das müßten wir unbedingt in die Zeitung bringen.«

Hans Petry, den die hektische Geschäftigkeit Grögers meist nervös machte, beugte sich vor. »Und? An was erinnert sie sich?«

Gröger grinste. »Sie hat plötzlich, als sie ganz zufällig aus dem Fenster sah, in der Erbgartenstraße 2, eine Feuersäule am Himmel gesehen, und dann seien die Flammen zu einer Schrift geworden, lauter fremde und schreckliche Zeichen. Sie habe es nicht lesen können, aber gefühlt, was es bedeute, und das wieder dürfe sie nicht sagen.«

Petry winkte müde ab. »Eine Spinnerin also. Davon werden wir wohl noch mehr bekommen. Das sind die ganz Pfiffigen, die meinen, jetzt könnten sie uns jedes Märchen auftischen, wo sich ja doch keiner entsinnen kann. Eine billige Gelegenheit, sich in den Vordergrund zu drängen.«

»Unser ganzes Sprechzimmer ist voll von Leuten, die was erzählen wollen«, sagte Gröger fröhlich. »Wir brauchen gar nicht mehr wegzugehen. Oder haben Sie draußen was Besonderes gefunden?«

»Keine Sensationen«, sagte Petry zurückhaltend. »Ich war in einer Fernfahrerkneipe, bei einer Straßenumfrage und bei einer Wahrsagerin.«

»Was?« Grögers Augen leuchteten vor Begeisterung. »Na, und?«

»Nun – sie wissen alle nichts. Nur die Spinner eben. Die haben jetzt ihre große Zeit.«

»Und die Vernunft ist immer ratlos«, sagte Gröger.

Petry sah den energiegeladenen Sportruderer überrascht an. Für einen kurzen Augenblick war er versucht, Gröger beim Vornamen zu nennen. Doch dann fiel ihm ein, daß er sich von ihm nicht gern mit Hans anreden lassen würde.

»Holen Sie den nächsten aus dem Sprechzimmer rein«, sagte er.

Gröger brachte einen alten Mann in einem schäbigen, zu weiten Mantel mit tiefhängenden Schultern. Seine dicken, rissigen Finger suchten unruhig nach einem Versteck. Sein Gesicht wirkte ungepflegt, obwohl er sich offensichtlich für den Besuch bei der Presse rasiert und gewaschen hatte. Er hatte kleine, flinke Augen, die zugleich Furchtsamkeit und Schläue verrieten. Mit forschen Schritten trat er zu Petry.

»Bekomme ich das bezahlt, was ich Ihnen sage?«

»Wenn wir es verwenden können«, sagte Hans Petry höflich.

Der Alte zeigte seine schlechten Zähne, und seine Wurstfinger winkten abwehrend. »Nee, nee, so haben wir nicht gewettet! Nachher bin ich die Sache los und kann sehen, wie ich zu meinem Geld komme! Ich bin doch nicht dämlich! Ich gehe zur Konkurrenz! Das Blatt am Abend ist sowieso besser als Ihre Tagesschau!«

Bitte gehen Sie – wollte Petry sagen. Aber dann sah er in die kleinen Augen des alten Mannes, erfaßte den huschenden, so töricht hoffnungsvollen Blick, die ausgebeulten Manteltaschen, die schwieligen Hände, und er begriff, daß er hier einen Bettler vor sich hatte, der in dem besonderen Ereignis seine Chance sah, nichts weiter. Er zog seine Brieftasche, nahm einen Zwanzigmarkschein heraus und legte ihn auf den Tisch. »Erzählen Sie es dafür?«

Während der Alte hastig nach dem Geld griff, fing Petry seinerseits einen erstaunten Blick des jungen Gröger auf. Anscheinend trauen sie mir alle keine menschlichen Regungen mehr zu, dachte er flüchtig, seit der Geschichte mit Alf...

Der alte Mann zeigte nun eine ängstliche Unruhe. Man sah ihm an, daß er fieberhaft überlegte, ob er seine Geschichte auch so vorbringen könnte, daß man ihm die zwanzig Mark nicht wieder wegnehmen würde.

»Also«, begann er, »ich bin Hilfsgärtner im Palmengarten, noch gar nicht so lange, und auch nur probeweise...«

Daher die schmutzig wirkenden, rissigen Hände, dachte Petry. Auf Gärtner wäre ich nicht gekommen. »Erzählen Sie nur!«

»Also – im Orchideenhaus, da gibt es eine besondere Pflanze, die selten blüht, ein Venusschuh.«

»Ein Paphiopedilum«, ergänzte Petry.

Der Alte machte seine Augen weit auf. »Verstehen Sie denn auch was davon?«

»Ein bißchen«, sagte Petry lächelnd. »Ich gebe eine Biologie-Fachzeitschrift heraus.«

»Oh! Dann wird es Sie vielleicht gar nicht interessieren...«

»Doch, doch. Sprechen Sie nur weiter!«

»Es ist ja nichts Besonderes«, sagte der Alte schnell, »sie ist eben aufgeblüht, das Paphiopedilum. Aber ich hatte sie gerade noch begossen, verstehen Sie? Und da war die Knospe noch fest zu. Bei den

Tropenpflanzen geht das Aufblühen ja verhältnismäßig rasch, aber doch nicht so, daß man sich nur einmal umdrehen muß. Da war diese Stunde, Sie wissen ja, nicht? Ich weiß eben auch nicht, was dazwischen liegt. Ich war bei den Zwergorchideen, die in Baumrinden wurzeln. Die machen viel Arbeit, weil sie öfter frisches Moos brauchen. Und wie ich zur Seite sehe – also für mich war das wie zwei Minuten –, da sehe ich die Blüte von dem Paphiopedilum, ganz frisch, weißrosa, wie aus Porzellan.« Er stand, nach Worten suchend, und hielt seine plumpen Hände, als müsse er etwas Kostbares behutsam fassen. In den vorher so bauernschlauen kleinen Augen zeigte sich eine leise Verklärung. Sie hatten etwas gesehen, was seine schwerfällige Zunge niemals wiedergeben konnte. Eine frische Blüte, die scheinbar aus dem Nichts gekommen war.

Da keiner etwas sagte, schwatzte er hilflos weiter. »Nachher muß ich manche Pflanzen doppelt begossen haben, weil ich ja nichts mehr wußte. Aber das schadet kaum, die Tropenpflanzen brauchen viel Feuchtigkeit. Und den andern Gärtnern ist es genauso gegangen ...«

Der arme Kerl will sich rechtfertigen, dachte Petry. »Haben die andern Gärtner auch plötzlich offene Blüten gesehen?«

»Keiner!« versicherte der Alte, »nur ich! Das können Sie mir glauben!«

»Ich verstehe Sie gut«, sagte Petry freundlich. »Es muß für Sie ein sehr schönes Erlebnis gewesen sein.«

Wieder zeigte der Alte seine geschwärzten Zahnstummel. »Kommt es in die Zeitung?«

»Ja.«

Dem Alten traten vor Freude die Tränen in die Augen.

Als er gegangen war, sagte Petry zu Gröger: »Das hat mir gefallen mit der Blume, die plötzlich erblüht war. Und beinahe hätte ich den Alten vorher fortgeschickt.«

Gröger nickte, obwohl er dieser Geschichte anscheinend nicht soviel Bedeutung beimaß. »Soll ich den nächsten holen?«

»Tun Sie das!«

Gröger kam mit einer Frau zurück, die etwas Wildes im Blick hatte, Alter Ende Fünfzig, elegant angezogen, die Gesichtszüge zerrissen von ehrgeiziger, fehlgeleiteter Intelligenz. Sie steuerte auf Petry zu, nickte zur Begrüßung und nahm unverzüglich Platz.

»Fangen Sie an!« sagte Petry.

»Worauf Sie sich verlassen können«, sagte sie mit rauher Stimme und schlug ihre tadellos in Form gebliebenen Beine übereinander. »Ich bin nämlich hier, um Ihr Gewissen wachzurütteln, falls das bei Leuten von der Zeitung überhaupt noch möglich ist.«

Petry zog die Augenbrauen hoch und wartete.

»Es ist ja wohl klar, daß etwas passiert ist, nicht? Umsonst hat es ja wohl nicht bei uns allen ausgesetzt! Ich erwarte von Ihnen, als Journalist einer unabhängigen Zeitung, was auch immer dahinterstecken mag, daß Sie die Wahrheit sagen. Sie drucken allen möglichen Kohl, Mordgeschichten im Hinterhof, Liebestragödien von Fußballstars und so weiter – jetzt können Sie einmal zeigen, wozu Sie überhaupt da sind! Raus mit der Sprache also! Wer hat die Bombe losgelassen – und wo?«

Petry unterdrückte ein Lächeln. »Ich weiß es nicht, gnädige Frau.«

»Ah!« Sie zog eine verächtliche Grimasse. »Bestochen! Vielleicht können Sie von dem Schweigegeld noch ein paar Stockwerke höher bauen auf Ihrem Glaspalast hier. Und Ihre verkaufte Seele können Sie gleich mit einmauern.«

Sie stand auf, strich mit langsamer Gebärde ihren Rock glatt und griff nach ihrer Handtasche. »Das Gewissen der Menschen ist tot. Kein Wunder, daß der Rest nun auch vor die Hunde geht. Guten Tag, mein Herr! Wenn Sie die Wahrheit geschrieben hätten, wären vielleicht ein paar tausend Menschen gerettet worden. Aber wozu? Lohnt sich ja nicht mehr. Leben Sie wohl!«

Sie rauschte hinaus, und Gröger kicherte erlöst auf. »Ein dolles Weib! Wenn sie recht gehabt hätte, wäre sie großartig gewesen.«

»Vielleicht hatte sie recht?«

»Wir sind doch nicht bestochen!«

»So meinte ich es auch nicht«, sagte Petry dunkel.

Gröger öffnete die Sprechzimmertür. »Der nächste, bitte!«

Wieder war ein Mann an der Reihe, ein kleines, schmächtiges Männchen, dem man das Leben hinter einem Schreibtisch auf hundert Meter ansehen konnte. Er hatte sich auf altmodische Weise feingemacht, sein Benehmen war überkorrekt und wirkte unterwürfig. »Sie gestatten«, sagte er mit einer leichten Verbeugung vor Petry, »mein Name ist Rehweide. Ich hätte zu dem Geschehen von gestern nachmittag eine Aussage zu machen.«

»Nehmen Sie Platz!«

»Danke.« Rehweide setzte sich vorsichtig. »Kurzum, ich kann

Ihnen genau sagen, was ich in der fraglichen Zeit gemacht habe.«

»So? Dann erzählen Sie mal.«

»Um zwei Uhr habe ich zu Mittag gegessen«, begann Herr Rehweide, »es gab Rouladen mit Kartoffeln und Kopfsalat. Ich verließ das Kasino meiner Firma – ach ja, die Firma Raab und Welte, Großhandel für Kleinmöbel –, also um zehn nach zwei verließ ich den Speisesaal. Dann ging ich in mein Büro, unterschrieb die Post bis halb drei ...«

Petry hob die Hand. »Moment, bitte. Zwanzig nach zwei begann die Ausfallzeit. Sie wissen noch, daß Sie die Post unterschrieben haben?«

»Ich weiß es, ja«, bestätigte Herr Rehweide stolz, »denn die unterschriebenen Briefe sind rausgegangen und heute bei ihren Empfängern eingetroffen. Lassen Sie mich doch berichten! Um halb drei habe ich eine Tasse Tee getrunken und die Zeitung gelesen, bis dreiviertel drei. Diese Zeit gehört bei mir noch zur Mittagspause, ich habe das so gelegt, weil meine Sekretärin bis halb drei Tischzeit macht. Um dreiviertel drei begann ich mit der Aufrechnung der Tagesverkäufe, dazu brauche ich immer eine halbe Stunde, dann kommen die Versandblocks an die Reihe, die müssen bis halb vier in der Expedition sein, und das waren sie auch. Sie sehen, jede Minute ist festgehalten. Das ist alles. Ich hoffe, Ihnen damit gedient zu haben.«

»Wie können Sie das so bestimmt sagen?« fragte Petry kopfschüttelnd.

»Ganz einfach! Das ist mein Tagesprogramm schon seit fünfzehn Jahren. Immer auf die Minute. Solche Ereignisse können mich daher nicht erschüttern.«

»Wenn ich Sie recht verstehe, Herr Rehweide, so erzählten Sie mir Ihren Arbeitsablauf in der Ausfallzeit, aber das ist nicht gleichbedeutend mit Erinnerung, nicht wahr?«

»Es ist gleichbedeutend mit Ordnung«, sagte Herr Rehweide mit Würde. »Daß die meisten Menschen jetzt danach suchen, was sie eigentlich in der Stunde gemacht haben, zeugt von einem heillosen Durcheinander. Ein Zeichen unserer Zeit ...«

»Nun, gewiß – aber Sie könnten doch zum Beispiel auf Ihren Tee verzichtet haben? Oder auf die Zeitung? Übrigens – wissen Sie, was Sie gelesen haben?«

»Ja. Ich lese die Zeitung abends immer noch mal. Und eine Zeitung ist wie die andere. Da merkt man es nicht so, wenn man etwas vergißt.« Er besann sich, daß er sich ja hier in einer Zeitungsredaktion befand und hüstelte. »Es gibt natürlich Ausnahmen ...«

»Herr Rehweide! Nehmen wir einmal an, Sie hätten um Viertel nach zwei Ihr Büro verlassen und wären irgendwo hingegangen und vorher wieder zurückgekommen. Wie könnten Sie dann sagen, was Sie inzwischen gemacht haben?«

»Dann hätte meine Sekretärin einen Zettel, wo draufsteht, wohin ich gegangen bin und wann ich wiederkomme, so wie heute zum Beispiel. Wenn diese Stunde wieder ausfällt, kann ich Ihnen morgen sagen, daß ich bei Ihnen war.«

»Beachtlich«, sagte Petry mit Unbehagen, »und das trifft bei Ihnen jeden Tag und jede Stunde zu?«

»Jawohl.«

Ein kleines Schweigen entstand, bei dem sich Petry und Gröger kurz ansahen. Herr Rehweide saß aufrecht, stolz und sicher, als könne er gelassen die Sekunden in den Abgrund der Ewigkeit tropfen hören wie jemand, der die Zeit besiegt hatte – durch Ordnung.

Angesichts eines solchen Systems, in dem das Leben eines Menschen zu entschlüsseln ist wie ein Fasergewebe oder ein Blatt Karopapier, empfand Petry ein unvermutetes Glücksgefühl. Mit heimlichem Stolz dachte er daran, daß bei ihm sehr wohl eine Lücke war, die es noch zu erforschen galt, daß er offensichtlich noch nicht tot genug war, um so zu leben wie Herr Rehweide.

»Ich danke Ihnen, Herr Rehweide«, sagte er und meinte es ehrlich. Der kleine Mann verbeugte sich wieder und ging. Ein Honorar zu fordern kam ihm nicht in den Sinn.

Petry sah Gröger an. »Wie viele sind noch draußen?«

»Zwanzig vielleicht – es kommen auch laufend neue ...«

»Wir machen Schluß. Ich muß bald weg und möchte noch etwas schreiben. Die Leute sollen nachmittags wiederkommen – oder, wenn Sie wollen, nehmen Sie Stichworte auf und sortieren Sie die interessanten Fälle aus.«

»Mach ich«, sagte Gröger schwungvoll und nahm seinen Notizblock. »Übrigens, ein Brief wurde für Sie abgegeben. Beinah hätte ich es vergessen.«

Petry wußte sofort, von wem der Brief war, noch bevor er die eigenwilligen Schriftzüge Hennys gesehen hatte. Er dankte Gröger ohne Freude und wartete, bis er hinausgegangen war. Er hatte ein schlechtes Gewissen. Henny hatte sich gemeldet, wie sich jetzt wohl jeder an seine Freunde wendete. Ein selbstverständliches Interesse, das man ihr nicht als neuen Annäherungsversuch auslegen konnte. Oder doch? Hatte sie geschickt und unverzüglich das besondere Geschehen zum Anlaß genommen, um die verblaßte Beziehung aufleben zu lassen? Machte sie ihm Vorwürfe? Wollte sie seinen Trost? Nein. Henny wollte ihn. Sie war drei Jahre seine Freundin gewesen und wollte geheiratet werden.

Petry riß den Brief auf, um seine eigenen Gedanken abzubrechen. Schnell und ohne Aufnahmebereitschaft begann er zu lesen.

Lieber Hans!
Seit gestern denken plötzlich alle Menschen über ihre eigene Vergeßlichkeit nach, so daß ich mich ein wenig um meine eigenen Entdeckungen betrogen fühle. Denn gerade damit beschäftige ich mich seit langem. Mich interessiert diese eine Stunde kaum – ich habe in der Zeit ein blaues Dornthal-Modell verkauft, ich vermißte es nachher, und es tut mir leid, daß ich mir nun die Kundin nicht vorstellen kann, die es trägt. Andererseits bin ich so vielleicht um eine Illusion reicher, denn dieses Kleid muß von einer besonderen Frau getragen werden. Meine Mädchen waren ein bißchen durcheinander, und sie schwatzen immer noch eine Menge dummes Zeug. Das wär's. Aber davon wollte ich nicht reden.

Ich möchte Dich heute erinnern an einen Abend im Sommer, an eine beleuchtete Terrasse, hoch über einem schmalen Fluß, und an einen Mann, der dort oben ein Lied von Rittern und Burgfrauen sang, wie ein mittelalterlicher Minnesänger. Oder an den Mann, der zu Studienzwecken Käfer sammelte, dabei mit einem Holzfäller ins Gespräch kam, mit ihm nach Hause ging und mit seiner Familie Mittag aß, mit den Kindern spielte und half, die verklemmte Haustür zu reparieren. Und an den Mann, der ein Theater nach dem ersten Akt des Stückes verließ, um ein vor Fieber zähneklapperndes Mädchen nach Hause zu bringen und bis zum Morgen mit kalten Kompressen zu behandeln.

Wahrscheinlich werden Dir diese Bruchstücke selbst fremd und fern sein. Du wirst eine andere Vorstellung von Dir selber haben. Aber aus diesen Erlebnissen setzt sich meine Liebe zu Dir zusammen, und ehe ich nicht alles vergessen habe, kann diese Liebe nicht sterben.

Nimm mir deshalb die selbstverständliche Frage nicht übel: Hast Du *alles* vergessen? So wie die Stunde gestern nachmittag, die ja wohl wirklich total gelöscht ist bei allen Menschen? Gibt es das überhaupt? Eine solche Vergeßlichkeit? Oder steckt ein Wille dahinter, eine gewollte Gleichgültigkeit, die alles Geschehene wie mit grauer Farbe überzieht? Hast Du eine neue Wirklichkeit dagegen eingetauscht, die farbiger ist als die vergangene?

Mir liegt sehr viel an Deiner Antwort, Hans, auch Deinetwegen. Wenn es Dir recht ist, umarme ich Dich.

Deine Henny.

Petry starrte vor sich hin. Es war Henny durchaus gelungen, ihn zu bewegen. Widerspruch kam in ihm auf, eine innere Igelstellung, die sinnlos und ungerecht war. Hast Du alles vergessen? Diese klassische Frage, die wohl zu allen Zeiten von den Verlassenen gestellt wurde, könnte eher Steine erweichen als ein abgekühltes Herz. Warum eigentlich? Hatte sie recht, daß ein Wille dahinter steckte? Unsinn. Er hatte gar nichts gewollt. Seine Ruhe wollte er. Seine Ruhe!

Petry überraschte sich dabei, daß er mit der Faust gegen die Schreibtischkante schlug, und er ärgerte sich.

Gröger kam zurück. »Hab sie alle weggeschickt, Chef. Nur eine Frau ist noch da, die will nicht gehen. Sie meint, es sei sehr wichtig, was sie erlebt hat.«

»Schön. Sie soll reinkommen.«

Die Frau, die so hartnäckig auf ihrem Bericht bestand, war schmal und zierlich, Mitte Siebzig und offenbar aus ärmlichen Verhältnissen. Ihr Mantel zeigte ein verblichenes Schottenmuster, und ihre Schuhe hatten eine Form, die zu keinen Zeiten modern gewesen war. Dennoch wirkte sie adrett und sauber. Ihr weißes Haar war streng zu einem Knoten frisiert, ihr Gesicht war blaß und auffallend rein, ohne eine Spur von Kosmetik.

Sie trat an Petrys Schreibtisch und lächelte ihn an. »Was ich zu erzählen habe, gehört in die Zeitung«, sagte sie mit bescheidener Bestimmtheit.

Gröger schob ihr einen Stuhl hin.

Sie setzte sich mit geradem Rücken.

»Fangen Sie an«, sagte Petry, während er Hennys Brief in die Tasche schob.

Die kleine Frau atmete tief ein. Sie sah sehr konzentriert aus. »Es ist nicht leicht...«

Flüchtig dachte Petry an das junge Mädchen an der Straßenbahnhaltestelle, die um ihre erste große Liebeserfahrung betrogen war und der es auch so schwerfiel zu reden. Was hatte er doch zu ihr gesagt? Wir sind es uns gegenseitig schuldig zu reden, so etwa. Aber die Frau hier war ein anderer Fall. Er sah sie an. Tiefliegende dunkle Augen fand er, fest auf sich gerichtet, und einen schmalen, zarten Mund, der nicht so aussah, als ob er ein Liebeserlebnis beichten wollte.

»Es war Ihnen doch wichtig, uns Ihre Geschichte zu erzählen, nicht wahr? Überlegen Sie nur genau, was Sie sagen möchten, und dann frisch drauflos! Am besten fangen Sie bei der Stunde zuvor an – Sie wollen doch von gestern erzählen, oder?«

»Natürlich!« Die blassen Wangen der kleinen Frau gewannen etwas Farbe. »Die Stunde vorher, das ist eigentlich schon die Hauptsache – oder nein, das Wunder kam ja nachher...«

»Ein Wunder?«

»Ja, ein Wunder, mein Herr. Ich könnte die Schuld nicht auf mich nehmen, es zu verschweigen.«

Eine kleine Stille entstand, eine andere Art Stille als vor der Erzählung des alten Gärtners. Eine Spannung war da, eine Erwartung, die sich um die schmale Besucherin in dem schäbigen Karomantel spann und die Petry wie Gröger gleichermaßen ergriff.

Endlich sprach sie, die Hände flach vor sich auf ihren Knien, den Blick an Petry vorbei auf irgendeinen Punkt an der Wand gerichtet. »Mir geht es nicht gut, wissen Sie. Vielleicht glauben Sie es nicht, aber mir fehlt es im Augenblick an allem, weil ich mein Geld nach Kanada geschickt habe, zu meiner Tochter, für die Überfahrt. Und ich habe ja nur eine kleine Rente. Meine Tochter ist allein drüben, wissen Sie, mit zwei Kindern, ganz allein. Sie hat ihren Mann verloren. Sie muß zurück. Ich bin ja noch da, ich kann ihr doch helfen, verstehen Sie? Ich kann für die Kinder sorgen, wenn sie arbeiten geht. Monatelang schon habe ich gespart, ich habe sehr wenig gegessen, sehr wenig...«

Petry maß die schmächtige Gestalt und glaubte ohne weiteres, daß sie wenig aß. Ein kleiner Schauer überlief ihn. So etwas geschah in dieser Stadt, mitten in aller Fülle der Friedenszeit, daß eine alte Frau sich nicht satt aß, weil sie Geld sparen wollte. Der mysteriöse Schmuckkauf seiner Mutter fiel ihm ein, das weinerliche

Zucken in ihrem Gesicht wegen der Gleichgültigkeit seines Vaters. Was für ein Unterschied! Ob das Wunder dieser Frau nun in einem Geldgewinn bestand?

»Haben Sie das Geld für die Überfahrt nun schon zusammen?«

Die Frau lächelte. »Fast. Den Rest kann meine Tochter drauflegen, sie arbeitet ja drüben auch. Sie wird bald kommen. Nächsten Monat schon!«

»Und weiter?«

»Ja, die Geschichte. Es ging um das Essen. Bitte, verstehen Sie! Essen kann sehr wichtig sein, wenn man lange alles entbehrt und sich abspart, ich hatte zuviel Geld fortgeschickt, und für eine feste Arbeit reichen meine Kräfte nicht mehr. Ich wollte mir auch nichts leihen, wie das so viele tun, wenn man das einmal anfängt, hört es nie mehr auf. Und gestern, da hat mich einfach die Verzweiflung gepackt...«

Sie wird gestohlen haben, dachte Petry erschrocken und mitleidig. Danach hat man sie laufenlassen, und das nennt sie ein Wunder.

Kerzengerade saß die kleine Frau, völlig ruhig, und ihre Augen lächelten. »Sie haben es schon erraten, nicht wahr?«

»Das wohl nicht«, sagte Petry hastig.

»Doch, doch. Was kann ein Mensch schon tun, wenn er hungrig und verzweifelt ist? Ich habe gebetet. Ganz einfach um Brot habe ich gebeten, wie es die Menschen schon seit vielen tausend Jahren tun. Vorausgesetzt, daß sie einen Gott haben, den sie anrufen können. Aber den haben wir ja alle, nicht? Wir vergessen es nur, wenn alles seinen Gang geht.«

Petry war verblüfft und beschämt zugleich. Und auch ein wenig skeptisch. »Wie haben Sie denn gebetet?«

»O – ich kann es nicht wiederholen. Bitte, das kann ich nicht. Nur in dem Sinne etwa – hilf mir – ich kann es nicht genauer sagen, das ist wohl auch nicht nötig.«

Wieder schämte sich Petry, denn er fühlte, daß er mit seiner Frage eine Sphäre berührt hatte, die noch intimer war als die des Mädchens von der Haltestelle. »Schon gut, berichten Sie nur so, wie Sie möchten«, sagte er einlenkend.

»Ja. Ich muß das Gebet gerade so zwanzig Minuten nach zwei gesprochen haben, und dann – ich bin aufgestanden und zur Tür gegangen – und dann...«

»Dann begann die Ausfallzeit«, ergänzte Petry.

»Sicher, nur das erfuhr ich ja erst hinterher. Ich erlebte ein Wunder!«

»Jemand hat Ihnen was gebracht?« rief Petry.

»Gewiß. Aber so einfach ist das nicht zu sagen. Stellen Sie sich das bitte genau vor – ich habe gebetet – und kurz darauf stand vor mir Kuchen auf dem Tisch, Schokoladentorte, zwei Stück, und frischer Kaffee dabei, er dampfte noch ...«

»Wissen Sie, woher das kam?«

Sie nickte. »Bei uns im Haus feierte ein Ehepaar silberne Hochzeit, und sie haben an alle Nachbarn Kuchen verteilt. Den Kaffee dazu habe ich mir wohl selber gekocht.«

»Na also«, sagte Petry und entspannte sich, »dann ist es doch ganz klar. Sie haben eben zufällig vorher gebetet. Durch den Gedächtnisausfall mußte es Ihnen dann als ein Wunder erscheinen, daß Sie kurz nach dem Gebet den Kuchen vor sich sahen.«

Die Frau schüttelte langsam den Kopf, ihr Blick wurde ernst und zwingend. »So können Sie nicht daran vorbeigehen, mein Herr! Ich erzähle Ihnen hier ein unmittelbar erhörtes Gebet, das ist eine große Sache! Mit Erklärungen ist da nicht herumzudeuteln. Vielleicht mußte die Zeit ausfallen, damit wir es richtig erkennen. Oder haben Sie schon eine Auslegung für den allgemeinen Gedächtnisschwund?«

»Bis jetzt noch nicht.«

»Sehen Sie! Was ich erlebt habe, ist ungeheuerlich! Sie werden kaum etwas Größeres finden. Bedenken Sie doch! Ich rief – und ich empfing sofort. Schreiben Sie das ruhig in Ihrer Zeitung, damit es alle lesen können. Schreiben Sie, wir hätten noch einen Gott, der hören kann!«

»Meine liebe Frau«, sagte Petry betreten, »warum sind Sie mit der Geschichte nicht zum Pfarrer gegangen? Wir sind eine Tageszeitung und kein Kirchenblatt. Verstehen Sie doch! Unsere Leser erwarten das nicht von uns.«

»Schreiben Sie immer nur, was man von Ihnen erwartet?« fragte die Frau. Ihre Stimme klang mit einemmal schärfer.

»Nein, aber wir haben eine Linie.«

»So, eine Linie. Ja dann ...«

Petry wollte sie nicht so entlassen. »Sehen Sie, man kann alles von verschiedenen Standpunkten aus betrachten. Die anderen Leute im Haus haben doch in der Stunde auch den Kuchen bekommen, stimmt das? Sie werden sich auch gewundert haben. Es sind ja seltsame Dinge geschehen, oder besser gesagt, durch die Zeitlücke sind Situationen entstanden, die für viele sehr verwunderlich waren. Das zeichnen wir hier auf, so genau wie möglich, bis wir zu einem Gesamtbild kommen. Wir stellen gründliche Nachforschungen an auf allen Gebieten und suchen nüchterne Tatsachen.«

»Nüchterne Tatsachen ergeben nur eine nüchterne Zeitung«, sagte die kleine alte Dame, ungerührt von Petrys Vortrag. »Sicher haben sich meine Nachbarn auch gewundert, aber ich habe eine Gebetserhörung erlebt. Warum wollen Sie durchaus Gott ausklammern? Wenn Sie mich fragen, so ist Er die Ursache von dem ganzen Geschehen, Er allein. Und mein Kuchenerlebnis könnte Ihnen zu dieser Erkenntnis verhelfen, wenn Sie nicht blind wären.«

Wieder geriet Petry in eine innere Abwehrstellung, wie schon zuvor bei Hennys Brief. »Wenn ich Sie recht verstehe«, sagte er, und sein Ton verriet Ungeduld, »dann glauben Sie, Gott hätte bei der ganzen Menschheit das Gedächtnis gelöscht, um an Ihnen das Wunder einer Gebetserhörung zu demonstrieren? Wäre das nicht ein zu großer Aufwand?«

»Wäre es das wirklich?« fragte die Frau mit verhaltenem Lächeln und stand auf. »Vielleicht wird Ihnen mein Kuchenwunder eines Tages noch groß genug erscheinen. Auf Wiedersehen!«

»Auf Wiedersehen!«

Als sie gegangen war, schien sich ein Hauch ihrer Frömmigkeit zu vermischen mit dem noch gegenwärtigen Erdgeruch des alten Gärtners, dem Parfüm der eleganten Kämpferin für die Menschenrechte und mit dem keimfreien Ordnungsgeist des Herrn Rehweide. Was für ein Homunkulus würde wohl aus dieser Verbindung entspringen, dachte Petry und wandte sich an Gröger, der sich ein paar Notizen machte. »Wie hieß die Frau eigentlich?«

Gröger sah auf. »Hab ich nicht gefragt.«

»Haben wir die Adresse?«

»Nein, Chef.«

»Tut mir leid. Man hätte ihr etwas geben können für die Geschichte, wie dem Gärtner.«

»Die war eben nicht so geschäftstüchtig.«

»Und wahrscheinlich noch ärmer.«

Gröger hob die Schultern und grinste leicht. »Bei den Beziehungen, die sie hat, bekommt sie ja alles, was sie braucht.«

»Scheint so«, sagte Petry zerstreut. »Eine tolle Geschichte ist es ja. Sie betet, vergißt eine Stunde und sieht dann unmittelbar Kuchen vor sich stehen. Wie in Tausendundeinernacht!« Sein Blick verfing sich in der mageren Hängepflanze, die neben dem Fenster ein mäßiges Dasein führte. »Übrigens eine gewisse Ähnlichkeit mit dem Blumenwunder des Alten.«

Fahrig fuhr sich Gröger durch sein blondes Bürstenhaar. »Ja und nein«, spekulierte er. »Der Alte wußte, daß die Blüte so und so aufgeht. Das Wunder bestand für ihn nur in dem Zeitraffer. Die Frau dagegen ...«

»Genau das gleiche!« unterbrach Petry. »Eben der Zeitraffer hat die Sache so groß gemacht. Sonst hätte sie der Nachbarin den Kuchen abgenommen, sich bedankt und dabei gedacht, da hätte ich gar nicht erst zu beten brauchen.«

»Das glauben Sie selbst nicht, Chef«, sagte Gröger.

Petry sah ihn überrascht an. »Was glaube ich nicht?«

»Daß sie so gedacht hätte. Jeder Gläubige greift nach Bestätigungen seines Glaubens wie nach Strohhalmen. Wenn auch nur der Schatten eines Beweises besteht, hängt er es an die große Glocke. Ihr erster Gedanke wäre das Gebet gewesen, mit und ohne Zeitlücke. So ist es eben nur noch frappierender. Der Gärtner dagegen hat etwas erlebt, was er nicht erbat und nicht erwartete, ihm ist das eigentliche Wunder geschehen!«

Erstaunlich, dachte Petry. Was in dem Burschen steckt! Wer soll das ahnen, wenn man ihn so sieht mit seinem schlampigen Hemd und seinem Sportskanonengesicht? »Sie mögen recht haben, Gröger. Woher wissen Sie eigentlich so genau über fromme Leute Bescheid?«

»Meine Mutter«, sagte Gröger verlegen. »Die erlebt dauernd Wunder. Das ist bei uns zu Hause schon selbstverständlich.«

Petry lachte. »Hat sie von gestern nichts Besonderes zu erzählen?«

»Ausnahmsweise nicht. Ihr war nicht gut. Sie hatte sich hingelegt und die Zeit verschlafen.«

»Wie ärgerlich!«

»Nein, nein, sie hat sich darüber gefreut. Sie sagte zu mir: Der liebe Gott hat es nicht für nötig gehalten, mich mit solchen Dingen zu erschrecken. Das gilt anderen Leuten, die in der übrigen Zeit schlafen.«

»Eine originelle Frau, Ihre Mutter!«

»Ja«, sagte Gröger lächelnd und mit verstecktem Stolz.

Wieder mußte Petry an seine eigene Mutter denken, und ihn überfiel ein Verlassenheitsgefühl. Der persönliche Ton war mit einemmal aus seiner Stimme verschwunden, als er sagte: »Wir wollen jetzt erst mal das Vorhandene auswerten. Sie kümmern sich um die Setzerei, Gröger. Wir haben in der Nacht schon eine Menge nach unten gegeben. Karnetzki läuft auf Hochtouren. Wenn ausgedruckt wird, können Sie selbst ans Schreiben gehen. Oder machen Sie noch eine Umfrage, wenn Sie mögen. Ich bleibe nicht mehr lange hier. Habe um zwölf eine Verabredung und will nachmittags zu den Filmstudios raus. Alles klar?«

»Alles klar, Chef«, sagte Gröger und angelte seinen Schlips von der Stuhllehne.

Petry kam durchaus nicht zur Ruhe, als Gröger fort war. Warum hatte er den beginnenden Kontakt mit ihm abgebremst? Wollte er nun einen Zugang zu anderen Menschen, oder wollte er den Abstand? Das alte Dilemma. Er wollte beides. Und das ging wohl nicht.

Und Henny. Auch sie hatte er angezogen und wieder von sich weggeschoben. In einem Impuls, einer Aufwallung von moralischer Katerstimmung griff er zum Hörer und wählte die Nummer des Modesalons Ariane. Henny war selbst am Apparat.

»Salon Ariane, Hönig.«

»Ich bin's, Henny, Hans. Dank für deinen Brief.«

»Nanu? Im Zeitalter der Gedächtnisschwäche beginnst du dich zu erinnern? Wie nett!«

Petry ärgerte sich bereits. »Wir haben viel zu tun in der Redaktion.«

»Läßt sich denken. Arbeitest du jetzt mit deinem Vater?«

»Er will es.«

»Läßt sich auch denken. Hans –« Sie wurde zaghafter. »Ich möchte dich sehen ...«

Das alte Lied! »Sobald ich kann, Henny. Ich melde mich wieder.«

»Verstehe«, sagte sie kalt. »Ich habe Kundschaft, sei nicht böse, auf Wiedersehen!«

Klick. Eingehängt. Einen Augenblick dachte er daran, noch einmal anzurufen und ein Treffen mit ihr zu verabreden, aber etwas in ihm blockierte ihn. Er sah auf die Uhr. Kurz vor zehn. Noch eine lange Zeit bis zwölf. Und der Fußweg bis zur Wohnung von Fräulein Karr betrug höchstens sieben Minuten. Zeit zum Arbeiten also, zum Schreiben, Auswerten.

Lustlos langte er nach dem Schreibblock, machte ein paar flüchtige Aufzeichnungen, setzte sich dann an die Schreibmaschine und versuchte es mit einer Übersicht. Endlich, in der Erkenntnis, daß man nichts erzwingen kann, ließ er die Hände sinken und suchte Zigaretten und Feuerzeug.

Eine Stunde genau. Sieben Minuten hin, sieben Minuten zurück, mit dem Weg durch den Park, wo er schließlich die Erinnerung wiederfand oder das Bewußtsein, den Anschluß, wie man es nennen will. Bleiben noch fünfundvierzig Minuten allein mit Susanne Karr. Allein in ihrer Wohnung zu einem Plauderstündchen, an deren Anschluß er seinen Hut vergaß und offenbar das Bedürfnis hatte, noch spazierenzugehen. Was hatte ihn so aufgewühlt, daß er nicht sofort hierher zurückkam, an seinen Schreibtisch voller Arbeit? Worüber hatte er sich mit dieser kühlen Schönheit unterhalten? Und wie war er bloß darauf gekommen, zu ihr zu gehen?

Arme Henny! Wenn das nicht wäre, diese Geschichte mit der ›reizenden Blondine‹, wie Herma Wonderblom es genannt hatte, dann hätte sie mit ihrem Brief vielleicht ihr so zäh verfolgtes Ziel erreicht. Keine bunte Vergangenheit stand zwischen ihnen, sondern nur diese verflixten fünfundvierzig Minuten.

Erkennen

Susanne hatte keine gute Nacht hinter sich. Sie fühlte sich benommen, ein dumpfer Druck lastete auf ihr, ihre Gedanken wirbelten ungeordnet durcheinander. Sie hatte gleich früh das Krankenhaus angerufen und nichts Neues erfahren. Lore war noch nicht aufgewacht. Alexander war bei ihr, er wartete. Der arme Junge! Die Selbstvorwürfe würden ihn fast in Stücke reißen.

Auf der Straße wehte ein scharfer, kalter Wind, der Frühling war noch sehr sparsam mit der Sonne. Susannes Ziel war ein Haus in der Ringstraße, das zur Zeit seiner Erbauung Ausdruck abstandnehmender Vornehmheit war, jetzt jedoch zwischen den hellen Neubauten mit farbigen Balkons lediglich wie eine pikierte alte Dame aus der besseren Gesellschaft wirkte.

Susanne hatte den Morgenspaziergang zu Fuß gemacht. Das gesuchte Haus lag eine gute halbe Stunde von ihrer eigenen Wohnung entfernt. Sie trat in das kühle Treppenhaus mit dem rötlichen Marmorfußboden, erfaßte mit einem Blick das aushängende Schild am Fahrstuhl – »Wegen Reparatur außer Betrieb« – und begann zügig das Erklimmen der steinernen Stufen. Nach dem vierten Stock hörte die vornehme Ausstattung schlagartig auf. Auch der Fahrstuhlschacht endete hier, und alles Weitere hatte man nur noch für das Dienstpersonal gebaut. Und so erreichte Susanne schließlich über die fünfte Treppe das Mansardenstockwerk, welches ihr allerdings, im Vergleich zu Carlas Atelierwohnung, noch verhältnismäßig bürgerlich-solide erschien.

Vor der zweiten Tür links blieb sie stehen und lauschte. Nichts. Kein Radio, kein Plattenspieler, kein Klavier. Er schlief! Dabei war es schon neun vorbei. Typisch Philipp. Na ja, er kam ja auch erst gegen zwei Uhr nachts aus dem Kakadu. Sie klopfte ihr Zeichen: die Anfangstakte aus einer Komposition Philipps, die er »Gelächter bei Sonnenaufgang« nannte. Nun würde sie eine Weile warten müssen, das wußte Susanne.

Die Tür der Nebenmansarde ging auf, der Kopf eines übernächtigten Frauenzimmers schaute heraus und verschwand wieder. Endlich öffnete auch Philipp, im Bademantel, barfuß und mit Bartstoppeln.

»Tritt ein, Sklavin der Wissenschaft!«

Susanne drückte sich schnell an ihm vorbei. »Entschuldige die frühe Störung. Geh schon ins Badezimmer, ich koche Kaffee und räume auf.«

Philipp schloß die Tür und zog Susanne mit einem unsanften Griff zu sich heran. »Langsam, meine feurige Geliebte! Wenn du schon zu nachtschlafender Zeit als Hausfrau hier hereinbrichst, dann kann ich auch eine liebevolle Begrüßung verlangen ...«

Zwei, drei Sekunden wurde Susanne etwas weicher durch die Nähe seines warmen Körpers, dann wand sie sich wieder frei. »Nun sei schön brav und zieh dich an, wir haben einiges zu besprechen.«

»Freut mich, daß dir das eingefallen ist.«

»Ich wollte gestern schon mit dir reden. Nur war es nicht möglich.«

Philipp knurrte etwas und ging ins Badezimmer.

Susanne machte sich an die Arbeit. Sie räumte das Bettzeug von der Couch und stopfte es in die Truhe. Dann sammelte sie die verstreuten Kleidungsstücke, holte für Philipp ein frisches Oberhemd und Strümpfe aus dem Schrank, nahm die Notenhefte vom Klavier und tat sie in das Bücherregal unter der Dachschräge. Zum Schluß trug sie die herumstehenden Gläser und Flaschen in die Küche und kochte den Kaffee.

Nach einer Weile erschien Philipp frischrasiert und angezogen in der Küchentür. »Nun, liebe Freundin! Wie wäre es jetzt mit dem offiziellen Guten-Morgen-Kuß?«

Gleichzeitig begann der Teekessel zu pfeifen. Susanne nahm ihn vom Herd und füllte den Kaffeefilter auf. Ohne Philipp anzusehen, sagte sie: »Lore hat gestern einen Selbstmordversuch unternommen!«

Es war ganz still in der Küche. Gebannt sahen beide zu, wie das Wasser durch den Filter sickerte, als könnten sie durch ihre aufmerksame Anteilnahme dem Gedanken ausweichen, der unerbittlich aufstieg zwischen Kaffeeduft, zärtlicher Vertrautheit und Budenromantik, der Gedanke an den Kurzschluß eines Menschen, an dem sie alle, jeder auf seine Weise, schuldig waren. Der untreue Alexander, die Rivalin Ria, der Revolutionär Philipp, die tolerante Susanne. Lore konnte kaum vor der ganzen Welt geflüchtet sein, sondern nur vor den wenigen Menschen, die sie verraten, verlassen oder enttäuscht hatten. Lore war grausam. Sie hatte mit einer Waffe geschlagen, die jede Verteidigung unmöglich machte.

»Verdammt«, sagte Philipp.

Susanne goß Wasser nach. »Schlaftabletten. Sie lebt noch. Sie liegt im Krankenhaus und ist noch nicht wieder aufgewacht. Alexander ist bei ihr.«

»Alexander! Jetzt wird er vor lauter Reue Ria den Rücken kehren. Und Ria wird hoffentlich so anständig sein, sich nicht umzubringen.«

»Sie hat kein Recht auf ihn.«

»So? Hat sie das nicht?« Philipp schob die Hände in die Taschen und starrte Susanne ins Gesicht. »Großartig moralisch, was? Wenn sie nun aber auch mit der Pillenschachtel spielt? Was glaubst du, weshalb sich deine Schwägerin umbringen wollte? Hieß ihr Motiv Ehebruch oder Liebeskummer?«

»Wie meinst du das? Das ist doch hier dasselbe.«

»Denk mal scharf nach, meine liebe Wissenschaftlerin. Da ist eine Frau, die ihren Mann gern behalten will. Vermutlich liebt sie ihn. Es gelingt ihr aber nicht, ihn zu halten, und skss... Schluß. In einer solchen Lage denkt man nicht mehr an das Gesetzbuch. Da gibt es nur noch ganz nackte Tatsachen. Und die gelten auch für Ria, ob sie nun durch ein Papier mit Stempel drauf dazu ein Recht hat oder nicht.«

»Ich wußte nicht, daß die Ehe für dich ein Stück Papier ist, Phil.«

Er hob die Hände hoch. »Bei allen guten Geistern! Hat dich das selbstmörderische kleine Biest über Nacht zur Spießbürgerin gemacht?«

»Mach mir mal Platz«, sagte Susanne und balancierte das Frühstückstablett an ihm vorbei ins Zimmer. Sie setzten sich nebeneinander auf Philipps Couch und beschäftigten sich stumm mit Toastbrot, Marmelade, Zuckerstücken und Kaffee. Sie hatten schon oft so miteinander gefrühstückt, meist heiter und lachend, Philipp sprühend vor witzigen Einfällen, Susanne gelöst und von einer großzügigen, fast kameradschaftlichen Koketterie. Jetzt war sie gespannt, verkrampft und widerspruchsvoll, die Stimmung, in der sich Menschen streiten und zu keinem Ergebnis kommen.

»Sagst du es Ria?« fragte Susanne.

»Muß ich wohl. Alexander wird es kaum tun.«

»Kaum.«

Philipp verzog verächtlich den Mund. »Dieser Westentaschen-Casanova! Der Herr Doktor! Daß ich nicht lache!«

»Erzähl mir von Ralf.«

»Rias Bruder? Wie kommst du jetzt darauf?«

»Ich hab noch nicht vergessen, was ihr mir gestern erzählt habt«, sagte Susanne scharf.

»Nun also – was willst du noch wissen? Dein Hans Petry hat Ralf ins Gefängnis gebracht, und da sitzt er noch. Genügt das nicht?«

»Das weiß ich ja schon. Und Petry ist nicht mein Hans Petry.«

»Verzeihung. Wann siehst du ihn wieder?«

»Nachher. Er kommt zu mir, um seinen Hut abzuholen.«

»Verstehe.«

»Gar nichts verstehst du«, schrie Susanne wütend.

»Verzeihung nochmals.«

Der Unterton war nicht zu überhören. Da war etwas, womit sie rechnen mußten, eine Veränderung wie eine heranrollende Flut, gleichgültig und überaus mächtig. Ihre Hände tasteten sich entgegen und glitten ineinander, als wollten sie einen Zauber festhalten, die schwerelose Romantik ihrer Beziehung, die keine ernsten Auseinandersetzungen mit dem Leben vertrug.

Überraschend leidenschaftlich wandte sich Susanne Philipp zu und umarmte ihn. Sie übertrieb, das spürte sie selbst, es war ein äußerliches Festhalten und ein innerliches Fortgleiten.

Philipp hielt sie plötzlich von sich weg und suchte ihren Blick. »Weniger wäre vielleicht mehr, Su«, sagte er leise.

Er hatte es also bemerkt. Susanne staunte. Wie sensibel er war! Für eine Sekunde empfand sie etwas von dem, was ihr kurz zuvor gefehlt hatte.

Philipp war aufgestanden und ans Klavier gegangen. Er ließ die linke Hand auf die Tasten fallen, schlug eine Melodie an, eine Mischung von harten und süßen Tönen, die sich aneinanderreihten wie eine Frage, gekonnt und sicher. Er kannte die Wirkung dieser Musik auf Susanne und beobachtete vorsichtig, ob sie auch diesmal in Bann geriet. Dabei lächelte er unwillkürlich in jungenhaftem Triumph.

Sie sah es und wurde nüchtern. Er ist doch noch kein fertiger Mann, dachte sie, obschon er ein Künstler ist. Wenn er das auch noch hätte, die richtige Männlichkeit; wenn er nur zehn Jahre älter wäre – es gäbe eine Katastrophe!

Es klingelte. Philipp brach sein Spiel ab und machte einen Schritt auf Susanne zu, als wollte er sie schnell noch mal in die Arme nehmen. Dann drehte er sich um, ging zur Tür und öffnete.

Ein behender junger Mann mit verfrühtem Fettansatz brach ins

Zimmer wie ein Eber durchs Unterholz. »Hallo, alter Freund! Du bist ja schon aufgestanden! Ganz ungewöhnlich! Oh, Damenbesuch! Ich störe doch nicht?« Er kugelte auf Susanne zu und streckte ihr die Hand entgegen. »Morgen, Fräulein Karr! Sehr verdienstvoll, daß Sie unsern Freund schon aus den Federn getrieben haben. Ich brauche ihn nämlich! Ganz große Sache! Ihr werdet begeistert sein, Kinder!«

»Einen Kaffee, Herr Meinicke?« fragte Susanne hausfraulich.

»Gern, meine Liebe, gern! Kaffee ist immer gut.« Er fischte den gepolsterten roten Hocker und setzte sich schwungvoll. »Na, was meinen Sie wohl, Herr Corduan, weshalb ich so früh hier bei Ihnen hereinbreche?«

Philipp machte eine ratende Geste, die beleidigend lässig war. »Solange ich dich kenne, Ed, hattest du immer nur ganz große Sachen vor!«

Mit einem dümmlich-verwunderten Ausdruck in dem runden Gesicht sah Ed von Philipp zu Susanne. »Na, hört mal, seid ihr auf dem Mond? Noch nichts gehört von der Stunde gestern? Kein Mensch kann sich erinnern, Leute! Ein einmaliges Ereignis! Und da tut ihr so, als ob *ich* spinne? So etwas muß man erfassen, zeitgemäß, versteht ihr? Künstlerisch erfassen ...«

»Künstlerisch«, echote Philipp und formte in der Luft eine moderne Skulptur.

»Ich denke, du bist Werbefachmann, Eddi?« sagte Susanne.

»Eben, Kinder, nun kommt doch mal zu euch!« Er langte nach seiner Kaffeetasse und holte tief Luft. »Wir haben ja das ganze Jahr für etwas zu werben, aber jetzt, mit dieser Zeitgeschichte, jetzt muß man das Eisen schmieden, klar? So etwas kommt nie wieder!«

»Hoffentlich«, warf Susanne ein.

»Ach, laßt mich doch ausreden. Versetzt euch mal in meine Lage. Ich werbe für Waschmittel, zum Beispiel. Was werde ich also sagen?« Er untermalte seine Rede mit der freien Hand. »Die Hausfrau hat gewaschen, mit Brix. Die Stunde kommt. Sie weiß es nicht mehr. Und dann – das Wunder! Die Wäsche ist so schön wie noch nie! Womit hat sie gewaschen? Verzweiflung! Die Packung ist schon im Müll. Einmalige Erkenntnis – verloren. Wenn wir nicht wären. Wir sagen es wieder: Brix! Brix ist es gewesen. Die neue Chance, das Wunder zu erleben: Brix!«

Ed machte eine eindrucksvolle Pause. »Na? Toll, was? Oder

meine Werbung für Feuerzeuge – nein, das geht nicht so gut. Besser kosmetische Artikel. Das Wunder der Schönheit ...«

»In einer Stunde? Das gibt es nicht, Herr Meinicke!«

»Aber, Fräulein Karr! In der Werbung darf man übertreiben. Man muß es sogar! Die Leute streichen sowieso die Hälfte ab. Oder die Zigaretten: Was auch geschieht – diese Mischung vergessen Sie nie!«

»Nicht schlecht« sagte Philipp. »Und wofür sollen wir nun werben, so früh am Morgen?«

Der jugendliche Werbesprinter wurde spitzbübisch. »Neugierig, was? Es ist etwas anderes als Werbung – viel toller ...«

»Eine Reportage?« rief Susanne in Erinnerung an Hans Petry.

»Nicht doch! Das machen schon die Zeitungsfritzen. Mehr zur Kunst, meine Freunde ...«

Philipp hob die Schultern. »Vielleicht will er eine Chronik über vergessene Stunden anlegen, im Laufe der Geschichte der Menschheit?«

Das Kugelgesicht Eduard Meinickes zeigte für eine Sekunde überraschend aufblitzende Intelligenz. »Gar nicht dumm, alter Junge«, murmelte er anerkennend. »Aber ich dachte an etwas anderes, sehr viel Näherliegendes: an einen Schlager!«

»Einen Schlager?«

»Ja doch, Mensch. Warum soll man so ein Ereignis nicht besingen? Es wird bestimmt noch jemandem einfallen, wir müssen nur die ersten sein! Wir beide, Phil! Du machst die Musik, ich den Text! Ist dir klar, was man dabei verdienen kann?«

»Damit könnt ihr reich werden«, spottete Susanne.

»Wenn wir Glück haben ...«

Philipp stand einen Augenblick verdutzt da. Er überlegte nicht lange. »Hast du schon einen Text, Ed?«

Der Schlagerdichter tat verschämt. »So ein bißchen angefangen – nur ungefähr:

In einer Stunde kann viel geschehn –
ich habe dich vielleicht besessen –
vielleicht hab ich dich auch nur angesehn –
was auch geschah, es ist vergessen ...«

»Hm«, machte Philipp und setzte sich ans Klavier. Knapp und ungeordnet kamen die ersten Töne, wurden leichter und rhythmischer – dann melodisch und schließlich wieder hart.

Ed trat hinter ihn, schnippte mit den Fingern, summte vage mit, zog ein Gesicht, lächelte, verfinsterte sich wieder, und im Handumdrehen waren die beiden in ihre Schlagerschöpfung so vertieft, daß Susanne Zeit hatte, die Fassung wiederzugewinnen, die sie aus unerklärlichem Grund kurz verloren hatte.

Sie stand auf und räumte den Tisch ab. Sie ging in die Küche, spülte das Geschirr, hängte alles schön ordentlich an seinen Platz, Handtücher, Topflappen, Wischtuch. Dann kam sie ins Zimmer zurück und sagte trocken: »Ich muß jetzt gehen.«

Philipp unterbrach und stand rasch auf. »Warum denn? Bleib doch, du kannst uns helfen ...«

»Nein, ich muß nach Hause. Ich erwarte Besuch.«

»Richtig, ich vergaß ...«

»Man kann ja auch so mal etwas vergessen«, sagte sie mit einem leisen Lächeln und küßte ihn flüchtig. »Mach's gut, Phil! Auf Wiedersehen, Herr Meinicke!«

»Auf Wiedersehen, Fräulein Karr, schade, daß Sie gehen!«

Philipp ging mit bis zur Tür. »Kommst du heute abend?«

»Weiß noch nicht. Mal sehen, wie es mit Lore wird.«

»Ach so. Grüß sie, wenn sie aufwacht. Sie soll's nicht wieder tun.«

»Mach ich. Und viel Erfolg für euren Schlager!«

Klapp. Die Tür war zu, und Susanne lief den Korridor entlang die Treppe hinunter, leichtfüßig und rasch. Wie flach und sinnlos doch oft Abschiedsworte sind, dachte sie dabei. Wenn man sich nicht wiedersähe, aus irgendeinem Grund, was wäre das für ein Abschluß? Aber wie sollte es sonst sein? Das war doch normal. So war es eben.

Hatte Susanne sich in Philipps vertrauter Bude noch vor kurzem in einer halbwegs gelassenen Stimmung befunden, so lief sie jetzt durch ihre Wohnung, ziellos, von innerer Unruhe und Spannung erfüllt.

Seltsam! Wäre sie unter andern Umständen jemals so nervös geworden, wenn Petry junior sich bei ihr zu einem Besuch angemeldet hätte? Bestimmt nicht. Also!

Es half aber nichts. Sie sah den Hut an. Der Hut schien zu grinsen. Dann ein Blick auf die Uhr. Elf! Noch eine ganze Stunde, bis er kam. Genug zum Entspannen.

Energisch ging Susanne an das Entspannungsprogramm. Kurzerhand zog sie sich splitternackt aus, wobei die einzelnen Kleidungsstücke in hohem Bogen über ihre Schulter auf die Couch flogen. Eine beliebte Angewohnheit, die sie »Bauernstriptease« nannte. Zuerst mal eine Dusche. Die Wohnung war glücklicherweise noch warm genug, daß sie so herumlaufen konnte. Der Hausmeister, der für die Zentralheizung verantwortlich war, litt selbst unter niedrigem Blutdruck.

Im Badezimmer angelte sie sich ihr Duschhäubchen, versteckte sorgfältig ihre blonden Haarsträhnen darunter und stieg in die Wanne. Die Brause rauschte auf, und Susanne dehnte sich wohlig unter der sanften Massage der nadeldünnen heißen Strahlen. Die perlenden Wassertropfen auf ihrer schimmernden hellen Haut, die spielerisch die schönen Linien ihres Körpers nachzeichneten, in schneller Folge, hätten ein perfektes Reklamebild für kosmetische Artikel aller Art abgegeben. Susanne wand und bog sich in lässiger Behaglichkeit. Mal ließ sie den konzentrierten Strahl auf ihre Schulterblätter prasseln, dann wieder drehte sie sich um und beobachtete, wie sich ihre Brustspitzen unter dem Wasserdruck zusammenzogen. Dazu planschte sie vergnügt mit den Füßen herum. Schließlich streckte sie die Hand aus, drehte auf kalt und zählte bis zwanzig. Schluß. Das Rauschen verstummte, und Susanne wikkelte sich aufatmend in ihr weißes Badetuch. Das nächste Mal zähle ich nur bis fünfzehn, beschloß sie.

Barfuß verließ sie das Badezimmer. Vor dem Spiegel über dem Flurschränkchen öffnete sie kurz das Badetuch und gönnte sich einen prüfenden Blick auf ihre Gestalt. Wirklich nichts auszusetzen. Sie war herrlich gewachsen, sie wußte es und freute sich daran. Allerdings über der Hüfte – dicker werden wollte sie auf keinen Fall. Eher abnehmen. Aber wo? Auf Kosten der Brust? Das wäre schade. »Dann lassen wir es eben, wie es ist«, sagte sie zu ihrem Spiegelbild. Fröstelnd frottierte sie sich und huschte ins Zimmer.

Das Anziehen bis zum Unterrock ging schnell. Aber was nun? Wie wollte sie Petry junior empfangen? In dem Straßenkostüm doch nicht, das sah zu ungemütlich aus. Und in der Zigeunerkluft schon gar nicht! Obwohl sie zu Hause immer so herumlief... Auch gestern! Während er hier bei ihr war, hatte er sie ja so gesehen. Mit dem roten Halstuch! Ach, du liebe Zeit – was mochte er gedacht haben? Zum Glück wußte er das jetzt nicht mehr. Das gab ihr nun Gelegenheit, ihn schön sittsam im Kleid zu empfangen. In dem taubenblauen Wollkleid...

Allerdings – die Zigeunerkluft würde sozusagen der Wahrheit entsprechen. Dann könnte sie seine Reaktion sehen, vielleicht diese verflixte Stunde nacherleben, so wie sie war ...? Nein, nein. Das war unmöglich. Dazu fehlte jetzt die Unbefangenheit. Das wäre Krampf. Mit Gewalt würde man kaum dahinterkommen, niemals!

Susanne merkte, daß die Gedanken ihr aufs neue die Ruhe nahmen. Regel Nummer eins beim Entspannen: konzentriert bleiben, nicht ablenken lassen. Das Anziehen hatte noch Zeit. Musik brauchte sie jetzt. Im Unterrock baute sie den Plattenspieler auf, nahm das Album vom Bücherbord und suchte. Etwas zum Tanzen, natürlich.

Die Wahl war nicht leicht. Russisch? Ungarisch? Balkantänze? Alles noch nicht das Richtige. Diese Tänze lösten Vorstellungen von Gruppen aus, von vielen fröhlichen Menschen, die im Freien ihre Lebenslust austobten, sich gegenseitig anfeuernd mit Zurufen und Händeklatschen. Susanne wollte etwas für sich ganz allein.

Zögernd wog sie eine Platte mit Liedern der Spanierin Lola Flores in der Hand. Eine Serenade war darauf, ein Liebeslied, rauh und klagend gesungen, wie eine wilde Forderung nach Liebesglück, fast wie ein Brunftschrei. Konnte man das tanzen?

Susanne legte die Platte auf und stellte sich in die Mitte ihres blauen Teppichs, ganz gerade und aufrecht, ohne Pose. Das hatte sie von Ria gelernt, dieses Beginnen aus dem Stand, zuerst nur lauschend, bewegungslos, bis man die Musik im Blut hatte.

Bei Lola Flores ging das allerdings schnell. Sie verlor keine Zeit mit einführenden Takten, sondern hatte bereits mit den ersten, noch verhalten gesungenen Worten die ganze Menschheit angeklagt, vor allem die Männer. In der dunklen, ausdrucksvollen Stimme schwang der Schmerz einer verwundeten Seele mit. Man stellte sich die Frau, die so sang, unbedingt schön vor, und man traute ihr jede nur mögliche Erfahrung in der Liebe zu.

Susanne, an der alles hell war, Augen, Haut, Haare – wie sie so dastand in ihrem blütenweißen Unterrock mit nackten Füßen, glich sie eher einer Fee aus nordischen Märchen als der heißblütigen Spanierin, deren glühende Anklage im Raum vibrierte. Und doch begann sie leise nachzuempfinden, was die große Lola so freimütig preisgab.

Die Gitarrenbegleitung war zart, beinahe lieblich. Susanne trat auf der Stelle, sehr behutsam, schon tanzend, während sie mit den

Händen die Takte in die Luft zeichnete – aber dann, sobald die Stimme der Sängerin einsetzte, war es aus mit dem leichten Wiegen und Schwingen. Die durchbrechende Leidenschaft riß sie mit und wirbelte sie durchs Zimmer. Ihre Figuren und Bewegungen wurden immer einfallsreicher, müheloser – Susanne tanzte dieses wilde Liebeslied des fernen Südens so gut, daß die Feen der nordischen Wälder ihr tanzendes Ebenbild wahrscheinlich mit einiger Bestürzung betrachten würden.

Das Lied endete auf die einzig mögliche Weise: mit einem aushallenden, dunklen Schrei. Susanne fand sich bei diesem Abschluß in einer ekstatischen Pose wieder, die Arme weit von sich gestreckt, den Kopf gesenkt, die Haare tief ins Gesicht fallend. Erstaunt, fast geniert, richtete sie sich wieder auf. »Puh!« sagte sie und schleuderte mit einem Schwung ihr Haar zurück. Hastig, als könnte Lola von selbst noch einmal anfangen, kramte sie eine andere Platte heraus und ließ sie anlaufen.

Erwartungsvoll horchte sie auf die kühl perlenden Töne, die jetzt erklangen, sie hinaufführten in eine Leidenschaft anderer Art, die man wie eine Gnade empfing, freiwillig bis zuletzt ... Sie hörte das Violinkonzert in E-Dur von Bach. Mit geneigtem Kopf stand sie da, und die kraftvolle Musik umfloß sie wie zuvor die Wassertropfen unter der Dusche. Aber der große Meister unterjochte sie nicht. Durch die auf- und absteigenden Läufe seiner Melodien hindurch schien er ihr zuzulächeln.

Nach einer Weile hob Susanne die Nadel auf und hielt die Platte an. »Heute nicht, Johann Sebastian«, sagte sie dabei entschuldigend. »Du kannst mir heute nicht helfen. Jedenfalls im Augenblick nicht. Die Lola hat es schon eher verstanden, aber auch noch nicht ganz. Sie singt so – ohne Hoffnung. Ja! Sie singt mit einer Sehnsucht ohne wirkliche Hoffnung. Und du – du bist einfach zu weise, zu weit oben. Du suchst auch nichts mehr, weil du schon alles gefunden hast. Weißt du, welche Musik ich haben will? Leidenschaftlich, wie vorhin. Starke Musik, wie deine – und noch etwas Erwartungsvolles dabei, verstehst du?«

Zweifelnd, ob Johann Sebastian sie verstanden habe, legte sie die Platte in das Album zurück und nahm dann ohne viel zu suchen eine andere heraus: zwei Spirituals, von Mahalia Jackson gesungen. Sie legte die Seite »Didn't it rain?« auf. Geradezu brutal polterten die harten Takte in den Raum, fegten alles beiseite, was noch schwebte – die lyrische Liebessehnsucht der glutvollen Spanierin, die hohe Ästhetik Bachs. Bei Mahalia gab es keinen Platz für Nebenströmungen, keine zögernde Rücksichtnahme. Sie betete um Regen. Sie stürzte Susanne ohne Übergang in den Strudel dieser verzweifelten, heiser geschrienen Forderung, die nicht die geringste Ähnlichkeit mit einem Ave-Maria hatte, mit all jenem kunstvoll musikalischen Flehen in halbleeren Kirchen. Sie schrie um Regen wie jemand, der weiß, daß er sonst nicht weiterleben wird.

Susanne tanzte. Sie ging mit in jeder kleinen Steigerung, sie brachte alles – das ständige Lauschen und Horchen auf den Regen, das anhaltende, dynamische Bitten bis zur Erschöpfung, die ganze Entschlossenheit, nicht aufzuhören bis zuletzt, bis zu diesen letzten erlösenden Takten, die das Niederfallen der ersten Tropfen ankündigten.

Die Plattennadel klickte, und die Stille brach herein wie zuvor der wilde Gesang. Ausgepumpt warf sich Susanne über ihr Bett und atmete heftig. So weit hatte Lolas Liebeslied sie nicht herauslocken können. Aber auch die vitale Negerin Mahalia hatte sie noch nie so weit gebracht wie heute. Während Susannes Atem schon flacher wurde, wunderte sie sich noch über den Vulkan, der da in ihr aufgebrochen war. Wie war das möglich?

Sie stand auf, ging an den Schrank und holte sich ein einfaches graues Kleid heraus. Hochgeschlossen mit einem kleinen weißen Kragen. Sie sah in dem Kleid brav und jung aus. Kaum hatte sie den Reißverschluß zugezogen und war in ihre Schuhe geschlüpft, da klingelte es. Susanne kämmte sich hastig und lief zur Tür.

Draußen stand Petry. »Guten Tag«, sagte er.

Einen Augenblick standen sie so, in fühlbarer Verlegenheit. Dann trat Susanne einen Schritt zur Seite. »Kommen Sie doch herein, Herr Petry.«

Sie schloß die Tür hinter ihm, sah, wie er zögernd im Korridor weiterging und schließlich unter dem Garderobenhaken stehenblieb, wo sein Hut hing. Er betrachtete ihn wie ein unbekanntes Flugobjekt. Susanne trat neben ihn, und ihre Blicke trafen sich im Spiegel, unsicher und leicht nervös.

Obwohl Susanne durchaus nicht klein war, überragte er sie noch um einen halben Kopf. So nebeneinander – Susanne in ihrem sehr schlanken grauen Kleid und Petry in seinem offenen Sportmantel, beide helle Typen in Haar- und Augenfarbe – boten sie den Anblick eines ungewöhnlich gut aussehenden Paares.

Petry langte seinen Hut vom Haken und sah flüchtig auf das gestanzte Lederband innen. »Es ist tatsächlich mein Hut«, murmelte er dabei.

»Zweifelten Sie daran?« fragte Susanne.

Er hob die Schultern. »Ich habe versucht, daran zu zweifeln. Ich weiß nichts. Und ich konnte es mir nicht vorstellen.«

»Gehen wir hinein?«

»Ja, gern.«

Im Zimmer wies Susanne mit einer einladenden Bewegung auf die Couch. »Möchten Sie nicht Platz nehmen?«

Petry nickte, setzte sich vorsichtig und bemühte sich dann, seine langen Beine unter dem Couchtisch richtig unterzubringen. Mit unverhohlenem Wohlwollen sah er in das hübsche Gesicht seiner jungen Redaktionsmitarbeiterin, die immer noch etwas unschlüssig und kerzengerade vor ihm stand. »Nun erzählen Sie mal!« ermunterte er.

»Was soll ich erzählen?«

»Alles, was Sie wissen. Was Sie gefunden haben – gestern.«

»Oh –« Ratlos breitete sie die Arme aus und ließ sie wieder fallen. »Eigentlich habe ich nur Ihren Hut gefunden.« Und rasch, als hätte sie etwas Falsches gesagt, fragte sie: »Darf ich Ihnen etwas zu trinken anbieten? Einen Sherry zum Beispiel?«

»Wenn Sie auch einen mögen?«

»Doch, doch!« Susanne wurde geschäftig. Gläser herausnehmen, die Flasche, den Öffner, die Untersätze aus Bast für die Gläser, das Schälchen mit den Salzstangen – sie stürzte sich in die Hausfrauentätigkeit wie auf einen Rettungsring.

Petry sah sich inzwischen um. Wie angenehm dieser Raum war, weit und ruhig, farbig, freundlich. Ganz modern. Sehr ansprechend die weiße Wand mit dem Einbauschrank, sparsam belebt durch dünne rote Farbrillen. Dann der kleine Schreibtisch am Fenster und die helle Kommode. Fotos standen darauf. Die müßte man sich einmal näher anschauen.

Susanne schenkte den Sherry ein. Vorsichtig stellte sie die Flasche zurück und ergriff zögernd ihr Glas. »Also dann ...« sagte sie verlegen. Ihr fiel einfach nichts ein, worauf man in diesem Augenblick trinken könnte.

»Auf unsere verborgene Stunde«, sagte Petry einfach.

»Ja – daß wir sie wiederfinden ...«

Eine Sekunde schwirrte etwas zwischen ihnen, eine Ahnung

vielleicht, eine Anziehung und eine leise Abwehr gegen das Unbekannte. Sie vermieden es, sich anzusehen. Unwillkürlich.

Dann tranken sie beide. Ernsthaft setzte Susanne ihr Glas zurück und fragte: »Ob die Erinnerung wiederkommen wird? Ganz plötzlich – daß wir dann mit einemmal alle wissen, wie es gewesen ist...?«

»Möglich«, sagte Petry. »Setzen Sie sich bitte zu mir. Es ist so ungemütlich, wenn Sie vor mir stehen.«

Sie setzte sich zu ihm auf die Couch, ängstlich auf sichtbaren Zwischenraum bedacht. Sie spürte, daß er weitersprechen wollte, und wartete.

Petry tippte bedächtig seine gespreizten Fingerspitzen gegeneinander. »Es hängt wohl viel davon ab, wann die Erinnerung wiederkäme. In der nächsten Zeit wäre es noch eine Sensation, aber später, schon ein Jahr später, wird es den meisten völlig gleichgültig sein. Und für manche wäre es sogar eine Blamage.«

»Wieso?«

»Nun, für all jene, die sich jetzt so schöne Geschichten ausdenken, um sich interessant zu machen. Ich habe schon einiges davon gehört heute.«

»Ach, erzählen Sie mal!«

Er lächelte. »Meine Mutter hat sich ein Schmuckstück *ge*kauft und kennt den Preis nicht mehr. Meine... Eine Freundin von mir hat ein Kleid *ver*kauft und kennt die Kundin nicht mehr.«

»Aber! Das ist doch sicher die Wahrheit!«

»Ja, ja. Es fiel mir nur so ein. Vielleicht ist alles wahr gewesen, was ich heute gehört habe. Eine Hellseherin behauptete, gar keinen Ausfall zu haben. Ein alter Gärtner hat eine Blume im Zeitraffer erblühen sehen. Und eine fromme Frau hat ein Wunder erlebt. So bekommt jeder seinen Teil.«

»Und wir?« fragte Susanne.

»Das werden wir schon finden, Fräulein Karr!« Petry griff zu seinem Glas, schwenkte den Sherry ein wenig und trank.

»Ich nehme an, ich wollte den Artikel abholen und Ihnen den Weg in die Redaktion ersparen. Und ich war wohl auch ein bißchen neugierig zu sehen, wie Sie leben. Es ist hübsch hier bei Ihnen! Sie werden sich gewundert haben, daß ich zu Ihnen kam, und dann werden Sie – wie heute – gesagt haben: Kommen Sie herein, Herr Petry. Eventuell haben wir auch ein Glas Sherry getrunken?«

»Nein, leider nicht«, sagte Susanne entschuldigend. »Ich muß gestern sehr unhöflich gewesen sein. Es waren keine gebrauchten

Gläser in der Küche. Und in meinen Flaschen fehlte nichts. Nur im Aschenbecher lagen zwei Zigarettenreste – Sie haben bei mir zwei Zigaretten geraucht!«

»Und wenn Sie die eine selbst geraucht hätten?«

»Ich rauche nicht.«

»Ach so. Aber Ihr Artikel war nicht fertig, nicht wahr? Vielleicht wollte ich warten, bis er fertig ist?«

»Sie haben aber nicht gewartet! Sie sind doch wieder fortgegangen, und ich bin immer noch nicht fertig.«

Beide lachten. »Macht nichts«, sagte Petry begütigend. »Jetzt haben wir ja Wichtigeres zu schreiben. Mein Vater hat mich für die Tageszeitung eingesetzt, zwecks Erforschung der dunklen Angelegenheit. Soweit sie eben zu erforschen ist. Die Fachblätter müssen warten. Und ich muß sagen, es macht mir schon Spaß.«

»Es kann auch ganz anders gewesen sein«, überlegte Susanne.

»Bei uns?«

»Ja. Ich könnte Sie angerufen haben mit irgendeiner Frage.«

»Und dann wäre ich herbeigeeilt, um sie persönlich zu beantworten, anstatt am Telefon?« Zweifelnd verzog Petry den Mund. »Glauben Sie das?«

Susanne fiel ein, daß sie sich dann rasch umgezogen hätte, und schüttelte den Kopf.

»Sie verheimlichen mir etwas!« rief er.

»Ich dachte nur, wenn ich Sie erwartet hätte, dann hätte ich mich noch umgezogen.«

»Und warum taten Sie es heute nicht?«

»Ich tat es ja« sagte Susanne verlegen. »Ich laufe hier sonst anders herum.«

»Ach, wie schade!« Er sah ihr in die Augen und hielt ihren Blick fest, leicht amüsiert.

»Wo waren Sie eigentlich, als die Erinnerung wieder einsetzte?« fragte Susanne rasch. »Haben Sie irgend etwas bemerkt?«

Jetzt hat sie mich! dachte Petry. Das ist der springende Punkt bei mir, verflucht! »Tja – ich bin das Opfer eines teuflischen Zufalls, Fräulein Karr. Ich war nämlich fast genau dort, wo ich vor einer Stunde auch gewesen war. An einer Wegkreuzung im Park hinter unserem Verlagshaus. Ich gehe mittags immer spazieren, wissen Sie. Ich konnte also gar nicht merken, daß ein Glied in der Kette fehlte. In der Zeit, meine ich. Mir schien nur etwas in der Luft zu sein, so eine Strömung, oder ein Schatten ...«

»Oh!« sagte Susanne. »Beneidenswert! Das ist doch sehr viel!«

»Meinen Sie?«

»Ich finde, ja. So eine Beobachtung hat mir bis jetzt noch niemand geschildert. Ich habe gar nichts gemerkt. Ich saß an der Arbeit, wie vorher. Derselbe teuflische Zufall, wenn Sie wollen. Und dann fand ich Ihren Hut. Und die Zigarettenreste. Ich war plötzlich sehr aufgeregt und glaubte, ich sei verrückt geworden. Ich lief aus der Wohnung, um zu meinen Freunden zu fahren, und da begegnete ich noch einer komischen alten Frau, die nach mir haschte und kicherte wie eine Hexe und sagte, die Welt sei untergegangen. Wir hätten es bloß noch nicht gemerkt.«

»Allerdings sonderbar!«

»Es war ganz unheimlich!«

»Sie Arme!« lachte Petry.

Susanne nahm einen Schluck Sherry. »Und wenn es stimmt?«

»Was?«

»Daß die Welt untergeht. Oder untergegangen ist. Und daß ich verrückt bin. Daß wir es alle sind...?«

»Auch ein Gedanke. Darf ich rauchen?«

»Natürlich.« Sie holte den Aschenbecher und stellte ihn auf den Tisch. »Wenn diese jetzige Stunde wieder gelöscht würde«, begann Susanne zögernd, »wie könnte man sie festhalten?«

»Man könnte Notizen machen. Ein Mann war bei mir in der Redaktion, der alles immer gleich notiert und dem deshalb nichts verlorengeht.«

»Aber das ist doch eine Illusion! Das meiste lohnt sich ja nicht zu notieren, und manches... manches kann man einfach nicht aufschreiben.«

Eine kleine Stille entstand, in der beide wieder vermieden, sich anzusehen. Petry vollzog gedankenvoll die Zeremonie des Zigarettenanzündens. Zigaretten suchen, eine herausnehmen, Feuerzeug suchen – das leise, mehrfache Klicken, bis endlich das Flämmchen aufspringt, das Einziehen, der erste Rauch...

»Doktor Merz war auch vorhin bei mir«, erzählte Petry unvermittelt. »Er ist der verantwortliche Arzt für unsere medizinische Fachzeitschrift. Kennen Sie ihn schon?«

Susanne schüttelte den Kopf.

»Sein Fach ist die Psychiatrie. Er meint, daß die ganze Sache mit dem Gedächtnisausfall vom medizinisch-wissenschaftlichen Standpunkt aus völlig unmöglich sei.«

»Und also folgert er messerscharf, daß nicht sein kann, was nicht sein darf...«

»So ungefähr. Er erläuterte mir, daß es wohl retrograde Amnesien gäbe, die durch einen Schock ausgelöst seien. Setzen wir also auf der ganzen Welt einen Schock aus unbekannter Ursache voraus, was sehr unwahrscheinlich ist, so würde sich der eine früher, der andere später davon erholen. Die Ausfallzeit könnte unmöglich bei allen genau gleich sein. Die Menschen sind aber gesund, unverändert, ganz normal. Nicht verrückter, als man unter den Umständen erwarten kann. Die Erklärung, was es auch sei, wäre jedenfalls nicht im Gebiet der Medizin zu suchen.«

»Vielleicht im Bereich der Astronomie?« sagte Susanne vorsichtig.

Petry blinzelte. »Einflüsse von anderen Sternen? Unbekannte Strahlen aus dem Weltall? 007 auf der Fährte interplanetarischer Gegner?«

»Vielleicht...«

»Ja, warum nicht?« Er ließ das Spotten. »Wir wissen ja nichts. Bis jetzt das einzige, was wir wissen. Wenden wir uns also an einen Fachmann für Weltraumfragen.«

»Da haben wir doch unseren Professor Hanke«, schlug Susanne vor.

»Hanke? Ein reiner Mathematiker. Der ist doch sein Leben lang nur am Messen und Rechnen. Für solche Scherze hat er wenig Sinn.«

»Eben drum« drängte Susanne. »Gerade seine Theorie müßte interessant sein. Übrigens ist er nicht so trocken, wie Sie sagen. Ich habe ein paarmal Vorlesungen bei ihm gehört. Ich mag ihn.«

»Gut. Wollen Sie das übernehmen?«

»Eine Reportage?«

»Ein Interview.«

Nach kurzem Überlegen nickte sie. »Ich tue es gern.«

Spielerisch streckte Petry seine linke Hand aus und faßte Susannes rechte. Als sie zurückzuckte, hielt er sie fest. »Wir sind doch jetzt so etwas wie eine verschworene kleine Gemeinschaft, nicht? Wir suchen eine gemeinsame Stunde und müssen uns dabei gegenseitig helfen. Besser als Ärzte und Astronomen, die nur die äußere Erklärung für das Geschehen finden können. Aber der Inhalt unserer Stunde selbst, das geht ja schließlich nur uns etwas an...«

»Sie sprechen ja, als ob ...«

»Als ob was?«

»Als ob etwas ganz Besonderes bei uns zu suchen wäre ...«

Petry fragte ruhig: »Sind Sie sicher, daß es nicht so ist?«

Susanne blieb still. Sie sah ihn nicht an und zog ihre Hand nicht fort. Es war ein Pakt ohne Worte. Dann lenkte er ab: »Wann könnten Sie zu Professor Hanke gehen, Fräulein Karr?«

»Heute nachmittag.«

»Schön. Wie wäre es, wenn wir zusammen zu Abend essen würden? Ich werde Sie abholen. Sagen wir – um acht?«

Susanne bekam unerwartet Farbe. Sie freute sich. »Das finde ich großartig«, sagte sie verlegen. »Machen Sie heute nachmittag auch noch Interviews?«

»Ich habe vor, zu den Filmateliers hinauszufahren.«

»Fabelhaft! Das muß ja interessant sein!«

»Nun ja, gewiß. Die haben ihre Stunde in der Konservenbüchse, gewissermaßen. Wenigstens keinen Verlust in dem Sinne. Aber was haben sie schon festgehalten? Keinen Fetzen Wirklichkeit. Da hätten sie ihre Kameras ausnahmsweise andersherum drehen müssen.«

»Ich finde es trotzdem faszinierend.«

Petry stand auf und Susanne mit ihm.

»Nichts ist so interessant wie unsere persönliche Angelegenheit«, sagte er dabei.

»Aber – wir dürfen auch nichts hineinlegen, mit Gewalt ...«

Er lächelte. Er hätte sie in diesem Augenblick gern geküßt. Aber was würde sie dann erst hineinlegen in die gestrige Stunde? Er gab ihr die Hand. »Bis acht also?«

»Bis acht.«

»Auf Wiedersehen, Fräulein Karr. Und viel Erfolg beim Professor.«

»Auf Wiedersehen. Möchten Sie jetzt Ihren Hut mitnehmen?«

Er winkte ab, und sein Lächeln vertiefte sich. »Lassen wir ihn noch hängen. Er verbindet uns doch so zuverlässig! Wenn es eine neue Ausfallzeit geben sollte – er wird uns immer wieder helfen.«

Fort war er.

Susanne schloß die Tür und nahm den Hut vom Haken herunter. Ihre Finger strichen tastend über den samtenen Haarfilz, dann hielt sie ihn an die Wange und probierte, ob er sich weich anfühlte. Während dieses Spiels, nur halb bewußt, berührte sie die Krempe zärtlich mit den Lippen. »Geh wieder auf dein Plätzchen«, flüsterte sie dem Hut zu und hängte ihn auf.

In einer leicht verwirrten, aber zweifellos frohen Stimmung begann Susanne aufzuräumen. Als das Telefon klingelte, hob sie es freudig ab in der Gewißheit, daß ihr nur Gutes widerfahren könne.

»Hier ist Alex.«

»Oh! Du bist es endlich! Wie geht es Lore?«

Die Antwort kam nicht gleich. Zwei, drei Sekunden verstrichen. »Sie ist tot, Su.«

Starr stand Susanne, Kälte im Rücken. »Mein Gott, Alex! Ist sie noch einmal aufgewacht?«

»Nein. Vielleicht besser so.«

»Ja, vielleicht besser«, wiederholte Susanne sinnlos. Warum sollte es besser sein? Und dann fiel ihr ein, daß die Probleme ihres Bruders jetzt eigentlich gelöst sein müßten. Sein Konflikt mit zwei Frauen – Ria einerseits, die er haben wollte, Lore, der er so schwer die Wahrheit sagen konnte. Das war nun vorbei. Er brauchte gar nichts mehr zu sagen. Er konnte jetzt leben, wie er es sich erträumte.

»Kann ich dich sehen, Susanne? Bitte!«

»Ja, natürlich, Alex. Sicher. Allerdings habe ich einen Auftrag zu erledigen, ich muß zu Professor Hanke, ich soll ihn interviewen, wegen der Stunde ...«

»Darf ich mitkommen?«

Susanne überlegte. Alex schien jetzt nicht allein sein zu können. Verständlich. Obwohl er doch eine Menge erledigen mußte. Aber es störte ja auch nicht, wenn er mitkäme zu Hanke. »Also gut! Hole mich hier ab – wann kannst du hier sein?«

»In zehn Minuten. Danke, Susanne!«

Susanne stieg zu Alex ins Auto und nahm ihn mit einer einzigen Bewegung in die Arme. Ihre ganze gemeinsame Kindheit lag in dieser Umarmung, die zärtliche Vertrautheit zwischen Bruder und Schwester, die weit stärker gewesen war als ihre Beziehung zu ihren Eltern. Sie blieben ganz still so, einige Minuten lang. Dann löste sich Alex und drehte den Startschlüssel.

»In die Sebastian-Rinz-Straße«, sagte Susanne. »Hanke erwartet uns bei sich zu Hause.«

Alex kannte das hübsche zweistöckige Haus hinter dem Grüneburgpark. Er war einmal zu einer Party dort gewesen – zusammen mit Lore. Wo würde er jetzt noch hingehen können, ohne an sie erinnert zu werden? Aber es war lange her. Ob Hanke sich an ihn erinnerte?

»Er erinnert sich gut an dich«, sagte Susanne.

»Liest du Gedanken?«

»Manchmal. Ängstigt dich das heute?«

»Bei dir nicht. Aber du wirst nicht viel Freude daran haben. In mir sieht es finster aus. Der Gedanke, daß ich die Schuld haben könnte, weil ich sie angerufen habe, bringt mich fast um.«

»Mein lieber Alex, wir haben doch beide immer die Ehrlichkeit geliebt. Wir haben uns bemüht, keine Heuchler zu sein. Davon hatten wir ja schon genug in der Familie. Und jetzt kommst du mit einem solchen Musterstück von Verdrängung.«

»Wie meinst du das?« sagte Alex scharf.

»Das will ich dir gern sagen. Aber das wird dir auch nicht gefallen!«

»Nur zu! Du hast ja schon angefangen!«

»Nun, ganz einfach, Alex! Du bekennst die kleine Sünde – den Telefonanruf, den ja auch vielleicht ein anderer gemacht haben konnte, und du verdrängst die große: die Tatsache, daß du Ria liebtest und Lore verlassen wolltest. Wo war denn vorher dein Schuldgefühl? Und hattest du dich nicht trotzdem entschieden?«

»Ja, ich wollte endlich reinen Tisch machen. So konnte es ja nicht weitergehen.«

»Und nun? Wo liegt jetzt das Problem? Jetzt kannst du doch Ria haben.«

»Ich will sie nicht mehr.«

»Was? Bist du wahnsinnig? Und Ria? Vielleicht bringt sie sich auch um?«

Alex bremste, daß die Reifen quietschten, und fuhr an den Straßenrand. »So nicht, Susanne. Das halte ich nicht aus. Ich habe vieles falsch gemacht. Ich hätte Lore nie heiraten dürfen. Sie war für mich so eine Art Bestätigung für das Romantische in meiner Seele. Aber ich habe nicht wirklich an ihr gehangen, das sehe ich jetzt. Es ist furchtbar. Du darfst mich jetzt nicht quälen, sonst werde ich noch verrückt.«

»Und Ria befriedigt vermutlich das Wilde in deiner Seele, habe ich recht? Ja, wie sonst kann man sich denn von dieser Frau angezogen fühlen? Das ist doch normal! Und wir wollen ja auch alle geliebt werden von unseren Idealbildern, das ist auch normal. Eine ganz selbstlose Liebe gibt es doch kaum! Wach auf, Alex! Werde wieder normal, ein ganz einfacher Mensch im Glück und im Unglück. Und respektiere die Eigenständigkeit und Selbstverantwortung bei anderen Menschen! Das ist für mich die Regel Nummer eins in der Liebe.«

»Wie meinst du das?« fragte Alex mit leisem Mißtrauen.

»Ich meine, du sollst Lores Selbstmord respektieren! Sie hat es getan, nicht du. Sie hat eine Entscheidung getroffen, was immer sie sich dazu als Alibi genommen hat. Wenn es ein Gericht nach dem Tod gibt – es würde vermutlich ein sehr gütiges Gericht sein –, dann wird alles abgewogen: der Grad ihrer Verwirrung, ihres Schmerzes, ihrer Wut und vielleicht ihrer Rache ...«

»Susanne, hör auf!«

»Ich bin der Meinung, daß fast alle Selbstmörder sich stellvertretend umbringen für den, den sie treffen wollen. Wie es um Lore stand, weiß ich nicht. Aber ihre Richter werden es wissen. Und sie selber auch. Also begraben wir sie in Frieden und entlassen sie mit einem Gebet. Möge sie eine neue Chance bekommen – irgendwann. Das ist alles, was ich dazu sagen kann.«

Langsam fand Alex die Hand seiner Schwester und drückte sie leicht. Er fühlte in ihrer Nähe immer einen Grad von Reinheit, wie er nur durch absolute Wahrheitsliebe entstehen kann. Susanne war so ohne Falsch, selbst wenn sie hart war. Sie war einfach fair und gerade. Vielleicht hatte er seine Schwester mehr geliebt als alle seine Frauen. »Danke«, sagte er.

Professor Hanke begrüßte die beiden herzlich und führte sie in sein Arbeitszimmer. Ein großer Raum mit breiter Glasfront zum Park hinaus, die Rückseite voller Bücherwände, in der Mitte ein Schreibtisch, der so vollgestapelt war, daß es schwer sein mußte, daran zu arbeiten.

Sie nahmen in den großen Ledersesseln Platz. Hanke war ein eleganter Mann, groß, hager, sportlich, jugendlich. Er mochte um fünfzig sein, sah aber wie vierzig aus. Das Bild eines Lebemannes aus der besseren Gesellschaft und nicht das eines Astronomie-Professors. »Etwas zu trinken?« fragte er.

»Gern«, sagte Susanne. »Ich hätte gern ein Glas Wein.«

»Rot, weiß, rosé?«

»Weiß, bitte. Und trocken.«

»Haben wir gleich«, sagte Hanke aufgeräumt, »und Sie, Herr Karr?«

»Dasselbe, bitte!«

Hanke erschien mit einem weißen Bordeaux, einem Rayne Vigneau. Mit Sorgfalt wählte er die Gläser aus, fast zeremoniell schenkte er ein. Ein vorbildlicher Gastgeber.

Susanne kostete den Wein mit Bedacht. Sie trank oft gute Weine und war deshalb eine Kennerin. Sie nickte anerkennend. Hanke lächelte erfreut. Er sah zu Alexander hinüber und bemerkte, wie dieser nur zerstreut nippte. Ein Gourmet war der offensichtlich nicht. Oder er dachte an etwas anderes. Er selbst nahm Platz und griff nach seinem Glas. »Zum Wohle! Und auf das Ereignis, welches Sie zu mir geführt hat!«

»Ja, wo soll ich nur anfangen?« Susanne klopfte unmerklich Alex auf den Arm, als wollte sie ihn beruhigen und zurückhalten, obwohl dieser schon völlig in sich selbst zusammengekrochen war. »Bei uns im Druckhaus sind alle aufgescheucht wie die Hornissen. Ein außerordentliches Ereignis, und man hat keine Erklärung dafür. Aber ansonsten sieht es aus, als wäre alles ganz normal weitergegangen. Tolle Geschichten gibt es nur dort, wo sowieso etwas Ungewöhnliches passiert ist.«

»Stellen Sie sich vor, einer wurde ermordet, wacht auf und ist tot!« spekulierte Hanke fröhlich. Alex wurde noch blasser, als er ohnehin schon war.

Susanne beschloß, die Wahrheit zu sagen wegen Lore, sonst würde der Professor alle zwei Minuten einmal ins Fettnäpfchen treten. »Wir haben etwas ganz Ähnliches erlebt«, sagte sie so leise, daß Hanke sofort merkte, sie sprach im Ernst.

»Meine Frau«, sagte Alex schnell. »Sie ist tot. Seit gestern. Sie wurde tot aufgefunden.«

Hanke wartete, eine Frage in den Augen.

»Selbstmord. Vermutlich. Eine leere Röhre Schlaftabletten lag neben ihr. Kein Brief, nichts.«

»Haben Sie eine Ahnung...?«

Alexander senkte den Kopf. »Ja. Eine furchtbare Ahnung. Aber keinen Beweis.«

Eine kleine Stille entstand, verlegen und unbehaglich für alle drei. Susanne trank jedoch unbeirrt ihren Wein und kam zur Sache. »Herr Hanke, was sagen die Sterne zu dem Ganzen?«

Hanke breitete die Hände aus. »Ja, die Sterne! Ich habe schon selbst gesucht, ob da irgend etwas Besonderes am Himmel los ist, aber alles ist so hoffnungslos normal! Wenn man von der Kleinigkeit absieht, daß es einen Tag vor Frühlingsanfang war, am Nachmittag des 20. März. Aber das wissen Sie ja.«

»Ach«, sagte Susanne überrascht, »daran habe ich überhaupt noch nicht gedacht!«

»Nun ja, die Fische rücken weiter in den Sichtkreis, und im Osten taucht das Sternbild des Widders auf. Die Venus ist jetzt wieder am Morgen und am Abend zu sehen, der Mars steht im Widder, den Saturn kann man ab drei Uhr morgens sehen. Es war Neumond. Ja, das kann vielleicht wichtig sein. Sonnenflecken sind zur Zeit kaum zu sehen. In Kanada gibt es im März eine teilweise Sonnenfinsternis. Damit bin ich am Ende meines Lateins. Sicher könnten die Astrologen etwas daraus machen, aber ich bin ja nur ein trockener Wissenschaftler ...«

»Und was könnten die Astrologen daraus machen?« fragte Susanne.

»Nun, der Übergang von den Fischen zum Widder – von Wasser zu Feuer, vom Unbewußtsein zum Läuterungsbewußtsein, oder weiß der Himmel, was denen noch dazu einfällt?«

»Sie sind wirklich auch nicht schlecht! Machen Sie nur weiter!«

»Das war schon alles, was ich sagen könnte. So gut wie nichts.«

»Wie haben Sie die Ausfallstunde bemerkt? Wo waren Sie gerade?«

»Ich war hier. Ich habe an einer Vorlesung gearbeitet und auf Band gesprochen. Später schreibt meine Sekretärin alles ab, wie immer. Und wenn ich es dann noch einmal durchlese, bin ich stets erstaunt, was ich da alles gesagt habe. Ich habe also gar nichts gemerkt. Kann ja Zufall sein. Ein bißchen zerstreut bin ich auch, ein sprichwörtlich zerstreuter Professor. Ich lebe im Dauerzustand solcher Stunden. Und es geht ganz gut, wenn ich ehrlich bin. Es geht ja nichts verloren. Natürlich – wenn ich gerade die Vorlesung gehalten hätte, und meine Studenten wüßten hinterher nichts mehr davon, ärgerlich! Aber würden sie es merken? Hören sie überhaupt zu? Wer weiß das? Die machen Notizen, wie bei jeder Vorlesung. Und dabei denken sie an ihre Mädchen oder an ihre Boyfriends, an das letzte Fußballspiel oder was sonst noch. Spielt alles keine Rolle. Die Hauptsache, man hat Notizen und besteht am Ende des Studiums das Examen. Auf eine verschlafene Stunde mehr oder weniger kommt es dabei nicht an.«

»Sie sind mir ein schöner Professor«, sagte Susanne. »Lassen Sie das nicht Ihre Studenten hören! Aber wenn sich eine solche Ausfallzeit nun wiederholen würde? Wenn es Tage würden, Monate, Jahre?«

Hanke trank einen Schluck Wein. Er sah sehr ernst aus. »Wer weiß denn, ob es nicht schon so ist?«

»Na, das würden wir doch merken?« Susannes Stimme klang belegt.

»Wirklich? Wissen Sie, in meinem Beruf befaßt man sich mit so unendlichen Zeiträumen, Millionen von Lichtjahren – da lernt man, alles für möglich zu halten. Unsere Vorstellung von Zeit ist doch ohnehin sehr begrenzt. Ganz gebunden an die Erfahrung von den Umläufen naheliegender Gestirne, Sonnenaufgänge, Mondaufgänge usw. Auch unsere Astrologen denken kaum über die zwölf Sternbilder hinaus, als ob das der ganze Kosmos wäre. Ein einziger Blick zum Himmel bei Nacht müßte jeden Menschen eines Besseren belehren. Aber sie schauen nicht hinauf. Das ist jedenfalls mein Eindruck. Ich will Sie aber nicht beunruhigen oder verwirren. Ich weiß schon, wie Sie es meinen. Größere Ausfallzeiten würden noch erstaunlichere Diskrepanzen hervorbringen als dieses Mal, mit dieser einzigen Stunde. Hoffen wir, daß es sich dabei um eine Ausnahme handelt.«

»Kann das Ursachen im Kosmos haben, Herr Hanke?« Diese Frage kam von Alexander. Er hatte sich interessiert vorgebeugt.

»Ja, warum denn nicht? In jedem Augenblick treffen Strahlen auf uns, von Sternen, die vor Jahrmillionen untergegangen sind. Und wir messen immer nur das Naheliegende. Und selbst wenn wir mehr wüßten, wer könnte es richtig deuten? Da beginnt das eigentliche Problem. Phänomene sehen heißt noch gar nichts. Man muß wissen, in welchem Zusammenhang sie erscheinen und was sie auslösen. Und spätestens dann müssen wir erkennen, daß unser Wissen Stückwerk ist. Ganz gering im Vergleich zu dem, was wirklich da ist.«

»Vielleicht nehmen wir uns zu wichtig«, sagte Susanne. »Jeder hat so weitergemacht wie bisher, und wenn die Stunde gelöscht wird, fällt es nicht weiter auf. Kann doch sein, daß unser Leben nicht so real ist, wie wir glauben. Mehr wie ein Schlaf oder ein Traum. Und wenn jeden Monat einmal eine Stunde ausfallen würde, aus unserem Gedächtnis, meine ich, dann wäre es nicht wichtig, welche Stunde.«

»Manchmal doch«, sagte Alexander. »Es ist nicht jede Stunde gleich. Vor allem die letzte nicht.«

Susanne und Hanke wechselten einen Blick. Die Ablenkung hatte nichts geholfen. Und Alexander hatte recht. Weil eben nicht jede Stunde gleich viel wog, konnte er von seinem Erlebnis nicht wegkommen. Da hatten sie den Beweis.

Hanke trank einen Schluck. Wie wunderbar waren doch diese Getränke! Hilfreich in Situationen der Verlegenheit. Alle Filme lebten davon, besonders die amerikanischen, in denen pausenlos getrunken wurde.

Susanne trank. Und schließlich auch Alexander

»Ich wüßte wirklich gern«, sagte Hanke, »wie meine Sterne daran beteiligt sind. Alles, was für uns groß ist, taucht dort oben ein in unermeßliche Räume und Zeitspannen. Wer weiß, ob sie nicht wirklich die Ursache sind?«

»Ich will es gar nicht wissen«, sagte Alexander. »Ich will wissen, warum meine Frau sich umgebracht hat und ob ich daran selber schuld bin. Und selbst wenn sich ein kosmischer Zusammenhang nachweisen ließe, wäre das für mich kein Trost.«

»Es wäre nur so eine Art Alibi«, sagte Susanne. »Eben eine Erklärung. Danach suchen wir doch alle. Die Erklärung ist uns plötzlich so wichtig, daß wir die Hauptsache darüber vergessen. Im Grunde ist doch alles so weitergelaufen wie bisher. Ob wir es nun wissen oder nicht, so war es, so haben wir gehandelt und gedacht. Wie ist es denn bei den Tieren? Leben sie nicht viel mehr in der Gegenwart, von einem Augenblick zum anderen? Wenn ein Nest fertig ist, ist es fertig. Wenn ein Ei ausgebrütet ist, schlüpft das Küken. Wer im Kampf siegt, vertreibt den Gegner.«

»Und wer gefressen wird, wird gefressen«, ergänzte Hanke.

Jetzt mußte sogar Alexander lächeln.

»Ja – ich fürchte, da habe ich Sie enttäuscht. Bei mir ist nicht viel zu holen. Natürlich werden wir Statistiken machen. Wir werden die Computer füttern mit allen Besonderheiten, die wir nennen können. Und dann geht es in die Archive. Dort schlummert es bis zum nächsten Ereignis dieser Art. Dann speichern wir wieder und holen die alten Statistiken hervor. Das ist Wissenschaft. Sammeln und auswerten. Das ist unser Leben.« Es klang nicht begeistert.

Susanne nutzte die Gelegenheit zum Aufbruch. »Wir danken Ihnen, Herr Hanke. Genauso werde ich es schreiben. Auch wenn Sie

Ihre Auskunft für gering halten, so wird man doch danach fragen. Die Frage nach dem Kosmos drängt sich einfach auf bei solchen Gelegenheiten. Dürfen wir uns verabschieden?«

»Sie möchten schon gehen?« fragte Hanke höflich, stand aber zugleich auf. »Ich bringe Sie hinaus!«

Alexander saß schon im Wagen, während Susanne dem Professor noch einmal herzlich die Hand schüttelte. »Vielen Dank!«

»Keine Ursache! Ich habe mich gefreut, Sie zu sehen!«

Susanne stieg schnell in das Auto, und Alexander fuhr los. »Wohin, Susanne?«

»Zu mir nach Hause. Ich will ein paar Seiten schreiben. Und am Abend bin ich verabredet. Petry geht mit mir zum Essen aus.«

»Sieh mal an! Meine schöne Schwester angelt sich den Chef?«

»Vorsicht, Alex! Dies ist mein wunder Punkt! Petry ist sozusagen meine verborgene Stunde. Sein Hut hing bei mir, nachdem ich wieder wach wurde oder wie immer man das nennen soll. Die Sache belastet mich sehr. Mach darüber keine Witze, bitte.«

»Schon gut, Schwesterchen! Mir ist selbst nicht nach Witzen zumute. Also bleib ganz ruhig. Diese eine Stunde macht uns nur deshalb soviel zu schaffen, weil wir vorher nicht allzuviel von uns selber wußten.«

»Wie wahr!« sagte Susanne.

Alexander hielt vor Susannes Wohnhaus an und verabschiedete sich. Jetzt erst begann für ihn das Hindernislaufen zum Beerdigungsinstitut, zur Polizei, zur Versicherung. »Ich rufe dich an, sobald ich weiß, wann die Beerdigung ist.«

Susanne umarmte ihn. »Mach's gut, Alex.«

Alexander betrat das Polizeirevier. Hinter der schlichten Holztheke stand ein hagerer Polizeiobermeister, Mitte Fünfzig. Seine Augen lagen tief, der Mann sah krank aus. Aber er sah Alexander freundlich an und fragte: »Was kann ich für Sie tun?«

»Ich möchte einen Todesfall melden. Meine Frau –« Alexander schluckte. »Sie hat Schlaftabletten genommen, offensichtlich zu viele ...«

Der Obermeister wies hinüber zu dem einzigen Besuchertisch des Raumes mit zwei klapprigen Holzstühlen. »Nehmen Sie doch Platz!« Dann holte er einen Block mit vorgedruckten Formularen für Todesfälle.

»Also, der Name Ihrer Frau?«

»Lore Karr.«

»Wann ist sie gestorben?«

»Gestern. Im Krankenhaus. Vor zwei Tagen ist es passiert. Wissen Sie, an dem Tag, wo dieser Gedächtnisausfall war. Sie muß es sogar in der bestimmten Stunde getan haben. Sie lebte noch, als ich sie fand...«

Die Augen des Obermeisters waren jetzt etwas schmaler geworden. Diese Stunde würde noch für vieles herhalten müssen. »Langsam, bitte«, sagte er. »Wo wohnen Sie?«

»Akazienallee siebenundfünfzig!«

»Ach! Ja, da haben wir einen Anruf bekommen. Es wurde als Hausnummer nur ›sieben‹ angegeben, aber ich habe mir schon gedacht, daß die Frau vielleicht ohnmächtig war und daß sie nicht zu Ende sprechen konnte. Das wird sie sein! Das muß sie gewesen sein!«

Alexander fühlte eine wilde Erleichterung und Erregung zugleich. »Erzählen Sie, bitte! Was hat sie gesagt? Wann genau rief sie an?«

»Moment«, sagte der Obermeister. »Übrigens, mein Name ist Herbold!« Er streckte Alexander seine Hand hin. »Mein Beileid, übrigens. Ich hole das Protokoll!« Er ging in den Nebenraum und kam mit einer Akte und einem jungen Mann wieder. »Dies ist der Wachmann, der mit mir die Streife gefahren ist«, sagte er.

Der junge Polizist begrüßte Alexander linkisch. »Müller.«

»Mein Name ist Karr. Ich bin der Ehemann der jungen Frau, die...«

»...sich vergiftet hat«, ergänzte Obermeister Herbold. »Das konnte sie uns nämlich gerade noch sagen.«

»Sind Sie sicher, daß es sich dabei um meine Frau handelt?«

»Eine andere zur selben Zeit in derselben Straße? Das wäre wohl sehr unwahrscheinlich.«

»Was hat sie gesagt, was genau?« drängte Alexander.

»Wir haben es festgehalten. Sie sagte: Ich habe mich vergiftet, kommen Sie schnell, schnell, schnell... Dann habe ich gefragt, wo sie wohnt, und sie sagte: Akazienallee sieben... Dann war sie weg. Nichts mehr. Wir fuhren sofort los. Zur Nummer sieben natürlich.«

»Und weiter?«

»Wir haben auch weitergesucht«, sagte der Obermeister mit

leichter Verlegenheit. Wir probierten es noch in der Nr. siebenundzwanzig. Aber schließlich hat die Akazienallee über dreihundert Nummern –«

»Heißt das, Sie haben die Suche aufgegeben nach der zweiten Nummer?« fragte Alexander scharf.

»Nein, wir wurden zurückgerufen. Die ganze Stadt spielte ja verrückt. Viele Anrufe und Notrufe, und wir waren viel zu wenig Leute im Einsatz...« Der Obermeister ließ die Arme sinken. »Es tut mir leid«, sagte er dann. »Ich wollte nicht umkehren. Wachtmeister Müller kann es bestätigen.«

»Ja, das kann ich«, sagte der junge Mann eifrig. Schließlich hatte er dauernd dagegen geredet, daß Herbold weitersuchen wollte. Er bewunderte ihn jetzt für seinen Instinkt, der ihm selbst offensichtlich fehlte. Ob man das lernen konnte? Oder würde er nie ein solcher Polizist werden?

»Schon gut«, sagte Alexander müde. »Es ist ja nicht zu ändern. Was habe ich noch zu tun?«

»Das Krankenhaus muß die Todesursache genau untersuchen und bestätigen. Aber das hat man sicher schon getan. Wann haben Sie Ihre Frau denn gefunden?«

»Wahrscheinlich kurz darauf. Ich fand sie auf dem Boden neben dem Bett, ein aufgeschlagenes Telefonbuch lag da, und der Telefonhörer hing herunter. Sie wollte also Hilfe rufen. Sie wollte ihre Tat rückgängig machen.«

»Das kommt oft vor«, sagte Herbold.

Alexander unterschrieb das Formular. Abmeldung vom Leben, vom Einwohnermeldeamt, vom Wahlamt, von der Paßstelle. Eine ganze Lawine von Behördengängen wurde in Gang gesetzt. Und das war hier normaler Polizeialltag – Geburt und Tod.

»Die Bescheinigung vom Krankenhaus bringe ich vorbei«, sagte Alexander. Er zögerte einen Moment und gab dann Herbold die Hand. »Ich danke Ihnen. Es hat mich etwas erleichtert, daß sie es doch noch rückgängig machen wollte.«

Herbold nickte. Er verstand ihn durchaus.

»Halt!« donnerte Kinz. »Noch mal zurück! Das soll ein Märchenfilm sein? Das wird eher ein Kriegsfilm. Habt ihr denn gar kein Gefühl für das Geheimnisvolle? Flüstern muß es im Wald, flüstern!« Er brüllte das so laut, daß jeder eine klare Vorstellung vom Flüstern bekam. Die Schauspieler arrangierten sich in der Ausgangspose. Der Regieassistent trat heran. »Einen Moment bitte, Herr Kinz!«

Kinz winkte ärgerlich ab. »Jetzt doch nicht!«

»Ein Herr Petry ist in Ihrem Büro.«

»Pause!« brüllte Kinz und glitt von seinem Regiestuhl. Anscheinend war er selbst ganz froh über die Unterbrechung. Und gute Kunden gehen immer vor. »Auf den warte ich schon«, erklärte er und lief hinaus.

Petry hatte inzwischen seinen Spaß an der Büroausstattung. Riesengroße Plakate machten jede Tapete überflüssig, da gab es kaum eine freie Stelle an den Wänden. Eine vertrocknete Zimmerpflanze flehte vergeblich um Wasser, sechs kabelverschlungene Telefone erweckten den Eindruck einer Kommandozentrale. Der Schreibtisch war groß und doch zu klein für die Berge von Manuskripten, die darauf lagen.

Kinz kam Petry mit ausgebreiteten Armen entgegen. »Mein lieber Petry! Na, jetzt sind wir plötzlich wichtig geworden für die Welt, was? Ist das nicht eine tolle Geschichte? Sie glauben gar nicht, was wir daraus noch alles machen werden! Es ist phantastisch! Wir haben nichts verloren! Wir allein!« Er schwenkte Petrys Rechte und grinste.

Petry mochte ihn. Er kannte ihn schon ziemlich lange, und er schätzte seine fachlichen Qualitäten. Egal, was er drehte – ob Kulturfilme, Zeichentrickfilme, Lehrfilme für Schulen –, Kinz konnte alles. Sein weißes, wehendes Haar umrahmte ein fast jugendliches braunes Gesicht. Er sah aus wie ein Reklamebild für seine Zunft. Er war mittelgroß, athletisch und von einer umwerfenden Dynamik. »Setzen wir uns«, sagte er und wies auf das schwarze Ledersofa. »Fragen?«

»Lassen wir die Fragen weg und kommen wir gleich zur Sache. Was glauben Sie?«

Kinz lachte. Die Sympathie der beiden beruhte auf Gegenseitigkeit. »Ja, mein lieber Petry, es ist komisch und tragisch, alles, was Sie wollen. Aber es hat Leben in die Bude gebracht! Mein Gott, jetzt sehe ich erst, wie müde die alle vorher waren. Und mit einemmal hält sich jeder für so wichtig, daß er rausfinden will, was er eine Stunde lang gemacht hat. Das ist Feuer unterm Hintern für Eifersüchtige! Verwechslungskomödien kann man ja kaum noch bringen, das hier ist doch mal was Neues! Stellen Sie sich die Szenen vor, die man daraus machen kann!«

»Einige davon habe ich schon gesehen«, sagte Petry, und er schilderte ihm die Besucher in der Redaktion, die Fernfahrerkneipe und sein eigenes Huterlebnis.

Kinz hieb sich auf die Schenkel. »Fabelhaft! Sie sind ein Glückspilz! Was glauben Sie, was ich der Dame alles einreden würde... Ist sie hübsch?«

»Sehr hübsch. Wir essen heute abend zusammen. Aber mir liegt mehr an der Wahrheit als an Erfundenem.«

»Unsinn! Hier liegt der Denkfehler. Was ist denn nicht erfunden? Die ganze Schöpfung ist doch eine Schöpfung, oder was soll sie sonst sein?«

»Nun, wenn Sie zum Beispiel die Kameras andersherum gedreht hätten, das Leben selbst gefilmt hätten, anstatt die Handlung nach Drehbüchern, dann hätten Sie die Stunde wirklich überlistet. So haben Sie doch nur wieder Träume festgehalten.«

»Unsinn! Mit den Kameras andersherum wäre eben so eine Art Fellinifilm daraus geworden. Aber ich will dem großen Kollegen nicht zu nahe treten. Was er gemacht hat, ist Kunst. Er verdichtet, er komprimiert. Das sogenannte wahre Leben ist viel zu dünn. Jeder würde dabei einschlafen. Nur jetzt sind sie alle aufgescheucht wie die Hühner, weil sie hoffen, etwas verloren zu haben. Das ist Illusion, und Sie wissen es, Petry! Stellen Sie sich doch mal vor, die ganze Menschheit hätte ein Riesengehirn, welches sich genauso verhält wie unser eigenes. Dann würde dieses Gehirn selbst sortieren, was es behalten will, und den Rest durch die Klappe fallen lassen. Ins Unterbewußtsein. Und woran es sich erinnern will, daran wird es sich erinnern, und das wird genau wie bei uns eine sehr kleine Auslese sein. Wie viele Stunden in Ihrem Leben sind Ihnen so kostbar, daß sie sich diese immer und immer wieder ins Gedächtnis rufen möchten? Daß Sie davon zehren wie von einer guten Schallplatte oder einem Buch, das Sie schon zwanzigmal gelesen haben. Na?«

Petry verzog den Mund. »Meine Auslese ist besonders mager. Das muß wohl an mir liegen. Ich wollte mir vielleicht nicht genug merken?«

»Kann schon sein. Aber man kann auch das Leben als Kunst betreiben – unvergeßliche Augenblicke regelrecht schaffen!«

»Ob das dann wirklich die besten Augenblicke sind? Wo bleibt die Überraschung? Das Schicksal? Das Unausweichliche? Wenn ich alles selber mache, langweilt es mich sicher sehr schnell.«

»Mich nicht«, gestand Kinz. »Ich will schöpferisch sein. Ich will im großen mitgestalten dürfen an meinem Leben – und auch bei den kleinen Erlebnissen. Und wenn dann wieder mal so eine Stunde kommt, die uns entschwindet, dann weiß ich trotzdem, ich habe gelebt. Es war etwas, was ich wollte.«

Petry wiegte langsam den Kopf. »Und was ist mit den Verfolgten, Unterdrückten, Gefolterten? Die werden ihr Leben kaum künstlerisch auffassen. Sie leiden, sie versuchen zu entkommen!«

»Aber sie stehen mitten im dramatischen Geschehen! Die verlieren nichts! Wo Abenteuer ist oder Krieg und ähnliches – da lebt man ohnehin von einer Minute zur anderen. Leidende muß man nicht aufwecken. Schauen Sie sich doch unsere Filme an! Die leben ja nur von solchen Actionszenen. Damit nageln wir die Zuschauer in ihren Sesseln fest. Das wollen sie sehen, wenn sie es schon selbst nicht so erleben können. Je schlimmer, je besser. Wir können bald nur noch Schauspieler mit Boxertraining gebrauchen.«

»Uns also muß man aufwecken«, sagte Petry versonnen.

»Genau das! Deshalb ist diese Stunde ein Geschenk des Himmels. Wir werden den Stoff gründlich ausschöpfen, verlassen Sie sich darauf.«

»Bis eine neue Stunde dieser Art kommt...«

»Ja, das stimmt sicher. Es ist wie bei der Tageszeitung. Wer schert sich um die Schlagzeilen von gestern?«

»Unsere heutigen sind ganz attraktiv! ›Die Welt steht kopf‹ – ›Geheimwaffe explodiert?‹ – ›Unsere Gehirne versagen‹ und so weiter. Es wird kein Ende nehmen mit diesen Unkenrufen.«

»Auch eine Art von Kunst«, sagte Kinz. »Die Schlagzeilen verdichten auch das Leben. Wer würde sonst eine Zeitung kaufen?«

Petry stand auf. »Herr Kinz, es war mir ein Vergnügen, Sie zu sehen. Drehen Sie nur fleißig weiter, wer weiß, wozu das gut ist? Und vergessen Sie nicht meine Kulturfilme!«

»Nächste Woche, Herr Petry, bitte! Wir drehen gerade einen Märchenfilm über einen verhexten Wald, mit pädagogischem Unterton für den Umweltschutz. Er geht als Vorfilm in die Kinos, und die Schulen bekommen ihn auch. Die Tschechen machen so etwas am besten, wir haben da noch viel aufzuholen. Aber wir geben uns Mühe. Und Ihr Besuch war auch mir ein Vergnügen. Wir sollten uns öfter sehen!«

»Gern«, sagte Petry ehrlich. »Wir könnten zusammen essen gehen?«

»Jetzt leider nicht. Ich muß zurück in den Märchenwald.«

Petry lachte. »Ich rufe Sie an. Übrigens – darf ich mal Ihr Telefon benutzen?«

»Gern. Mein Büro gehört Ihnen! Und ich darf mich schon verabschieden?« Ein kurzer Händedruck, weg war er.

Petry blickte zweifelnd auf die sechs Telefone und griff dann zum nächsten. Er rief Gröger an.

»Büro Petry, Gröger.«

»Ich bin hier in den Filmstudios, Gröger, dicht vor Gießen. Und jetzt gehe ich essen.«

»Und wann kommen Sie wieder, Chef?« fragte Gröger flehend. »Ich ersaufe hier. Das viele Material – das können wir doch gar nicht alles bringen!«

»Sammeln Sie das heraus, was am aktuellsten ist.«

»Aber es ist doch alles aktuell! Es dreht sich doch alles um den Gedächtnisausfall. Und dann sind da noch ein paar Tagesnachrichten, wie immer ...«

»Zum Beispiel?«

»Ein Tanklastzug ist in eine Häuserfront gerast. Es gab Tote. Eine Flugzeugentführung in Südamerika, eine Rede des Bundespräsidenten über die neue Ostpolitik.«

»Das wären zu anderen Zeiten schöne Aufmacher gewesen«, sagte Petry mit leisem Bedauern. »Suchen Sie eben das heraus, was Ihnen selbst am besten gefällt. Den Rest brauchen wir auch noch in den nächsten Tagen. Wir können die Zeitung dicker machen – legen Sie zwei Bogen ein ...«

»Das wird nicht reichen, Herr Petry!«

Hans Petry empfand eine leise Beschämung wegen seiner mangelhaften Kenntnisse bei der Tageszeitung. Sein Vater hatte schon ganz recht gehabt. Hier herrschte ein anderes Tempo als bei den wissenschaftlichen Fachblättern. Hier mußte man anders denken. »Schon gut, Gröger. Sie machen das schon! Aber ich habe eine Bitte an Sie. Ich gehe jetzt essen und rufe in einer Stunde wieder an. Da ich nun schon mal hier draußen bei Gießen bin, kann ich auf dem Rückweg in Butzbach vorbeifahren. Ich würde gern diesen Bartell besuchen, der dort im Gefängnis sitzt. Wir haben ihn schließlich hineingebracht. Und es interessiert mich auch, wie man den Ausfall dort bemerkt hat. Erkundigen Sie sich doch bitte für mich beim Gericht, ob man mich dort hineinläßt, falls das so kurzfristig überhaupt geht.«

»In Ordnung, Chef, mach ich. Die Knastbrüder warten doch sowieso nur, daß die Zeit rumgeht.«

»Da ist was dran«, sagte Petry. »Bei denen wird ja Zeit zur Strafe. Wirklich eine sonderbare Umkehrung. Ich muß unbedingt dorthin! Tun Sie, was Sie können, Gröger!«

»Guten Appetit beim Essen, Chef!«

»Danke!« Petry hängte ein. Er wunderte sich. Seine Beziehung zu Gröger war in wenigen Stunden viel persönlicher geworden. Früher wäre es dem kaum eingefallen, ihm guten Appetit zu wünschen. Muß an mir gelegen haben, dachte Petry. Er verließ die Studios und fuhr langsam los, bis er ein Gasthaus sah, welches einen einladenden Eindruck machte. Es parkten auch schon mehrere Wagen davor, das sprach für eine gute Küche.

Der rote Hirsch. Petry betrat ein klassisches altdeutsches Restaurant, sehr gepflegt, die Tische mit lindgrünen Leinentischtüchern gedeckt. Decke und Wände in Eiche, kleingemusterte Vorhänge und Stuhlbezüge aus dem gleichen groben Stoff. Er suchte sich einen leeren Tisch, und noch bevor er saß, brachte ein Mädchen im Dirndlkleid eine große, in Leder gebundene Speisekarte.

Petry nahm Platz und begann die Karte zu studieren. Das waren alles so wuchtige Gerichte, noch dazu mit Suppe und Nachtisch, daß Petry erst beim Lesen klar wurde, daß er überhaupt keinen Hunger hatte. Jedenfalls nicht genug für ein solches Restaurant. Dann fiel ihm das bevorstehende Abendessen mit Susanne ein. Aha! Deshalb also. Die Freude auf das Abendessen nahm ihm jetzt den Appetit. Du lieber Himmel... Er hatte ja noch nicht einmal den Tisch bestellt! Das mußte er Gröger nachher noch sagen.

»Haben Sie gewählt?« fragte das Mädchen. Sie stand schon wieder neben ihm.

»Ich nehme den Räucherlachs mit Toast. Und ein Mineralwasser, bitte.«

»Sonst nichts?«

»Danke, nein.« Anscheinend war man solche Vorspeisengäste hier nicht gewöhnt.

Petry spähte hinüber zu den anderen Gästen, die sich auf die übrigen Tische verteilten. Vier Herren beim Arbeitsessen – so sah es jedenfalls aus –, zwei ältere Ehepaare, eine einzelne Dame am Fenstertisch. Sie alle speisten mit ernsten Gesichtern von großen Tellern. Ob man sie nach der Ausfallstunde fragen sollte? Nein, beim Essen nicht. Heute früh in der Fernfahrerkneipe war er mutiger gewesen. Aber das waren auch andere Menschen. Hier atmete alles gediegene Distanz. Hier konnte man die Leute nicht einfach ansprechen. Er lehnte sich zurück und entspannte sich. Susanne! Im grauen Kleid mit weißem Kragen. Wie ein Schulmädchen, das kein Wässerchen trüben kann. Und gestern hatte sie nicht so ausgesehen. Gestern etwa um diese Zeit! Seitdem hatte er kaum geschlafen, und hungrig war er auch nicht. Es schien ihm, als wären Wochen vergangen seitdem. Alles war anders, intensiver, aufregender. Kaum zu glauben. Wie im Urlaub. Er arbeitete mehr und war weniger müde. Und alles nur wegen einer vergessenen Stunde. Das allein kann es doch nicht sein, grübelte er. Es mußte mehr geschehen sein. Vor allem mit ihm selbst. Vielleicht bei Susanne...?

Alexander erlebte mit wachsendem Erstaunen, wie schnell alles ging, diese Vorbereitungen für Lores Beerdigung. Er war zu dem Beerdigungsinstitut »Pietät« gegangen. Ein verbindlich lächelnder Herr war ihm entgegengetreten, und in einer Stunde war alles geklärt: Der Sarg war ausgewählt, seine Innenausstattung, die Blumen, das Kleid für Lore. Formulare waren ausgefüllt worden, Anzeigen aufgesetzt, die Gravierung für den Grabstein veranlaßt. Und die Leiche war freigegeben worden. Das war Lore selbst zu verdanken, vielmehr ihrem Anruf bei der Polizei, bei dem sie eindeutig gesagt hatte: »Ich habe mich vergiftet.« Übermorgen – am Freitagvormittag – würde die Feier in der Friedhofskapelle sein; ein junger evangelischer Pfarrer übernahm die Predigt. Ein Essen für die Gäste im Hessischen Hof war bestellt worden, einschließlich Tafelschmuck und festgelegter Speisekarte. Das Institut bot Alexander auch einen Schneider an für die Schnellanfertigung von Trauerkleidung, aber er hatte ja einen schwarzen Anzug. Auf diese Sonderanfertigung wollte er verzichten. Das erschien ihm doch wie Heuchelei gegenüber Lore.

»Haben Sie noch einen besonderen Musikwunsch für die Trauerfeier?« fragte der Herr von der »Pietät«.

Alexander überlegte. »Sie mochte besonders die ›Unvollendete‹ von Schubert – aber das wäre wohl zu lang für die Trauerfeier?«

»Kein Problem! Wir lassen es vorher spielen, in der Friedhofskapelle. Wer will, kann dann früher kommen und zuhören. So eine stille Stunde zum Abschiednehmen ist doch sehr schön, besonders bei dieser Sinfonie...«

»Ja, das ist es wohl. Tun Sie das bitte, veranlassen Sie es – sagen wir, ab neun Uhr?«

»Das mache ich, Herr Karr. Sie werden zufrieden sein.«

Alexander verabschiedete sich und ging. Im Hinausgehen überlegte er: Wieso würde er zufrieden sein? Er hatte doch keinen Urlaub gebucht, sondern eine Beerdigung. Aber die drückten sich wohl immer so aus. Ich bin eben ein Kunde, weiter nichts. Und wenn ich einmal sterbe, wird man sich bemühen, aus meinen Angehörigen zufriedene Kunden zu machen.

Obwohl er den üblichen Urlaub anläßlich der Beerdigung einer nahen Angehörigen hatte, fuhr Alexander jetzt zur Rentenbank. Er ging kurz an seinen Arbeitsplatz, begrüßte die beiden Sekretärinnen und meldete sich dann bei seinem Chef – Dr. Freimuth.

Freimuth stand auf und kam hinter seinem Schreibtisch hervor. Über seine rechte Gesichtshälfte lief eine lange, tiefe Narbe; an seiner rechten Hand fehlten drei Finger. Diese Hand streckte er jetzt Alexander hin und drückte sie in stummer Beileidsbezeugung. Er hatte eine Technik entwickelt, die Hand zu geben, ohne daß bei den anderen dabei ein Grauen aufkam. Seine Art war so natürlich und direkt wie bei einem alten Frontoffizier, und genau das war er auch. Seine Verletzung stammte aus dem Afrikafeldzug mit General Rommel. Eine Handgranate war in seiner Nähe hochgegangen. Nun ja. »Tut mir leid, Karr, das mit Ihrer Frau.«

»Danke«, sagte Alexander. »Sie wird Freitag beerdigt.«

Freimuth zündete sich eine Zigarette an und hielt Alexander das Päckchen hin. »Nein, danke«, sagte Alexander.

Rauchend und abwartend saß Freimuth auf seinem Schreibtischstuhl. Auch Alexander hatte sich gesetzt. »Ich habe eine Bitte ...«

»Urlaub? Geld? Sie werden hohe Auslagen haben ...«

Fast mußte Alexander lächeln. Er besaß ein Vermögen. Und sein Chef wußte es nicht. Das war immer eine gute Position. »Nein, es ist wegen der Stellung in New York, in unserem neuen branch-office, von dem Sie vor einem halben Jahr gesprochen hatten ...«

»Aber Sie hatten doch abgelehnt?« Freimuth zog erstaunt die Augenbrauen hoch. »Wir eröffnen Ende nächster Woche ... Haben Sie es sich jetzt etwa anders überlegt?«

»Wenn die Stellung noch frei ist – ich wäre interessiert.«

»Wir haben mehrere Interessenten. Wir brauchen ja auch mehr als einen Mann für den Anfang dort drüben. Aber die Stellung, die ich Ihnen angeboten hatte – ja, dafür wären Sie selbst immer noch der beste Mann. Es ließe sich möglich machen, vorausgesetzt, Sie brauchen diesmal keine Bedenkzeit und könnten nächste Woche reisen.«

»Das könnte ich«, sagte Alexander fest. Es war wie ein Geschenk des Himmels.

Dr. Freimuth blies den Rauch in die Luft. »Wohl so eine Art Flucht, was?«

»Ja, kann sein. Es hält mich nichts hier. Ich würde gern fortgehen. Außerdem sind meine Eltern in den Staaten...«

»Ach? Wo leben sie denn?«

»In Philadelphia!«

»Na, warum haben Sie da nicht schon vor einem Jahr zugegriffen?«

»Meine Frau wollte nicht fort von hier«, sagte Alexander. Es war nur die halbe Wahrheit. Die andere Hälfte bestand in Ria. Aber das konnte er doch nicht sagen. Und wozu auch? Er war ja jetzt frei und konnte gehen, wohin er wollte... Frei! Ein unheimliches und zugleich berauschendes Wort. Er wollte sich jetzt nicht darüber freuen, frei zu sein. Nicht bevor Lore unter der Erde war. Nicht vor Freitag! Aber ging das denn? »Ich bin froh, daß ich die Stellung noch haben kann«, sagte er deshalb ehrlich.

»Also gut. Ich sehe Sie dann am Montag. Es ist noch viel vorzubereiten. Und Ihren Platz müssen wir ja auch neu besetzen. Das wird nicht so einfach sein.« Freimuth stand auf und hielt Alexander wieder schwungvoll seine Zweifingerrechte entgegen. »Alles Gute für Sie! Und... kommen Sie gut über die nächsten Tage!«

»Danke!« sagte Alexander.

Liris Bar in der Goethestraße war klein, zwei Reihen rote Tische und bizarre Stühle bis hin zu der Bar in Schwarz und Silber, wo Liri die Getränke mixte und für tiefsinnige Gespräche zur Verfügung stand. Alles wirkte sehr elegant und dezent, die Wände waren verspiegelt, und zwischen den Tischen standen große künstliche Grünpflanzen. Das Ganze sah wirklich nicht schlecht aus.

Alexander und Ria waren die einzigen Gäste zur Zeit. Liri hatte ihnen ihren Hawaii-Cocktail gemixt. Er kannte die beiden gut. Sie waren oft hier, Stammgäste. Nach den Gesichtern der beiden zu urteilen, gab es heute allerdings dicke Luft zwischen ihnen. Offenbar hatten sie ein Problem, zu dem sie Liri als professionellen Problemlöser nicht hinzuziehen wollten. Liri war sensibel wie alle Homos. Er hielt sich taktvoll zurück, mixte Drinks und stellte die Musik besonders leise. Was tut man nicht alles? Er fuhr sich mit gespreizten Fingern durch das gestylte, blonde Haar. Sie würden schon noch auf ihn zukommen. Früher oder später kamen sie alle. Was hatte er nicht schon gesehen von dieser wilden, wilden Welt! Na, und erst recht, seit sie alle verrückt geworden waren oder zumindest verrückt spielten – auch das wollte ja schließlich gelernt sein! Man würde noch viel erleben, soviel stand fest!

Ria zog an ihrem Strohhalm. Er schmeckte wirklich gut, dieser exotische Trank. Ananas war drin – und Rum? Oder eine andere Sorte Alkohol? Und dann noch etwas Grünes, Pfefferminzlikör vermutlich, und ein Schuß Sekt... »Also?« fragte sie, ohne Alexander anzusehen.

»Lore ist tot. Sie hat sich umgebracht. Und Freitag wird sie beerdigt. Sie muß schrecklich durcheinander gewesen sein und ohne Hoffnung...«

Ria straffte sich. Sie saß da in einem mexikanischen Poncho, braunweiß gestreift, und ihre schwarzen langen Haare wirkten dekorativ. Sie dachte nicht daran, Alexander zu helfen. Sie wußte genau, was er hören wollte und was er am liebsten direkt gefragt hätte: Hast du es ihr gesagt? Sie sah ihn nur an. Ihre Augen blickten dunkel und stolz. »Auf was hätte sie denn hoffen sollen?«

Er schluckte. »Auf das Leben natürlich. Auf ihr Leben, auf ihre Zukunft. Auf Liebe vielleicht – mit einem anderen Mann. Früher oder später hätte sie schon einen gefunden, glaubst du nicht? Sie sah doch gut aus. Und sie war gebildet, gut erzogen, anständig...«

»So richtig eine Frau zum Verlassen, nicht wahr, Alexander?«

»Ich hätte sie nie heiraten dürfen«, sagte er resigniert. »Und vielleicht habe ich es ihr sogar gesagt...«

Jetzt war die Katze aus dem Sack. »Na und? Lange genug hattest du doch versprochen, es ihr zu sagen. Meinst du, du hättest dich weiter darum gedrückt? Oder möchtest du das gern glauben?«

»Natürlich möchte ich das! Verstehst du das nicht?«

»Klar verstehe ich das! Es ist immer schöner, wenn man andern die Schuld zuschieben kann.«

»Ria, hör auf. Ich halte das nicht aus. Versetz dich doch mal in meine Lage...«

»Eigentlich warte ich bis heute darauf, daß sich jemand mal in meine Lage versetzt. Scheint nur niemand auf die Idee zu kommen. Wir haben uns doch geliebt, Alex, oder nicht?«

»Ja«, sagte er gepreßt.

»Siehst du. Und ich bin ein Mensch, der klare Verhältnisse liebt. Entweder ist es eine Liebe, dann macht man es möglich, zusammenzuleben. Oder es reicht nicht, dann sagt man ade. Schlimm ist nur, wenn ein Mensch nicht weiß, was er will. Wenn er zwei Leute betrügt und alles in die Länge zieht. Das ist unwürdig und grausam. Nur umbringen sollte man sich wegen so einem Kerl nicht, denn das ist er nicht wert.«

»Ria!«

»Ich meine es genau so. Was Lore sich gedacht hat, ist mir schleierhaft. Entweder wußte sie, daß sie dich verloren hatte, dann konnte sie dich *so* nicht zurückgewinnen. Oder sie spielte nur Theater, um dich zu erpressen, und das ist leider schiefgegangen. So oder so – das ist keine Art, mit dem Leben fertig zu werden.«

»Jetzt ist sie ja tot!«

»Ja. Sie hat für dich gedacht und gehandelt. Vielleicht hättest du sonst noch zwanzig Jahre so weitergemacht. Ich hätte dir allerdings nicht dabei geholfen, denn mir hat das Ganze schon gestunken.«

»Und was hättest du getan?« fragte Alexander. Er fühlte sich plötzlich unendlich müde und schwer.

»Was ich auch so getan habe: Ich gehe auf eine Tournee in die USA mit Philipp. Den Vertrag haben wir schon unterschrieben.«

Ungläubig schaute Alexander auf. Rias Augen waren so dunkel, daß er darin keine Antwort lesen konnte. Es war, als hätte sie einen Vorhang zwischen ihr und ihm heruntergelassen. »Seit wann weißt du das mit der Tournee?«

»Das Angebot kam vor zwei Wochen, aber wir haben noch überlegt, ob wir es annehmen sollen. Aber nach dieser Stunde vorgestern war alles so anders, ganz plötzlich. Da schien es uns großartig, dieses Angebot. Nur raus hier – weg von all den Lügen und Scheinproblemen, auch weg von der falschen Dramatik um den Tod deiner Ehefrau. Nur weg, je schneller, je besser! Ich habe gern unterschrieben.«

»Wann fahrt ihr?«

»Unser Engagement im Kakadu läuft noch bis Ende März. In knapp drei Wochen also sind wir fort. Zunächst mal für drei Monate in verschiedenen Städten. Aber die Agentur hat Verlängerungen in Aussicht gestellt. Sie sagen, wenn wir erst einmal drüben sind und die Sache läuft – dann schließt sich ein Vertrag an den andern, mit steigender Gage. Wenn wir nur ein bißchen Glück haben und weiter so gut sind wie bisher, dann kann das unser Durchbruch sein ...«

»Die ganz große Karriere«, sagte Alexander abschätzig.

»Ja, warum nicht? Würdest du es uns nicht gönnen?«

»Doch, doch! Übrigens, ich gehe auch nach Amerika, nächste Woche!«

»Was ...?« Jetzt war es Ria, die große Augen machte. »Und wohin?«

»Meine Bank eröffnet eine Niederlassung in Philadelphia.«

»Sind dort nicht auch deine Eltern, Alex?« Rias Stimme war leise geworden. Sie war betroffen und versuchte, es zu verbergen. Ihre schöne Trumpfkarte war wertlos geworden, ihre kleine Genugtuung, daß auch sie ihn verlassen konnte und es schon getan hatte. Ria hätte heulen können. Und dann flossen auch zwei Tränen aus ihren schwarzen Augen, sie konnte es nicht verhindern. Aber sie flossen weniger aus Trauer als aus Wut.

Alexander sah es, und seine romantische Selbstüberschätzung brach durch. »Ria, Liebling, weine doch nicht!«

»Dummes Zeug«, sagte Ria und wischte die Tränen mit dem Handrücken ab. »Ich dachte an deine Eltern. Ich wollte sie gern einmal kennenlernen. Aber das ist jetzt wohl nicht mehr aktuell?«

Er nahm ihre Hand und versuchte, seiner Stimme einen gütigen Klang zu geben. »Sieh mal, Ria, es ist alles so neu, in drei Tagen hat sich für uns alle so viel verändert. Dieser Job war mir schon vor einem halben Jahr angeboten worden, aber ich wollte hierbleiben – deinetwegen! Ich hatte ihn abgelehnt. Und heute, ja, erst heute!, habe ich Dr. Freimuth gefragt, ob die Stelle noch frei sei. Ich muß raus, versteh das doch, bitte! Ich werde verrückt. Diese Wohnung – nach dem Selbstmord! Ich kann es nicht mehr aushalten. Und auch mit dir kann ich jetzt nicht zusammensein, so als ob nichts geschehen wäre. Das schaffe ich einfach nicht. Vielleicht verachtest du mich deswegen, ich kann's nicht ändern. Ich bin kein Held. Und ich will auch keiner sein. Wir bleiben doch in Verbindung! Es braucht nur Zeit. Vielleicht wird noch alles gut, Ria. Wir könnten uns drüben treffen, ich gebe dir meine Adresse ... das Haus meiner Eltern ...«

»Danke, nein. Wir haben doch beide entschieden – jeder für sich –, daß einer den andern verläßt, oder? Ich habe die Tournee unterschrieben, und mir war klar, daß dies unsere Trennung ist. Ich war in dem Glauben, du bliebest hier. Und du hast die Stellung drüben angenommen in dem Glauben, ich bliebe hier. Das stimmt doch, nicht? Also bitte, Alexander, nun sei einmal in deinem Leben ehrlich und konsequent! Wir haben uns bereits getrennt und für unsere Zukunft neue Weichen gestellt. Das ist gut so. Wir sitzen nur noch hier, um einander nett Lebewohl zu sagen und um diesen Hawaii-Cocktail zu trinken. Was du bei Lore nicht geschafft hast, das schaffe wenigstens bei mir: Gib mir einen sauberen Abschied, Alexander! Einmal mußt du es doch lernen!«

Alexander nickte. Sie hatte ja so recht. Ria war ein großartiges Mädchen. Er spürte, daß er sie noch immer liebte oder wenigstens bewunderte. Oder war es immer mehr Bewunderung gewesen? Er hob das Glas mit dem Rest der grünen Flüssigkeit hoch. »Auf unsere Zukunft, Ria! Ich wünsche dir Glück und Erfolg, im Beruf, in der Liebe, in allem ... Du hast mir so viel gegeben, danke dafür! Prost!«

Auch in Ria war etwas von der alten Zuneigung zu Alexander hochgekommen. Die dunklen Augen schimmerten jetzt wärmer, sie leuchteten so gut, wie etwas Schwarzes eben leuchten kann. »Prost, Alexander! Na also! Ich gratuliere dir zu diesem Sprung über den eigenen Schatten! Der erste, den ich bei dir erlebe! Viel Glück auch für dich. Komm auf deine Füße und werde ein freier Mensch, innen und außen. Möge dich der Mut zur bedingungslosen Ehrlichkeit nie mehr verlassen!« Dann beugte sie sich mit einer schnellen Bewegung vor und küßte ihn.

Alexander hielt sie an den Schultern fest und küßte Ria wie ein Ertrinkender. Es ist schlimm, wenn man weiß, daß es das letzte Mal ist, dachte er flüchtig.

Liri beobachtete diesen Versöhnungskuß von der Theke aus und hielt ihn für ein Happy-End. Er drehte die Musik etwas lauter. Seine Welt war wieder in Ordnung.

Gröger schnitt lange Streifen aus den Satzfahnen und klebte sie geschickt auf den doppelten Layoutbogen, der vor ihm ausgebreitet lag. Das meiste hatte er in 8p auf 10 Cicero setzen lassen, die weniger wichtigen Sachen auf 7p, und kleiner konnte man ja wirklich kaum noch werden. Und dann noch ein paar Kästen mit 19 oder 21 Cicero, je nachdem, ob ein Rand drumherum kommen sollte oder nicht. Mit den Überschriften konnte man ja noch viel ausgleichen, und ein paar Fotos waren auch noch da. Als das Telefon klingelte, hoffte er, es wäre Petry junior. Es war aber Karnetzki aus der Setzerei. »Wo bleibt der Umbruch?«

»Kommt gleich! Ich bin ja dran. Es ist leider sehr viel, und Petry junior ist noch nicht zurück.«

»Wo ist er denn?«

»Im Gefängnis.«

»Wie bitte?«

»Na, jedenfalls will er da noch vorbeigehen. Ich habe viel Zeit verloren wegen der Genehmigung.«

»Der hat Sorgen«, brummte Karnetzki und hängte auf.

Gleich darauf rief Petry an. »Gott sei Dank, Chef«, sagte Gröger erleichtert. »Ich springe hier schon im Dreieck.«

»Kann ich mir denken«, sagte Petry. »Was ist mit Butzbach? Komme ich hinein?«

»Jawohl, Chef. Aber das war wirklich nicht einfach! Zuerst habe ich mich durchgefragt nach dem zuständigen Staatsanwalt von der Vollstreckungskammer. Das ist ein Herr Grünemann. Der will eine Ausnahme für Sie machen mit dem Alf Bartell, weil die Besuchsgenehmigungen nämlich alle schon von seiner Schwester ausgenutzt wurden, Fräulein Ria Caspari. Er bekommt zweimal dreißig Minuten im Monat...«

»Kommen Sie zur Sache, Gröger! Was ist mit mir?«

»Sie sollen sich in Butzbach am Eingang bei Herrn Wendel melden lassen. Das ist einer von der Gefängnisdirektion. Und der Staatsanwalt hat dort angerufen und gesagt, daß es für Sie in Ordnung geht, als einmalige Ausnahme...«

»Das genügt mir ja auch. Also, nach Herrn Wendel soll ich fragen?« »Jawohl, Chef. Aber möglichst vor 16 Uhr.«

»Das kommt ja hin. Danke, Gröger. Ach – noch etwas! Könnten Sie für mich einen Tisch bei Hegner bestellen – für zwei Personen? Und mit Blumenschmuck, bitte. Für heute abend um acht.«

»Mach ich, Chef. Kommen Sie noch in die Druckerei?«

»Ich versuche es. Wer macht die Spätschicht in der Druckerei?«

Gröger zögerte. »Nun, also – dann wohl ich, Chef. Wenn Sie nicht da sind...«

»Wenn ich kann, löse ich Sie später ab«, sagte Petry lustlos. Eigentlich wollte er den ganzen Abend für sich und Susanne haben. Und gestern hatte er ja auch schon eine Nachtschicht geschoben. Es war wirklich ein anderes Tempo bei der Tageszeitung. Kein Vergleich mit seiner Fachblattredaktion.

Die Abfahrt kam bald hinter Gießen. Butzbach war ein hübsches Städtchen mit Fachwerkhäusern und einem netten Marktplatz. Gleich hinter der Bahnbrücke tauchte das Schild auf: Justizvollzugsanstalt... JVA. Es hieß nicht mehr Zuchthaus und nicht Gefängnis. Petry empfand das als eine Verbesserung – auch für sich selbst als Besucher dieses seltsamen Ortes, von dem er so wenig wußte. Dann sah er den Backsteinbau, die hohe Mauer, den Stacheldraht obendrauf.

Petry parkte seinen Wagen und begab sich zu der Pförtnerloge. An diesem Tag war er der einzige Besucher und konnte also nicht wissen, daß zu anderen Zeiten hier eine Menschenschlange Einlaß begehrte. Der Pförtner nickte ihm zu und schob eine offene Klappe nach draußen. »Ihren Personalausweis, bitte, und Ihre Besuchsgenehmigung...«

»Ich habe keine«, sagte Petry. »Ich bin aber angemeldet bei Herrn Wendel.«

»Dann den Personalausweis.« Der Pförtner griff zum Telefon. Alles in Zeitlupe. Hatte man hier so viel Zeit? Nach einer ganzen Weile drückte der Pförtner auf den Summer und bedeutete Petry hineinzugehen. Ein Beamter kam mit einem Gerät in der Hand. »Legen Sie bitte Ihre Uhr und Ihre Geldtasche auf den Tisch«, sagte er. Trotzdem fing das Gerät an zu pfeifen. Der Beamte zog fragend die Augenbrauen hoch. »Das sind die Schlüssel«, sagte Petry entschuldigend und leicht irritiert. Nun endlich öffnete sich die zweite Tür, dann eine dritte. Dann kam ein großer Hof und ein neues Gebäude mit Pförtner. Hier öffnete man ihm sofort.

»Sind Sie Herr Petry?«

»Ja.«

Der Beamte war ein junger Mann Mitte Dreißig. Er wirkte freundlich und gleichmütig. Nur an der Einheitsfarbe der Hemden erkannte man die Pförtner und staatlichen Angestellten. Was für ein Job, dachte Petry. Gefängniswärter. Aufpasser. Sie fragten nicht, warum einer hier drin saß, sie waren nur das Ende der Vollzugskette, an deren Anfang eben immer ein Verbrechen stand, dann ein Kläger, dann ein Richter. Und er begriff schlagartig, daß er selbst in dieser Kette den Platz des Klägers eingenommen hatte. Noch bevor er sich über sein Unbehagen richtig im klaren sein konnte, war er dem jungen Mann schon eine Treppe hinaufgefolgt, bis zu der Tür, an der bescheiden »Wendel« stand. Sonst nichts. Hier wußte man schon, wer der Chef war.

Der junge Mann klopfte an die Tür. Als Wendel selbst öffnete, verabschiedete er sich lautlos. Petry ergriff die ausgestreckte Hand eines Mannes, dessen Beruf er nun wirklich niemals erraten hätte. Wendel war hager, etwa fünfzig, mit einem ausgesprochenen Künstlerkopf. Graues Haar, leicht gekraust und von unmilitärischer Fülle an den Seiten. Er hätte ein Orchester dirigieren können und dabei eine sehr gute Figur gemacht. Bestenfalls konnte er noch ein exklusiver Antiquitätenhändler oder Juwelier sein, aber Gefängnisdirektor?

Wendel lächelte. Er kannte seine verblüffende Wirkung auf Besucher. »Guten Tag, Herr Petry«, sagte er. »Ihr Assistent hat ja Himmel und Hölle in Bewegung gesetzt, um Sie hereinzubringen. Ich sehe selber mit Vergnügen, daß unser dichtes Netz von Vorschriften doch gelegentlich noch zu überwinden ist.«

Petry lachte. »Vielleicht kommt man noch schwerer hier herein als heraus?«

»Ungefähr gleich schwer«, sagte Wendel um eine Spur humorloser. »Bitte nehmen Sie doch Platz. Was kann ich für Sie tun?«

»Ich befasse mich gerade mit einer Umfrage über den weltweiten Gedächtnisausfall. Ist Ihnen doch sicher auch schon ein Begriff? Ich würde Sie gern etwas ausfragen, wie das hier ausgesehen hat, hinter Gittern sozusagen. Und dann habe ich noch einen persönlichen Grund. Sie haben hier einen ... Gefangenen, Alf Bartell, den ich gern besuchen würde. Er sitzt hier wegen einer Unterschlagungssache im Haus meines Vaters, eine ziemlich böse Sache.«

»Das erste Mal?« fragte Wendel rasch.

Petry wurde das Gefühl nicht los, daß in dieser Frage bereits ein leichter Vorwurf für seine Anzeige enthalten war. »Wie man es nimmt«, sagte er deshalb vorsichtig. »Wir haben die Unterschlagung entdeckt und ihn zur Rede gestellt. Und wir hätten von einer Anzeige abgesehen, wenn er uns die volle Wahrheit gesagt hätte. Aber das hat er leider nicht getan. Er gab zwei Drittel zu und verschwieg noch eine erhebliche Summe, die bereits im Ausland war. Eine noch frühere Unterschlagung, die er gern verheimlichen wollte. Durch die Fahndung kam alles heraus, und da kannte mein Vater kein Pardon mehr. Und ich auch nicht«, fügte er schnell hinzu.

Wendel nickte. Das schien er zu verstehen. »Wissen Sie, Herr Petry, ich frage nur deshalb, weil ich hier oft die Fortsetzung der Tragödien erlebe. Wir haben eine Menge Insassen, die schon zum fünften oder sechsten Mal hier sind. Dann heißt es: Verbrechernatur, unverbesserlich, hoffnungsloser Fall. Gnade nicht angebracht. Nicht lernfähig. Wenn einer überhaupt eine Chance hat, dann beim erstenmal, verstehen Sie? Das gilt zwar nicht für jeden, aber für die meisten. Ich erinnere mich an diesen Bartell. Halbfranzose, nicht? Macht gar nicht mal einen so schlechten Eindruck. Solche Leute sind zuerst Zufallsverbrecher, mehr oder weniger. Aber wenn sie einmal im Gefängnis waren, dann haben sie ihre Achtung vor sich selbst verloren, und sie haben eine Solidarität mit anderen Verbrechern gefunden, eine Kameradschaft, ohne die hier niemand überleben kann.«

»Überleben?« fragte Petry erschrocken.

»Nehmen Sie es nicht zu wörtlich.« Wendel lächelte wieder. »Ich dachte jetzt nicht an die Selbstmörder, die gibt es auch hin und wieder. Ich meine Überleben mit Selbstachtung, die wesentliche Voraussetzung für eine spätere Wiedereingliederung in die Gesellschaft. Da ist es mit einem Bewährungshelfer nicht getan.« Er wischte mit der rechten Hand einen Bogen in die Luft. »Es klappt nicht mit der Resozialisierung, obwohl sich wirklich eine Menge kluger Leute ständig darüber den Kopf zerbricht. Die Richter sind später nicht mehr zuständig, auch nicht die Staatsanwälte und Anwälte. Wenn sie da draußen nicht mehr auf die Füße kommen, dann sind sie bald wieder drin. Deshalb sage ich: Verhindert das erste Mal, wenn es irgend möglich ist. Denn wie viele gescheiterte Existenzen kann sich eine Gesellschaft leisten? Das wird teuer, für uns alle.«

Petry ließ es über sich ergehen, diese Mahnungen. Der Mann gefiel ihm. Er dachte wirklich nach, er quälte sich. Vielleicht sah er deshalb so anders aus, so völlig anders, als man sich einen Gefängnisdirektor vorstellte. Aber er fühlte auch eine Rebellion in sich aufsteigen.

»Und die Gerechtigkeit? Sollen sich am Ende die Opfer schuldiger fühlen als die Täter?«

Wendel nickte. »Das ist das Problem. Ohne eine Justiz kommen wir nicht aus, daran glaube ich auch. Es muß ja eine Richtschnur geben. Und eine Chance für die Opfer. Eine Anlaufstelle, wo sie sich beklagen können. Wir haben gute Richter, sie sind sehr menschlich und klug abwägend, immer bereit, die großzügigste Möglichkeit zu wählen. Dann kommen sie zu mir, die Verurteilten, und hier hat das Leben irgendwie Pause. Es kommt eben viel auf

Ordnung und Routine an. Aber hinterher – dann geht es los mit den Problemen! Wenn sie wieder leben sollen wie jeder andere normale Mensch. Dann zeigt es sich, daß die meisten von ihnen eben nicht mehr normal sind. Das Gefängnis verändert sie, sie gleiten ab in eine Untergrundgesellschaft, wenn man es so sagen kann. Und manchmal wissen sie das nicht einmal. Aber – Herr Petry, entschuldigen Sie! Ich bin ja wirklich von Ihrem Thema abgekommen, die Ausfallstunde! Also bitte, fragen Sie!«

»Wie war es hier?« fragte Petry.

»So gut wie nichts zu bemerken. Und das ist die Wahrheit. Wissen Sie, Herr Petry, je mehr eine Tätigkeit nach Gewohnheiten und Richtlinien abläuft – hier bei uns, da ist ja jede Minute festgelegt! – Um so häufiger sagt man mit einem Blick auf die Uhr: Was? Schon so spät? Das geht uns allen so. Ich habe selbst gefragt, natürlich, ein paar irritierte Anrufe gab es schon. Aber wir haben für alles Karteikarten, handschriftliche Eintragungen, Besuchsgenehmigungen – für alles ein Papier. Und bei mehr als zweitausend Gefangenen merkt man sich auch nicht so leicht die Namen. Die Karteikarten sind realer, wenn Sie wissen, was ich damit sagen will. Ein Kommen und Gehen, jeden Tag. Viele Besucher. Ständig Anwälte, zu wenig Sprechräume. Wenn ich mal von mir ausgehen soll?«

»Ja, bitte«, sagte Petry schnell. »Was fiel Ihnen auf?«

»Nichts. Ich muß Sie enttäuschen. Ich saß am Schreibtisch. Sicher hatte ich vergessen, was ich in der bewußten Stunde telefoniert hatte, aber das wußte ich ja nicht. Und ich verlasse mich darauf, daß man meine Anordnungen notiert. Routine! So ist es doch immer!«

Petry dachte an den Buchhalter in der Redaktion, der die Zeit auch mit seiner Ordnung und dem Notizblatt überlistet hatte. »Aber – wenn plötzlich neue Leute da waren, die Sie nicht kannten?«

»Das ist doch immer so! Ein Neuer wird mindestens sechsmal weitergereicht. Wer macht sich Gedanken?«

»Und wenn einer fehlt? Haben Sie da nicht an einen Ausbruch gedacht?«

Wendel überlegte kurz. Dann schüttelte er wieder den Kopf. »Wir trockenen Polizisten sind wohl gar nicht auf diese schöne Idee gekommen. Es gab ja keine Anzeichen dafür, daß irgend etwas in Unordnung sein sollte.«

»Und die Gefangenen? In den Zellen?«

»Herr Petry! Die sind immer froh, wenn das Essen ausgegeben wird. Warten ist ihr Leben. Warten auf alles, vom Morgen bis zum Abend. Einige arbeiten ja in unseren Werkstätten, aber die haben ja auch immer nur das Stück vor Augen, an dem sie gerade arbeiten. Das merkt man nicht. Das kann man doch gar nicht merken!«

Petry schwieg betroffen. Das hatte sich bei den bisherigen Interviews ganz anders angehört. Aber da hatten sich auch Menschen bemüht, etwas Auffallendes zu erzählen. Hier kannte man diesen Ehrgeiz nicht. »Erstaunlich«, murmelte er. »Hier will doch jeder raus. Und wenn sie praktisch eine Stunde geschenkt bekommen, dann merken sie es nicht.«

»Ich glaube nicht, daß die Stunde geschenkt ist. Wir haben alle in der Zeit genauso gearbeitet oder gelitten oder geliebt wie sonst auch. Wir müssen ja auch geatmet haben, sonst wären wir ja alle tot!«

»Interessanter Gesichtspunkt«, gestand Petry. »Also kein Geschenk. Aber nach dem, was Sie vorhin sagten, Herr Wendel, wenn nun einer rauskäme und könnte vergessen, daß er überhaupt im Gefängnis war, dann hätte er doch das, was Sie für ihn wünschten? Die neue Chance – so als wäre nichts geschehen. Und der Gerechtigkeit wäre trotzdem Genüge getan ...?«

»Auch ein interessanter Gesichtspunkt. Er könnte das Gefängnis vergessen haben und auch das Gericht – sich aber doch an seine Tat erinnern? Oder nicht einmal das? Und was wäre dann? Hätte er dann nicht ein falsches Bild von sich selbst?«

Petry beugte sich vor. »Jetzt wird es kriminell, wenn ich das mal so kühn nennen darf. Dann wäre es also doch am besten, wenn man alles weiß? Auch wenn man die Selbstachtung verliert, verlieren muß? Wenn man weiß und erlebt, wozu man fähig war, ein Gericht erlebt und auch die Strafe auf dem Fuße. Ja – dann ist doch alles in Ordnung? Nur den Gedächtnisausfall dürfte es nicht geben!«

»Jetzt haben Sie mich erwischt«, sagte Wendel.

»Wobei?«

»Ich hatte eben nicht tief genug nachgedacht. Es ist so, wie Sie sagen. Alles in Ordnung. Sie haben mir einen großen Gefallen getan.«

Beide hatten helle und blaue Augen, ihre Blicke trafen sich. Sie waren wesensverwandt, wenn sich auch keiner den Beruf des anderen wünschte. Aber darauf kam es in solchen Sekunden nicht an.

Wendel nahm den Hörer ab und drückte eine Taste. »Bitte führen Sie den Gefangenen Alf Bartell vor. Sobald er unten ist, sagen Sie mir Bescheid. Herr Petry kommt dann runter.«

Petry bemerkte den Unterschied in Wendels Stimme. Es war wie bei seinem Vater – Autorität von einem Augenblick zum andern, kälter und schärfer. Er wechselte sprungbereit vom liebenswürdigen Plauderton zum Befehlston, ohne lauter zu werden. Aber so, wie er jetzt war, so war er wirklich! Oder wenigstens die meiste Zeit.

Der Anruf kam schnell. Wendel brachte Petry zur Tür und verabschiedete sich mit einem herzlichen Händedruck.

Im Erdgeschoß gab es zwei Besuchsräume, einen für Raucher und einen für Nichtraucher. Petry begab sich in das Raucherzimmer und sah sich um. Billige Holzstühle und Tische, Aschenbecher voller Kippen. An der Wand ein großes Bild von einer Stadt mit einer Mauer und einer Treppe, die über die Mauer hinweg in die Freiheit führte. Das muß ein Gefangener gemalt haben, dachte Petry. Man kann sich seinen Ausbruch auch malen. Vielleicht hilft das.

In der Fensterecke saß eine Frau mit einem Baby auf dem Schoß, ein zweites, etwa dreijähriges Kind lief im Raum herum. Der Frau gegenüber saß ein noch junger Mann, kräftig gebaut, sauber angezogen mit grauem Hemd und grauer Hose, als Gefangenenkleidung kaum zu erkennen. Die Zeit der gestreiften Anzüge war vorbei. Vielleicht gehörte das auch zum Wiederaufbau der Selbstachtung, dachte Petry in Erinnerung an Wendels Worte. Zuerst kam die Bloßstellung durch das Gericht. Dann Entzug von Freiheit, Liebe und Besitz, in Verbindung mit Gehorsam nach strengen Regeln. Und dann der Wiederaufbau. Aber es funktionierte nicht so schön, wie man es sich dachte. Statt Reue erntete man Wut; statt Resozialisierung ergab sich eine Verbrecherkameradschaft. Alle Geächteten dieser Welt solidarisierten sich. Was sollten sie auch sonst tun? Das ergab sich eben.

In einer anderen Ecke gleich an der Tür saß ein schmusendes Liebespaar. Ein Gefangener im gleichen grauen Hemd und eine etwas ungepflegt aussehende Freundin, die an seinem Hals hing wie auf einer Parkbank im Frühling. Die beiden kümmerten sich um nichts. Sie nutzten die Besuchszeit auf ihre Weise, und zu besprechen hatten sie nichts. Wenn er das jetzt vergißt? dachte Petry spontan. Dann weiß er nicht, daß sie schon da war, und wartet und wartet, am Ende voller Enttäuschung. Oder würde er ruhiger sein, in sich gelassener und zufriedener, auch ohne die Erinnerung? Und dann sah er wieder Susanne vor sich. Wie hatte er sich gefühlt, als die Erinnerung wieder einsetzte? Dort im Park, als sich die Wolke vor die Sonne schob, oder es wenigstens so schien, als ob. Da war etwas Neues, etwas ganz anderes in ihm gewesen. O Himmel, wie wenig wissen wir doch alle von uns selbst!

»Guten Tag, Herr Petry!«

Petry fuhr herum. Da stand Alf Bartell, ebenfalls in diesem grauen Hemd. Mit seinem schwarzlockigen Haar sah er südländisch attraktiv aus. Mit verschlossenem Gesicht schien er abzuwarten, ob Petry ihm die Hand geben würde.

Auch Petry zögerte. Dann streckte er ihm die Rechte entgegen. »Guten Tag, Herr Bartell.«

Alf nahm seine Hand und ließ sie schnell wieder los. Dann setzte er sich an den kleinen Vierecktisch, an dem Petry gerade stand. Er versuchte, gleichgültig auszusehen, wirkte aber doch nervös. »Hat Ihr Besuch einen besonderen Grund?«

»Das weiß ich nicht. Es war ein spontaner Einfall.«

Jetzt erst sah Alf Petry richtig an. Diese vage Erklärung schien sein Vertrauen mehr zu erwecken als jede andere Erklärung. »Neugier?«

»Vielleicht. Es hat mir keine Ruhe gelassen, daß Sie hier sind.« Er stockte. Was nun? Er konnte ja nicht fragen, wie es ihm hier gefiele. Er tastete nach seinen Zigaretten und sah das erwartungsvolle Leuchten in Alfs Augen. Stumm hielt er ihm das Päckchen hin und gab ihm Feuer. Beide rauchten mit der Erleichterung, die Raucher bei den ersten Zügen fühlen. Kameraden in einer kleinen Sucht, dachte Petry. Das sind wir gerade jetzt. Mit der Verbrecherkameradschaft wird es genauso sein. So ergab sich das fast nebenher in allen Dingen, die Menschen gemeinsam taten.

»Machen Sie sich nichts daraus«, sagte Alf. »Es ist eben der Lauf der Gerechtigkeit, so wie Sie das sehen. Und ich habe ja wirklich etwas verbrochen. Außerdem bin ich in vier Monaten wieder draußen.«

»Und was machen Sie dann?«

»Das kann Sie doch kaum interessieren, Herr Petry!« Jetzt wurde Alf schärfer. »Oder wollen Sie mir einen neuen Job anbieten?«

Daran hatte Petry nicht gedacht. Und sein Vater bestimmt auch nicht. Aber war das so unmöglich? »Würden Sie es denn wollen?« fragte er.

Alf winkte ab. »Keine Angst. Natürlich nicht. Ich würde doch in Ihrem Haus nur Spießruten laufen. Und was sollte ich denn tun? Akten im Keller abstauben? Wer weiß, vielleicht ist das auch zu verantwortungsvoll. Nein, das ginge nicht. Ich gehe nach Frankreich zu meinem Vater. Er lebt allein seit der Scheidung von meiner Mutter. Er arbeitet für eine Versicherung, hat eine Generalvertretung in Paris. Da kann ich mitarbeiten, das fällt nicht weiter auf. Ich meine, meine dunkle Vergangenheit...«

Petry dachte wieder an Wendels Worte und empfand Erleichterung. »Ich wünsche Ihnen wirklich Glück! Wo ist Ihre Mutter?«

»In Bielefeld. Sie hat wieder geheiratet und hat eine kleine Tochter. Die möchten mich nicht so gern da haben. Es würde sie schwer belasten. Und meine Schwester macht eine Tournee nach Amerika, wer weiß, wie lange.« Er senkte den Kopf, und Petry sah, wie es in ihm arbeitete. Seine Schwester, das war sein wunder Punkt. Er schien an ihr zu hängen.

»Sie wird schon wiederkommen!«

»Wer weiß?«

»Glauben Sie nicht?«

Alf seufzte kurz. Dann schüttelte er leicht den Kopf. Die Zigarette ging zu Ende. »Noch eine?« Petry holte das Päckchen wieder hervor. Alf griff zu. Und dann fiel Petry ein, was sein ursprüngliches Anliegen war bei diesem Besuch im Gefängnis. »Herr Bartell, vor drei Tagen gab es auf der ganzen Welt einen Gedächtnisausfall für eine Stunde, bei allen Menschen. Soviel hat man bis jetzt rekonstruiert. Die Ursache ist unbekannt. Haben Sie davon etwas bemerkt?«

Alf grinste, zum erstenmal. »Ich habe geschlafen. Mein Job in der Schneiderei ist gerade ausgelaufen. Die Arbeitsplätze hier sind knapp, die müssen wir unter uns teilen. Nächste Woche bekomme ich wieder eine Schicht. Und in der Zelle – da kann man lesen, Karten spielen oder schlafen. Radio hören eventuell. Aber die andern fummeln dauernd an den Sendern, deshalb würde man da nie so einen Ausfall bemerken. Sind Sie sicher, daß es überhaupt wahr ist? Ich habe meine Zweifel. Vielleicht hat sich die ganze Welt auf einen Aprilscherz geeinigt?«

Petry stutzte und lachte dann. »Ist noch keinem eingefallen. Aber es ist ja noch März!«

»Spielt das eine Rolle? Die Witzbolde haben immer Saison!«

»Kann ich mir kaum vorstellen, daß es in der ganzen Welt so viel Humor geben soll!«

»Da haben Sie auch wieder recht«, sagte Alf, und jetzt wirkte er einigermaßen aufgetaut. »Deshalb ist es hier ja auch nicht aufgefallen.«

In der Tür erschien der Aufsichtsbeamte. Er machte Alf ein Zeichen, welches dieser sofort verstand. »Besuchszeit ist um«, sagte er zu Petry und stand auf. Diesmal streckte er von selbst die Hand hin. »Danke für den Besuch.«

»Bevor Sie nach Paris gehen, Herr Bartell, ich meine, wenn Sie entlassen sind, kommen Sie doch bitte erst einmal zu mir, ja?«

Alf verschloß sich wieder. »Wozu?«

»Weiß ich noch nicht.«

»Ich rufe Sie an.«

»Versprochen?«

»Gilt das denn etwas, wenn unsereiner etwas verspricht?« fragte Alf bitter, drehte sich abrupt um und folgte dem Beamten zur Gittertür, die schnell aufgeschlossen wurde. Dann war er verschwunden. Jetzt kam der Wachhabende zu Petry. Mit dem gleichen Schlüsselbund schloß er die andere Tür auf, die Tür, die zum Hof führte, dann zu den letzten drei Türsperren bis in die endgültige Freiheit draußen auf der Straße.

Als Petry endlich dort angelangt war, zum Parkplatz ging, seinen Wagen aufschloß und startete, versuchte er sich vorzustellen, wie das sein mußte für jemanden, der nach langer Zeit zum erstenmal wieder frei ist, ohne Türen, ohne Wächter, ohne diese vielen Schlüssel. Es mußte phantastisch sein!

Auf der Autobahn in Richtung Frankfurt fühlte Petry plötzlich eine starke Müdigkeit. Die durchwachte Nacht machte sich bemerkbar, die vielen Eindrücke von allen Seiten, die Erzählungen von blinder Begeisterung bis zu resignierter Gleichgültigkeit oder Skepsis. So viele neue Menschen! Vielleicht mehr als in den letzten drei Jahren zusammen. Ein bißchen viel für einen Tag. Und dann heute abend Susanne! Da war sie wieder. Er hätte jetzt gern eine Stunde geschlafen, geduscht, sich frisch gemacht. Aber Gröger wartete schon in der Redaktion. Es war unmöglich, ihn jetzt im Stich zu lassen. Petry trat das Gas durch. Das Tempo machte ihn wieder munter.

Susanne saß an ihrer Schreibmaschine und quälte sich mit ihrem Aufsatz über die Reiher und Störche. Sie wollte damit fertig werden, auch wenn es nicht mehr eilte. Das Gespräch mit Hanke war ihr leicht aus der Feder geflossen, aber das war vielleicht der Reiz des Neuen, der Druck des Ungewöhnlichen. So eine Art Superstreß für die ganze Welt – das setzte Energien frei. Aber dies hier war ihr Fachgebiet. Da wollte sie genau sein, wissenschaftlich und präzise. Mühsam! Oder konnte sie sich nur nicht konzentrieren? Wie sollte sie auch mit diesem bedrohlichen Hut dort am Haken ... Und was sollte sie heute abend anziehen? Den schwarzen Seidenpulli mit dem grauen Taftrock? Nein, zu düster. Das Kleid mit den großen Blumen in Rot und Lila? Ja, warum denn nicht? Wann zog sie das Kleid schon an? Das war endlich eine Gelegenheit. Es war ja teuer genug gewesen. Aber erst mal diesen Artikel vom Tisch, trotz der tausend Hindernisse.

Die Märchenhexe auf der Straße fiel ihr ein. Die Welt ist untergegangen. Wir wissen es nur nicht. Haben es verschlafen. Und sie schrieb über Reiher und dachte an geblümte Kleider. Oh Gott! Hilf mir doch, wieder klar zu werden. Susanne sprang auf und lief zum Telefon. Spontan wählte sie Carlas Nummer.

»Mellinghoff.«

»Susanne, hast du ein bißchen Zeit heute nachmittag?«

»Hm. Worum geht es?«

»Für einen Besuch im Zoo. Ich schreibe immer noch an meinem Artikel über die Reiher und Störche, aber ich komme nicht voran. Ich muß sie sehen. Ich brauche eine Inspiration. Kommst du mit?«

»Gern«, sagte Carla. »Eine nette Idee. Ich war auch gerade in einer Stockung. In einer halben Stunde am Zooeingang?«

»Fabelhaft!« rief Susanne erleichtert.

Susanne reihte sich ein in die Schlange vor der Zookasse. Erstaunlich, wie viele Menschen so am Nachmittag Zeit hatten, dachte sie flüchtig. Frauen mit Kinderwagen, Rentner, aber auch Männer im mittleren Alter. Sie hatten eben Zeit. Sie kaufte die Karten und spähte nach ihrer Freundin aus. Carla tauchte auf, diskret schick wie immer, aber doch auffallend als Erscheinung. Über einem dunkelgrauen Kostüm schwebte als einziger Farbfleck ein rostroter Hut mit breiter Krempe. Kein Schmuck sonst. Sie sah raffiniert aus. Susanne im Trenchcoat wirkte dagegen unscheinbar. Sie hatte sich das Umkleiden für den Abend aufgehoben, halb bewußt. Sie begrüßte Carla mit Wangenküssen auf beiden Seiten. »Danke, daß du gekommen bist, Liebes!«

»Gern geschehen. Also los! Wo fangen wir an?«

Schon am Eingang empfingen die leicht ausgebleichten Flamingos die Besucher, auf einem Bein stehend, wie es so ihre Art war, aber für immer der Fähigkeit beraubt, sich gemeinsam wie eine rosa Wolke in den Himmel zu erheben, wie sie es einst in ihrer südamerikanischen Heimat getan hatten. Ja, die Flamingos gehörten wie die Reiher und Störche auch zu den Vögeln, die im seichten Wasser wateten, nach Kleintieren fischten. Krebstierchen nach Möglichkeit, um sich ihre Farbe zu erhalten. Hier würde man ihnen vermutlich Karotin ins Futter mischen. Susanne griff Carla am Ärmel und zog sie weiter. »Laß uns gleich in die Fasanerie gehen«, bat sie. »Die Flamingos tun mir so furchtbar leid.«

»Das fängt ja gut an«, sagte Carla. »Ein Zoo ist ein Zoo. Gefangene Tiere zum Anschauen. Dafür werden sie nicht gejagt, geschlachtet und gefressen.«

Sie bummelten vorbei an den Bären, dann an den Großkatzen, die stumm und träge in den Käfigen lagen und in die fahle Aprilsonne blinzelten. Ob es schon Jungtiere gab? Schließlich war ja Frühling, wenn die Bäume auch noch kahl waren, der Himmel grau und die Luft kalt. Nur wenn man genauer hinschaute, konnte man an den Sträuchern schon Ansätze von Blattspitzen und Knospen sehen. Am Ufer des Teiches saßen Enten und putzten ihr Gefieder. Ein Pfau spazierte vorüber, alles wirkte ruhig und ein wenig leer, trotz des Andrangs an der Kasse. Die Besucher hatten sich verteilt.

»Sag mal«, fragte Carla, »gehören die Flamingos eigentlich auch zu deinen Störchen und Reihern?«

»Fast«, erklärte Susanne. »Sie sind Watvögel und können auf einem Bein im Stehen schlafen. Sie leben in den gleichen Gegenden. Aber ihre Schnäbel sind anders! Da zeigen sie eine Verwandtschaft zu den Enten, außerdem haben sie auch Schwimmhäute zwischen den Zehen.«

»Schau mal dort! Junge Hyänen!« Carla wies auf den Käfig, wo sich braunschwarzgefleckte Jungtiere tummelten. Sie trat an die Tafel mit den Erklärungen, die überall sorgfältig angebracht waren, mit Landkarten über das Verbreitungsgebiet, Erläuterungen über Nahrung und Lebensweise. »Afrikanischer Wildhund«, las sie. Aber eine Hyäne war es schon. »Schön sind sie ja nicht...«

Susanne lachte. »Frag mal ihre Mutter! Die wird sie sicher schön finden!«

»Sicher«, räumte Carla ein.

Gleich dahinter war schon die Fasanerie, rechts davon das Vogelhaus, das Prachtstück des Zoos. Zur Fasanerie führten drei Fangtüren, dann stand man inmitten der zauberhaften kleinen Landschaften, liebevoll gestalteten Abbildern des natürlichen Lebensraumes der Arten. Susanne bewunderte die Architekten dieser Flugräume immer wieder. Da gab es Felsengruppen, Wasserfälle, kleine Teiche zum Waten und Baden und eine kunstvoll zusammengestellte Vegetation, jede Region für sich so naturgetreu wie möglich, mit seltenen Bäumen, Sträuchern, Gräsern und Blumen. Und die gefiederten Bewohner schienen sich darin sehr wohl zu fühlen. Das war ja auch etwas anderes als ein gewöhnlicher Vogelkäfig.

Susanne liebte die Vogelwelt ganz besonders. Sie hatte sich mit diesen Wesen befaßt, mit der bemerkenswerten Lebenstüchtigkeit der Nestflüchter von der ersten Minute an; mit der ebenso bemerkenswerten Beharrlichkeit der Nesthocker in Bäumen und Felsenhöhlen – beides eine Notwendigkeit zum Überleben. Überall gibt es Feinde, die offenbar großen Appetit auf Küken haben.

Carla lauschte aufmerksam Susannes Ausführungen. Was das Mädchen alles wußte!

»Schau mal, Carla! Ein Dreifarbenglanzstar!«

»Meinst du den rotgelbgrünen da am Wasser?«

»Nein, das ist der Graukopfbuschwürger.«

Als wollte dieser Vogel sich für die Aufmerksamkeit bedanken, gab er einen langgezogenen, klagenden Ton von sich.

»Das ist alles, was er kann«, sagte Susanne entschuldigend. »Der singt immer nur den einen Ton.«

»Kennst du den Vogel?«

»Nein, nicht ihn speziell, nur die Graukopfbuschwürger als Spezies. Da – dort fliegt der Glanzstar, mit dem roten Bauch, oben blau und grün ...«

Carla sah ihn jetzt. »Wie der leuchtet, ein wundervoller Vogel! Und der kleine da neben ihm – was ist das für einer?«

»Ein sibirischer Sandregenpfeifer!«

»Susanne, sei mal ehrlich, kennst du die wirklich alle auswendig?«

»Nein, natürlich nicht. Aber komm mit, ich zeige dir den originellsten Vogel der Fasanerie, ein sehr seltenes Tier, ganz hinten in der Reihe – den Satyr-Tropagan.«

Sie mußten eine Weile suchen, bis sie ihn ausgemacht hatten. Zweifelnd betrachtete Carla den eher unscheinbaren Vogel mit der roten Kopfhaube. »Was ist denn so Besonderes an dem, Susi?«

»Er hat Hörner. Deshalb galt er lange als heiliges Tier im Himalaja. In andern Zeiten wieder jagte man ihn, weil man ihn für einen Dämon hielt, vermutlich wegen des Hornes. Dabei ist er brav, bescheiden und treu, Männchen und Weibchen sehen fast gleich aus, sie brüten in Bäumen und versorgen die Jungen gemeinsam. Die Menschen in dieser Region sind noch lange nicht soweit ...«

»Ich sehe keine Hörner«, sagte Carla.

»Die hat er eingezogen. Er fährt sie nur zur Brautwerbung aus, für den Balztanz.«

»Also doch ein Unterschied zwischen Mann und Frau?«

»Nun ja, beim Balztanz.«

»Edi kann das nicht«, sagte Carla versonnen. »Und dein Satyr sieht eher wie eine braune Taube aus, nur mit abgerundetem Schwanz!«

»Dabei gehört er zu den Fasanen!«

»Ein Fasan mit Hörnern ohne Schwanz, also Susanne, nichts ist unmöglich, jedenfalls nicht in der Natur.«

»Alle Schöpfung ist Spiel, Carla!«

»Das hast du von mir gelernt!«

Lachend nahm Susanne Carlas Arm. »Komm mit, jetzt gehen wir in das Vogelhaus nebenan. In den Juwelensaal. Ich freue mich immer wieder darauf – sooft ich auch hineingehe. Für mich ist das ein Traum zum Anschauen.«

Carla sah sie von der Seite an, in Erinnerung an Susannes Reaktion auf die Flamingos. »Und verzeihst du auch den Vogelfängern, daß sie dir das Erlebnis vermitteln?«

»Nein.«

»Du bist unlogisch.«

»Ja!«

Durch eine erneute Vorkammer traten sie in den abgedunkelten Raum des Juwelensaals wie in eine heilige Halle. Schon mancher hat hier leise »Ah–!« gesagt, als er eintrat. Die Juwelen, um die es hier ging, waren Nektarvögel, Kolibris und andere schwirrende Kostbarkeiten der Natur, gesammelt aus tropischen Urwäldern,

Hochgebirgen und Wüsten dieser Erde, als gäbe es keinen Winkel und keine noch so harte Lebensbedingung, die durch solche Schönheit nicht verzaubert werden könnte. Der Raum war rundherum mit Volieren ausgestattet, die den natürlichen Lebensraum der jeweiligen Bewohner genau darstellten, teils mit echten Pflanzen und Steinen, teils mit kunstvollen Mosaiken auf dem Hintergrund. »Ah!« sagte jetzt auch Carla. Gleich vor dem ersten Käfig links stand sie wie angewurzelt. Ein schwarzweißes Mosaik, ein dürrer Strauch, auf dem Boden gestreuter Sand, darin saß ein unscheinbarer, brauner kleiner Vogel. Zwergschnäpper – stand auf dem Schild, Mittelafrika, fängt Insekten im Flug. Carla stand ganz still und starrte unbewegt auf das Vogelpärchen, welches munter seinem Tagewerk nachzugehen schien. Karge Landschaft, hartes Leben. »Das große Los hat der nicht gezogen«, sagte Carla. »Wenn es da, wo er herkommt, genauso aussieht. Aber er wirkt vergnügt...«

Im nächsten Käfig hüpfte ein Vogel herum, der fast ein Spatz sein konnte, nur daß er »Veilchen-Astrid« hieß. Dann war da noch ein Rotnackenlaufhühnchen in der Größe eines Hühnerkükens und ein Perlhühnchen aus China. Den Hintergrund bildeten Seegras, ein Laubbaum und ein kahler Baum, Sand und ein Mosaik aus Schilf. Von Voliere zu Voliere wurde es bunter, bis sie endlich vor einer Amazonaslandschaft standen, mit rotem Sand, einem Felsen und einem Tropenbaum. Von oben her kam ein Wasserfall, und im Vordergrund lag ein See, in dem sogar Fische schwammen. Hier schienen die Farben zu explodieren, auch bei den Bewohnern dieses Zaubergartens. Eine »Gouldamadine« flog in ihr Blickfeld, klein wie ein Fink und unwahrscheinlich bunt. Das Köpfchen war rot, der Bauch gelb, der Schwanz grün und schwarz, die Flügel waren blau und lila. »Das Tier muß in einen himmlischen Farbtopf gefallen sein«, sagte Carla.

»Da spricht die Malerin! Allerdings habe ich auch noch keinen bunteren Vogel gesehen. Ich glaube eher daran, daß er sich diese Farben gewählt hat. Daß er so aussehen wollte!«

»Du meinst, einer seiner Ahnen hatte diesen Wunsch, vor grauer Vorzeit? Vor Millionen von Jahren? Das muß ein sehr wirkungsvoller Wunsch gewesen sein. Aber du hast vermutlich recht! Vielleicht bekommen alle Wesen, was sie wollen, nur eben mit großer Verspätung, und dann haben sie nichts mehr davon.«

»Das ist die Frage«, sagte Susanne. »Wie ist es denn mit uns?

Wessen Wunschkinder sind wir? Und wenn wir uns verändern möchten, körperlich, meine ich, wann wird es sichtbar und an wem?«

»Wir verändern uns doch ständig, Suschen! Durch Erziehung, durch Selbstkontrolle oder durch Nachlässigkeit – das gehört doch alles zu unserer Verwandlung. Auch körperlich ... Wir treiben Sport, halten Diät oder fressen uns zu unförmigen Leibern auf. Und unser höheres Ich wählt die Veränderungen, die uns gelungen sind, für die Vererbung aus. Das wird in die Gene programmiert. Und am Ende sind wir alle schön, intelligent und gut.«

»Das höhere Ich«, wiederholte Susanne nachdenklich. »Das muß es bei dem Vogel auch sein, wenn ein so buntes Federkleid entsteht. Obwohl am Anfang doch der Schöpfer des Vogels selbst stehen muß. Was also ist Schöpfung, Gott selbst, was ist Über-Ich, was sind Engel oder Halbgötter, was ist Ego, was ist das Wesen selbst?«

Carla seufzte. »Du hättest vielleicht nicht Biologie studieren sollen, meine liebe junge Freundin. Für solche Fragen sind Theologen und Philosophen zuständig.«

»Die Theologen wissen immer zuviel und die Philosophen zu wenig.«

»Und die Naturwissenschaftler? Alles Zufall und Auslese durch Lebenskampf. Genügt dir das?«

Susanne geriet ein wenig in Abwehr. »Wir wissen, wie so ein Tier gebaut ist, welche für Nahrung es braucht, wo es lebt, wie es Kinder aufzieht, singt, tanzt oder kämpft, wir beobachten eben und sammeln. Ist das nichts?«

»Nicht, wenn man wissen will, wie der Vogel zu seinen bunten Federn gekommen ist. Zum Überleben braucht er die kaum. Die Paradiesvögel sind schwerfällig durch ihre prächtigen, langen Schwanzfedern. Nein, es geht nicht immer ums Überleben, sondern um Brautwerbung und Eindruck machen, aber eindeutig auf Kosten der Lebenstüchtigkeit. Wenn wir uns zu schön machen, kann das auch gefährlich werden.«

»Ach, Carla! Es ist weniger, daß ich wissen will, wie es geschehen ist; ich will lernen, wie man es macht!«

Carla zog Susanne weiter, durch den Vorhang von bunten Plastikschnüren, hinüber in den Raum mit den Großvolieren. »Wir werden es versuchen«, versprach sie, »ich muß nur den richtigen Vogel finden.«

Gleich rechts empfing sie ein großer Schilfwald mit einem Teich, an dem bewegungslos ein Marabu stand. Durch die Glasscheibe sah man die Enten auf dem Wasser schwimmen, wie man sie sonst nie sehen konnte: der Körper auf dem Wasser, die paddelnden Füßchen unter Wasser. Kleine Fische weiter unten in respektvoller Entfernung. Andere Vögel schwirrten durch die Luft – das Ganze machte einen wahrhaft paradiesischen Eindruck. Carla blickte prüfend auf den Marabu, doch dieser schien so tief in sich zu ruhen, daß man ihm nur Zufriedenheit mit sich und der Welt unterstellen konnte. Sie zupfte Susanne am Ärmel. »Komm doch bitte noch mal mit zurück an den Schaukasten mit den Eiern, dort am Eingang!«

»Gern! Ich wollte dir sowieso noch das Riesenei von dem ausgestorbenen Madagaskarstrauß zeigen, etwa 32 Zentimeter lang!«

Carla trat an den Schaukasten und tippte auf das Ei des Kolibris, welches als anschaulicher Kontrast gleich unter den Straußeneiern lag. Länge etwa acht Millimeter. »Bei dem kleinen Ei erscheint mir das Wunder noch größer«, sagte sie. »Ist nun die Form des Vogels fertig mit allen Anlagen? Oder können jetzt noch Wünsche geäußert werden? Was meinst du?«

»Die Genetiker erklären es für fertig. Aber was wissen die schon? Wenn Luft und Wärme durch die Schale dringen können, müßte es für Gedanken und schöpferische Wünsche auch möglich sein. Vergessen wir nicht den Vorgang des Brütens! Vielleicht hat der nicht nur mit Wärme zu tun, sondern mit liebevoller Erwartung und mit Vorstellungen von dem Ergebnis?«

»Für eine Naturwissenschaftlerin stellst du ziemlich kühne Theorien auf, meine Liebe. Ihr seid doch so auf das Beweisen eingeschworen? Da hört der Beweis sicher auf.«

»Bis jetzt«, sagte Susanne. »Es geht weiter. Warum sollte der Mensch nicht alles erforschen dürfen, eines Tages? Auch die kausalen Zusammenhänge, die schöpferischen Impulse hinter den Erscheinungsformen?«

»Nun, versuchen darf er es ja. Aber mit dem, was er schon weiß, richtet er bereits genug Unheil an. Besser wäre es, die Menschen würden sich erst noch ein bißchen entwickeln, bevor sie weiterforschen.«

»Aber Carla! Das geht doch nicht. Wir können nicht aufhören. Und wir dürfen auch nicht. Wir wissen zu wenig, nicht zuviel.«

»Dreijährigen Kindern gibt man keine Bombe zum Spielen, das meine ich. Und die Genetik ist eine Bombe! Einem Vogel kann man ohne weiteres ein Ei anvertrauen. Der bleibt darauf sitzen, beschützt es und verteidigt es mit seinem Leben. Wenn Menschen Eier ausbrüten müßten, würden die schrecklichsten Dinge passieren. Daran kann ich nur schaudernd denken.«

Susanne nickte. »Da hast du recht! Bei dem System der Vermehrung beim Menschen mußte der Nachwuchs von Anfang an vor den Eltern geschützt werden. Auch eine Geburt ist unfreiwilliger als das Brüten, so sieht es wenigstens aus.«

»Und selbst das genügt oft noch nicht«, sagte Carla mit einem Anflug von Traurigkeit. »Die Vögel müssen ethisch höher stehen als wir. Das ist übrigens kein neuer Gedanke. Die Esoteriker behaupten, Vögel und Insekten seien teilweise schon so entwickelt, daß sie ihre Evolutionskarriere nicht über den Menschen machen müssen, sondern sie steigen zu den Naturgeistern auf, Astralwesen wie Feen und Elfen.«

»Jetzt läßt du die Katze aus dem Sack, Carla! Warum stellst du mir verfängliche Fragen, wenn du solche Antworten kennst?«

»Ich bin für Freiheit. Und wenn mir eine Theorie einleuchtet, bin ich noch lange nicht von ihr abhängig. Außerdem will ich deine naturwissenschaftliche Meinung hören.«

»Um sie hinterher abzulehnen oder zu sagen, wir sollten lieber aufhören zu forschen.«

»Schon gut, Susi. Laß uns weitergehen. Schönheit beruhigt. Das haben wir schon im Juwelensaal gesehen. Und dieser Saal ist mindestens ebenso schön. Zeig mir doch nun endlich einmal einen von deinen Reihern!«

Susannes Züge wurden weich. Sie zeigte Carla die Königsfischer und den Jaribu, den größten Storch mit einer Flügelspanne von 1,4 Metern. »Er tastet in trübem Wasser nach seiner Beute«, erklärte sie, »er frißt Krebse und Schlangen. Aber jetzt komm mal mit zu den Baumflamingos, den roten Sichlern!«

Carla ließ ein gehauchtes »Oh« vernehmen, als sie vor der Voliere stand, in der wirklich alles rot war bis auf die Bäume: roter Sand am Boden, knorrige Baumäste, ausgebleicht, etwas Schilf an flachem Wasser, das war die Umgebung. Aber alles verblaßte neben diesen orangeroten Vögeln, die überall auf den Ästen hockten, zartgliedrig, langbeinig, nicht größer als ein normales Huhn. Allerdings so auffallend leuchtend, so graziös in jeder Bewegung, daß man schon glauben konnte, sie seien einem Märchenbuch entsprungen. In den Ästen hingen flache Körbe, die den Vögeln offenbar als Grundlage für ihre Nester dienten. »Das sind sie!« sagte Carla überzeugt, »mit ihnen will ich es probieren!«

»Nur zu! Hypnotisiere einen, wenn du kannst. Kann sein, daß er dich durch diese Scheibe nicht einmal sieht, dein Vogel.«

»Hauptsache, ich habe Kontakt mit ihm! Glas ist kein Hindernis. Ich gehe in ihn hinein, ich suche die Vereinigung mit seinem Bewußtsein.«

Susanne widersprach nicht. Bei Carla mußte man auf alles gefaßt sein. Sie dachte anders als andere Menschen.

Carla deutete auf den Vogel, der am höchsten saß; er streckte gerade genießerisch einen Flügel aus und ordnete mit dem langen Schnabel sein Gefieder. »Achte auf ihn«, flüsterte sie, »ich werde ihn jetzt fragen.«

Gespannt sah Susanne hinauf. Der ganze Baum war voller roter Sichler, aber der eine ganz oben schien sich seiner Position voll bewußt zu sein. Er senkte seinen Schnabel auf die Brust und nahm eine starre Haltung ein. »Hört er dich, Carla?«

»Ja. Er lauscht. Ich bin in ihm und fühle mich wie ein Flamingo. Ich fühle so etwas wie Stolz auf meine Schönheit. Und jetzt gebe ich ihm ein Bild, frage ihn, ob er sein Kleid nicht verändern möchte.«

»Und?« fragte Susanne gespannt. »Will er?«

»Schau doch hin!«

Der Flamingo breitete jetzt ganz langsam seine Schwingen aus, diese eindrucksvollen zarten Flügel, die am Ende leicht gefranst waren.

»Ich sehe jetzt den Vogel mit weißen Unterseiten an den Flügeln, jetzt kommt auch Weiß an Brust und Hals und Bauch – er wird unten weiß, und oben bleibt er orangerot.«

Der Flamingo ging in die Ausgangsstellung und wurde wieder ein leuchtend roter Sichler, auf fahlem Ast über rotem Sand. Es würde schon gut aussehen, wenn er unten weiß wäre.

»Meinst du, das möchte er jetzt, Carla?«

»Ja. Wir haben uns verständigt. So eine Art Bildtelepathie. Und wenn er es wirklich möchte, wird er es denken, immer wieder, und vor allem, wenn er brütet.«

»Aber wird er es erleben? Jetzt, in diesem Leben?«

»Dummchen, er hat es doch soeben erlebt! Das ist reiner und

stärker als bloßes Anschauen der Materie. Er hat es innerlich gesehen, das ist sehr viel für einen Vogel. Und er weiß es!«

»Carla, du verblüffst mich immer wieder. Du faszinierst mich, und ich möchte dir so gern glauben. Aber dann meldet sich bei mir die Rationalität...«

Carla seufzte. »Du rufst die Geister, und wenn sie kommen, schickst du sie weg. Genau wie mit deiner verborgenen Stunde, nicht wahr, mein Liebes?«

»Wie kommst du jetzt darauf? Was hat das mit deinem roten Sichler zu tun?«

»Viel, Mädchen. Ich habe dir einen verborgenen Vorgang geschildert, den natürlich niemand beweisen kann. Du suchst etwas von dir selbst, was du auch nicht beweisen kannst. Aber du weißt, daß es da ist, und der Flamingo weiß es auch. Er hat es leicht, er braucht sich nur auf ein Ei zu hocken und darüber zu meditieren. Aber du...«

»Ich treffe bald meinen Partner aus jener Stunde. Heute abend. Auch wenn er nur fünf Minuten bei mir war.«

»Glaubst du das ehrlich?«

»Nein«, sagte Susanne. »Laß uns gehen. Mir wird unheimlich mit dir. Ich fürchte mich ein bißchen. Aber ich freue mich auch...«

»Ja, gehen wir. Hast du nun die nötige Inspiration bekommen, die du haben wolltest?«

»Anders, als ich dachte. Aber genauso wichtig für mich. Es sind vor allem deine Inspirationen, Carla, die mich immer wieder erstaunen. Bei dir ist alles so selbstverständlich, was du sagst. Genau wie auf deinen Bildern. Aber dann ist es auch die Naturbetrachtung ganz allgemein, dabei bekomme ich immer ein ganz anderes Zeitgefühl...«

»Das ist es!« rief Carla aus. »Das hast du gesucht, Susanne. Die Zeit, die nicht vergessen wird, das einfach fließende Leben, welches in sich geschlossen und klar abläuft. Ein Vogel brütet nicht mit der Uhr. Er hat ein inneres Programm, welches in völliger Harmonie mit den Naturgesetzen schwingt. So etwas suchst du in dir selbst, stimmt's?«

Susanne hob die Schultern. »Suche ich das? Obwohl ich weiß, daß wir so etwas Zuverlässiges nicht in uns haben?«

»Wer kann das sagen? Vielleicht haben wir es verloren. Vielleicht müssen wir es wiederfinden. Du bist doch gerade dabei. Das wird ein interessanter Abend, Susichen...«

»Sei nur still! Aber ich danke dir, daß du gekommen bist, Carla. Ich liebe dich!« Spontan umarmte Susanne die Freundin.

»Ich liebe dich auch«, sagte Carla.

Zu Hause hatte Susanne nicht mehr die geringste Lust, wieder an die Arbeit zu gehen. Carla hatte wieder einmal recht gehabt, sie hatte ganz etwas anderes gewollt, wenn auch unbewußt. Und jetzt stand sie vor ihrem Kleiderschrank und überlegte, was sie heute abend anziehen sollte. Die Vögel hatten es da leichter. Sie hatten ein Kleid fürs ganze Leben. Änderungen dauerten etwas länger. Sie hatte ja schon beschlossen, das Kleid mit den großen roten und lila Blumen zu nehmen; aber die Feuervögel hatten sie wieder unsicher gemacht. Dann griff sie doch nach dem Blumenkleid. Es war auf Figur gearbeitet und stand ihr gut. Das nehmen wir, Susi! Beschlossen und fertig.

Sie legte das Kleid auf ihr Bett und drapierte es wie ein Ausstellungsstück. Jetzt ein ausgedehntes Bad – das war das Richtige zum Nachdenken, Träumen und Entspannen. Kurz bevor sie die Badezimmertür erreichte, klingelte das Telefon. Wer konnte das sein? Ob Petry absagt? dachte Susanne in flüchtiger Enttäuschung, während sie abhob.

»Susanne Karr.«

»Alexander.«

»Ach, du bist's!« Sie atmete spürbar auf.

»Morgen früh ist Lores Beerdigung«, sagte Alexander. »Um neun Uhr wird die Unvollendete in der Friedhofskapelle gespielt, die hat Lore besonders geliebt. Um zehn Uhr beginnt dann der offizielle Gottesdienst mit der anschließenden Beerdigung. Und dann haben wir ein gemeinsames Essen im Hessischen Hof für alle, die mit uns sein wollen. Das ist alles.« Er klang eigenartig ruhig.

Susanne fiel mit Schrecken ein, daß Alex vielleicht jetzt mit ihr zusammensein wollte. Daran hatte sie überhaupt nicht gedacht bei ihrer Planung für das Abendessen mit Petry. »Brauchst du mich noch heute abend?« fragte sie zaghaft.

»Nein, nein. Ich weiß doch, daß du verabredet bist. Außerdem muß ich mich um Lores Eltern kümmern, die sind eingetroffen und im Hessischen Hof abgestiegen. Deshalb essen wir auch dort morgen zu Mittag. Das wird kein leichter Abend für mich sein, aber es ist besser, ich bin allein mit den beiden. Vielleicht hassen sie mich und halten mich für schuldig ...«

»Wenn du dich selbst für schuldig hältst, werden sie es auch tun.«

»Unschuldig bin ich sicher nicht.«

»Alex, bitte! Du hast keinen Beweis. Du hast sie nicht umgebracht, sondern sie hat es selbst getan. Laß ihr doch wenigstens einmal eine eigene Verantwortung. Und das solltest du auch ihren Eltern sagen, das ist eine Hilfe bei allem Schmerz. Sie wollte gehen – versucht es zu respektieren.«

»Tut mir leid, ich fange immer wieder davon an. Das muß schlimm für dich sein. Ich sehe dich also morgen früh ...?«

»Ich komme um neun«, sagte Susanne. »Ich höre diese Sinfonie auch sehr gern. Bis dann, Alex!« Sie legte auf und versuchte, den Schatten loszuwerden, der sie gerade ergriffen hatte. Das Bad! Wasser für Körper und Seele!

Diesmal schaffte sie es, sich bis auf das Hemdchen auszuziehen, als das Telefon sich erneut meldete. Es war wie verhext. Kam die Absage jetzt?

»Susanne Karr.«

»Philipp.«

»Oh!« sagte Susanne. Es klang erschrocken.

»Mich erwartest du wohl gar nicht mehr?« fragte Philipp mit vorwurfsvollem Unterton.

»Entschuldige. Ich hatte eben gerade ein Gespräch mit Alex. Lore wird morgen früh um zehn beerdigt.«

»Ach so? Beschäftigt dich das wirklich so außerordentlich?«

»Na, glaubst du, es läßt mich kalt?« fragte Susanne ärgerlich. Sie fühlte sich ertappt.

»Das hätte ich für möglich gehalten, ja. Du mochtest doch Lore nie besonders. Warum werden Menschen plötzlich wichtig, wenn sie sterben? Du bist doch sonst immer so ehrlich.«

»Philipp, weshalb rufst du an?«

»Ich gehe nach Amerika, mein Schatz. Ich habe mit Ria einen Tourneevertrag unterschrieben. Mitte April fahren wir, zunächst für drei Monate. Vielleicht auch für länger. Ich dachte, ich sollte dir das sagen. Nein? Bricht es dir nicht vor Kummer das Herz?«

Susanne horchte in sich hinein. Vor wenigen Tagen wäre das für sie tatsächlich eine schockierende Nachricht gewesen. Jetzt fühlte sie nichts. Doch – Erleichterung! Ein Ende aus vernünftigem Grund ohne Schuld, böse Worte oder Sentimentalitäten. »Philipp, ich gratuliere dir«, sagte sie herzlich. »Das ist ja wunderbar für euch! Das muß doch gefeiert werden! Habt ihr nicht immer davon geträumt?«

»Ja schon, Su. Aber es wäre mir lieber, wenn du wenigstens ein bißchen traurig gewesen wärest. Du läßt mich ja fallen wie eine heiße Kartoffel. Eiskalt ...«

»Wenn ich nicht einmal wegen einer Beerdigung traurig sein darf, werde ich wohl kaum weinen, wenn du einen beruflichen Erfolg hast, den du dir gewünscht hast. Außerdem – hast *du* den Vertrag unterschrieben oder ich? Du triffst eine Entscheidung nach deinem Geschmack und verlangst dann, daß ich die trauernde Witwe spiele?«

»Susanne, du machst mir etwas vor. Da ist etwas zwischen uns, meine schöne Wissenschaftlerin, und das ist weder mein Vertrag noch deine tote Schwägerin. Es ist auch nicht die ominöse Stunde, sondern schlicht und einfach ein anderes Gefühl. Ein neuer Mann vielleicht – oder du liebst mich eben nicht mehr. Das kommt vor. Ich weiß nur, von mir kommt das nicht. Ich fühle das so intensiv, daß ich vielleicht deshalb den Vertrag unterschrieben habe. Ich mag ein verrückter Musiker sein, den man selten ernst nehmen kann, aber wenn du von mir weggehst – innerlich – das fühle ich genau, in der Magengrube, weißt du? Da zieht sich alles zusammen. Ein unbeschreibliches Gefühl.«

»Das tut mir leid, Phil«, sagte Susanne. »Etwas ist anders, ja, aber ich weiß nicht, was es ist. Es liegt nicht an dir. Aber an mir doch auch nicht. Das müßte ich doch wissen ...«

»Die Stunde, Su!«

»Gerade hattest du gesagt, es sei nicht die ominöse Stunde! Und was immer wir aus dieser Zeit nicht wissen, es muß schon vorher dagewesen sein! Die Stunde hat vielleicht mehr sichtbar gemacht als verborgen.«

»Schöne Worte, Schwesterchen, denn das bist du doch von nun an? Mach dir keinen Kummer, ich komme schon zurecht. Ich freue mich auf die Tournee. Ria freut sich auch. Sie ist bei mir auch besser aufgehoben als bei deinem wankelmütigen Bruder. Ich habe ihn vor der zweiten Selbstmörderin bewahrt. Wirklich, dieser Punkt hat auch eine kleine Rolle gespielt bei meiner Unterschrift.«

»Das ehrt dich, Phil.«

»Danke.«

Eine Pause entstand. Beide warteten.

»Hallo, Su? Bist du noch da?«

»Ja.«

»Sehen wir uns noch?« Es klang flehend.

»Ihr seid ja noch drei Wochen hier. Ruf mich wieder an.«

»Verstehe«, sagte Philipp bedrückt und legte den Hörer auf, so leise und behutsam, daß Susanne es kaum hörte.

Eine Weile stand sie ganz still. Ihr Blick haftete auf dem Apparat. »Ich gehe jetzt ins Bad«, sagte sie streng. »Wenn du noch mal klingeln willst, tue es gleich.« Es blieb aber ruhig. »Braves Telefon.«

Erst als Susanne in der Badewanne saß und das warme Wasser ihren Körper umspülte, entspannte sie sich. Sie genoß diesen Schwebezustand, in dem alle Poren sich öffneten wie kleine innere Türen. Im Bad konnte sie träumen, nachdenken, Bilder in sich aufsteigen lassen, die sonst verborgen blieben. Es war ganz anders als unter der Dusche, die mehr aufregte und ein diesseitiges Vergnügen war, auch sehr angenehm, aber nicht so loslösend.

Mit geschlossenen Augen ließ sie die Vogelvolieren des Zoos vor sich erscheinen. Da waren sie schon – die leuchtenden roten Baumflamingos. Und da war Carla mit ihrem meditativen Eintauchen in den einen Vogel. Carla konnte überall eintauchen und es von innen erleben; sie konnte eins werden mit anderen Wesen. Dann rief Susanne ihren Lieblingsvogel vor ihr inneres Auge: den weißen Seidenreiher. Ein Märchenwesen mit einem so feinen Gefieder, daß es beim leisesten Windhauch aussah, als vollführe er einen Schleiertanz. Blütenweiß war er, praktische Gründe dürften bei dieser Schöpfung kaum eine Rolle gespielt haben. Sie hatten bei ihrem heutigen Zoobesuch keinen Seidenreiher gesehen. Sicher war er in der großen Voliere, in der die Vögel bei tropischen Temperaturen frei über die Köpfe der Besucher fliegen konnten. Diesen Raum hatten sie schnell verlassen. Susanne versuchte, es Carla nachzumachen und ganz Seidenreiher zu werden. Sie spielte mit den Fingern im Wasser, als wären es die langen weißen Fransenfedern des Vogels, und sie bewegte ihre schlanken Beine wie zu bedächtigem Staksen in einem flachen Teich. Sie versuchte in sich den Appetit auf kleine Flußkrebse und Muscheln zu fühlen, aber das klappte nicht. Sie wurde wieder Susanne und strich mit ihren Händen über ihren Körper, langsam und aufmerksam. Vielleicht möchte der Seidenreiher auch einmal in mir zu Gast sein – überlegte sie. Ob ihm das gefallen würde? Doch, sicher, besonders in der Badewanne ...

Langsam verplätscherten Susannes Gedanken, spielerisch wie die kleinen Wellen, die sie immer neu erzeugte. Ruhe zog in ihr ein und öffnete allmählich tiefere Schichten ihres Bewußtseins. Ganz plötzlich fand sie sich wieder in einem wirbelnden Tanz. Dies war ein Teil von ihr selbst, so elementar, daß sie eigentlich tanzend durchs Leben stürmen müßte. Dann wieder Stille, keine innere Musik mehr. Sie lauschte. Ihre eigenen Fingerspitzen auf ihrer Haut waren wie eine letzte Verbindung zur Außenwelt. Oder waren das gar nicht ihre Hände? Philipp? Nein, der war wilder und täppischer, es war etwas anderes, etwas ganz Neues ... wie eine Berührung von einem Wesen, welches zum erstenmal wirklich zu ihr kam ... Susanne hielt den Atem an und tauchte mit dem Kopf unter die Wasseroberfläche. Dann war es weg. Sie kam wieder hoch und prustete. Dann – als würden Erinnerungen jetzt leichter und oberflächlicher fließen – sah sie die Kräuterhexe, Professor Hanke, Alexander, die tote Lore, Carlas Katzen, Ria mit einer Haarsträhne im Mund, Philipp am Klavier – und plötzlich sah sie einen Seidenreiher vor sich auffliegen. Zum erstenmal wurde ihr bewußt, daß Traum und Wirklichkeit sich so vermischen konnten, ohne Logik, ohne erkennbares Ziel. Aber wenn man in der Tiefe etwas finden will, dann durchquert man viele Räume. Wie hatte doch Carla gesagt? ... Du rufst die Geister, und wenn sie kommen, schickst du sie weg. »Ein andermal!« sagte Susanne laut und stand in der Badewanne auf wie eine Aphrodite aus dem Wellenschaum, angelte ihr Handtuch und begann sich zu frottieren. Dann kam das Haareföhnen, Zähneputzen, Einkremen, Nägelfeilen, die ganze Prozedur, bei der sie sich rundum wohl und gepflegt fühlte.

Bevor sie ihr Kleid anzog, stellte sie das Radio an. Belanglose Musik, die sie nicht zum Tanzen reizte. Das Kleid bestand aus knisterndem Seidentaft, der überall etwas puffte und abstand. Der Ausschnitt war hinten tief und spitz, die Schultern frei. Ihr schönes Dekolleté hätte keinen schöneren Rahmen finden können als die großen lila und roten Blumen auf schwarzem Grund. Auch ein idealer Ausschnitt für Schmuck, aber Susanne verzichtete darauf. Sieht schon protzig genug aus, dachte sie. So attraktiv hatte sie das Kleid gar nicht mehr in Erinnerung. Die Taille war sehr betont, der weite Rock darunter bauschte sich knisternd. Als sie sich endlich fertig angezogen im Spiegel betrachtete, war es ihr fast ein wenig peinlich, so gut sah sie aus. Für einen Moment überlegte sie, ob sie nicht doch noch auf Grau umwechseln sollte. Der erste Abend mit Petry – und dann so protzig ... Sie wurde unsicher.

An der Tür läutete die Glocke. Susanne schrak zusammen und

war jetzt entschlossen, das Kleid wieder auszuziehen. Aber dazu war keine Zeit mehr. Es konnte doch nicht schon acht Uhr sein? Es war zehn Minuten vor acht! Sie lief zur Tür. Es muß jemand anders sein, redete sie sich ein.

Draußen stand Petry. »Guten Abend!« sagte er lächelnd. »Bin ich zu früh?«

»Nein, nein! Kommen Sie nur herein!« Jetzt erst sah sie, daß Petry ihr einen Strauß gelber Rosen entgegenstreckte. »O, danke!«

»Zur Feier unseres Abends«, erklärte er aufgeräumt.

Susanne nahm die Rosen und schnupperte daran. Dann lief sie fort in ihrer üblichen Geschäftigkeit... Vase suchen, Wasser einlassen, die Blumen hineinstecken und in die richtige Position zupfen. Dann stellte sie den Strauß auf den niedrigen Glastisch vor dem Sofa und sagte schließlich »Danke«.

Petry hatte sie die ganze Zeit staunend betrachtet. Sie sah wirklich toll aus in diesem Cocktailkleid, sehr schlank, beinahe zierlich durch die schmale Taille, den großen Ausschnitt und den weiten Rock. Das blonde Haar und der Blumenstrauß in der Hand machten dieses Bild perfekt. Sie hatte wirklich verblüffende Verwandlungsmöglichkeiten! Er selbst war daneben eine graue Maus in seinem grauen Anzug mit dem Trenchcoat darüber.

Susanne holte sich inzwischen ein Cape aus dem Kleiderschrank, weil darunter das Kleid nicht so sehr zerdrückte. Petry reagierte schnell. Er nahm ihr das Cape aus der Hand und legte es vorsichtig um ihre Schultern. Bei so einem Ding wußte man nie genau, wie es angezogen wurde. Nach einigem Gefummel fand Susanne den Ausgang für die Hände. »Danke«, sagte sie noch einmal und drehte sich zu ihm um. Sie standen beide voreinander, erwartungsvoll lächelnd, in deutlicher Vorfreude auf den gemeinsamen Abend, aber doch wie durch Glas getrennt.

»Gehen wir?« fragte Petry.

Susanne nickte erleichtert.

Das Restaurant Hegner zeichnete sich durch gediegene Eleganz aus. Der Raum war vorherrschend rot, raffiniert beleuchtet durch sichtbare und versteckte Lampen. Sitzgruppen waren unregelmäßig durch kleine Mauernischen und Pflanzen voneinander getrennt. Ein Salatbuffet stand in der Mitte des Raumes und bot einen verlockenden Anblick.

Der Chef kam selbst und begrüßte sie. Er kannte die Petrys gut.

Besonders Hans Petry aß öfter hier, aber mit einer anderen Dame. Hegner gab Susanne einen diskret interessierten Blick. Bezaubernd! Der Junior des großen Verlagshauses war vielleicht noch nicht festgelegt? »Ich bringe Sie zu Ihrem Tisch«, sagte er mit einer leichten Verbeugung. Er ging voran und brachte sie zu einem Ecktisch, auf dem ein Blumengesteck in Rosa von erlesener Schönheit prangte. Das rote Tischtuch darunter war eine malerische Ergänzung. Sie nahmen Platz, einander gegenüber, und Hegner zog sich zurück. Alle Spannung und Erwartung auf diesen Abend hin fielen in diesem Augenblick von ihnen ab. Sie waren hier. Eine genießerische Ruhe stellte sich ein.

Der Oberkellner kam. Ein südländischer Mann in den Dreißigern, der sich einen bewundernden Blick auf Susanne nicht verkneifen konnte. Er legte die ledergebundenen Speisekarten vor. »Wünschen Sie einen Aperitif?«

Lächelnd sah Petry Susanne an, fragend und routiniert zugleich. »Nun?«

»Ich möchte zunächst nur ein Mineralwasser«, sagte Susanne verlegen, »und später zum Essen einen Wein.«

»Für mich auch ein Wasser«, sagte Petry. »Haben Sie eine besondere Empfehlung für das Essen?«

Der Oberkellner schlug beflissen die Karte auf. »Da wäre hier unter den Vorspeisen der Räucherlachs, die Wachteln oder die Schnecken ...?«

»Kann man hier bei Ihnen auch vegetarisch essen?« fragte Susanne naiv.

Der Oberkellner erstarrte nur für eine Sekunde. Dann sagte er geschmeidig: »Selbstverständlich, gnädige Frau! Wir können Ihnen eine Gemüseplatte zusammenstellen, mit Käse überbacken, bei der die ganze Menschheit zu Vegetariern würde!«

Petry lächelte. »Ich jedenfalls heute noch nicht! Ich hätte gern den Frischlachs mit Wildreis, und vorher vielleicht eine Suppe. Susanne, das sind hier die Spezialitäten des Hauses!«

»Ja, vielleicht eine Tomatensuppe?«

»Also«, sagte Petry zum Oberkellner, »zwei Tomatensuppen, eine Gemüseplatte, einen Frischlachs, den Wildreis für zwei Personen und Salat vom Wagen natürlich! Bleibt noch der Wein. Wünschen Sie roten, weißen oder Roséwein, Susanne?«

»Rosé«, sagte sie benommen, denn es fiel ihr auf, wie selbstverständlich Petry sie beim Vornamen nannte.

Der Kellner entfernte sich. Und die beiden hatten Zeit, einen langen Blick zu tauschen. »Ich weiß«, sagte Petry, »meine Anrede ist ziemlich formlos. Ich möchte aber dabei bleiben, einverstanden? Wir sollten uns beide beim Vornamen anreden, denn alles andere ist in unserer Situation einfach lächerlich.«

Susanne zögerte. Sie war sich dessen nicht so sicher wie er. Aber während sie noch überlegte, brachte der Kellner die Flasche Rosé, entkorkte und ließ Petry kosten. Das übliche Ritual, so eingeübt, so international, daß es schon fast im Unterbewußtsein ablief. Kopfnikken, Einschenken, Zurückstellen der Flasche in den Kübel mit Eis.

Petry hob sein Glas. »Also trinken wir schon Brüderschaft, liebe Freundin. Prost, Susanne!«

Sie hob ihm ihr Glas entgegen. »Prost, Hans!«

Er stutzte. »Woher kennst du meinen Vornamen, Mädchen?«

»Ich weiß nicht«, sagte sie verlegen. »Vielleicht von den Firmenbriefbogen?«

»Ach so, natürlich. Ist auch unwichtig ...«

Sie tranken. Nein, unwichtig war es nicht. Es war im Gegenteil der springende Punkt – fast ein Beweis ... Der Kellner kam und lenkte sie wieder ab. Er brachte das Mineralwasser und einen kleinen Appetithappen, gratis, als Aufmerksamkeit des Hauses. Eine Schnecke für Petry und für Susanne wohlbedacht etwas Vegetarisches: ein Stückchen Gorgonzola. Dazu ein Körbchen mit verschiedenen Brotsorten.

»Wollen wir wirklich du zueinander sagen?« fragte Susanne plötzlich.

»Ging es zu schnell?« fragte Petry und hielt ihren Blick fest. »Für mich jedenfalls nicht. Mir scheint es überfällig zu sein. Warum, kann ich nicht sagen. Es ist einfach so. Nie in meinem Leben habe ich so sehr die Wahrheit finden wollen wie über diese Stunde, die wir beide verloren haben. Es ist ein Gefühl von ... Intimität oder Verbundenheit, wie soll ich es beschreiben? Ich war noch nie in einer solchen Lage.«

»Ich auch nicht«, sagte Susanne rasch.

»Ja, ist das nicht genug? Wenn ich jetzt wählen dürfte, mit wem ich diese Ausfallstunde teilen wollte, würde ich wieder dich wählen, Susanne.«

»Oh! Das ist eine hübsche Idee. So herum habe ich es noch gar nicht gesehen. Aber tatsächlich ... Ich würde dich auch wählen, von allen Menschen, die ich kenne, jedenfalls jetzt ...«

»Und warum?«

»Wir haben uns eben schon darauf eingestellt. Der Mensch fürchtet das Unbekannte. Und wir haben uns schon – na, sagen wir, arrangiert...«

Petry trank nachdenklich seinen Wein und schüttelte dann bedächtig den Kopf. »Nein, das glaube ich nicht. So leicht arrangieren wir uns beide nicht.« Er lächelte. »Soweit ich uns eben kenne, Susanne. Ich glaube vielmehr, wir wissen etwas, tief in uns. Sonst würden wir doch jetzt gar nicht hier zusammensitzen.«

»Wir sind neugierig!«

»Ja, schon. Aber nur, weil wir etwas wissen, in unserem Unterbewußtsein. Wir müssen es finden, Susanne!« Beschwörend hob er sein Glas und trank ihr zu. Dabei erfaßte er mit einem Blick ihr kurzes welliges Blondhaar um das intelligente Gesicht, den malerischen Ausschnitt mit den freien Schultern, welcher wie für sie entworfen schien. Henny fiel ihm ein, deren Beruf doch die Mode war und die er nie mit solchem Entzücken betrachtet hatte. Die Gegenwart dieses Mädchens löste in ihm ein nie gekanntes Wohlgefühl aus. Wie war das nur möglich? Er war doch kein heuriger Hase? Ob diese Stunde ihn hypnotisiert hatte? Was es auch sein mochte, sie stand ihm nahe, er fühlte es genau, und niemand würde ihm das ausreden können, auch Susanne nicht.

Susanne versuchte es auch gar nicht. Sie war aufgewühlt, freudig erregt, und sie wußte es. Sie klammerte sich nur an den letzten Zipfel von Rationalität, den sie erwischen konnte, als wäre es eine rettende Insel im Hurrikan. Und wieder kam ihr der Kellner zu Hilfe, indem er den Salatwagen heranrollte. Eine herrliche Auswahl in Rot, Grün und Weiß: allerlei Blattsorten, Kresse, kleine Zwiebeln, geschnittene Tomaten, grüne und schwarze Oliven – es war ein Augenschmaus. Sie stand auf und ließ sich ihren Salat zusammenstellen. Dann kam noch die Wahl unter vier verschiedenen Soßen, bei der sie sich schließlich für ›Italian dressing‹ entschied.

Petry kürzte es ab. »Dasselbe für mich«, rief er dem Kellner zu. Die Minuten waren ihm viel zu kostbar.

Endlich waren sie wieder allein, die Salatschüssel vor sich, den Wein, das Wasser, das Brot. Leise Musik klang herüber, und das rosa Blumengesteck erforderte wenigstens von Zeit zu Zeit einen Blick der Bewunderung. Petry lobte Gröger in Gedanken, diesen zuverlässigen Burschen, der jetzt treu für ihn im Druckhaus Wache schob. Später würde er ihn ablösen, viel später...

»Es fällt mir schwer, du zu sagen«, sagte Susanne noch einmal. »Obwohl ...«

»Ja?«

»Nun ja, wir sind schon in einer außergewöhnlichen Situation, aber wir haben doch noch gar keine Beziehung zueinander, nichts, worauf wir uns gründen können, ach, es ist alles so unheimlich ...«

Petry griff mit der linken Hand über den Tisch und erwischte ihre rechte. Seine Augen blitzten. »*Noch* keine Beziehung – hast du gesagt, Susanne? Wir haben doch gar keine Wahl!! Wir müssen es herausfinden, nicht wahr? Sonst werden wir beide noch verrückt.«

»Das hatte ich im ersten Augenblick auch gedacht, als ich deinen Hut sah und die noch warmen Zigarettenstummel. Sogar unterm Bett habe ich nachgesehen!«

Petry lachte leise.

»Nein, es war schrecklich!«

Eine Weile aßen sie schweigend, in Gedanken versunken. Dann sagte Petry: »Wir wissen etwas. Diese Unruhe in den letzten beiden Tagen, die Freude auf diesen Abend, die Angst, etwas zu verlieren, was wir schon gewonnen hatten, wenn es auch verborgen ist – oder hast du nichts dergleichen gespürt?«

Sie sah ihn an und tauchte direkt ein in seinen Blick. Dabei schlug der Blitz in ihnen ein. Da war Feuer, Verlangen, eine süße Vertrautheit – alles zugleich.

»Es geht alles so schnell«, flüsterte Susanne. »Ob wir in dieser Stunde anders waren als normal? Und die andern Menschen auch? Es muß doch viele geben wie uns, die jetzt nach der Stunde suchen, gerade nach ihrer ersten Stunde, die sie irgendwo zusammen waren ...«

»O ja«, sagte Petry, »ich habe sogar schon jemanden getroffen, ein junges Mädchen an der Haltestelle. Sie fand sich mit einem Mann im Bett und wußte nicht, wie sie hineingekommen war. Aber immerhin, falls sie jetzt schwanger ist, weiß sie wenigstens, wovon ...«

Susanne wurde rot. Es war unvermeidlich. Petry sah es amüsiert und mit unverhohlener Freude. Der Oberkellner, der gerade das Essen heranrollte, deutete dies zu seinen Gunsten. Bedachtsam stellte er die verdeckten Teller vor Petry und Susanne und nahm dann wie ein Zauberkünstler mit geheimnisvoller Miene die beiden Silberglocken gleichzeitig ab. Die Überraschung war geglückt

– wahrhaftig, noch nie hatte Susanne eine so herrliche Gemüseplatte gesehen, raffiniert dekoriert und zusammengestellt, leuchtend in allen Farben. Am liebsten hätte sie applaudiert bei dieser Vorstellung. Der Kellner goß Wein nach und verschwand diskret. Dies war die letzte Unterbrechung für eine längere Zeit.

»Also«, sagte Petry, »guten Appetit, Susanne. Wir werden der Sache schon noch auf den Grund gehen. Ich trinke auf die Lücke in der Zeit, die uns so wunderbar zusammengeführt hat. Und wenn es wahr ist, was du sagst, daß wir anders waren als normal, dann möchte ich es herausfinden. Weißt du, ich möchte dich gern kennenlernen – und mich selbst auch ...«

Susanne hob ihr Glas und tippte es vorsichtig an das seine. »Also lernen wir uns kennen, Hans.« Sie hatte jetzt keine Probleme mehr mit dem Du.

»Wenn uns wirklich etwas verändert hat, muß es auch in den übrigen Stunden deutlich geworden sein«, sagte Susanne nachdenklich. »Was hast du sonst noch gemacht in den zwei Tagen? Was ist anders in deinem Leben, abgesehen von unserer Begegnung?«

Petrys Miene wurde eine Spur ernster. Er zerteilte konzentriert seinen Frischlachs, und eine kleine Falte erschien zwischen seinen Brauen. »Nun – wenn ich mal absehe von dem allgemeinen Rummel um die Entdeckung der Ausfallzeit, so habe ich in diesen beiden Tagen mit einer alten Freundin Schluß gemacht, was eigentlich überfällig gewesen war; ich habe meinem Vater nachgegeben und bin ihm zuliebe in die Redaktion der Tageszeitung gegangen, habe mich mit einer Umfrage befaßt, wie wild gearbeitet, nicht geschlafen. Die Erzählung meiner Mutter mit ihrem gekauften Schmuckstück hat mich geärgert und erschreckt. Plötzlich schien mir, als stünde ich selbst an einem Abgrund. Eine große Angst war in mir vor einem leeren, oberflächlichen Leben. Angefüllt mit einer Arbeit, die mir keinen Spaß macht, verbunden mit einer Frau, für die ich nichts mehr empfinde, abgesehen von einer gewissen Anerkennung für ihre Lebenstüchtigkeit und ihren warmherzigen Charakter ...«

»Das ist doch schon sehr viel«, sagte Susanne rasch. »Was macht sie denn beruflich?«

»Henny ist Modistin. Sie ist tüchtig und darüber hinaus wirklich ein netter Kerl. Dennoch war sie von Anfang an mehr die Favoritin meiner Mutter als meine eigene. Meine Mutter war von der Idee besessen, sie müsse mich verheiraten. Zu dem Zweck gab sie ständig Partys, die sie natürlich für ihre eigenen gesellschaftlichen Auftritte veranstaltete. Und wie es so ist – man lernt sich kennen, und man hat nichts Besseres vor. Da war keine Kraft dahinter. Die Beziehung war nicht glücklich. Henny versuchte, das Gegenteil zu glauben, aber auf Dauer konnte sie es auch nicht. Ich wünsche ihr ehrlich, daß sie etwas findet, was sie aufrüttelt, wo sie über ihren Schatten springen muß!«

»Wünscht sich das nicht jeder?«

»Es wäre schön. Ich fürchte, nein. Aber wir beide, Susanne, wir haben einen Zipfel davon erwischt. Himmel und Hölle, es ist wahr!«

»Das ist ja auch schon eine ganze Menge für zwei Tage.«

»Mein ganzes Leben ist verändert«, sagte Petry mit Überzeugung. »Und ich will nie mehr dahin zurück, wo ich vor der Ausfallstunde stand. Ich war schon dreivierteltot! Nur wußte ich es nicht. Ich war nur dumpf unglücklich. Und jetzt fühle ich mich lebendig.«

»Auch mit der Arbeit?« fragte Susanne.

Petry überhörte nicht das leise Bedauern in ihrer Stimme. Sie war ja vorher seine freie Mitarbeiterin für die Fachzeitschriften gewesen ... und jetzt war er bei der Tageszeitung!

»Teilweise«, sagte er und mußte sich selbst erst klarwerden. »Die Tageszeitung reizt mich eigentlich nicht. Die ständig wechselnden neuen Nachrichten, kaum produziert – schon reif für den Papierkorb, die damit verbundene Hektik, das Aufbauschen der Ereignisse durch reißerische Schlagzeilen – das ist nicht meine Welt. Mein Vater hätte mich gern dort, weil die Tageszeitung im Verlagshaus eine bevorzugte Stellung einnimmt. Die Fachzeitschriften waren meinem Vater zu zahm, er wollte mich eben gern aus meiner Lethargie aufwecken. Und das ist ihm auch gelungen, oder es kam durch das Zeitlückenwunder, aber seinen Wunsch werde ich trotzdem nicht erfüllen.«

»Vielleicht wollte er dich nur aufwecken, egal, was daraus wird?«

»Schon möglich, Susanne. Mein Vater hat das Verlagshaus aus kleinen Anfängen wirklich groß gemacht. Was er in die Hand nimmt, das gelingt. Er ist ungeheuer dynamisch und ein guter Geschäftsmann dazu. Aber ich möchte etwas anderes tun in dieser Branche ...«

Susanne beugte sich gespannt vor. »Was denn?«

»Ja, weißt du, mir schwebt eine Zeitschrift vor, eine naturwissenschaftliche Zeitschrift, die ganz aktuell ist. Sie sollte vielleicht ›Unser Planet heute‹ heißen und ganz datumgebunden den Planeten Erde widerspiegeln, mit dem Wetter in allen Ländern, welche Zugvögel gerade wo fliegen oder brüten, welche Tiere gejagt oder ausgerottet werden, welche Bauern gerade aussäen und welche ernten ... Wo die Bäume blühen und wo Winterstürme brausen ... Weißt du, mir fehlt so etwas selbst, so ein Überblick, durch den ich an dem aktuellen Geschehen auf der ganzen Erde besser Anteil nehmen kann, ganz ohne Schreckensnachrichten, Flugzeugentführungen, Wahlergebnisse, Kriminalität und Juristerei – höchstens Hochwasser, Erdbeben, Flußschäden und dergleichen, eben alles, was sich auf die Natur bezieht. Warum sollen wir nicht einmal mit Spannung verfolgen, wie Vögel brüten oder Wildkatzen Junge aufziehen, und wo? Zu allen Zeiten hat die Landbevölkerung mit Saat und Ernte gelebt, mit dem Vieh, den Obstbäumen, den Pilzen und den Strauchbeeren. Kriege sind über sie hinweggefegt und haben alles vernichtet, und immer wieder haben sie von vorn angefangen. Warum sollten wir nicht weltweit daran Anteil nehmen?«

Susanne hatte fast mit offenem Mund gelauscht. »Aber das ist ja phantastisch«, sagte sie begeistert. »Es gibt ja Zeitschriften wie GEO und PM mit sehr guten wissenschaftlichen Artikeln – auch unsere Fachblätter ... Aber die sind nicht an die Jahreszeit gebunden, so daß man auf der ganzen Welt miterlebt, wo Bäume blühen und wo es gerade schneit ...«

»Das genau ist der Punkt«, sagte Petry. »All diese Blätter stehen unter dem Druck, wissenschaftliche Neuheiten präsentieren zu müssen, aber sie spiegeln nicht den Alltag in seiner Gleichzeitigkeit auf dem ganzen Planeten, die scheinbar langweiligen Ereignisse, von denen doch unser aller Leben abhängt. Gutes Brot ist eine Sensation! Reines Wasser, eingefangene Sonnenenergie in Früchten – was die Pflanzen schon Jahrmillionen vor uns entdeckt haben und womit sie wunderbar umgehen können.«

Beide waren so in Feuer geraten, daß sie darüber fast ihr Essen vergaßen. »Da wäre ich dabei!« rief Susanne aus.

»Du wirst dabeisein! Es ist ja dein Fachgebiet, ich brauche dich dazu. Ach, Susanne – auf uns wartet so viel«. Er langte erneut mit der Linken über den Tisch und suchte ihre Hand, die ihm diesmal schnell und freudig entgegenkam. Sie gaben einander die Hand wie bei einem Pakt.

»Aber nun erzähl du erst mal, was in den letzten beiden Tagen als Veränderung in dein Leben kam. Die Frage war schließlich von dir gekommen ...«

Susanne zögerte. Da hatte sie mehr eingerührt, als sie vielleicht auslöffeln wollte. Ausweichend begann sie zunächst von Alexander zu berichten, von Lores Selbstmord, den Selbstvorwürfen ihres Bruders wegen seiner Beziehung zu Ria. Dabei war sie auf Umwegen doch unweigerlich im Grauen Kakadu angelangt – und damit bei Philipp. »Ich habe auch mit einem Freund Schluß gemacht«, sagte sie tapfer.

Petry wartete. Als Susanne schwieg, fragte er: »War es ernst?«

Ja, war es das? Immerhin ein halbes Jahr mit diesem sprühenden, jungen Musiker, der wie alle Pianisten Frauen verzaubern konnte, solange er am Klavier saß. Im Leben zeigte sich sein oft lästiger Übermut als eine Unreife, die für Susanne unerträglich war. Sie schilderte es genauso und folgerte: Es war nicht ernst genug. Es war unterhaltsam, witzig, anstrengend, fröhlich – aber für die Dauer unzureichend. Und schließlich berichtete sie noch, daß er mit Ria für mindestens drei Monate auf Tournee nach Amerika gehen würde.

»Das weiß ich schon«, sagte Petry.

»Woher?« fragte Susanne verwundert.

»Ich habe Rias Bruder heute im Gefängnis besucht. Er machte sich Sorgen, ob er seine Schwester jemals wiedersähe. Er scheint sehr an ihr zu hängen ...«

»Ach! So klein ist die Welt. Ja, Ria und Phil passen besser zusammen. Sie sind beide an den Geschwistern Karr gescheitert, wirklich sonderbar. Meine Schwägerin hat sich am Ende ganz umsonst umgebracht.«

Petry schüttelte den Kopf. »Das glaube ich nicht. Dazu ist der Tod viel zu groß und zu wichtig, für jeden Menschen. Es war eben ihr Tod, ihr Abschied von dieser Welt.«

»Sie wird morgen früh beerdigt. Um neun Uhr wird die Unvollendete von Schubert gespielt, ihre Lieblingssinfonie. Ich wußte das nicht. Jetzt, nach ihrem Tod, fange ich erst an, sie kennenzulernen. Das ist alles so widersinnig. Und damit das alles passiert – mußten wir eine Stunde vergessen? Wer soll das verstehen?«

»Darf ich mitkommen zur Beerdigung – und die Musik mitanhören?« fragte Petry.

Susanne nickte erfreut. Wieder trafen sich ihre Blicke, und jetzt waren sie schon ganz alte Freunde. Menschen, die alles miteinander besprechen und teilen konnten. Was für ein Tempo!

Der Chef des Hauses trat an ihren Tisch und fragte, ob es ihnen geschmeckt habe. Wer konnte da nicht zustimmen?! Hegner winkte dem Oberkellner zu, und dieser rollte den dreistöckigen Wagen mit dem Nachtischbuffet heran, das Happy-End bei Hegner, einmalig in der Stadt in dieser Fülle. Der Oberkellner begann erneut, wie ein Zauberkünstler Erwartungen aufzubauen und zu erklären: »Also – hier hätten wir Charlottencreme mit Pistazien, dann natürlich Mousse au chocolat – weiß und braun, rote Beerengrütze, Obstsalat, Feigen mit Kiwi, Mangoschaum und Rum-Sahne-Schnitten ...«

»Ich wünschte, ich wäre nicht schon so satt«, sagte Susanne beeindruckt. »Wer die Wahl hat, hat die Qual.« Aber schließlich hatten sie sich doch einen Teller zusammengestellt, Verschiedenes zum Kosten, die Versuchung war einfach zu groß.

»Kann ich den Kaffee gleich dazu haben?« fragte Susanne.

»Selbstverständlich.« Alles war möglich, auch wenn der Gast alle Regeln brach.

»Mein Bruder Alexander ist auch jemand, für den sich viel geändert hat seit der Ausfallstunde«, sagte Susanne. Angesichts des köstlichen bunten Nachtischtellers schämte sie sich etwas, wenn sie an ihren Bruder dachte ... und an Lore. Sie genoß dieses Essen mehr, als es sich unter diesen Umständen schickte. Oder ging es sie gar nichts an? Hatte Philipp recht, daß sie früher ehrlicher gewesen war? Philipp! Susanne schaute in Petrys Gesicht und stellte sich dabei unwillkürlich Philipps hübsches Gesicht, umrahmt von den braunen Locken, vor, seine vollen Lippen und munteren Augen im Gegensatz zu Petrys festen, schmalen Zügen, seinem flachen Blondhaar und den sehr hellen Augen. Sie suchte einen Vergleich mit Filmschauspielern für die beiden. Philipp sah vielleicht wie ein sehr junger Belmondo aus und Petry eher wie Leslie Howard, der englische Schauspieler, der einmal in »Vom Winde verweht« den etwas farblosen Ashley gespielt hatte. Daneben war Clark Gable der blutvolle Supermann gewesen. Davon hatte Phil allerdings noch nichts. Und so farblos war Hans Petry nun auch wieder nicht. Er war auf jeden Fall ein interessanter Mann. Und jetzt gerade schaute er sie an, als warte er auf die Fortsetzung ihrer Rede. Susanne hatte über ihren Gedanken glatt den Faden verloren.

»Für Alexander hat sich also viel verändert?« half Petry.

»Ja. Seine Ehe stimmte nicht mehr. Er hatte ein Verhältnis mit Ria Caspari, seit einem Jahr, und er konnte nicht vor und zurück. Er wollte reinen Tisch machen, es Lore offen sagen und sich für Ria entscheiden, aber dann brachte er es doch nie fertig. Ria wurde deswegen langsam nervös. Sie drängte ihn – nun ja, das tun Geliebte von Ehemännern wohl immer? Da beginnt eben das Tauziehen um den begehrten Mann. Bis dahin ist es ja noch fast eine Komödie. Und dann kommt diese Stunde plötzlich. Und Alexander findet seine Frau neben der Schlaftablettenröhre in tiefer Ohnmacht. Seitdem quält er sich fast zu Tode, wer es ihr gesagt haben konnte. Ria? Oder ich? Oder er selbst? Daran glaubte er zum Schluß am meisten. Und als sie starb, ohne noch einmal wach geworden zu sein, da war mit einemmal auch sein Verhältnis mit Ria beendet. Seltsam, nicht? Jetzt konnte er doch haben, was er wollte. Die lästige Ehe war beendet und Alexander frei für Ria. Aber jetzt unterschrieb Ria schleunigst einen Vertrag für Amerika, zusammen mit Philipp – meinem letzten Freund –, und mein Bruder geht auch nach Amerika, aber allein. Wer soll das verstehen?«

»Alexander geht auch nach Amerika?«

»Er hatte dieses Angebot von seiner Firma schon vor einem halben Jahr bekommen. Damals hatte er abgelehnt, wegen Ria. Jetzt hat er es angenommen, sich aber von Ria getrennt. Er geht nach Philadelphia. Dort leben unsere Eltern. Aber das interessiert ihn nicht. Er will allein sein. Ganz neu anfangen. Er wäre überallhin gegangen, nur schnell weg von hier.«

»Eine reine Flucht...«

»Sieht so aus. Aber ist das so schlecht? Der Schock hat ihm gutgetan! Und es gefällt mir, daß er nicht von einer Beziehung in eine andere umsteigt wie in einen Autobus. Der Selbstmord Lores hätte seine Gefühle für Ria stets überschattet. Das muß ihm klargeworden sein. Und Ria auch. Ein neuer Anfang auf eigenen Füßen ist das beste, was ihm passieren konnte.«

Petry nickte. Er dachte an Henny. Stieg er nun um in einen neuen Autobus? Möglich. Aber er hatte keine Wahl. Jedes Schicksal ist eben anders. Da lassen sich keine Regeln aufstellen. Man kann es sich nicht konstruieren, man muß es nehmen, wie es gerade kommt. Unvermittelt fragte er: »Was hat denn unser Astronomieprofessor zu dem Ereignis gesagt?«

»Hanke? Ja, das hätte ich beinahe vergessen! Ich war übrigens zusammen mit Alexander dort, Hanke kannte uns schon von früher. Also, er meinte, die verborgene Stunde kann schon kosmische Ursachen haben, auf Ursachen zurückgehen, die außerhalb unserer Zeitrechnung liegen und von uns statistisch nicht erfaßt sind, bis jetzt. Wir stehen unter ständigem Beschuß von Strahlen und ähnlichen Einflüssen. Es sei eben alles möglich. Die Tatsache der verborgenen Stunde regte ihn überhaupt nicht auf. Verloren hat er auch nichts, weil er alles auf Band diktierte. Da scheint nichts zu fehlen. Und er vergißt den vergangenen Tag stets sehr schnell.«

»Nun, wer in solchen Dimensionen lebt, gewinnt sicher viel Weisheit.«

»Ist das ironisch gemeint?«

»Nein, durchaus nicht! Aber wir mußten seine Stimme schon hören. Der Gedanke an Einflüsse von den Sternen liegt doch ziemlich nahe.«

»Glaubst du es?« fragte Susanne.

»Ich will es nicht ausschließen, aber ich glaube es nicht. Es muß etwas anderes sein, etwas Größeres ...«

»Größer als der Sternenhimmel?«

»Nicht räumlich, aber sinngemäß. Etwas wie ein Wille, ein Plan, eine Absicht. Zur Belehrung der Menschen vielleicht, oder um sie aufzuschrecken. Bei Alexander hat es ja schon ganz gut funktioniert ...«

»Ja, aber um welchen Preis? Und er ist eine Ausnahme. Die meisten vergessen das Ereignis doch schon wieder. Und sehr viele haben überhaupt nichts gemerkt. Wenn man uns also höheren Orts eine Mahnung zukommen lassen wollte oder eine Bewußtseinserweiterung – hätte man da nicht ein anderes Mittel wählen müssen?«

»Was denn für ein Mittel? Es gab Erdbeben, bei denen in Sekunden ganze Städte in sich zusammenfielen oder unter Asche und Lava begraben wurden. Und es gab Sintfluten. Solche Dinge gehen in die Literatur ein, manchmal auch in die heiligen Schriften. Aber bewirken sie etwas? Mir fällt Agadir ein, vor rund dreißig Jahren machte es ein Erdbeben in wenigen Sekunden dem Erdboden gleich – heute gibt es dort schon wieder ein blühendes Touristenzentrum. Oder – noch gar nicht so lange her – Mexiko! Es muß ein apokalyptischer Alptraum gewesen sein! Alle Zeitungen waren voll davon, drei Tage lang, genauso wie bei uns jetzt von unserer verborgenen Stunde. Und dann? Wo ist die Bewußtseinserweiterung?«

»Sie findet wohl nur in einzelnen Menschen statt. Aber man stelle sich einmal vor: Man tut etwas ganz Gewöhnliches, Alltägliches – überquert eine Straße oder macht Spiegeleier –, und plötzlich tut sich die Erde auf! Menschen und Häuser verschwinden, man hört Schreie, Donnergrollen und Getöse, nur wenige Sekunden – und dann ist alles vorbei. Die Stadt ein Trümmerhaufen, Tausende von Menschen tot oder verschüttet, alle Schicksale verändert – in zehn Sekunden oder weniger. Einen größeren Schock kann ich mir kaum vorstellen. Jedenfalls ist er viel größer als unsere Stunde, die so behutsam ausfiel, daß es kaum zu bemerken war. Also, unsere Hüter in den höheren Welten haben sich da diesmal wirklich etwas ganz Neues ausgedacht ...«

»Neues hat immer eine größere Chance, und wenn es noch so leise kommt. Es ist auch unheimlicher, verwirrender als ein Erdbeben, wenn auch nicht so deutlich sichtbar. Und zum Glück nicht so schrecklich.«

Susanne blinzelte Petry an. »Es muß überhaupt nicht schrecklich sein ...«

Petry lächelte. Sie war aufgetaut, seine reizende Susanne. Ganz ohne Scheu mit einemmal. Ich glaube, ich liebe das Mädchen, dachte er. Wahrhaftig, diese Stunde hatte die Wirkung eines Erdbebens bei ihm, war aber ganz und gar nicht schrecklich, sondern einfach wundervoll.

Der Kaffee kam. Sie tranken ihn schweigend.

»Gehen wir?« fragte Petry.

Susanne machte große Augen. »Zahlen wir nicht?«

»Ich lasse anschreiben«, sagte Petry fröhlich. »Ich bekomme eine Monatsrechnung.«

»Ach so.« Ihre Stimme wurde leise. Er aß oft hier. Auch mit anderen Frauen vermutlich. Heute war sie mal dran.

Auf dem Weg zur Garderobe verbeugte sich Hegner dankend. »Bis auf bald, Herr Petry!« Dann holten sie Susannes Cape und Petrys Trenchcoat und standen plötzlich draußen auf der Straße in der Dunkelheit. Und es regnete ein wenig.

Noch ehe Susanne ihren zweifelnden Gedanken länger nachhängen konnte, zog Petry sie in seine Arme und küßte sie. Nicht zu zart und nicht zu wild, aber doch leidenschaftlich genug, um in Susanne alle Zweifel auszulöschen. Sie brauchte eine Weile, bis sie sich ganz fallenlassen konnte und seine Küsse erwiderte. Aber dann holte sie sich die Gewißheit, die sie brauchte, spülte alles weg in sich, was sie die letzten Tage gequält hatte, all die dummen Fragen und Spekulationen – die Antwort war schon da, hier und jetzt.

»Susanne!«

»Ja?« Sie schnurrte wie ein Kätzchen.

»Gott sei Dank! Wir haben es wiedergefunden...«

»Ja, Hans. So wird es sein...«

Er hielt sie ein wenig von sich fort und suchte ihre Augen im Halbdunkel der schwachen Straßenbeleuchtung. Ihre Haare klebten jetzt strähnig in der Stirn, der Regen war offenbar stärker geworden. »Wir tun das nicht zum ersten Mal, Susanne!«

Susanne schob den Kragen ihres Capes hoch, obwohl das nichts nützte. »Bist du sicher?«

»Ja. Du etwa nicht?«

»Doch, ja. Es kann gar nicht anders sein.« Sie kam wieder dichter in seine Arme, als wollte sie es sich dort dauerhaft gemütlich machen. Sie fühlte sich wohl und ruhig wie noch nie zuvor, jedoch gleichzeitig erregt und ungeheuer lebendig. Was immer jetzt passieren würde – es war ihr egal.

»Ich muß noch in die Druckerei«, sagte Petry.

»Was – jetzt?« Diesmal ging Susanne auf Abstand und sah ihn an.

»Leider ja. Gröger macht für mich Nachtschicht, solange bis ich ihn ablöse. Und er ist seit heute früh ohne Pause in der Redaktion. Es wäre unfair, ihn dort schmoren zu lassen, obwohl ich wüßte, was ich lieber täte...«

»Darf ich mitkommen?«

»Es ist spät, Susanne... Aber wenn du möchtest? Ich trenne mich jetzt auch nicht gern von dir.« Er fischte nach seinem Autoschlüssel. »Also los, steigen wir ein!«

Die unteren Stockwerke des Druckhauses leuchteten ihnen bei der Auffahrt entgegen. Hier wurde auch nachts gearbeitet. Die Rotationsmaschinen liefen auf vollen Touren mit der Neuen Tagesschau, und ein paar kleinere Objekte liefen am Rande mit: Wochenzeitschriften, Sonderbeilagen, Prospekte und Fachzeitschriften. Hier war jede Arbeitsstunde teuer, und die Kapazitäten mußten gut ausgenutzt werden. Der Pförtner erkannte Hans Petry und ließ das Tor öffnen. Auch die Pförtner hatten regelmäßig Nachtschichten; die Sicherheit erforderte eine Bewachung rund um die Uhr. »Komm«, sagte Petry und half Susanne beim Aussteigen. »Wir gehen gleich in die Rotation. Gröger wird sicher dort sein.« Die Halle stand offen, große Karren rollten beladen hin und her, von schwitzenden Männern in blauen Kitteln geschoben. Lärm drang ihnen entgegen – die großen Maschinen stampften und hämmerten. »Achtung«, sagte Petry, »hier ist überall Drukkerschwärze. Man kann hier leicht schmutzig werden.«

Etwas ängstlich zog Susanne das Cape über ihrem schönen Kleid zusammen. Der Anzug war für Hegners Restaurant gedacht, nicht für eine Fabrikhalle. Die Luft war voller Staub und Ölgeruch. Trotzdem betrachtete sie jetzt fasziniert die laufenden Rollen, die sich blitzschnell bei jeder Umdrehung mit bedrucktem Text füllten, auf der nächsten Rolle kam dann Farbe hinzu – rote Schmuckstreifen und Überschriften. Am Ende kamen die Zeitungen fertig gefaltet heraus, nachdem sie an Klammern einen gewundenen Weg in die Höhe gemacht hatten und von dort wieder herunter. Und dahinter eine weitere Riesenrolle, eine an der anderen – die Rotationsstraße, so nannte man das. Petry deutete nach unten, wo aus dem Keller das weiße Papier heraufstieg, bevor es über die Druckplatten gerollt wurde.

»Reißt das nicht?« fragte Susanne.

»Manchmal schon. Dann müssen die Maschinen gestoppt und das Papier neu eingezogen werden. Oder wenn die Rolle leer ist und eine neue eingelegt wird. Das geht aber schon halbautomatisch, es muß nur ständig beobachtet werden.«

Ein Drucker mit einem großen Schraubenschlüssel ging an ihnen vorbei und grüßte flüchtig. Hier ließ sich niemand bei der Arbeit aufhalten. Endlich sahen sie Gröger. Er stand seitlich an einem Tisch mit einem Probeabzug der nächtlichen Ausgabe der Neuen Tagesschau.

»Verdammt«, sagte er hörbar trotz des Lärms. »Eine Überschrift fehlt! Ist versehentlich mit ausgefräst worden.«

Als er Petry und Susanne erblickte, vergaß er für einen Augenblick seinen Ärger. »Da sind Sie ja, Chef! Schön, daß Sie gekommen sind.« Die Erleichterung war deutlich.

Petry ergriff den Abzug und sah die fehlende Schlagzeile – ein leerer Raum über dem kleinen Text. »Was soll da stehen?« fragte er.

»Überschwemmung im Alpengebiet – Millionenschaden«, erklärte Gröger. Zwei Setzer waren bereits in Trab wegen der Panne.

Maschine stoppen, alle Andrucke zu Makulatur, Druckplatte abschrauben. Eine neue Druckseite prägen, die Stellen für die rote Farbe ausfräsen – aber nicht zuviel, neue Platte einsetzen, Maschine starten. Eine Routineangelegenheit. Kam öfter vor. Aber wertvolle Zeit ging verloren. Niemand hier hatte das gern.

Petry wunderte sich ein wenig. »Überschwemmung als Schlagzeile? Nichts mehr von der Ausfallstunde?«

»Doch, doch, auf der zweiten und dritten Seite – immer noch. Aber es gibt ja neue Nachrichten, die Zeit bleibt nicht stehen. Das Leben geht weiter...« Gröger sagte es mit leichtem Pathos. »Da ist auch noch eine Flugzeugentführung mit Geiselnahme... Aber auf der Innenseite haben wir erste Erkenntnisse über den Gedächtnisausfall der ganzen Menschheit...«

»Ich wüßte gern, was für Erkenntnisse das sind«, sagte Petry. »Aus unserem Material stammen die wohl kaum?«

»Wie man es nimmt, Chef«, sagte Gröger. »Einiges haben wir schon abgeleitet. Ihr Vater hat selbst einiges dazu geschrieben. Die Erkenntnis besteht mehr oder weniger darin, daß wir eben gar nichts erkennen.«

»Wirklich aufschlußreich«, sagte Petry. »Erwarten unsere Leser nicht etwas Genaueres?«

Gröger sah Susanne an, die das Gespräch gespannt mitverfolgte. »Ja, aber was sollen wir sagen? Und es ist schon der dritte Tag. Das Interesse läßt schon nach. Die Leute vergessen schnell...«

»Erstaunlich«, sagte Susanne.

Petry hatte inzwischen eine neue Zeitung von der Rotation gefischt und sie durchgeblättert. Diesmal schien alles in Ordnung zu sein. Im Moment war nichts mehr zu tun. Die Redakteure in der Nachtschicht hatten warten gelernt. »Ich löse Sie jetzt ab, Gröger«, sagte Petry. »Danke, daß Sie mir den Abend abgenommen haben. Schlafen Sie sich erst mal aus. Ich erwarte Sie morgen mittag!«

Gröger lächelte und griff nach einem Lappen, um sich die Hände abzuwischen. Er war froh, gehen zu dürfen. »Also dann, gute Nacht!« sagte er.

Petry ging mit Susanne zum Fahrstuhl und fuhr mit ihr vier Stockwerke hoch – zum Kasino, dem begehrtesten Ort für alle Nachtarbeiter. Hier konnte mancher seine Wartezeiten bei einem Kaffee oder bei belegten Brötchen mit Bier verbringen und dabei noch mal sein Druckobjekt überfliegen. Auch wenn alles in Ordnung schien, man fand immer noch etwas. Bei kleinen Druckfehlern ließ man die Maschinen laufen, die gehörten zu jeder Zeitung. Aber eine herausgefräste Überschrift – die mußte man schon ersetzen. Und manchmal kam über den Fernschreiber noch eine Nachricht, die alles wieder umwarf. Da war zum Beispiel ein Artikel über die Operation eines Filmstars – ziemlich auffällig plaziert. Und dann kam über den Ticker die Nachricht von seinem Tod. Also raus mit dem Artikel, auswechseln, Platte abschrauben, neu prägen – die übliche Prozedur.

Petry und Susanne griffen sich ein Tablett und wählten sich von den Auslagen jeder einen Teller mit Käsekuchen und einem Hörnchen, obwohl sie wirklich keinen Hunger mehr hatten. Den Kaffee mußten sie sich am Automaten nehmen. An der Kasse saß eine übernächtigte ältere Frau, welche alles eintippte und zählte, obwohl ihr fast die Augen zufielen.

Susanne folgte Petry mit ihrem Tablett an den runden Tisch für die Geschäftsleitung. Plötzlich wurde ihr wieder bewußt, daß er ja der Juniorchef des Hauses war, Hans Petry im Petryhaus. Der Mann, den sie gerade im Regen so leidenschaftlich geküßt hatte. Das war alles wie ein Traum, ein Geschehen hinter Nebel und Glas. Und an dem Tisch saß bereits der Mann, dem sie nur einmal flüchtig vorgestellt worden war: der Seniorchef Friedrich Petry. Er war – wie nicht anders zu erwarten – in eine Zeitung vertieft, die ihm ein Drucker gebracht hatte. Vor ihm standen eine kleine Schüssel mit Erbsensuppe und ein Bier.

»Guten Abend, Vater!«

Friedrich Petry sah hoch. »Hans!« sagte er erfreut. »Komm, setz dich. Ach, Fräulein Karr, nicht wahr? Auch bei der Nachtschicht?«

»Sie hat mich begleitet«, erklärte Hans Petry leicht verlegen.

»Gut, gut. Schon gesehen, die Ausgabe?«

»Ja, unten. Eine Schlagzeile war ausgefräst ...«

»Das alte Lied«, sagte der Senior und schmunzelte leicht. Wie oft schon mochte er das erlebt haben? Er war schließlich selbst Setzer gewesen. »Deine Umfrageergebnisse stehen innen, soweit wie möglich. Die Zeit überdeckt die Sache schon wieder mit neuen Ereignissen.«

»Darüber sprachen wir gerade. Glaubst du nicht, Vater, daß es doch noch aktuell ist? Wir wissen doch immer noch nicht, wie es geschehen ist.«

»Werden wir das jemals wissen? Und können wir so lange warten? Es muß erst mal wieder etwas passieren, bevor wir darüber berichten können. Oder hast du etwas auf Lager?«

»Nicht direkt, Vater.«

»Was heißt das? Ja oder nein?«

»Ich habe eine Idee für eine neue Zeitschrift, die ich gern machen möchte«, sagte Hans Petry zögernd. Und er dachte: Hoffentlich lehnt er nicht ab, bevor er zugehört hat. Statt dessen sah ihn der Alte aufmerksam an. Sein Sohn hatte eine Idee? Das war ganz etwas Neues. »Erzähle!« sagte er.

»Eine Wochenzeitschrift, die etwa ›Unser Planet heute‹ heißen könnte, eine Naturzeitschrift, welche gleichzeitige Ereignisse auf der ganzen Erde bewußtmacht, nicht in der Politik oder den Tagesereignissen, sondern in den Jahreszeiten, beim Wetter, bei Saat und Ernte, bei Vogelflug, eben diese Dinge ... Jetzt zum Beispiel, jetzt ist bei uns Frühling oder wenigstens bald. Das Korn muß schon ausgesät sein. Die Singvögel fangen an zu brüten. Auf der südlichen Halbkugel färben sich jetzt die Blätter, und es wird Herbst. Irgendwo herrscht glühende Hitze, woanders sind die Eisbrecher unterwegs ... Diese Gleichzeitigkeit ist bekannt, ich weiß, sie ist nichts Neues, aber man erlebt es kaum, trotz Fernsehen und Massentourismus. Ich fände das aufregend, Vater!«

Friedrich Petry nickte bedächtig. Er war ein alter Fuchs im Zeitungsverlagswesen, und er roch die Chance. »Nicht schlecht. Viel Arbeit. Braucht ein dichtes Nachrichtennetz. Muß gut gestaltet sein, Vierfarbdruck, Offsetdruck. Wird teuer. Könnte aber laufen ...«

»Vater! Du meinst, ich darf das machen?«

»Mach eine Probenummer. Und ein gutes Konzept. Das muß durchgerechnet werden. Versuch es! Würde mich freuen für dich, wenn es läuft. Sonst mußt du dir eben wieder etwas anderes einfallen lassen.« Sein Lächeln war so schnell und schattenhaft, daß nur Susanne es bemerkt hatte. Der Senior war ihr sympathisch. Rein äußerlich fast das Gegenteil von seinem Sohn, der ihm weit über den Kopf gewachsen war. Aber eine innere Verwandtschaft zwischen den beiden konnte sie fühlen.

Nun erst kam es Hans Petry in den Kopf zu fragen: »Vater, was machst du eigentlich hier in der Nacht?« Soweit er sich erinnern konnte, hatte er seinen Vater seit vielen Jahren nicht mehr in die Nachtschicht gehen sehen.

Der Alte nahm einen Schluck Bier. »Tja ... ich weiß es selbst nicht. Es hat mich gelockt, mal wieder dabeizusein. Ich mag die

Nachtatmosphäre im Druckhaus. Eine Art Heimweh. Es hielt mich nicht zu Hause ...« Er stockte und gab Susanne einen flüchtigen Blick. Aber Hans Petry hatte ihn sofort verstanden. Das leere Gerede seiner Mutter über ihre aufgebauschten Nichtigkeiten hatte ihn fortgetrieben, hierher, wo für ihn das Leben echter und klarer war. Hier war seine Welt. Und außerdem war es gut, wenn sich der Verlagschef auch zu ungewöhnlichen Zeiten einmal blikken ließ. »Mag sein«, fuhr der Senior fort, »daß mir die Ausfallstunde noch im Kopf herumgeht. Ich fühle eine Unruhe in mir. Kann auch sein, ich habe auf dich gewartet, mein Sohn.« Er sah Hans Petry mit deutlicher Freude an.

Der junge Mann empfand für seinen Vater eine Wärme wie nie zuvor. Er begriff, daß er sich nach seiner Anerkennung gesehnt hatte, die ganze Kindheit hindurch. Und niemals hatte er sie bekommen. Immer war sein Vater mit ihm unzufrieden gewesen. Was hatte sich denn heute geändert an ihm? Er hatte noch kaum etwas geleistet... Oder war es die Idee mit der Planetenzeitschrift? Oder war es Susannes Gegenwart? Irgendein Segen, der plötzlich auf ihn gefallen war wie zuvor der Regen auf der Straße, als sie aus Hegners Lokal traten... Sein Blick begegnete dem Susannes. In diesem Augenblick begriff auch der Vater, was hier vor sich ging. Wie die beiden sich ansahen, das war ja filmreif... Nun, warum nicht? Bisher hatte er sich ja nicht entscheiden können.

»Ihr scheint euch gut zu verstehen«, sagte er unumwunden.

Beide nickten, und plötzlich lachten alle drei. »Besorgt schon mal drei Gläser«, sagte der Senior. »Ich hole eine Flasche Wein.« Als er den verblüfften Blick seines Sohnes sah, fügte er schnell hinzu: »Wir müssen auf die neue Zeitschrift trinken und auf eure gute Zusammenarbeit! Denn das habt ihr doch vor, oder irre ich mich?«

»Du irrst dich nicht, Vater!« sagte Hans Petry glücklich. »Wir haben eine Menge vor... und nicht nur Zusammenarbeit...«

»Dacht' ich's mir doch«, sagte der Senior und stand auf. »Ich hole die Flasche aus meinem Büro. Bin sofort wieder da!«

Verliebte sind niemals böse, wenn man sie allein läßt. Susanne und Petry nutzten die Zeit.

»Es imponiert mir«, sagte Susanne, »wie schnell dein Vater die Situation erfaßt, sich damit abfindet und gleich mit uns feiert. Und daß er es hier tut, im Kasino, mitten unter den Druckern und Nachtschwärmern, und nicht in seinem eleganten Büro!«

»Das muß ein besonderes Kompliment sein«, überlegte Hans Petry. »Ich habe ihn nie so offen mir gegenüber erlebt. Ich dachte immer, er kann mich nicht leiden. Ich konnte es ihm nie recht machen. Einziger Sohn und eine einzige Enttäuschung, das war meine Position. Du hast ihn verzaubert, Susanne, genau wie mich.« – Er schaute sich rasch um und küßte sie schnell.

»Ich habe nichts getan«, beteuerte Susanne. »Es muß die Stunde sein. Oder was sonst mit uns geschehen ist. Ach, es ist wundervoll!«

»Mein Liebes!«

»Du hast deinem Vater gesagt, wir planten nicht nur Zusammenarbeit?« fragte sie mit einem Anflug von Koketterie.

»Nun ... da gibt es ja noch mehr, ach, was soll's, Susanne, willst du mich heiraten?«

Susanne stand ganz still, und ihre Augen wurden weit. Für drei Sekunden versuchte sie zu denken. Dann brach sich das Gefühl in ihr Bahn, übermächtig und elementar.

»Ja«, sagte sie und lauschte auf ihre eigene Stimmung. Mehr konnte sie im Moment nicht sagen, da Petry sie wieder küßte.

Der Senior kam zurück, die Flasche in der Hand. »Goldene Preismünze«, erklärte er, »ein besonderer Wein aus Südbaden, ein Rotwein.« Den Korkenzieher hatte er gleich mitgebracht. »Wo sind die Gläser?«

»O, die haben wir vergessen! Gleich, Vater!« Petry stand schnell auf und ging zur Theke. Dort standen genügend Gläser in der Vitrine, wenn sie auch nicht kunstvoll geschliffen waren.

Der Vater schenkte ein. Sein Gesicht leuchtete. Er konnte seinem Sohn nicht erklären, wie glücklich er war. Er erinnerte sich kurz daran, als er das Baby zum ersten Mal in Margas Armen liegen sah, seinen einzigen Sohn. Damals war er dankbar gewesen, voller Rührung und Anbetung für seine schöne Frau, die ihm ein Kind geboren hatte. Später kamen die langen Jahre, in denen Frau und Kind zu einer Enttäuschung wurden – jedenfalls war es ihm so vorgekommen. Und heute – ja, heute war sein Sohn wirklich sein Sohn geworden. Er hob sein Glas den beiden entgegen. Das Glück in ihren Augen war kaum zu übersehen. Und was er empfand, sollten sie nicht wissen. Heute noch nicht. »Prost! Und auf eure gute Zusammenarbeit ...«

Hans Petry lachte jetzt über diese Anzüglichkeit. »Wir haben uns verlobt, Vater!«

»Dacht' ich's mir. Oder hatte ich das schon gesagt? Also – werdet glücklich, so gut es geht und solange es geht...« Er trank schnell aus und schenkte nach.

Später arrangierten sie sich so, daß Petry im Druckhaus blieb, da er Gröger nach Hause geschickt hatte. Der Seniorchef und künftige Schwiegervater fuhr Susanne nach Hause. Er tat es gern.

Am nächsten Morgen um Viertel vor neun trafen sich Susanne und Hans Petry direkt vor dem Portal des Hauptfriedhofs. Er hatte ja gewünscht, bei Lores Beerdigung dabeizusein und die Sinfonie zusammen mit Susanne zu hören. Er hatte es im Gefühl, daß er dieses Erlebnis mit ihr teilen sollte, wenn auch noch das ganze Leben vor ihnen lag, mit hoffentlich sehr vielen gemeinsamen Eindrücken. Aber dieses hier, das hatte etwas mit der verborgenen Stunde zu tun, die sie beide zusammengeführt und fast wieder getrennt hatte. Es war ein Teil des Geheimnisses zwischen ihnen, und deshalb wollte er hier sein bei seiner Susanne...

Sie begrüßten sich herzlich und mit leichter Zurückhaltung, wie es dem ehrfurchtgebietenden Ort entsprach. Am Eingang neben der Kapelle trat ihnen ein Mann entgegen, der so mager war, daß selbst die kleine Größe seines Anzugs bei ihm noch Falten warf. Er machte eine kleine Verbeugung, freundlich, aber ohne zu lächeln. »Gehören Sie zur Trauergemeinde für Eleonore Karr?« fragte er höflich.

Das waren sie also – Angehörige einer Trauergemeinde. »Ja«, flüsterte Susanne befangen. Sie folgten dem mageren Männchen auf seinen Wink einen langen Gang entlang, wo die Sichtfenster zu den aufgebahrten Toten waren. Endlich blieb er stehen und drückte auf einen Klingelknopf. Eine Klappe ging hoch. Der kleine Mann trat ein wenig zur Seite. Da war sie! Lore, auf Weiß gebettet, halb aufgerichtet, denn der Sarg war am Kopfende angehoben. So konnten die Betrachter die Toten besser sehen. Ein Porzellanengel auf weißer Seide – in den gefalteten Händen hielt sie einen Strauß Maiglöckchen. Die blonden Locken umrahmten ihr blasses Gesicht, sie sah sehr schön aus. Ihr Ausdruck war voller Ruhe, zugleich fremd und distanziert. Kein Lächeln lag um den fast vollen Mund, der an ägyptische Statuen erinnerte. Ein Mund, der dieser Welt Lebewohl gesagt hatte, hoheitsvoll und trotzig.

Susanne drückte Petrys Hand. »Gehen wir?«

Er nickte. Die Klappe blieb jetzt offen für weitere Besucher. Sie mußten ja gleich kommen – Alexander und Lores Eltern. Sie gingen den langen Gang zurück und von außen wieder in die Kapelle. Ein reicher Blumenschmuck wartete hier als Umrahmung für den Sarg, sobald er geschlossen war und hier auf der Hebeplatte hochgedrückt wurde. Es war eine diskrete Technik um all diese Verrichtungen, um die feierliche Stille niemals zu stören.

Susanne und Hans Petry saßen still nebeneinander, Hand in Hand. Nach einer Weile kamen die anderen Personen und nahmen Platz auf der rechten Seite in der ersten Reihe. Nur vier Menschen – die Mutter und der Vater Lores, Alexander und eine junge Frau, die Susanne nicht kannte. Sie hatte ein Taschentuch in der Hand und schien mit den Tränen zu kämpfen. Sonst weinte keiner, soweit man sehen konnte. Dann verschwand die Hebeplatte in die Tiefe und kam mit dem Sarg wieder hervor, der jetzt geschlossen war. In diesem Augenblick begann die Mutter kurz aufzuschluchzen, während der Vater Lores einen starren Gesichtsausdruck mit zusammengekniffenem Mund bekam.

Ein Moment absoluter Stille trat ein, und dann begann die unvollendete h-Moll-Sinfonie von Franz Schubert. Die dunklen, fast drohenden Töne kamen herauf, dann das zögernde Einsetzen der leichteren Instrumente in den Reigen des Orchesters bis zum ersten, harten Schlußpunkt, der sehr schnell kam, fast unerwartet. Unmittelbar darauf setzte das süße Locken der Geigen ein, und an dieser Stelle gelang es Susanne, nach innen zu tauchen und Lore an die Hand zu nehmen, als wollte sie mit ihr einen Spaziergang machen, draußen an einem Waldrand, dem sich flache, frisch gepflügte Felder anschlossen. Es war Petrys Hand, die sie festhielt und die sich in ihrem Bewußtsein jetzt zu Lores linker verwandelte. Schweigend gingen sie so, als wären sie Freundinnen, in der Seele tief verbunden, so wie Susanne es nur mit Carla erfahren hatte.

Die Musik war voller Verheißung und beredsamer Versprechungen. In den Feldern zu ihrer rechten Seite war schon die Saat eingestreut, und die beiden fühlten die Gewißheit, daß sie aufgehen würde, zuerst grün, dann hoch aufschießend zu schlanken, gelben Halmen, auf denen sich eine Ähre wiegte, prall gefüllt mit Körnern, dem Brot von morgen und übermorgen, oder auch mit der Saat für das nächste Jahr. Dann plötzlich holte sie die Musik mit harten Schlägen zurück. Weg war das süße Locken, dafür um so gewisser die Erdenschwere, die Aussicht auf Stürme, Hagel, gierige Krähen und wuchernde Disteln.

»Warum bist du fortgegangen?« fragte Susanne die stille Begleiterin in einer telepathischen Verbundenheit, einer innerlichen Sprache. Lore antwortete nicht. Sie schwebte über das verdorrte Gras des Vorjahres. Die Musik wurde stark und kräftig, fordernd und vorwärts drängend. Vielleicht antwortete Lore jetzt durch die Töne? Ja, so schien es – sie war nicht fortgelockt worden, sondern fortgetrieben.

Nun wurde die Melodie wieder süß, sehr gedehnt und schon viel gewisser als am Anfang, die starken Akkorde mischten sich mit den lieblichen zu einer untrennbaren Zusammengehörigkeit, einer Universalerfahrung, in der es keine Furcht mehr gab vor den Schlägen, keine Bindung mehr durch die zärtliche Süße. Am Horizont tauchte ein Vogelschwarm auf, anscheinend Wildenten auf dem Zug nach Norden. Und noch während Susanne ihnen nachschaute, löste sich Lore neben ihr auf, entzog sich wie ein Nebel, um den Zugvögeln zu folgen. Unwillkürlich drückte Susanne die Hand in ihrer Rechten, und sie empfing einen beruhigenden Antwortdruck von Hans Petry zurück.

Sie lauschten bis zum Schluß gebannt diesem Kampf der Töne zwischen Höhen und Tiefen, zwischen Schmerz und Lust, Abschied und Abenteuer. Als Lore ihre Tat noch ungeschehen machen wollte, hin- und hergerissen zwischen zwei Sehnsüchten, bis ihr Abschiednehmen dennoch siegte, so spiegelte es sich in dieser Sinfonie, die wie dazu komponiert schien. Wer hatte sie nur »Unvollendete« genannt? Was für ein Unsinn – die Vollendung dieser Sinfonie war doch der Tod! Auch Schuberts Ringen um seinen Abschied von dieser Welt und seine Heimkehr in die andere wurde hier hörbar. Nur ein Sterbender konnte das komponieren. Es gab Dinge, die man nicht lernen konnte, sondern erfahren mußte. Der Tod gehörte mit Sicherheit dazu. Für ihn gab es keine Generalproben. Als die Musik zu Ende war, erfüllte eine ganz andere Stille als zuvor den Raum. Als seien unsichtbare Wesen hinzugetreten, die nun am letzten Akt dieser Feier teilnehmen wollten.

Von den Anwesenden fast unbemerkt war ein junger Mann im schwarzen Umhang vor den Sarg getreten. Er war der Pfarrer, der die Totenfeier halten sollte. Er wirkte so jung, als hätte er gerade erst die Schule verlassen. Seine Züge waren weich, das mittelblonde Haar stellte sich zu einem Bürstenhaarschnitt auf, der ihn auch nicht älter machen konnte. Susanne kamen leise Zweifel, ob dieser junge Mann mit einer Totenfeier zurechtkommen würde. Sie konnte ihn sich eher in einem Pfadfinderlager als Betreuer von Zwölfjährigen vorstellen.

»Liebe Anwesende«, sagte er. Seine Stimme klang voll und kräftig. »Wir sind hier – ich sehe insgesamt sieben Menschen –, um einen Menschen von dieser Welt zu verabschieden. Ich rede Sie absichtlich noch nicht als Trauernde an, weil Trauer etwas so Großes ist, daß wir es vielleicht erst zusammen finden müssen. Und außerdem benötigen wir das Einverständnis der jungen Frau, die von uns gegangen ist, für die wir diese Feier veranstalten. Jawohl, ich meine wirklich ihr Einverständnis. Sie hat uns ein Zeichen gesetzt, welches wir nicht übersehen dürfen. Sie wollte gehen. Was hat sie uns damit zugerufen? Für wen war diese Botschaft gedacht? Lassen Sie uns ein wenig nach innen lauschen, liebe Anwesende, denn ich möchte nicht zu eilig darüber hinweggehen. Auch ich werde mit Ihnen lauschen, denn auch ich bin betroffen. Schon allein deswegen, weil mir die Aufgabe zugefallen ist, diesen Abschied mit Ihnen zu einer Feier zu gestalten. Ein Mensch mitten unter uns – jung, gesund und schön – wollte nicht mehr leben. Warum? Wie ist es möglich, daß man auf dieser Erde lebt, mit Liebe aufgezogen wird, etwas lernt, Beziehungen knüpft, sich verliebt – und dann, wenn es eigentlich erst richtig anfangen soll, nicht mehr bleiben will? Ein großer Aufwand war umsonst. Es lockte sie nicht, hierzubleiben, weiter zu lieben, zu leiden, zu lernen und sich auch weiter zu freuen. Sie hat eine Tür hinter sich geschlossen, die niemand mehr öffnen kann, nicht einmal sie selbst. Das ist eine starke Entscheidung, weil sie unwiderruflich ist. Was wollte sie uns damit sagen? Hat sie das gesucht – etwas ganz Starkes, etwas, das man ihr abnehmen mußte? Auf diesem Weg konnte man sie nicht beschützen oder begleiten. Sie ging ihn allein. War das unausweichlich? Fühlte sie sich vorher zu behütet oder bevormundet? Ich möchte niemandem unter Ihnen erneut Kummer machen, denn der ist sicher schon groß genug. Kummer ist aber auf uns selbst bezogen, und jetzt, liebe Anwesende, komme ich zu der Trauer – die bezieht sich auf den anderen, auf den Menschen, der uns verlassen hat, auf ihn ganz allein. Trauer ist ohne Vorwurf und ohne Selbstmitleid. Die Trauer betrifft hier auch die Unvollkommenheit dieser Welt, so schön sie auch ist. Sie betrifft unsere Unvollkommenheit, mit der wir einander oft so viel Leid zufügen und es doch nicht ändern können. Diese Lore Karr, die wir heute beerdigen, wurde durch ein weltweites Ereignis angerührt, und wer weiß, welche Tiefe es in ihr geöffnet hat? Wir haben eine Stunde vergessen, die ganze Menschheit, soweit wir bis jetzt feststellen konnten, und in dieser ganz besonderen Stunde entschied sie sich, diese Welt mit einer anderen zu vertauschen. Es muß nicht unbedingt Verzweiflung gewesen sein, was sie dazu trieb. Vielleicht hat ihr ein Licht geleuchtet, lockend und verführerisch, dem sie nicht widerstehen konnte? Vielleicht hat sie mehr gesehen als wir alle, die wir doch so erschreckend gleichgültig sind?«

Mit wachsendem Erstaunen lauschte Hans Petry dieser Predigt. Der jugendliche Eindruck des jungen Pfarrers war längst einem gewichen, der ihm Respekt abnötigte. Er sah zur Seite auf Susanne, die gebannt zuhörte und den Druck ihrer Hand immer stärker werden ließ.

»Liebe Anwesende«, fuhr der Pfarrer fort, »Sie haben vielleicht in den letzten Tagen andere gefragt: Was taten Sie in der gewissen Stunde? Aber hätten Sie das unter normalen Umständen gefragt? Interessiert es Sie wirklich alle Tage gleich, was Ihr Nachbar tut? Oder Ihre Frau, Ihr Kind, Sie selbst? Das ist eine harte Frage, liebe Trauergemeinde, ich mußte sie für mich auch mit ›Nein‹ beantworten, von Ausnahmen abgesehen. Und hier, glaube ich, haben wir wirklich Grund zu trauern. Wir verdanken dieser jungen Toten, daß wir uns wenigstens heute in dieser Stunde dazu Zeit nehmen. Ein Mensch hat uns verlassen, den wir versäumt haben kennenzulernen, so gut kennenzulernen, daß er zu uns gekommen wäre in seiner Not oder auch in seiner Aufregung, möglicherweise sogar in seiner Freude...«

An dieser Stelle hörte man ein lautes Schluchzen von der jungen Frau, die neben Lores Eltern saß. Es mußte sie tief getroffen haben.

»Und es muß erst ein sogenanntes Zeitereignis eintreten, bis uns die Neugierde treibt, andere nach ihrem Leben zu fragen oder wenigstens nach einer einzigen Stunde. Sie haben sicherlich auch festgestellt, daß dabei nicht allzuviel herausgekommen ist. Da muß man schon ein bißchen mehr wissen wollen, da braucht man im Grunde eine umfassende Auskunft über jeden Menschen, über alles, was ihn freut, seine Pläne, seine Ängste, seinen Kummer aus der Kindheit, seine Schmerzen in der Gegenwart, was er liebt, woran er glaubt, wie er sein möchte. Und da kann ich aus meiner

Berufserfahrung sagen, liebe Gemeinde, es gibt keinen uninteressanten Menschen! Wen Sie auch fragen – es schält sich ein Menschenleben heraus, mit Erfahrungen, die nicht ohne Wert sein können, wenn wir sie uns allen zugute kommen lassen! Jedes Leben ist ein Drama. Und wir bilden uns schon etwas darauf ein, wenn wir wegen einer Stunde eine interessierte Frage an einen anderen richten, und falls er nichts Auffallendes zu erzählen hat, wenden wir uns dem nächsten zu. Aber bei Ihnen kann nach drei Tagen nicht wieder alles beim alten sein, ist es nicht so? Und wenn Sie es nie vergessen, dann wäre diese junge Frau hier nicht umsonst gestorben, wenigstens nicht für die sieben Anwesenden in diesem Raum. Trauern wir über uns! Werden wir wach, den Toten zuliebe! Lassen Sie uns beten ...«

Der junge Pfarrer hatte sich keineswegs verzählt, als er von sieben Trauergästen sprach. Ganz hinten in der letzten Reihe saß jemand, den niemand bis jetzt bemerkt hatte. Ein junger Mann mit braunem Wuschelhaar hatte dort leise Platz genommen, obwohl er die tote Lore Karr nie gekannt hatte. Er war auch nicht ihretwegen hier, sondern wegen Susanne Karr, die dort vorn links in der ersten Reihe saß, dicht bei einem Mann, dessen Hand sie die ganze Zeit nicht losließ. Philipp hatte mit eigenen Augen gesehen, was er im Innern doch längst wußte. Er hatte sie verloren, seine Susanne, an einen anderen Mann.

Nachdem sie am Telefon gesagt hatte, daß sie irgendwann einmal anrufen würde, hatte es ihn hierher getrieben, wo er sie doch mit Gewißheit treffen mußte. Die einzige zuverlässige Verabredung, die er mit ihr noch haben konnte – bei der Beerdigung ihrer Schwägerin. Und beim Klang dieser Sinfonie – auf dem ihm vertrauten Gebiet der Musik hatte er ihr noch einmal nahe sein wollen in der unsinnigen Hoffnung, daß es noch nicht endgültig aus war. Dann hatte er die Worte des Predigers vernommen, der von Türen sprach, die sich schließen, von dieser unwiderruflichen Entscheidung. Auch er war verlassen worden. Philipp saß in sich zusammengesunken und weinte. Es war keine Kleinigkeit, ein Mädchen wie Susanne zu verlieren. Es zerriß ihn fast. Und mit einemmal verstand er Lore, die einen Weg gewählt hatte, der ihm in diesem Augenblick relativ leicht erschien. Leichter, als diesen Dauerschmerz zu ertragen, wer wußte, wie viele Jahre lang? Das Leben ging weiter, natürlich. Ria würde ihn schon fordern, in jeder Hinsicht. Sie war jetzt auch ganz plötzlich ohne Alexander, und sie hatte ihn allem Anschein nach wirklich geliebt. Alexander hatte sie genauso plötzlich fallenlassen wie Susanne ihn. Die beiden waren eben Geschwister, offenbar wesensähnlich oder gleich kalt. Nein – Susanne war nicht kalt. Er dachte an ihre Zärtlichkeit, wenn er sie geliebt hatte, auf seine Art, und seine Augen verschleierten sich aufs neue. Nun, er war ja schließlich auf einer Beerdigung, hier war es üblich zu weinen, niemand würde sich darüber wundern. Hier wurde nicht nur Lore Karr beerdigt, sondern seine Hoffnung auf ein Leben mit Susanne und auch ein Teil seiner jugendlichen Unreife, an der sich Susanne stets ein wenig gestört hatte. Jetzt wurde er erwachsen, aber nicht mehr für sie ...

Wie von ferne drangen die Gebetsworte des Pfarrers an Philipps Ohr, sanken tief in ihn ein, rührten ihn an wie etwas Unbekanntes, auf das er gewartet hatte, von Kindheit an ...

»... und wir bitten Dich, Herr, bei dieser Gelegenheit, laß uns wieder begreifen, daß es eine Trennung gar nicht gibt, durch alle Räume hindurch, durch alle Sternenwelten, alle Zeiten, immer bist Du da, und wo immer wir sind, wohin wir auch gehen, Du findest uns! Und in Dir bleiben wir verbunden, ja, in Dir erkennen wir das Leben jenseits aller Türen, jenseits von Tod, jenseits von Trennung durch Gleichgültigkeit, verlorene Liebe, Schicksalsstürme, Du, Ewiger, bist unsere innere Heimat, in der wir uns alle wiederfinden können, und auch uns selbst, wenn wir wirklich gelernt haben, wer wir sind. Bleibe bei uns, Herr, in Zeit und Ewigkeit, und hilf uns, Dich nie zu vergessen, auch nicht eine einzige Stunde lang ... AMEN.«

»Amen«, flüsterte Philipp, wunderbar getröstet. So leise, wie er gekommen war, schlich er wieder hinaus, bevor ihn die anderen gesehen hatten.

Schweigend folgte die kleine Trauergemeinde dem Sarg, hinaus zu der offenen Grabstelle. Alexander schritt neben dem Pfarrer, die Eltern Lores dahinter, ganz zum Schluß Susanne und Petry, neben der immer noch leise weinenden jungen Frau. »Wer sind Sie?« hatte Susanne flüsternd gefragt.

»Irene Sellner«, flüsterte sie zurück. »Lore war meine beste Freundin.« Sie war offenbar dankbar für die Ansprache. Wer kümmert sich schon um die Tränen einer Fremden? Keiner kannte sie, auch Alexander hatte sie nie gesehen. Susanne empfand Sympathie für sie und auch eine gewisse Freude, daß Lore eine Freundin gehabt hatte, die am Grab um sie weinte. Nicht jeder konnte das sagen.

Die Zeremonie am Grab war festgelegt, abschließende Worte, noch ein Amen, das Versenken des Sarges, der kritische Moment für alle Angehörigen, die drei Hände voll Erde von jedem Anwesenden, der mitfühlende Händedruck des jungen Pfarrers, den jeder als aufrichtig empfand und kräftig erwiderte, das Ablegen der Kränze, noch ein Zupfen an den Schleifen mit Goldaufdruck – Lebewohl... dein Mann, deine Eltern, deine Susanne, deine Irene.

Dann wandten sich alle zum Gehen, mit gemächlichen Schritten, es war vorbei, die Tür war zugefallen. Die Trauergemeinde begab sich zu dem Festessen im Andenken an die Tote.

Petry verabschiedete sich am Ausgang des Friedhofs diskret und schnell. Er küßte Susanne flüchtig und sagte: »Wir sehen uns heute abend! Ich muß gleich in die Redaktion.«

»Auf Wiedersehen«, sagte Susanne, und sie genoß diesen Gruß mit einer süßen Gewißheit wie noch nie in ihrem Leben.

Am späten Nachmittag hatte Susanne endlich den Aufsatz über die Reiher und Störche beenden können. Das Essen hatte fast zwei Stunden gedauert. Dann hatte sie sich verabschieden dürfen. Die andern waren noch geblieben, auch Irene und der junge Pfarrer, Alexander und Lores Eltern, die sie heute zum erstenmal richtig wahrgenommen hatte. Ruhige Menschen, die mit dem Ereignis noch nicht fertig werden konnten und nicht viel sprachen. Anscheinend waren auch sie nicht frei von Schuldgefühlen ihrer toten Tochter gegenüber, sehr zur Beruhigung von Alexander, der gefaßt und ruhig schien, erleichtert, daß die Hektik der vergangenen Tage mit all den Vorbereitungen zum Abschluß gekommen war und damit auch sein ganzes bisheriges Leben. Und nun waren die Reiher und Störche fertig geworden, die so viele Unterbrechungen erdulden mußten. Nur noch ein paar Korrekturen. Wo war denn nur der Bleistift...?

Susanne erstarrte. Hatte sie vergessen, wo sie ihn hingelegt hatte? Nein, nicht schon wieder! Großer Gott, nur das nicht, bitte nicht... Wie rasend suchten ihre Augen die Uhr auf dem Schreibtisch, die war ein wenig hinter Papier versteckt, und eine Armbanduhr hatte sie gerade nicht um. Nein, die Zeit stimmte. Da fehlten höchstens dreißig Sekunden, was war das schon? Oder war das auch eine Ewigkeit? Susanne griff mit beiden Händen an ihren Kopf und schrie aus Leibeskräften: »Nein!«

Hans Petry hatte eine Zeitlang in der Redaktion mit Gröger zusammengearbeitet, der schon wieder in vollem Streß zu sein schien. Er erzählte ihm von seinem Plan mit der Planetenzeitschrift und bat ihn um einige Ratschläge für seine Nullnummer. Gröger ging begeistert darauf ein, er war wirklich ein guter Zeitungsmann. Petry bewunderte seine enormen Kenntnisse. Dann stand er plötzlich auf und streckte sich in ganzer Länge. »Ich mach mal eine Pause an der frischen Luft«, sagte er. »Nachher reden wir weiter.«

Im Park wehte ein lauer Frühlingswind, schon bedeutend angenehmer als in der vorigen Woche. Die Bäume waren zwar immer noch kahl, und der Himmel zeigte nur ein blasses Blau. Petry schaute nach oben. Ein plötzlicher Schatten verdunkelte die Luft, und etwas Wind kam auf. Ein eisiger Schrecken durchfuhr ihn, und er sah auf die Uhr. Die Zeit stimmte – oder nicht? Er begann zu laufen, in Richtung auf Susannes Haus. Schließlich rannte er wie von Furien gehetzt. Er rempelte eine Frau mit einem Einkaufsnetz an, sie sah ihm kopfschüttelnd nach. »Langsam, mein Herr!«

Er rannte wie um sein Leben, hinein in den Hauseingang – zum Glück stand der Fahrstuhl unten ... Achter Stock, warum fuhr der Aufzug so langsam? Dann zu Susannes Wohnungstür. Er drückte den Daumen auf die Klingel und ließ sie nicht los, ein wildes Dauerklingeln ertönte, und die Tür wurde aufgerissen.

Die beiden stürzten sich in die Arme. »Susanne, ich dachte, ich fürchtete ...«

»Du auch? Ich fand meinen Bleistift nicht für die Korrekturen, aber es war noch etwas anderes, ich hatte solche Angst, ach, Hans, wie gut, daß du da bist!«

»Ja, es ist gut«, sagte er und atmete tief aus. »Hab' keine Angst, Susanne, wir können uns nicht mehr verlieren. Es ist nur die Zeit, vielleicht war es nur eine Minute?«

»Weniger«, sagte Susanne.

Phantastische Bibliothek
in den suhrkamp taschenbüchern

»Phantastische Bibliothek« – das ist Verzauberung der Phantasie, keine Betäubung der Sinne, sondern Öffnen der Augen als Blick über den nächsten Horizont ins Hypothetisch-Virtuelle. Der Zukünftige verbindet sich mit dem Zeitlosen, rationales Kalkül steht neben poetischer Vision, denkbare Wirklichkeit und analytischer Blick in menschliche Abgründe neben Wunsch- und Alptraum. Anregend und unterhaltsam ist es immer.

Die Arche Noah. PhB 242. st 1674
Ballard: Billennium. PhB 96. st 896
– Die Dürre. PhB 116. st 975
– Der ewige Tag und andere Science- fiction-Erzählungen. PhB 56. st 727
– Hallo Amerika! PhB 95. st 895
– Karneval der Alligatoren. PhB 191. st 1373
– Das Katastrophengebiet. PhB 103. st 924
– Kristallwelt. PhB 75. st 818
– Mythen der nahen Zukunft. PhB 154. st 1167
– Die tausend Träume von Stellavista. st 833
– Der tote Astronaut. PhB 107. st 940
– Traum GmbH. PhB 164. st 1222
– Der vierdimensionale Alptraum. PhB 127. st 1014
– Die Zeitgräber. PhB 138. st 1082
Beherrscher der Zeit. PhB 176. st 1274
Bergengruen: Der Basilisk. PhB 205. st 1499
– Das Gesetz des Atum. PhB 196. st 1441
Bierce: Das Spukhaus. PhB 6. st 365
Bioy Casares: Die fremde Dienerin. PhB 113. st 962
– Casares: Morels Erfindung. PhB 106. st 939
Blackwood: Besuch von Drüben. PhB 10. st 411
– Die gefiederte Seele. PhB 229. st 1620
– Der Griff aus dem Dunkel. PhB 28. st 518
– Das leere Haus. PhB 12. st 30
– Der Tanz in den Tod. PhB 84. st 848
Braun/Braun: Der Irrtum des großen Zauberers. PhB 74. st 807
– Das Kugeltranszendentale Vorhaben. PhB 109. st 948
Bringsvaerd: Minotaurus. PhB 237. st 1651
– Die Stadt der Metallvögel. PhB 208. st 1510
Buzzati: Die Maschine des Aldo Christofari. PhB 157. st 1175
Capoulet-Junac: Pallas oder die Heimsuchung. PhB 149. st 1138
Carroll: Das Land des Lachens. PhB 170. st 1247
– Die Stimme unseres Schattens. PhB 222. st 1587

252/1/3.89

Carroll: Das Tal der Träume. PhB 197. st 1442
– Die panische Hand. PhB 233. st 1635
Chesterton: Der Held von Notting Hill. PhB 156. st 1174
Couperus: Das schwebende Schachbrett. PhB 201. st 1466
Dick: LSD-Astronauten. PhB 60. st 732
– Mozart für Marsianer. PhB 70. st 773
– UBIK. PhB 15. st 440
Die dunkle Seite der Wirklichkeit. PhB 199. st 1444
Lord Dunsany: Das Fenster zur anderen Welt. PhB 161. st 1189
Der Eingang ins Paradies. PhB 219. st 1566
Die Ermordung des Drachen. PhB 203. st 1481
Franke: Der Atem der Sonne. PhB 174. st 1265
– Einsteins Erben. PhB 41. st 603
– Endzeit. PhB 150. st 1153
– Der grüne Komet. PhB 231. st 1628
– Hiobs Stern. PhB 223. st 1588
– Die Kälte des Weltraums. PhB 121. st 990
– Keine Spur von Leben. PhB 62. st 741
– Der Orchideenkäfig. PhB 234. st 1643
– Paradies 3000. PhB 48. st 664
– Schule für Übermenschen. PhB 58. st 730
– Sirius Transit. PhB 30. st 535
– Die Stahlwüste. PhB 215. st 1545
– Tod eines Unsterblichen. PhB 69. st 772
– Transpluto. PhB 82. st 841
– Ypsilon minus. PhB 3. st 358
– Zarathustra kehrt zurück. PhB 9. st 410
– Zone Null. PhB 35. st 585
Franke/Weisser: DEA ALBA. PhB 207. st 1509
Frey: Solneman der Unsichtbare. PhB 241. st 1667
Gardner: Grendel. PhB 227. st 1611
Grabiński: Dunst und andere unheimliche Geschichten. PhB 228. st 1612
Grin: Der Rattenfänger. PhB 168. st 1239
Gruber: Die gläserne Kugel. PhB 123. st 997
– Zwischenstation. PhB 216. st 1555
Hasselblatt: Marija und das Tier. PhB 209. st 1511
Hodgson: Geisterpiraten. PhB 188. st 1352
Hoffmann, E.T.A.: Der Magnetiseur. PhB 190. st 1366
Horstmann: Das Glück von Omb'assa. PhB 141. st 1088
Der Insektenmann. PhB 240. st 1666
Ist Gott ein Taoist? Und andere Rätsel. PhB 162. st 1214
Jarzębski: Zufall und Ordnung. PhB 180. st 1290
Jenseits der Träume. PhB 224. st 1595
Kellermann: Der Tunnel. PhB 179. st 1283
Kornbluth: Der Altar um Mitternacht. PhB 189. st 1359
– Der Gedankenwurm. PhB 195. st 1434
Lao She: Die Stadt der Katzen. PhB 151. st 1154
Lem: Also sprach GOLEM. PhB 175. st 1266

252/2/3.89

Lem: Altruizin und andere kybernetische Beglückungen. PhB 163. st 1215
– Die Astronauten. PhB 16. st 441
– Frieden auf Erden. PhB 220. st 1574
– Der futurologische Kongreß. PhB 29. st 534
– Imaginäre Größe. PhB 47. st 658
– Die Jagd. PhB 18. st 302
– Das Katastrophenprinzip. PhB 125. st 999
– Lokaltermin. PhB 200. st 1455
– Mehr phantastische Erzählungen. PhB 232. st 1636
– Memoiren, gefunden in der Badewanne. PhB 25. st 508
– Memoiren, gefunden in der Badewanne. Der Schnupfen. PhB 226. st 1604
– Eine Minute der Menschheit. PhB 110. st 955
– Mondnacht. PhB 57. st 729
– Nacht und Schimmel. PhB 1. st 356
– Phantastik und Futurologie I. PhB 122. st 996
– Phantastik und Futurologie II. PhB 126. st 1013
– Die phantastischen Erzählungen. PhB 210. st 1525
– Die Ratte im Labyrinth. PhB 73. st 806
– Robotermärchen. PhB 85. st 856
– Der Schnupfen. PhB 33. st 570
– Sterntagebücher. PhB 20. st 459
– Die Stimme des Herrn. PhB 97. st 907
– Terminus und andere Geschichten des Piloten Pirx. PhB 61. st 740
– Die Untersuchung. PhB 14. st 435
– Waffensysteme des 21. Jahrhunderts. PhB 124. st 998
– Wie die Welt noch einmal davonkam. PhB 158. st 1181
Über Stanisław Lem. PhB 36. st 586
Levett: Verirrt in den Zeiten. PhB 178. st 1282
London: Phantastische Erzählungen. PhB 243. st 1675
Lovecraft: Azathoth. PhB 230. st 1627
– Cthulhu. PhB 19. st 29
– Das Ding auf der Schwelle. PhB 2. st 357
– Der Fall Charles Dexter Ward. PhB 8. st 391
– Das Grauen im Museum. PhB 136. st 1067
– In der Gruft. PhB 71. st 779
– Die Katzen von Ulthar. PhB 43. st 625
– Lovecraft-Lesebuch. PhB 184. st 1306
– Stadt ohne Namen. PhB 52. st 694
Lovecraft/Derleth: Die dunkle Brüderschaft. PhB 173. st 1256
Über H.P. Lovecraft. PhB 130. st 1027
Marginter: Königrufen. PhB 215. st 1546
Maupassant: Die Totenhand. PhB 134. st 1040
Das namenlose Grabmal. PhB 169. st 1240
Phantastische Aussichten. PhB 160. st 1188
Phantastische Träume. PhB 100. st 954
Phantastische Welten. PhB 137. st 1068
Phantastische Zeiten. PhB 185. st 1307

252/3/3.89

Poe: Der Fall des Hauses Ascher.
PhB 27. st 517
Polaris 9. PhB 155. st 1168
Polaris 10. PhB 171. st 1248
Ray: Malpertuis. PhB 165. st 1223
– Das Storchenhaus. PhB 182.
st 1299
Renard: Die blaue Gefahr.
PhB 225. st 1596
Der rote Mond. PhB 213. st 1536
Schattschneider: Singularitäten.
PhB 129. st 1021
Scheerbart: Das große Licht.
PhB 194. st 1400
– Die große Revolution. PhB 159.
st 1182
– Der Kaiser von Utopia.
PhB 218. st 1565
– Kometentanz. PhB 236. st 1652
– Lesabéndio. PhB 183. st 1300
Seltsame Labyrinthe. PhB 198.
st 1443
Sonimski: Zweimal Weltuntergang. PhB 166. st 1229
Smith: Das Haupt der Medusa.
PhB 221. st 1575
Steinmüller/Steinmüller: Pulaster.
PhB 204. st 1490
– Der Traum vom Großen Roten
Fleck. PhB 147. st 1131
Strugatzki/Strugatzki: Der ferne
Regenbogen. PhB 111. st 956
– Fluchtversuch. PhB 89.
st 872
– Die gierigen Dinge des Jahrhunderts. PhB 79. st 827
– Die häßlichen Schwäne.
PhB 177. st 1275
– Der Junge aus der Hölle.
PhB 238. st 1658
– Ein Käfer im Ameisenhaufen.
PhB 152. st 1160
– Eine Milliarde Jahre vor dem
Weltuntergang. PhB 186.
st 1338
– Montag beginnt am Samstag.
PhB 72. st 780
– Picknick am Wegesrand.
PhB 49. st 670
– Die Schnecke am Hang.
PhB 13. st 434
– Die Wellen ersticken den Wind.
PhB 206. st 1598
– Die zweite Invasion der Marsianer. PhB 139. st 1081
Träume und Phantasien. st 954/
st 1068/st 1188/st 1307 in Kassette
Viktorianische Gespenstergeschichten. PhB 187. st 1345
Wakefield: Der Triumph des Todes. PhB 181. st 1291
Weiss J.: Das Haus mit den tausend Stockwerken. PhB 235.
st 1644
Weisser: DIGIT. PhB 90. st 873
– SYN-CODE-7. PhB 67. st 764
Whitehead: Der Zombie.
PhB 172. st 1255
Wolfe: Limbo. PhB 239. st 1659
Wolfkind: Die Boten des Frühlings. PhB 167. st 1230
Wyndham: Die Kobaltblume.
PhB 202. st 1474
– Wenn der Krake erwacht.
PhB 212. st 1535
– Wiedergeburt. PhB 192. st 1386
Zondergeld: Lexikon der phantastischen Literatur. PhB 91.
st 880

252/4/3.89